镜子的背面

鏡の背面

[日]筱田节子 著

汪诗琪 译

中国工人出版社

图书在版编目（CIP）数据

镜子的背面/（日）筱田节子著；汪诗琪译.—北京：中国工人出版社，2023.8
书名原文：鏡の背面
ISBN 978-7-5008-8255-8

Ⅰ.①镜… Ⅱ.①筱… ②汪… Ⅲ.①推理小说—日本—现代 Ⅳ.①I313.45

中国国家版本馆CIP数据核字（2023）第165022号

著作权合同登记号　图字：01-2022-0402

KAGAMI NO HAIMEN by Setsuko Shinoda
Copyright © 2018 by Setsuko Shinoda
All rights reserved. First published in Japan in 2018 by SHUEISHA Inc., Tokyo.
Chinese (in simplified character only) edition published by arrangement with Shueisha lnc., Tokyo
through THE SAKAI AGENCY,INC. and BARDON CHINESE CREATIVE AGENCY LIMITED.

镜子的背面

出 版 人	董　宽	
责 任 编 辑	宋　杨　严　春	
责 任 校 对	张　彦	
责 任 印 制	黄　丽	
出 版 发 行	中国工人出版社	
地　　　址	北京市东城区鼓楼外大街45号　邮编：100120	
网　　　址	http://www.wp-china.com	
电　　　话	（010）62005043（总编室）	
	（010）62005039（印制管理中心）	
	（010）62379038（社科文艺分社）	
发 行 热 线	（010）82029051　62383056	
经　　　销	各地书店	
印　　　刷	宝蕾元仁浩（天津）印刷有限公司	
开　　　本	880毫米×1230毫米　1/32	
印　　　张	17.5	
字　　　数	350千字	
版　　　次	2023年10月第1版　2023年10月第1次印刷	
定　　　价	68.00元	

本书如有破损、缺页、装订错误，请与本社印制管理中心联系更换
版权所有　侵权必究

引　子

雷声隆隆，直贯肺腑，震彻森林，似大地的轰鸣，却不见下雨的征兆。到了深夜，这隆隆声忽然变得剧烈，惊雷炸响，这栋有着八十年房龄的老民宅猛烈地摇晃起来。

女人们在榻榻米上打着地铺并排而卧，被巨响惊醒后一个个地爬了起来，下意识地盯着落地窗。闪电划过天空，紫光照亮了窗外的坡面，山坡上零星散布着废弃的房屋。但隔着挡雨板，女人们却看不见窗外的状况。

隔壁是一间木地板房间，被用作办公室。一名职员起身来到隔壁，拔下了电脑的插头。其他女人则将手电筒备在枕边，以防停电。

厨房门口的小窗外似乎又闪过一道光，几乎同时，响起了剧烈的轰鸣。

紧接着，女人们感受到了一阵无声的冲击。

一股狂风从天花板垂直刮落，夹杂着金属的腥臭。可是，女人们并没有感受到重压和热气。在这股来历不明的冲击波下，在场的十多个女人齐声尖叫起来。

　　她们之中，一定有人在脑海中闪过房屋被震得支离破碎的情景。

　　然而，这股气流从这木质民宅内部穿堂而过后，像是被吸附进了大地一般消逝而去了。

　　女人们一个个面面相觑，松了口气。可就在几分钟后，又响起一阵爆炸声。强大的气流散发着金属的腥臭再度穿堂而过，这回，女人们感到了一股灼热的气压。

　　"快逃！"

　　有人发出了近似哀号的尖叫。

　　那些被雷鸣声吓得瑟缩在被子里的人也慌慌张张地爬了起来。黑暗中，有人摸索起了衣服。"别管那么多了，快往外逃！"在他人的呵斥和推搡下，她们向大门跑去。

　　闪电击中屋顶，开了个大洞，点燃了里面铺着的茅草。

　　就在这时，楼上传来了婴儿的啼哭声。

　　担任"代表"的女人循声望向楼梯，呼喊起一名同伴的名字。

　　无人应答。

　　"该不会——"

　　闪电的光芒透过小小的窗户，瞬间照亮了女人们面面相觑的脸庞。

　　"那家伙又嗑药了！"

　　"都是有孩子的人了。"

　　"难以置信……"

引 子

"代表"咂着嘴,准备爬上笔陡的楼梯。

"你去引导大家避难。"

黑暗之中,回荡起了一个威严的声音。

"老师"一把推开"代表",爬上了楼梯。

紧随其后的职员是名眼盲的老女人,她身轻如燕地登上台阶。

"她不能去。快把她拦下!"

"代表"喊道。

几名住客赶到楼梯口试图爬上台阶,但楼梯狭窄,仅能勉强容纳一人通过。

"快起来!着火啦!你清醒清醒!"

二楼传来"老师"的声音。

其他几名职员推开住客登上台阶,却立刻折了回来。原来火势已蔓延至楼梯附近的旧柜子,堵住了去路。

"你们去外面,在楼下候着!"

"老师"在火场那头命令道。

"明白。"

从大门走已经来不及了。大家踹开檐廊的挡雨板,鱼贯而出。

机敏的"代表"把被子抬到了屋外。她身后的一个女人用手机报了火警。

"接住!"

"老师"打开了二楼崭新的玻璃窗,抱着婴儿探出身来。

3

"准备好了。"

女人们在楼下伸手预备好姿势，天空下起了雨夹雪，打在她们身上。

"老师"抛下了五个月大的婴儿，被一个体态丰腴的女人用胳膊和腹部牢牢地接住了。

众人欢呼起来。

"'老师'您也快下来。"

代表喊道。

"老师"又从二楼扔下几床被子，堆在窗下铺着的被子上。

"下一个来喽。"

楼下的女人们叫嚷着。

"老师"和眼盲的老女人抬着一名瘫软无力的年轻女人，刚抬上窗框，那女人便掉落在堆着的被子上，腰部着地，可能是因为撞伤或是骨折，几乎在无意识的状态下，她呻吟了两下。大家顾不了这么多了，拽着她的手脚将她拖下地后，对着二楼大喊："'老师'，快下来！"

"赶紧跑！"

只听见"老师"高喊道。

"快逃，快逃！"

这声音却被一阵轰响吞没了。二楼崩塌了，护墙板和茅草冒着火光劈头盖脸地向楼下的女人们砸去。

大家双手护着头，钻进了身后的树林，连滚带爬地跑下覆盖着残

引 子

雪的斜坡。肥胖女人怀中婴儿的啼哭声穿透了火焰的噼啪声和雷鸣声。丧失意识的年轻母亲被众人连拖带拽地抬离火场。

大量的火星向逃亡者们的头部、后背喷射而下。

下了坡,来到马路上的女人们抬头一看,只见铁皮屋顶已残破不堪,破口处,熊熊燃烧的火焰喷发着金色的火星,火光冲天,染红了夜空。

民宅已被橘红色的火焰团团围住,却仍然挺立不倒。

老旧民宅的粗壮柱子一边燃烧着,一边屹立着。

握着手机的女人脸色苍白,冒着冷汗颤抖不止。"代表"一把夺过她的手机,拨打了119。

"喂,这里是新艾格尼丝宿舍。刚才报过警的。宿舍中还有两个人。求求你们,尽快过来吧。"

挂断电话的瞬间,"代表"便膝盖一软蹲了下来,蜷缩在了原地。

"神呀,请务必救救她们两个!"

"代表"悲痛地啜嚅着,祷告着的双唇惨白,没有一丝血色。

雷鸣声稍稍平息,冰冷的雨点下得更急了,然而火势丝毫没有减退的迹象。

消防车迟迟未到。山坡下的村落渐渐聚集起了围观的人群,但他们都束手无策。

女人们的住宅彻底化为了灰烬,还殃及了附近不远处的一栋废弃房屋,房屋半边都被烧毁了。正当大家担心会不会引发山火时,消防车终于来了。

原来，道路两边还留有积雪，电线杆被雷击倒堵住了道路，这些都成了消防车上坡的重重障碍。

婴儿哭累了，在肥胖女人怀中沉沉睡去。她嗑药的母亲清醒了过来，在风雨中瑟瑟发抖，痛苦地呻吟着，当场呕吐了起来。

1

追思会在旧轻井泽的一座基督教堂举行。

死去的"老师"小野尚子和职员榊原久乃二人并不属于这座教堂所属的教派。特别是小野尚子,她从未对外宣称过自己信奉基督教。但资助小野尚子运营的"新艾格尼丝宿舍"开展活动的都是新教、天主教等基督教相关组织,还有一些名门女校的校友会及慈善团体,以及其他各种女性团体。这些活动帮助的都是药物酒精成瘾者、性暴力和家庭暴力受害者等遭受心灵创伤的人,协助她们回归社会。

在新艾格尼丝宿舍的"代表"中富优纪的请求下,教堂牧师欣然同意为二人主持追思会。

祭坛上摆满了洁白的百合和马蹄莲,簇拥在小野尚子和榊原久乃面带微笑的遗像周围。然而,却不见二人的棺木。

遗体被埋在坍塌的建筑下,被烧得面目全非,已分不清谁是谁了,甚至连性别也无法辨认了。

警方以死者身份尚未得到确认为由,断然拒绝了中富代表三番五次上门希望返还遗体的请求。即便中富代表一再表示从现场状况来判断，死者显然为小野尚子和榊原久乃二人。她还同警方商量，若实在无法尽快返还遗体，至少在葬礼期间能否暂时借用，却仍然无功而返。

"警察还真是冷血啊，就是返还一两天能让我们办个葬礼也好……"

援助新艾格尼丝宿舍的慈善团体发行的通讯上刊登了中富代表的这句感叹，并引发了社交媒体的广泛讨论，大家都关注起了这位牺牲自己帮助母女二人的小野尚子。

不久，不仅是新艾格尼丝宿舍，其资助方全国基督教女性团体"白百合会"也收到了关于葬礼的多方咨询。

小野尚子早已广为人知。但她之前在奔走于各大公司和富人宅邸谋求资助或送上感谢信的时候，一向拒绝媒体采访和演讲，并将这类接待事务全权交由中富优纪代表负责。那些她破例接受采访时的只言片语以及她的身世，在她生前都成为将她神化的素材。而今，小野尚子的遗像被鲜花簇拥着，微笑的脸庞上镌刻着深深的皱纹，低垂的眼眸饱含着悲悯，微微上扬的嘴角充满着温情，这一切超越了高贵，俨然是一位充满慈悲的神明了。

"悲母观音……"

知佳喃喃自语道，将白百合放在祭坛前，合掌祈祷着。

而一旁一起牺牲、曾做过护士的榊原久乃的遗像表情则截然不同，她紧闭着双眼，毅然昂着头，总带着些许瘆人的严肃。

1

在众人的啜泣声中，夹杂着一名怀抱婴儿的年轻女性哀号般的痛哭，在教堂中久久回荡着。

"老师，老师，都是为了我……"

她悲伤得不能自已，哽咽得咳嗽不止，引得怀中婴儿也啼哭起来，不久，母女二人便被其他女性搀着带到了礼拜堂的后院。

知佳回头目送着她们的背影。

礼拜堂常常举办周边一带居民的婚礼，并不壮观华丽，就是一栋和牧师住所连通的普通小楼，若不是铁皮屋顶上竖着十字架，同周边的普通住宅根本别无二致。然而今天却被前来吊唁的人挤得水泄不通，等待献花的人从林中小道一直延伸到了大马路上。

小野尚子虽然不在媒体前抛头露面，但她的功绩、行动能力和人品却已传遍大街小巷。

网络上流传的视频也出现过她的身影——是她，为心灵创伤者收容机构的窘境奔走呼号筹措资金；在天蒙蒙亮的新宿街头，一群身着制服的警官包围着一名蜷坐于地的年轻女性，又是她跪在如大白鼠般脏兮兮的女人面前，握住她的手，凑近她的脸，环抱着她的身体亲切地和她说话。

网络上还有许多关于她的照片，似乎是用手机拍摄的，照片中，她无一例外都是一脸温和的样子。虽说没有她在神佛面前低头祷告的照片，可但凡和人接触的照片上，她自始至终都保持着谦卑的态度，和蔼的笑容衬托着她那高贵的品格。

这份高贵或许是由她的人格和良好的家庭教育共同造就的吧，知佳想。

而她自己呢，拼了命地在就业大军中斩落千军万马，被某大型出版公司录取后又跳槽到了一家小出版商，最后独立做了自由撰稿人。在自由撰稿人的世界里，成果就是一切，因而抛开个人想法，抱着赚钱的心态写一些违心的报道，或是知趣地割舍一些对委托方无用的内容，这些都是家常便饭。知佳下意识地将小野尚子同厚着脸皮生存下来的自己比较起来。

小野尚子不喜欢别人称呼她"老师"，更反感别人对她使用敬称。

"叫我尚子女士就可以了。"

初次见面时，她对知佳也这么要求。她行礼时的站姿庄重典雅，双手自然下垂，轻轻搭在大腿前①，一举一动优美而符合传统礼仪，令知佳至今记忆犹新。

小野尚子的父亲是一家历史悠久的老牌出版社的社长，她自己也一度成为皇族成员妃子的候选人，因而举手投足间自然都散发着端庄优雅的气质。

现如今，回想起自己采访时接触过那么多人，知佳才意识到她还从没见过如此温柔高洁又充满行动力的人。

小野尚子享年六十七岁。这年龄在过去都被看作老年人了，但在

---

① 按照日本传统礼仪，直立放松时双手交叉于腹前，鞠躬时双手搭在大腿前。下文优纪双手相叠于腹前鞠躬是现代商务礼仪出现后才开始流行的姿势。——译者注

当今，许多这一年龄范围的女性仍在社会上发光发热。为了救一名婴儿而牺牲尚且说得过去，但一想到小野尚子是为了救出药物成瘾的母亲而搭上了自己的性命，知佳就打心眼里为她感到惋惜，虽然她无意给人分三六九等，不过以这样的方式结束生命，对小野尚子而言也的确算是死得其所了。

狭小的礼拜堂内，满溢的花香令人有些窒息。来到户外，炫目的阳光透过树梢的新绿照射下来。

眼前一个女人，上身穿着黑色亚光衬衣，下身穿着黑色牛仔裤，知佳立刻从背影中认出那是新艾格尼丝宿舍的代表中富优纪。

"你好，两年前……"

知佳深深鞠躬行礼，递上了自己的名片，名片上写着"山崎工作室采访·编辑·翻译 山崎知佳"。

中富优纪那晒得黝黑的脸上露出了一抹笑颜。

"啊，对，两年前……"

"现在大家都在何处安顿呢？"知佳问。

"承蒙白百合会的好意，职员和住客都被安排到了长野的女性庇护所暂住。"中富优纪说着，便举手招呼起她的同伴来。

聚集而来的女人们都身穿黑色的衣服，虽然不是什么正式的丧服。

"说实话，到了傍晚我就哭个不停。"女人边说边擦拭起顺着胖嘟嘟的脸颊淌下的眼泪。她叫木村绘美子，是宿舍的职员，就是她接住了从二楼抛下的婴儿。

11

"那时，就应该我去二楼，拽也要把老师拽下来。想到这就……老师命令我'去引导大家避难'，就在我一愣的那个当口，榊原喊着'你不能上去'，自己却跟着冲了上去。她眼睛还看不见。我真是把肠子都悔青了……"

"事到如今，大家才意识到老师那时反应有多快，噔噔噔噔就跑上了楼梯，没有丝毫犹豫。她那样的人，在那种关头。榊原那时也一定是抱着一起牺牲的决心了。不管怎么说那都是命运。毕竟老师是观音菩萨啊，说真心话。"

一个女人用沙哑娇媚的嗓音边说边拍拍绘美子的肩，她脸上留着烧伤的疤痕，看样子是名住客。

中富优纪转向知佳，轻声而坚定地对她耳语道："如果你打算报道这件事的话，务必呼吁读者，请大家支援我们。实在是拜托了……"说完，她用和小野尚子不同的姿势，双手相叠于腹前，深深鞠了一躬。

"大家都希望能清理下火灾现场，重新建个房子，哪怕是个临时住所也好，但实在受多方限制……要是能借个乡下独栋房子也好，可资金实在短缺。"

"我明白了。"知佳说完，便离开了教堂的中庭。

两年前，知佳来新艾格尼丝宿舍采访的那天，天气也是这般晴朗，拂面的春风令人心旷神怡。

同今天一样，小野尚子那天也拜托知佳"呼吁读者来支援"。

平日里一贯低调内敛的小野尚子两年前之所以同意接受采访，也是由于东日本大地震①后捐款数额锐减，即便填补上个人资产，机构的运营资金仍常常处于短缺状态。

当时小野尚子早已年过六十，脸上没有化妆，一头利落的白色短发，身着旧衬衫和牛仔裤接受的采访。然而，为小野尚子拍照的摄影师事后却边翻看数码照片边无尽感慨地说："不过回看这些照片，我发现她还真是美丽，由内而外散发着光芒。"

那次采访是受某综合权威月刊人物连载专栏的委托，几名撰稿人轮流采访不同对象，每次以一个人物为焦点撰写报道。

这次采访稿可以署名，外加这是该综合杂志的老牌系列栏目，许多著名的非虚构体裁作家也名列撰稿阵营，因而知佳对采访格外用心。更重要的是，知佳被小野尚子的人格深深吸引了，因而一般两个小时就能结束的采访，那次却格外漫长，最后她索性在艾格尼丝宿舍留宿了一晚，和住客、职工共度两日，才完成了稿件。

小野尚子并不是知佳本人挑选的采访对象，而是编辑部分派给知佳的。

她是日本最老牌的出版世家的千金，又是皇族后妃的候补人选，却将自己的人生和继承的庞大财产都奉献给了那些"问题女性"，帮助酒精、药物成瘾者、性成瘾者和有自残倾向的女性，和她们共同起居。

---

① 即2011年3月11日日本东北部太平洋海域发生的强震。——译者注

镜子的背面

"这就是日本的特蕾莎修女[①]。"——对编辑部提出的这一构想，知佳岂止是心存抵触，更是抱着一种反感，她认为还不如把目光聚焦于深陷贫困和歧视、不得不孤军奋战的单亲妈妈，这没准才是更好的素材。只是编辑部的意思她个人无力违抗。

关于社长千金的美谈俯拾即是——知佳内心暗地里摇着头，可为了赚钱，却只能将不满隐藏在那看似跃跃欲试的微笑之后，钻进自己刚买的丰田AQUA，驱车前往位于信浓追分[②]地区附近的小山坡，那里曾经是个村落。此时虽已是晚春时节，却正值当地的樱花季，比东京晚了近两个月。

荒废的村落里有一座大型民宅，那就是新艾格尼丝宿舍。

据编辑部说，这家机构一视同仁地收容面临各种问题的女性，旨在让入住者共同生活下去。甚至有些住客是药物成瘾者和原服刑人员，不仅被家人遗弃，也不在政府帮扶政策的范围之内，这里就成了她们最后的避难所。因而知佳有着充分的心理准备。

村落放眼望去全是废弃的房子，知佳沿着小路，不辨方向地摸索着上了坡。终于找到宿舍所在地之时，却发现一名神情冷峻的老年女性身穿脏兮兮的运动衫，拎着菜刀向她走来。

[①] 特蕾莎修女（Blessed Teresa of Calutta,1910年8月27日—1997年9月5日），出生于斯科普里，天主教慈善工作者，一生致力消除贫困，主要替印度加尔各答穷人服务，1979年获诺贝尔和平奖。——译者注
[②] 位于长野县中东部、北佐久郡轻井泽町。——译者注

知佳差点儿要惊叫着逃走，随即发现她左手捧着的是刚从田里收割下来的卷心菜。阳光下，硕大的卷心菜在她手里显得沉甸甸的。

"您有何贵干？"老年女性问道。纵使知佳为自己的莽撞感到惭愧，但榊原久乃给她留下的这个瘆人印象在事后却久久挥之不去。

不过，新艾格尼丝宿舍的住客们在厨房和田地里忙碌的身影、那松弛而开朗的性格都大大颠覆了知佳的成见。

最先迎出来接待的是代表中富优纪，她向知佳介绍说："包括我在内，这里的职员原本都是这家机构的住客，都曾面临着各种问题，比如酒精、药物依赖症之类的。"

中富优纪还告诉知佳，不同于全国性自助组织"圣艾格尼丝宿舍"，新艾格尼丝宿舍最大的特点就是拥有高度的独立性，以小野尚子老师的理念为精神支柱，以长远的眼光来谋求帮助女性构建新的人生……

知佳被带到了和室房间，正将信将疑地听着中富优纪的介绍，这时，她的采访对象——小野尚子出现了。她上身穿着件领口磨损的卫衣，下身穿条旧运动裤。见到知佳，她立刻摘下了包在头上当帽子的手巾，跪在榻榻米上郑重地行了个礼。阳光下，短短的花白头发闪闪发亮。

"您不辞辛苦远道而来，抱歉我居然穿成这样。排水沟堵住了，刚才急急忙忙在清理……"

尚子抬起头，腼腆地微笑着。

"哦，没关系，抱歉的应该是我才对，让您百忙之中来接受采访。"

小野尚子的举止同她的穿着打扮是那么不协调，优雅得让知佳感到紧张，她紧缩着肩膀，不自在地挺着腰板。

"从高速道口到山上一定费了很多周折吧。想必您很累了吧？"

"啊，不，根本不累。"

知佳跪坐着，不安之下，她无意识地不停勾动着脚趾。

"您不介意的话，我们去那边谈吧。"小野尚子指着大门边铺着地板的房间说道。

那里放着张木质的圆桌。

"抱歉，在土间①边的房间接待您太不礼貌了，但那间屋子通风好，待得舒服。"

尚子麻利地拖出柱子和书桌间放着的折叠椅，摆到了圆桌边。

这根本不是尚子不礼貌，而是她瞥了一眼知佳和摄影师，便知二人在和室不自在，才将他们请到了有桌椅的房间。

"您介意我录音吗？"

"没事，请便。"

小野尚子为知佳他们送上了大麦茶和蒸山芋，在悠闲的氛围下开始了采访。

她们谈了尚子作为大企业家千金的成长历程、成为皇族后妃候选

---

① 日本民宅中大门口没有铺地板或榻榻米的区域，是户外和室内的过渡区域。——译者注

1

人这件事的真伪、投身女性援助事业的契机、新艾格尼丝宿舍创设的经过以及尚子倾注私人财产献身公益事业的理由等话题。

知佳将这些访谈内容汇总成了一万字的稿件。由于老牌综合月刊的读者大多属于有一定见解的保守阶层，为了能让他们产生共鸣，知佳还对文章做了一些润色。

凭撰稿人的技巧，这件事并不难。采访最初的四十分钟，摄影师抓拍了一些尚子接受采访的镜头，随后便回了东京，留下知佳一人继续采访。

虽然开启了录音笔，但不知不觉中，知佳动起了笔，在笔记本上记录了起来。

采访计划时长两个小时，等回过神时，发现天色都快暗了。

"来一次不容易，就请留下来用过晚餐再回吧。"尚子挽留道。

"那就恭敬不如从命了。"知佳低头行礼的那一刻，已经被眼前花白头发的女性彻底征服了。她的言谈举止，更重要的是这背后的高贵心灵都让知佳感受到了无穷的魅力。

住客和职员们共同合作烹饪的竹笋饭和蔬菜天妇罗真是美味可口。

知佳深受感触，那天夜里，在大家的热情挽留下，决定留宿一晚。

知佳在职员绘美子的带领下去洗手间，来到北侧走廊，她不禁停下了脚步。那里有一间阴暗的和室，拉门敞开着，看似从前的住家日常起居的房间。靠着土墙，放置着四个木质书架。方才采访尚子的木地板房间除了电话、电脑和办公用品外，也放有书架，是金属的，上面摆放着关于医疗福利制度、公益法人制度等实用类的书籍，还有关于依赖症、发育障碍等精神疾病类的专业书籍和普及读物。而这间和室里的书，露出的书脊部分都已古旧不堪。

"果然是做记者的，对书感兴趣吧？"

木村绘美子问道，她瞬间捕捉到了知佳的目光。

"哦，不……失礼了。"

"想看看的话就请进，没关系的。"

绘美子微微露出得意的笑容，招呼知佳进了和室。

"这些书是小野老师和家里断绝关系后拿来的。"

"断绝关系？"

一时间，绘美子看似有些尴尬，沉默了片刻，继续道：

"你看，老师家里不是很富有嘛，明明离开的时候可以拿走不少华丽的服饰，可据说她只带走了自己珍爱的书籍。换作是我，肯定是高档的衣服能拿多少就拿多少。"

"哈哈，要是我就拿宝石和包了。"知佳边笑着回答，边凝视着书脊。

书架有些寒酸，是组装式的，上面排列的多是《圣经》、哲学书、基督教相关人士和文学家的随笔，有的已经泛黄，有的都朽烂成了褐色，上面的字都无法辨认了。此外还有一些是报告类纪实类的书，反映了发展中国家人民的现状，引起了知佳的兴趣。征得绘美子同意后，她抽出几本翻阅起来。

1

每本书都年代久远，彩色照片褪了色。有趣的是，仅扫一眼目录就能发现那些国家的状况同现代社会迥然不同。书中，非洲和阿拉伯地区就是一些拥有着被殖民历史的国度，居住着纯朴而善良的居民。关于亚洲，作者介绍了他们贫困的现状以及前近代社会的情况[①]，在那里，现代化的发展根本无从谈起。作者在书中提出了自己的拷问——资源丰富的发达国家的居民能为这些贫困地区的人民，特别是对孩子们做些什么？关于菲律宾的书尤其多。

"小野尚子女士原来还是名国际派人士啊，太出人意料了。"

"是啊，她以前好像经常前往菲律宾的贫民窟。"

"她同联合国儿童基金组织有关系？"

"这个嘛。"绘美子不知该如何作答。她说那是她来这儿很久之前的事了，具体情况她也不太清楚。

第二天，借着帮忙干农活和打扫卫生的机会，知佳又向尚子打听了许多她本人的经历。

小野尚子出生在昭和二十四（1949）年，是家中长女。当时正值战后重建如火如荼的年代，在京都经营老牌出版社朱雀堂的父亲在尚子两岁时，将公司迁至东京，小野尚子也跟着搬到了东京文京区的本乡。

从小学到大学，小野尚子都在名门女校——T女子学院就读，大

[①] 各个地区时间划分有所差异，在公元500—1500年的历史时期，即古代之后近世之前的一段历史时期。——译者注

学期间还去英国留学了一年。

不过，尚子对那个时代的事很少提及。也许并不是她想隐瞒，或是不愿回忆起这段往事，而是提及在富裕、稳定的家庭中成长、学习各种技能之类的话题时，容易显得像在卖弄出身，因而她可能有意在回避。这从她的人品就能推断出来。

"那我听说曾有宫家的人找您说媒？"

昨天，知佳直截了当问起这件事时，被尚子笑着否认了。但今天，趁二人闲聊再度提起这个话题时，尚子承认曾有人来她家打探过，想将她列入后妃人选。

"于是我就结婚了……"

"和宫家成员？"

"同别人。"

知佳常听说，当有人家的女儿被列入太子妃人选时，父母就会仓促让女儿成婚，或是送她出国留学。现在看来，即便对方是天皇家族之外的宫家[①]，女方父母也会做出同样的选择。

尚子的父母就急急忙忙让尚未大学毕业的尚子结了婚，男方是某国立大学的研究员。

可怜天下父母心，他们宁可让女儿远嫁到连孙辈都很难轻易见上

[①] 宫家是日本皇室的一种制度。依宫家当主同天皇的血缘关系，可分为直宫家和一般宫家。皇子在成年后可创设宫家，自皇族中独立，又保持皇族的身份，好比是皇室的分家。——译者注

一面的地方，也不愿女儿承受不必要的辛劳。目的就是通过同门当户对的人闪婚，来逃避这令人头疼的婚事吧。

昭和四十七（1972）年，正是日本列岛改造论①甚嚣尘上的一年，全日本刮起了空前的土地旋风。

那一定是场高规格的豪华婚礼吧——知佳内心想象着。她真希望当时的照片能留存下来，但这个愿望一时难以实现。

这桩姻缘是"将来会引领日本知识界的研究能力"同"社长千金财力"的强强联合，从这方面看，算是门当户对。但本该是双方对等互利的婚姻，却在婚后五年走到了尽头。

"毕竟我年轻不谙世事，双方又都不是什么有耐性的人。"

同少女时代一样，尚子言语不多。因为一旦谈及婚姻，难免会数落起对方的不是。知佳在后泡沫经济时代②度过自己的青春，对恋爱和结婚直通车式的浪漫幻想已荡然无存，然而她并不难想象，这种为了逃避棘手的婚姻，将财富和知识凑在一块儿的姻缘究竟经历了什么。

对这段往事含糊其词的尚子唯一说出口的，就是相亲那天对方说的一句话——"我没能力养你。作为研究人员，收入也高不到哪儿去，还要经常去国外出差，两人在一起的时间也会很有限。经济和生活方

---

① 1972年，田中角荣当选为自民党总裁，提出了日本列岛改造论，主要内容是通过构建高速公路、新干线、本州四国联络桥等高速路网，加强日本各地各岛的连通，以促进地方的工业发展，解决人口密集和空洞化的矛盾。——译者注
② 1986—1991年为日本的泡沫经济时代，1991年泡沫经济崩溃，就业困难，非正式雇佣员工急剧增加，被称为后泡沫经济时代。——译者注

面，还要全靠你自己操心了。"

"这男人太差劲了。"听得入神的知佳不由得脱口而出，"就算事实如此，在经济上的确需要你多担待，可他就不表明一下会好好待你之类的态度吗？"

尚子听了只是尴尬地笑笑。

"那人现在怎么样了？"

尽管这个问题无关紧要，可知佳还是忍不住要问。

"前年退休了，听说现在好像成了名誉教授。"

"那他应该没有再婚吧。"

"不，好像和一个跟你年纪相仿的姑娘结了婚……"

尚子家向对方邮递了离婚申请书，这段婚姻就这么结束了，没有情感和金钱上的纠葛。

据尚子说，那人在结婚后就作为研究员只身去了英国，原本两人之间就没有实质上的夫妻生活。

"我自己生活也很混乱。"

"混乱？"

"婚外情"这个词浮现在知佳脑海中，她迫切地想知道是什么。

"有酒精依赖症。"

知佳一愣，吃惊地盯着尚子沉稳而晒得黝黑的脸庞。

之前流传的关于小野尚子的美谈中，可从没提及这一内幕。

知佳隐隐感到，她创立这样的机构、对面临困境的女性倾囊相助的原因渐渐浮出了水面。

尚子说，那时她既没有孩子，丈夫也不在身边，更没有工作经历，无所事事。朋友们一个个不是成了家就是有了工作。她只能缩在高级公寓的一角，俯瞰着窗下的首都高速公路，没日没夜地喝酒。

一开始就喝些小罐装的啤酒，然后就变成葡萄酒，最后甚至喝上了威士忌和白兰地。

有一天，尚子醉醺醺地驾驶着公爵王[①]回父母家时，撞上了围墙。幸而没有伤及无辜，自己也没有受伤。当时对酒驾也没有现在处罚得那么严厉，没受什么追责。只是父母慌慌张张赶来后，亲眼看见了女儿被她自己糟践的身体，目睹了女儿女婿家中的惨状，便和当年让尚子闪婚时一样，又火速办起了女儿的离婚手续。

由于知佳无法向尚子打听太多婚姻生活的内幕，采访结束的第二天，她就在维基百科上查到了尚子前夫的姓名，又以此为线索在网上搜索起了他的相关资料。

正如尚子所言，他是日本某最高学府的名誉教授。担任教职的同时还承担了理事[②]的工作，发表了许多论文和学术著作，但不写普及类读物，也不在媒体上抛头露面，因而名字不太为大众所知。只是有大学教职工在博客上爆料，称其曾和富家千金有过一段婚姻，但对大学

---

① 全称 Nissan Cedric，是日产公司的豪华轿车品牌。——译者注
② 日本国立大学中，理事辅助校长负责掌管国立大学法人业务，也可以代校长履行职务，拥有较大权力。——译者注

时期所谓的灵魂伴侣念念不忘，最后舍弃优越的生活同大学时期的恋人再婚。

这段恋情没有被指责为不伦不贞，反而作为一位学者痴情的罗曼史成为大家的谈资。虽然他和尚子的婚姻的确建立在现实利益之上，可众人一定难以想象，这段罗曼史对这名法律上的妻子构成了多大的心灵创伤。

那名灵魂伴侣的真容，知佳不得而知，眼前的尚子却是美得无可挑剔。然而，当知佳坐在电脑前，试图回忆起尚子的样貌时，却发现脑海里怎么也浮现不出具体的形象，这让她感到困惑。

她一度担心自己是不是患了脸盲症。不过，她发现其他人——比如前护士榊原久乃、代表中富优纪这些人的容貌她都能记得，看样子这和脸盲症无关。

尽管尚子的容貌在知佳的印象中变得模糊了，但她无与伦比的优雅和高贵仍将她美丽的形象衬托得熠熠生辉，包括她的言谈举止，尤其是对自己和周围人甚至对前夫的体谅，以及那不愿伤害别人的善良……

一切的美都源自她的内在。

可她的外表又如何呢？短发花白，从脸到下巴脖子都晒得黝黑，皮肤有光泽的同时也镌满了皱纹，卫衣和裤子干净之余略显陈旧。

面部特征更是难以忆起。硬要举出特征，也许没有特征就是最大的特征吧。不过容貌是真的美。表情决定了一切。

1

她的面部特征之所以给人印象不深刻，也许是因为整体而言，她的五官都很小。眼眸细细长长的，嘴巴小巧，下巴尖尖，鼻梁纤细。若是她面颊丰满、肤色白皙，还能给人留下古典、高贵的印象。可她偏偏面部瘦削，还被太阳晒得黝黑，以至于这些贵族特质无处可寻。

第二天，小野尚子的同学给知佳看了尚子少女时代的照片，同样也给人这种感觉。缺乏内涵的少女时代，尚子在同年龄的女性中并不突出，对男性毫无魅力可言。说得残忍些，大概就是会让为了利益同她结婚的男人大失所望的那种类型。

离婚后，尚子回到了父母身边生活，和单身时一样。那时哥哥已结婚成家，一家同父母住在同一宅院内。然而，那时她已酒精成瘾，身体和心灵都无法轻易恢复原有状态了。

她喝酒喝得住了院，治疗结束出院后又继续沾酒。不仅如此，还开始乱用安眠药。那时，她时常眼神空洞，在自家附近踉踉跄跄地游荡。年迈的父亲见状，就会拉起她的手，揽在怀里把她带回家。出租车内，她喝得神志不清，招来了警察，都是警察来通知家人。她每天都把洗脸池吐得污秽不堪，在床上大小便失禁。实在口渴难耐，就边呕吐边喝啤酒。皮肤下，仿佛蠕动着的蚂蚁般的东西清晰可见。

"酒精依赖症远比新闻和电视剧里出现的更为恐怖。陷入其中，好比陷入了哀鸿遍野的地狱。不仅是肉体上的难受，还有更可怕的。住院后一时间戒了酒，却感到身体都被掏空了。地狱也好魔鬼也罢，有了酒，至少身心是被充满的，可没了酒，就什么都没了。所以出院回

镜子的背面

了家，趁家人不注意的当口，我又会偷偷去喝。在下午三点送来的红茶里，偷偷地混入一滴。微微的酒香钻进鼻孔，这时，我便浑身舒畅得飘飘欲仙了。有酒在手，夫复何求？死了也值。戒酒后再次沾染酒精就是这样的感受。就这样，我再次跌入了地狱的深渊……"

知佳咽了咽口水，点点头。

就这样，父亲因心肌梗死猝死于出差途中。业界报纸的报道中，把他的死描述成为老牌出版社的经营鞠躬尽瘁的"战死"。但尚子知道，比起事业上的重担，她自己才是将父亲身心压垮的最大包袱。

父亲死了，围绕经营权的纷争又雪上加霜，导致母亲还没等到七七祭日[①]便倒下了，住进了东京市的医院。

那天，尚子强行拖着衰弱的身躯，匆匆忙忙收拾好了睡衣、内衣、毛巾等住院的必需品赶到医院。可病床上的母亲双目紧闭，一动不动。

强烈的悲恸涌上心头，尚子担心母亲就这么追随父亲去了，在床头不断喊着"妈妈"！然而就在她将自己的手掌搭在母亲青筋暴起的手背上的一刹那，看似陷入昏迷的母亲却猛地将她的手甩开了。她仍旧双眼紧闭，皱着眉，咬紧牙关。事后，尚子才意识到，那时她的气息也好皮肤也罢，浑身都散发着熟透柿子般甜酸的酒气。

空空荡荡的主屋没了双亲的身影，嫂子出于担心，便来主屋照顾她。可尚子不仅让嫂子操碎了心，甚至有一天还对她说了一些毫无根

---

① 在日本，也有按佛教礼仪为死者服丧49日的传统。——译者注

1

据的话，恶语中伤。估计是因为当时尚子深受受害者意识的困扰，随意就将被母亲拒绝的原因归结到了嫂子的言行上。嫂子对尚子偏执的恶语相向忍无可忍，顾不上安抚也没心思辩解，逃回了自己住的那栋楼。而尚子却紧追不放，哭着抓住她，喋喋不休地加以指责。

第二天，把日子过得昏天黑地的尚子还躺在床上，哥哥就来到床边，不由分说地将她带出了房间，把她塞进了汽车。尚子以为自己又要被带去那家曾几度进出的医院，不想汽车却上了高速公路。

傍晚，汽车停在了位于旧轻井泽的小野家的别墅。别墅被松树林包围着，夏季还算热闹，到了晚秋时节，就变得杳无人烟，整栋别墅都陷入冰冷的死寂之中。

"你就在这儿清醒清醒吧！"

怒不可遏的哥哥扔下这句话，就回了东京。

这栋别墅在最繁盛的时候曾被用作公司员工研修、疗养的地点，自带一个小型的会客堂，面积超过三百平方米。尚子有足够的现金和存款，只要一个电话，附近经常有往来的店铺就会送来食物和燃料。

在那里疗养的话，生活上不会有任何不便，所以哥哥才敢痛下决心将她独自扔在那里。可是，那里没有日常生活的嘈杂，没有人的温度，一个人坐在偌大的古旧别墅南侧的和室里，大白天，那逼人的孤独感都能让人窒息，就好像在黑暗的深渊匍匐而行。当时正值秋冬之交，木质房屋四处吱呀作响，萧瑟的秋风扫荡着枝头，穿透挡雨板和双层玻璃钻进屋里，让人皮肤直起鸡皮疙瘩。

一天大清早，尚子辗转难眠，居家服外仅仅披了件羊毛开衫就逃也似的夺门而出。跑着跑着来到了别墅的尽头，那里有座小教堂。此时，她已冻得手脚僵硬。

教堂既没有塔尖，也没有彩绘玻璃，是栋木结构的水泥房子。这栋小镇会馆般的建筑大门上贴着一张纸，纸上手写着教堂聚会日期，还有《圣经》上的一段话——凡劳苦担重担的人，可以到我这里来，我就使你们得安息[①]。

十一月的别墅区，树林中零星散布的民宅一家家都上了锁，唯有这栋建筑敞开着大门。尚子脱了鞋进入礼拜堂。堂内虽没有点灯点火，但能隐隐嗅到空气里飘浮的暖炉灯油的气息，传递着人的温度。礼拜堂铺着木地板，空空如也，正面的墙上挂着木制十字架，此外仅有一张宣讲台，形如乡下学校的讲台。

寒冷和寂静之中，尚子蜷起身子蹲在墙角。这时，进来了几个人。虽素未谋面，却像熟悉的邻居一样向尚子爽朗地打起了招呼。

聚集而来的人们麻利地拖出折叠椅排放好。尚子就在他们的招呼下参加了主日礼拜。

"也许对于当时的我来说，内心渴求的是心灵的慰藉吧。"尚子道出了心里话。

[①] 出自《马太福音》第11章第28节。参照《圣经和合本》。——译者注

据尚子说，在那以前，她虽没什么特定的信仰，但由于母亲接受过天主教的洗礼，所以从小对基督教耳濡目染。

"就是说，你既没有对基督教报以幻想，也并不排斥，对吗？"

对于知佳稍带为难的提问，尚子并没有面露愠色，反而微笑着回答说："我感觉每个人都与生俱来地藏着一颗祈祷的心，无论宗教派别。"

礼拜结束后，尚子正要回去，被牧师妻子邀去参加茶会。尚子本想拒绝，可牧师妻子不管她答不答应，就揽着肩膀将她带去了二楼，那里被取暖炉烤得暖暖的。

尚子说，她一定是看到自己在霜冻的大冷天，穿着睡衣，披着脏兮兮的针织衫，酒气熏天地蜷缩在教堂地板上，于是猜测到自己一定有难处，就向自己伸出了援手。

茶会谈笑风生，但尚子难以融入其中。不过当茶会结束，女信徒都起身去洗茶杯的时候，牧师的妻子将自己厚厚的羊毛外套递给尚子，还拜托她说："不好意思，你能牵着那位四十来岁的女士的手，帮忙把她送回家吗？"

尚子见那位女性表情严肃，茶会期间也一个人静静坐在房间的一隅。

虽然乍一眼看不出，但当那位女士伸出手，有些笨拙地摸索着杯子时，尚子才发现，原来她的眼睛看不见。后来，她听说那位女士患有进行性视力障碍，已无法治疗，现在还隐约能看见，但几年后就会彻底失明。

这就是尚子同火灾中一起丧生的榊原久乃的初次见面。

就这样，尚子让脚下不稳的久乃挽着自己胳膊，向她家走去。

自己居然拉着别人的手，为别人带路。这不可思议的经历令尚子既困惑，又感动。

路上，久乃说自己原本是这一地区公立医院的护士。现在虽是病休，但终究会离职的。老家在东北地区，她没有回乡，而是在佐久市内的一所针灸按摩学校学习。护士的经验肯定对这份工作有所帮助。她的语气虽不算开朗，却信心满满。

"一般情况下，这样的话肯定对人是一种激励，听了这番话的人也会下决心重新积极面对生活。而我却感到这样的人在我身边只会让我感到沮丧，因为我觉得她和我有着天壤之别，想象一下她的经历就让我觉得丧气。我尽量不想同她有瓜葛。"尚子苦笑道。

她一定想不到，多年后，会和榊原久乃一同建立公益机构，收容无家可归、走投无路的女性，最后还同她一道牺牲了。

那天以后的一段时间，尚子都没和榊原久乃有过交集。

后来，尽管尚子也经常参加主日礼拜、查经聚会和茶会等教堂的聚会，还前往附近的残障人士援助机构，参与教会的志愿活动，但始终都没能成功戒酒。

来别墅区教堂的人们，他们之间的人际关系比想象的要复杂得多。他们不仅和当地居民毫无瓜葛，也同别墅群的人没有任何交流。在这样封闭的圈子里，越是顾虑人际关系，尚子就越发感到疲惫。有时甚至还被卷入不愉快的争吵之中。另外，这些人面对酒气熏天的尚子，的确想方设法地想要帮助她，可这发自内心的善意对尚子而言却像是怒斥般的激将法，她实在无法忍受对方怒其不争似的诘难，越发遁入酒精中寻求安慰了。

过了不久，牧师夫妇被调往富山，取代他们的是一名刚从神学院毕业的单身人士。他曾做过近二十年的工薪族，后来才成为牧师，社会经验丰富。

见尚子喝得烂醉，被身边的女性呵斥着带回教堂，新来的牧师似乎参透其中的缘由，礼拜结束后，便将尚子叫到了其他房间。

新牧师隔着一张小茶几坐在她对面，和其他人不一样，既没说教，也不对她斥责或勉励。

他仅仅递给她一方宣传手册，说了句"你去这里试试"。尚子一看，是一则通知，说是一个名叫"白百合会"的团体要组织一次针对酒精成瘾女性的内部聚会。

"白百合会"成立之初，是一个超教派的基督教女性团体，明治时期是废娼运动的急先锋。经过战争和高度经济增长期[①]后，白百合会将援助对象扩展到了普通女性，解决她们面临的困境，比如对贫困母子的救济和对服刑女性重返社会的支援，家暴避难所的运营，药物、酒

---

① 指1955—1973年这二十年，日本经济以年均10%的速度增长的时期。——译者注

精成瘾者康复组织的建立，等等。同时，非基督教的普通慈善团体也加入了其中，二十世纪七十年代以后，更有一部分女性主义团体也参与了进来，白百合会成长为一个全国性的组织。

听牧师介绍说，这个内部聚会和其他戒酒会不同，只有女性参加。在牧师的强烈建议下，第二周，尚子不情不愿地坐上了牧师的车，去参加白百合会长野支部组织的内部聚会。

就是在那里，尚子不知不觉中摸索到了重生的希望。

"在那里，遇到了真正肯设身处地为我着想，听我说话的会员。那里有做母亲的成天喝酒，无法给婴儿哺乳；有人因为喝酒离了婚，连孩子都不让见上一面，好容易找到工作又因为酗酒被解雇……各种各样的人面临着各色各样的困境和苦恼。我才意识到自己有多幸运了。从小到大，从没人对我拳脚相加，也从没有因为付不起电费被断电，在冰冷的屋子里饿着肚子，打着瞌睡，怀中紧紧抱着哭闹的孩子。有的只是父母的呵护，兄长们的疼爱。而我却不知感恩，只知任性妄为。这和稍有不顺心就在地上打滚哭着耍赖的孩子别无二致。遇见白百合会是我作为一个人得以成长的契机。在此之前，我的确学习了许多技艺和礼仪。可结了婚，到了做母亲的年龄，内心却仍是个孩子。我会做饭，会为客人布置精致的餐桌，却无法挽回丈夫的心。"

知佳出生在工薪阶层的家庭，无法目睹上流社会家庭的情况，也无从知晓这些家庭的千金们真实的婚后生活。但她可以想象，这些表面上琴瑟和谐又不失礼仪的理想家庭，内部实则暗藏着多大的空洞啊。

而将之暴露于外的，正是尚子和研究员的婚姻生活。上流社会的家庭，绝非尚子所说的那般幸运。不过同这种有序而沉稳的冷漠相比，恐怕聚会上酒精成瘾的女性们经历的那些才是更残酷的现实，贫困、暴力、性暴力、虐待——这些都对身体构成了直接的威胁。

"比起戒酒，大家都更希望重新生活。我也一样。虽然不能重生一次，但至少可以开始新的生活。只要我努力，只要我更温柔地看待周围的事物。

"当我意识到时，发现自己已经一周滴酒未沾了。接着坚持到了一个月、三个月，最后从被帮助的人转身变成他人的帮助者。"

小野尚子成了白百合会的一员，从准备聚会和专家的演讲、参与宣传活动、制作排班表到书写信封、打扫整理聚会场地，承担起了各种各样的工作。

她离开了轻井泽的别墅，经会员介绍，租住了长野支部附近的一间公寓。这间轻量铁骨[①]结构的公寓有两间卧室一个厨房，隔音差得都能听到隔壁邻居电视机的声音，但生活却很充实。

然而，在参与白百合会活动的过程中，尚子逐渐意识到女性的酒精依赖并不单纯是酒精的问题。

酒精成瘾和其他药物成瘾虽远远够不上违法，但成瘾者面临的现实问题却近在咫尺。这些问题往往叠加了性依赖、进食障碍、虐待儿

---

① 日本的建筑结构种类之一，用厚度不满 6 毫米的钢材搭建建筑物框架，工期短且质量稳定，缺点是隔音差。——译者注

镜子的背面

童、卖淫等问题。

　　于是，尚子最终离开了公寓，搬进了"圣艾格尼丝宿舍"。这是白百合会为药物和酒精依赖者设立的康复机构。

　　这一自助组织旨在通过让结束治疗的女性共同生活，来达到互相支持、互相鼓励、最终回归社会的目的。而事实上，这一组织还承担了庇护所的功能，接纳被社会福利制度遗漏的女性。她们逃离贫困、暴力、虐待，有的带着孩子来到这里寻求庇护。

　　人们往往将这些女性的问题归咎于她们自身的堕落和薄弱的意志，然而究其背后，其实隐藏着来自亲人的性暴力和虐待，还有来自丈夫的家暴，这些都导致她们不得不依赖酒精或药物生存。

　　全日本有十四家圣艾格尼丝宿舍，地址都未公之于众。这样做是考虑到施暴的丈夫、对她们进行性虐待的亲人、暴力团体可能会为了寻找逃亡的女性而潜入进来。

　　"圣艾格尼丝宿舍 松本"的管理人办公室设在位于居民区的旧员工宿舍内，尚子于是成为圣艾格尼丝宿舍的职员，住进了六张榻榻米[①]大小的管理员办公室，同时还承担了各类杂务。

　　就是在这家机构，尚子同轻井泽教堂偶遇的前护士榊原久乃再度相遇。

　　当时，榊原久乃的病情加重，已完全失明，取得了按摩师的国家

---

① 约十平方米不到。——译者注

资格证，经白百合会安排，每周两次来圣艾格尼丝宿舍帮助因事故和疾病留下后遗症的住客按摩。

尽管榊原久乃是后天失明，参加培训班取得证书没多久，资历尚浅，但她凭借一贯的坚定意志和认真性格，练就了纯熟的按摩技术。另外，或许是由于她天性中敏锐的第六感，只要她的手掌轻轻一抚触，连内脏疾病引起的疼痛和脊髓型颈椎病[①]造成的顽固的麻木症状都会得到缓解，患者身体也会温热起来，甚至有患者评价说，感觉像是被某种超自然的力量治愈了。

事实上，榊原久乃的按摩不仅对成人有效，对夜啼的婴儿，只要从头到脖子轻轻一摸，婴儿就会平静下来。

她那双眸紧闭、严肃而不可亲近的表情背后，潜藏着的是治愈人们身心的神秘力量。甚至都不必直接触碰，仅仅靠近双手，身体的那个部位就会发热，患者的情绪也变得安定下来，疼痛也消失了。尚子认为这是有信仰的人所行的神迹，而知佳当然并不相信这种力量的存在。

她认为，这一切都是因为人体原本就散发着相当于一百瓦灯泡的热量，手掌触碰的地方自然就会感到温暖，榊原久乃又做过护士，熟知人体的构造，外加取得了按摩师的资质，即便经验不算丰富，也一定手法得当。

---

① 颈椎病的一种，颈椎间盘蜕变引起颈椎间盘突出、颈椎不稳等问题，进而压迫脊髓或血管，最终引起肢体麻木和运动障碍，是颈椎病中最严重的一种类型。——译者注

不过，尽管理性上这么认为，在新艾格尼丝宿舍留宿的两天里，久乃的沉默寡言和严肃的表情背后，知佳总能感受到某种神秘而有些瘆人的力量。尤其是从她那紧闭的眼睑下，知佳能感受到她的目光，当她毛骨悚然地回过头，发现久乃果然正面向着她这边，每当这时，知佳感到自己的确被她看透了。

两人在圣艾格尼丝宿舍再度相遇的时候，久乃在市内的一家正骨院工作。也许是她早有帮助困难女性的愿望吧，有一段时间，她也同尚子一样，成为宿舍的一名职员，在宿舍住了下来。

不难想象，对于各种依赖症的康复患者以及面临困境的住客来说，这种"神秘的力量"的确会发挥更佳的效果。

就这样，尚子从三十出头开始的七八年里，都在白百合会运营的"圣艾格尼丝宿舍 松本"度过，然而在此期间，圣艾格尼丝宿舍几度遇到了资金困难。

进入二十世纪九十年代，遇上泡沫经济崩溃，此前为宿舍捐献大量资金的慈善团体由于主体公司经营恶化，一个个都撤走了资金。而来自市民团体和靠慈善组织及个人奉献维持的教堂的支援又是杯水车薪，无法维持机构运营。在这样的背景下，圣艾格尼丝宿舍被迫缩小活动范围，全国十四家机构经过合并或废止，最后仅剩八家，取而代之的是在教堂或公民馆等场地借上一间屋子举办的聚会、咨询会或交流会，已经不能称为让大家共同度日的宿舍了。

"圣艾格尼丝宿舍 松本"也面临关闭,住客和职员们只能各自租房,或是回到各家中,或是在条件允许的情况下住进母子宿舍①。活动也从原本的共同生活蜕变为聚会的形式。

那时,尚子想到了十年前的冬天,她离开后便空置的轻井泽别墅。

当时,她因脑梗长期住院的母亲也在父亲亡故后四年离开了人世。

尚子的离异和酒精成瘾折了父亲的阳寿,辱没了家族的荣誉,还给兄长及其家庭带来了麻烦。母亲到最后都没有原谅尚子。尚子前去探望,也被护士劝回,不让她进入病房。

然而,当母亲亡故后,哥哥并未逼迫她放弃财产的继承权。他以断绝关系、从此不再同双亲的丧仪产生瓜葛为条件,同纳税代理人咨询后,还算公平地同尚子分割了财产。

父母的股票、债券和一部分存款归入小野尚子名下,位于旧轻井泽近两千平方米的土地和老化的木结构建筑归小野尚子所有。

就算是继承了巨额的遗产,尚子也无法仅凭这些个人资产将"圣艾格尼丝宿舍"这一机构长久维持下去。然而,她却可以在"圣艾格尼丝宿舍 松本"关闭之后,提供轻井泽的别墅作为替代。

轻井泽夏季和冬季温差巨大,气候湿润,别墅在那里空置了十年之久,损坏相当严重。不过那里很宽敞,整修一下足够容得下松本宿舍的全体成员。另外,近两千平方米的土地也可以利用起来,作为耕

---

① 日本的福利机构之一,旨在为单身母亲及其未成年孩子提供庇护,对其生活进行援助并帮助其自立。——译者注

镜子的背面

地和加工场地，不仅可以满足大家共同生活，还可以在一定程度上实现自给自足。更何况，附近还有曾经对尚子伸以援手的教堂。

尚子的提议被其他地区的圣艾格尼丝宿舍职员以及白百合会的理事断然否决了。

因为早在资金短缺之前，圣艾格尼丝宿舍就已经存在一些潜在的问题。

圣艾格尼丝宿舍作为因依赖症、家暴、虐待构成心灵创伤的人员的康复机构，其目的在于帮助受害者实现回归社会。这一机构帮助住客靠一己之力解决问题，或是通过住客互助、互相支持，尽早让他们回到普通社会。否则，该机构的存在就毫无意义。

然而，各个地区的圣艾格尼丝宿舍的成员却出现了固定化的现象。一方面，结束康复的住客直接成为该机构的职员，来接收新的住客。她们本不该有任何优越感，可有些人却摆出一副前辈的姿态，对新住客进行说教。另一方面，由于住客有着雷同的经历，虽然宿舍的生活很朴素，但经济上没有紧迫感，给人某种舒适和安定的氛围，于是一部分住客便开始安于现状，不愿再回到外面的世界了。

因而成员免费提供别墅虽出于好意，但在那种地方经营家庭菜园，还能提供生产作坊，住客必定会越发留恋这封闭的环境，心安理得地躲藏在人们的善意之下，这就和回归社会渐行渐远了。

这些尚子都能理解。但是毕竟有那么一部分人需要这样封闭而充满温情的世界。还有些人被遗漏在了由行政、市民团体、宗教团体组织的安全网的缝隙之中。更有些人虽然获得了援助，但受到的创伤过于严重，根本丧失了自行解决困难和努力自主生活的能力。

比如有的女性自幼遭受家人的性虐待，十四岁开始就为了充饥和寻找过夜的处所不得不去卖淫导致怀孕，生产后，将刚出生的孩子置之不顾，导致婴儿夭折，最后被逮捕入狱。出狱后，她其实没有重返社会的途径。还有人从十几岁起就成为暴力团伙某干部的情人，身上色彩艳丽的刺青后来引发了肉芽肿，背上刺的虚空藏菩萨埋没在无数凹凸不平的肉芽肿下，都变了形。她二十来岁就满口义齿，并不是由于药物导致的，而是为了性技巧拔的牙。

有一位带着幼儿的母亲，从手腕到手肘布满了自残的痕迹，六年里有过四段婚姻，而且丈夫一个个都对她拳脚相加，一侧耳朵的鼓膜因殴打导致破裂。

对这些人而言，结束康复疗养后，在职员的鼓励下硬生生被推回那个充满疾风骤雨的社会，面临的只会是恐惧。有人即便满怀信念和希望地启程，可最先迎接她们的，却是让人难以承受的偏见。

在政策的支持下，她们虽然能租到公寓，从事简单的工作，也参加白百合会主办的聚会，可空荡荡的单身公寓或身心健康的亲人所在的房子，对她们而言未必是一个"理想的归宿"。

这些人需要治愈的不仅仅是依赖症等疾病本身，更是暴力、虐待、疾病导致的身心创伤，重新找回活下去的力量和信任感。尚子的目标正是为这类人创造这样的归宿。

最后，尚子同白百合会理事、圣艾格尼丝宿舍的机构负责人分道扬镳，将"圣艾格尼丝宿舍 松本"的一部分职员和住客一同迁到了轻井泽，重新建立了一个女性共同生活的机构。而且这一机构的确取得了一定的成效。

虽然新艾格尼丝宿舍作为一家机构独立了出来，但小野尚子并没有同白百合会决裂。独立后，她仍旧接受着白百合会的支援，同圣艾格尼丝宿舍的理事们保持着交流，维系着融洽的关系。这也许得益于小野尚子的品德。而且，尚子提到自己创立的共生机构时，为了向白百合会致敬，在取得她们许可后，将新的机构命名为"新艾格尼丝宿舍"。

为了节约资金，尚子尽量靠成员的一己之力来修缮新艾格尼丝宿舍。搬迁的那个夏季，她们还将简易的厕所设在屋外，将别墅的起居室用蓝色塑料纸围起来，互相挨着过夜。但她们用不熟练的动作经过上漆、重新铺设地板、建造阁楼、渐渐扩大建筑空间后，到了寒冬时节，这栋别墅设施基本完备，已经转型成了一个可容纳十几人共同生活的机构了。

后来，被尚子的热忱和人品打动，其他圣艾格尼丝宿舍的几名职员也加入了进来。其中就有眼盲的榊原久乃。尚子虽自称为"管家"，实质上是机构总负责人，职员们和十几名面临各种各样问题的住客有事都会来找她谈心。

中富优纪代表告诉知佳，这些身心受到创伤的人并不是始终都在互相安慰。也许是因为生性不合，反感、怨恨这类负面情绪在这群人中暴露得相当尖锐。她们常常相互间暗自较劲、争吵，甚至把孩子也卷入了进来，还有的拉帮结派互相敌对。不过这些都没有演变成暴力，也没有谁因此被赶出去过。这都得归功于尚子自始至终对大家内心的真诚聆听。

当然，知佳来采访的七年前，中富优纪才来到新艾格尼丝宿舍。二十世纪九十年代尚子将机构搬迁至轻井泽时，她并没在那里。但她认为，只要看尚子对住客们的态度，便可知若不是因为她，这些"问题女性"根本无法实现共同生活。

尚子不仅承担了新艾格尼丝宿舍各项相关的杂务，耐心面对每一位住客，还为机构的运营提供资金支持。

可如果仅凭个人资产，机构维持不了几年。为了凑出运营资金，尚子奔走于曾经帮助过她的教会、市民团体之间，吸引新的支持者。于是，在旧轻井泽居住的学者、文化人以及一部分艺人中，小野尚子也渐渐成了知名人士。他们一个个都被尚子真诚的态度和热情所打动，其中有人虽在最初抱有怀疑，但在她的邀请下亲临机构，接触到宿舍内涌动的温暖、祥和气氛的那一瞬，就能明白，她的志向没有丝毫作秀的成分，许多组织许多人以失败告终的尝试在这家机构结出了圆满的果实。

就这样，不同于圣艾格尼丝宿舍为了逃避追踪和暴力团伙而隐藏地址，新艾格尼丝宿舍有着很高的知名度，还受许多知名人士守护。因而住客的追踪者、施暴的丈夫和暴力团伙都无一敢来该机构骚扰。

镜子的背面

　　尚子不仅为日本国内的女性鞠躬尽瘁,还常常前往马尼拉的贫民窟。

　　当知佳问起北侧和室书架上摆放的书籍中为何有许多关于菲律宾的书时,尚子回答说,她从十几岁起,就开始关心发展中国家,尤其是菲律宾的贫困问题和孩子们。

　　隶属白百合会的名门女校的校友会一直以来也前往菲律宾的贫民窟开展援助活动。但有一次,担任翻译的修女病倒了。而当地迎接她们的修道会使用的是法语,光说英语无法同她们交流。这时便轮到尚子出马了,她在英国留学时曾学习过法语和西班牙语。

　　当时的尚子在犹豫之中接下了翻译的工作。因为她刚从酒精依赖症中康复,作为白百合会的会员资历尚浅,她担心自己能否胜任。

　　"那个千金小姐学校的校友会在贫民窟做志愿活动?那可是有钱人家的全职太太啊。"

　　听到这儿,知佳禁不住打断了尚子,用讽刺的口吻问道。

　　"这就是'享受特权须承担义务[①]'吧……"

　　与高贵和财富相伴的是义务。听到这句话的瞬间,知佳为自己缺乏教养而感到羞愧。

　　"不过,志愿活动的某些方面,也的确像山崎女士所说的那样。"

　　尚子接着谦逊地讲述起当年去菲律宾的往事来。

[①] 原文为法语(noblesse oblige),意为身份高贵的人必须承担相应的社会责任,是欧美社会的基本道德观。来源于法语的原意——贵族的行为必须与其身份相符。——译者注

1

她们在马尼拉的贫民窟为孩子们分发食物,通过纸画剧场①表演来向孩子们宣传卫生知识,可这类志愿活动在为期七天的行程中仅占一天,其他几天都在富丽堂皇的教堂中,参与庄严烦冗的仪式了。那些接待她们的神父和修女穿着美丽的长袍,留宿她们的修道院刷着雪白的墙面,大草坪上一片绿草茵茵,相形之下,贫民窟鳞次栉比的铁皮屋顶的斑斑锈迹,还有水泥墙灰扑扑的沉闷色调都显得格外触目。

而且,那仅仅为期一天的志愿活动举办地就设在海边木质栈道的两侧,那里排列着整齐的小屋,离修道院近在咫尺,治安良好,绝对称不上贫民窟。

虽然志愿活动流于形式,但尚子却因此同在当地邂逅的志愿活动组织者结了缘,此后的十三年里,她频繁往来于日本和菲律宾。有一家非政府组织同当地的天主教会协作,为得不到普通医疗救助的孩子们开展民间救助活动。在这个民间组织的安排下,尚子住进了贫民窟的一栋小屋,在教堂开设的小诊所协助修女为当地贫民提供诊疗服务。

孩子们在贫民窟后的垃圾场捡拾空罐子、玻璃瓶和一些尚能使用的物品,卖些钱来维持最基本的生活。在垃圾场中受伤是家常便饭。垃圾场污染严重,恶臭蔓延至数公里以外。在那里稍有擦伤、割伤,伤口就会化脓,常常有孩子因此截肢,或是感染破伤风丢了性命。

---

① 日本特有的演剧形式,起源于明治时期,每个故事都由几张画组成,按顺序插放在木制盒中,表演者边讲述故事,边依次展示相应的画面。——译者注

贫民窟的诊所往往没有医师,甚至连个护士也没有。但对于不到濒临死亡就不去医院的贫民而言,能在诊所用清洁的水清洗伤口,用干净的纱布保护创面就可以预防伤口恶化,因此小小的诊所对他们而言有着重要的意义。

"早上,孩子们做的第一件事就是在水龙头那里排好队等着接水。我们就事先将水放入大锅中煮沸,存在瓶子里。伤口和疾病只要有清洁的水,八成都能痊愈。另外需要凉鞋和运动鞋,有干净的衣服就更好了……在这基础上疫苗、药品、奶粉之类的都是锦上添花。对于当时,我能回忆起的尽是从早到晚不停地烧水了。若是有孩子出生,或是有人受重伤,那水就更不够了。光靠石油炉烧水根本来不及,正发愁呢,修女自制了烧水工具,就是在灶上架上铁桶,把废弃的材料或垃圾充当燃料。"

"修女?套着洁白的围领,戴着头巾?"

尚子听后笑着给知佳看照片。照片上,一名身穿牛仔裤的中年菲律宾修女将头巾把头发固定,挽起衬衫的袖子,正把废材往灶里添。

"废材上不是涂着漆,就是粘有胶水,烧起来挥发的刺激性气体把眼睛喉咙熏得生疼,让人恶心想吐,但没办法,这些都是最廉价的燃料。"

"您这样没日没夜地为女性奔忙之余,还在马尼拉贫民窟做志愿服务。小野女士,这样十足的干劲,概括起来都是源于……爱吗?"

知佳抛出了一个女性采访者必问的一个问题。尚子听后含蓄地笑了笑,双手轻轻握了握拳。

"我不能为他们做什么。是孩子们给了我动力。而且,贫民窟和新艾格尼丝宿舍的活动之间并不是毫无关系的。毕竟我自己真正能戒酒,也多亏了贫民窟的孩子们。包括我在内,有些人之所以沉溺于酒精、药物或是坏男人之中,都是被那背后的死亡所引诱的缘故。因为人在这种情况下内心是渴望死亡的。日本虽然很富裕,却有那么多人被死亡引诱,反倒是贫民窟的孩子们,脸上都绽放着灿烂的笑容。也许你无法相信,即便他们身体被泥土烟霾弄得脏污不堪,却带着炯炯有神的目光在污水横流的路上活蹦乱跳。他们周围焕发着光辉。似乎他们内心深处保有着生命的活水。他们能在任何事情中发现喜乐,并将这喜乐化作生存下去的活力。这究竟是为什么呢?因为我们忘却了一些重要的东西。我既没受过洗礼,也没有什么特定的信仰,但每个人内心深处其实都保有神明赐予我们的喜乐之泉。是那些孩子们告诉了我这股活泉的存在。我想,这也许就是我投身于贫民窟的原因。我是从那边的孩子们那里学习到宝贵的东西,而并不是大家口口相传的为了去做志愿者或是开展慈善事业。为他们清洗伤口,帮助妇女生产之类的,都是微不足道的报答而已。"

知佳边听边点头。尽管这些话很有小野尚子的风格,但说到她没有特定的信仰,知佳觉得听多少遍都无法相信。她的行动、想法以及给人留下的印象都那么像一名基督徒。知佳心想,也许是因为日本无宗教信仰的人太多,她为了获得更多的支持,才有意回避公开自己的信仰。也或许所谓真正的信仰，就是与她那样的信念和行动相伴的吧，无论信奉的是佛教也好神道教也罢。

然而，在尚子四十五岁以后，她便不再去马尼拉了。

"说到这儿真是难为情，我在那里病倒了。发了高烧，修女立刻把我送到了医院。那家医院是神父们病了以后去的。异常豪华。我在那里接受了最先进的治疗。那家医院也许对当地的普通人而言是想象都无法企及的地方，就像度假酒店一样。等感觉稍好了些，也是每天接受检查，不让我出院。有一天，我终于逃也似的跑出了医院。住院的费用可以用保险金抵充。然而，就在我回到了贫民窟那天，我的身体状况就恶化了，不得不再次回到医院。在医院待了一阵子，医生说我的身体无法进一步恢复了，无奈只能回国。没想到到头来反而给大家添了麻烦……总之，关节、肌肉、喉咙……浑身疼痛难耐。皮肤通红，布满了丘疹。没脸见人了，头也不敢抬。不仅如此，一见阳光就会疲劳，动弹不得。那真的是连呼吸都觉得吃力，像个吸血鬼。回到这里好几个月内，我都戴着目镜，头上拿块布遮着。"

"那里一定有什么可怕的传染病吧。"

知佳不由得打了个寒战。

"不，不是什么传染病，而是自身免疫性疾病。多年前混乱的生活弄垮了身体，一旦过度疲劳，就发病了。是身体中隐藏的疾病引发了这些症状。"

"过劳了，一定是您太劳累了。"

1

中富优纪用轻快的语气插话道。不知何时，她来到了两人身旁。

"老师卖力过头了。明明有年轻人在，她在一边监督指挥就行了，说什么都要鞠躬尽瘁地忙活不停。您从没有停下来悠闲地喝过茶吧。只有在倾听住客说话的时候，她才停下手头的工作。说真心话，相比之下我都无地自容了。老师和高龄的榊原去打扫雨污槽，而我怎么能够心安理得地在办公室从容地整理资料呢。"

"是啊，要是把身体累坏了，给大家添麻烦，就不值当了。"

"那您战胜了病魔……"

"要说是战胜……这也是我运气好。多亏了中药，或者说是多亏有名的中医，据说毕业于中国著名的医科大学。给我开了中药，还为我施针灸。被西医放弃的患者从全国各地慕名而来。我在那里治疗了两三年。当医生说可以不用再去的时候，我真的很高兴，当然也有些不舍。"

"不过能治好真是幸运。那后来您还去马尼拉吗？"

优纪皱着眉，无言地摆摆手。

"医生说是陈年痼疾，遇到不良的环境可能会复发。而且再给大家添麻烦就得不偿失了。"尚子尴尬地笑道。

幸而尚子的病痊愈了，新艾格尼丝宿舍的活动也回到了正轨，送走了成功回归社会的住客，又迎来了新的住客。而有的住客作为职员留了下来。就这样过了十多年后，尚子她们又决定迁往西轻井泽。

那年正值东日本大地震。全日本的善意都集中到了受灾地，新艾格尼丝宿舍的资金供应中断了，运营资金出现了短缺。剩下的几处圣艾格尼丝宿舍也是同样的境况。

人们都认为，那些有着地狱般人生境况的人们不是因为药物酒精依赖症，就是因为择偶不善，或是因为自己混乱的性生活。比起这些自作自受的人，那些毫无过错踏踏实实过日子，却因为天降的灾祸失去了亲人，失去了家园土地，没了工作的人，才更应当优先得到救助。这种想法也是人之常情吧。

这时，为了支持新艾格尼丝宿舍，尚子将个人的资产倾囊而出。然而长此以往，这些个人财产也难以为继。于是，尚子就将别墅和土地变卖，用折现的一部分资金购买了山坡上被弃置的一栋民宅，并将机构迁了过去。剩下的资金用于临时维持机构的运转。

讽刺的是，一方面由于地震，别墅区的地价飞涨，需求猛增。来这儿购买房产的多是些中产阶级，有些来此为了避难，有些为了和家人在这里共住，有的则是为了躲避计划性的停电和放射性物质的影响……另一方面，由于新干线的开通，周边繁华的商业设施和豪华酒店次第开花，别墅区已经变身成了繁华都市的飞地，这对于想要通过共同生活来开启一段新的人生的住客们而言诱惑太多。从这方面考虑，半山腰上带田地的民宅就成了理想的处所，但这样一来，该机构就会暴露在周边村落排外的目光之下了。

但尚子毅然决然地挺进了邻里之间监视严密、有着根深蒂固偏见的农村。她利用农村年轻人减少，渴望年轻劳动力的心理，通过让成员加入共同劳作，并参与当地传统庆典，来一点一滴地博得当地人的信赖。

就在采访结束后的两年，尚子和榊原久乃就双双去世了。
"我知道，人的生命没有轻重贵贱之分。可是……"
追思会结束后，中富优纪在教堂后院叹着气摇头说。

在中学时代就和男人厮混在一起，分分合合，身心失去了平衡，服用医生开具的镇静类精神药物，久而久之形成了药物依赖。后来又冒用别人的医疗保险证获得处方药。后来她因为怀孕就去咨询保健医师，在精神科医生的指导下成功减药。之后，她进入了康复机构，平安产下一名女婴。

虽然药物依赖症的康复治疗结束了，但她被男友抛弃，又被亲生母亲拒之门外。对于这名年轻的母亲而言，第一次生产和孤军奋战养育孩子的现实无疑是残酷的。由于在普通社会生存遇到了重重困难，经由白百合会介绍，两周前来到了新艾格尼丝宿舍。然而，虽然摆脱了药物依赖，却同时对另一事物产生了依赖。

那就是男人。大家常常发现她抛下孩子不管，正猜想她是不是外出了，就见她哭红着眼，脚穿一只鞋回了机构，也不知发生了什么。

这女人名叫濑沼遥，就是尚子和榊原久乃用生命守护的那位年轻母亲。

火灾发生的那晚，她也去会了男人，回来时显得异常沮丧。住客和职员们担心之余都注意着她的举动,可就趁大家稍不留神的当口,她又服用了偷偷带回的药物,以谋得虚妄的片刻安宁,却在大火逼近的时候,怀抱着孩子动弹不得,只能像一摊稀泥一样蜷缩在原地。

尚子虽坚称自己没有特定的信仰,却甘愿舍弃生命救助药物中毒的母亲,这样的行为,放在有宗教信仰的人中,该被视作殉教了吧。

不过知佳认为,已经被神格化的小野尚子通过生命最后的自我牺牲,已然自成神明了。她爽朗不拘小节,却自始至终保持着谦恭和真挚。这样的姿态本身就具备着某种神性。

2

手机铃响了，不知来者为何。

中富优纪将手机贴在耳边，手中还在有意无意地翻阅着身边的资料。

追思会顺利结束了。由于信浓追分的宿舍烧毁了，为了寻找新的便宜的独栋住处，优纪正和木村绘美子一同奔波于几处房产公司之间，就在这时，警察打来了电话。

警察称有事想要询问，希望她们去一次警署。面对警察礼貌的请求，优纪则要求有事在电话里解决。

她觉得，只要自己没什么嫌疑，就没有必要专程去警署跑一趟。

宿舍被烧毁后，住客有的回了自己家，有的在政策的支持下住进了民间的公寓。由于种种原因不具备这些条件的，包括婴儿在内有六人，只能寄身于白百合会提供的女性庇护所。然而，火灾已过去了两个月，将她们一直托放在庇护所毕竟不太现实。

优纪和绘美子则租住在长野市内一间有四十七年房龄的木结构公

寓里，二卧带一厨房。不过从那里到地处偏僻的庇护所，只有一路专线大巴，一天只有四个班次。此外，那些回家的住客以及独自一人住在公寓里的住客们时常打来电话，在电话那头哭诉。所以她们希望能尽早找到新的落脚点。

在这种情况下，她们可没有时间和精力换乘电车和巴士，就为了去警署接受警方的问询。

面对优纪推诿的态度，警察用礼貌却极为事务性的语气告知说，两名死者中，有一名确认无误是榊原久乃，但另一具遗体却不是小野尚子。因而有些情况想要向她了解。

警方反复要求她亲自过来，语气变得威严起来。

"明白了，我会去一趟的。"

茫然之中，优纪挂了电话。

身旁的绘美子皱起了眉，看样子从刚才的对话中，她已猜测出了大致的内容。优纪向她转述了警方的意思。

"也就是说，这具遗体不知是谁的？听着有些诡异啊……"

绘美子不寒而栗，不由得抱紧了双臂，继续道：

"那这样说来，小野老师又在哪儿呢？"

"火势那么大，肯定……"

优纪没有勇气再说下去了。她亲眼看到宿舍被烧塌，等姗姗来迟的消防车到达现场时，一切都已化为了灰烬。这样看来，小野老师的遗体不是化为了尘土，就是掉进了池塘里尚未被发现。无论是哪种可能性，从当时现场的情况来看，她都没有生还的希望。

"那天，我们这儿没来客人吧？"

绘美子向优纪确认道。

"阿遥和男人见面回来后是有些不对劲，但没和男人一起回来吧？"

这具遗体既不是小野老师，也不是榊原久乃的，不属于当天在新艾格尼丝宿舍的任何一个。难道是那天夜里，有一个什么外人秘密潜入了宿舍，最后成了牺牲品？

这家宿舍是栋旧民宅，有很多入口，平时门也不上锁，建筑内有许多可供躲藏的地方，比如阁楼、檐廊下、后门附近的储物间。屋内没什么贵重物品，不过毕竟职员和住客都是女性，为了捣蛋潜入进来也不是没可能。

不过，当优纪和绘美子见到了轻井泽的警方后，这些推测都被推翻了。

不，的确是有人混了进来，而且是在很久以前。

宽敞的屋子用屏风隔着，警察在一个角落向二人说明了情况——

为了鉴定遗体身份，警方向小野尚子的兄长采集了DNA样本，经比对，确认那具被认为是小野尚子的遗体同尚子兄长之间不存在血缘关系。

"就是说他们不是血缘上的兄妹？"优纪问道。

警察摇了摇头。

据尚子的兄长小野孝义称，尚子离婚回到父母家后，就经常去附

镜子的背面

近的牙科诊所。在被兄长带到轻井泽前,尚子因为酒精依赖症弄垮了身体,加上生活完全没有规律,牙齿几乎都掉光了。

然而,那具烧焦的遗体牙齿却一颗也不缺。当时也是因为这,遗体才迟迟没有归还。

"今年一月,这名女性还去看过牙医吧?"

警方询问道。

"是的……"

那年的一月十六日,优纪的确开着小汽车,下了被冰雪封冻的坡道,送小野尚子去了牙科诊所。采购了必需品后,又像往常一样,载着尚子回到了位于信浓追分的新艾格尼丝宿舍。

"小野尚子"的医疗保险证[①]上有主治医生的信息,警察找到了那名医师,据他说,"小野尚子"没有缺牙。只是牙齿上有个小蛀洞,来诊所补了牙,又让牙科保健师洗了牙,做了口腔菌群检查。

"这样说来,那个人,小野老师不是小野尚子喽。"

照警察的意思,优纪开车时,坐在副驾上边对着满是皲裂的指尖吹气,边小声嘟囔着"春天还要等好久啊"的人,并不是小野尚子。

优纪身边的绘美子似乎无法理解整个事情的原委,张口结舌地注视着警察的脸。

"至少直到九年前都不是。"

---

① 相当于中国的医保卡,是日本国民加入医疗保险的证明,为塑料或纸质,上面写有接受诊疗所必要的个人信息,是病历制作和诊疗费计算时必备的证明。——译者注

54

警察不动声色地回答。

"小野尚子"的家庭牙医辨认了尸体口腔照片和X光片后，确认那的确是四个月前自己看过的病人。"小野尚子"每两年会去看一次那名牙医。她的医疗保险证上可以追溯到九年前的就诊病例，从诊疗记录来看，九年前的"小野尚子"同这具遗体也是同一人。那名"小野尚子"的确补过几次牙，但到死都没有掉过一颗牙。

"九年前……"优纪沉吟道。

警察纠正道："可能不止九年，因为这名牙医对病例的保存期限是十年。十年前即便去就诊，记录也被废弃了，所以九年前是什么情况还不得而知。"

不管怎样，九年前，那个不是小野尚子的"小野老师"就已经在大家身边了。而且，优纪来到新艾格尼丝宿舍也是九年前，这时，新艾格尼丝宿舍不在信浓追分，而是在旧轻井泽。

镇上的人也都知道，那里的确是小野家的别墅。附近别墅的人、周边和教堂有关的人都知道"小野尚子"是京都的老牌出版社"朱雀堂的千金"，没有人对此产生过怀疑。

"那小野老师到底是谁呢。"

绘美子耷拉着肩膀，茫然地问道。

"这个目前身份还无法确定。"

"那真正的小野尚子和新艾格尼丝宿舍有关系吗？"

优纪急切地追问道。

"这两者应该的确是有关系的。听说在宿舍建立之初,尚子同她兄长就别墅区域的划分有过沟通。也许是两人长期断绝往来的缘故,当我们通知她兄长关于火灾的事时,他开口第一句话就是不希望和这件事有任何瓜葛,全权由我们警方来处理。采集他的DNA都颇费一番周折,他断然拒绝我们再同他联系。"

"就是说,他对尚子……没有爱喽。"绘美子不经意地喃喃自语道。

"唉,这就是现在的世道啊。"警察轻描淡写地回答。但优纪能够想象,也许正是因为两人是血亲,才会为了全心全意照顾酒精依赖症的妹妹把妻子都卷了进来,无奈最后被逼到同她六道轮回永无瓜葛,以至于连名字都不愿听到的境地了吧。

不过话说回来,那个自称是小野尚子的女性、自己熟知的那个"小野先生"究竟是从哪儿来的呢?

警察向二人详细询问了火灾发生时和火灾之前小野尚子的情况,并做了笔录。

虽然回答警方问询的过程不过是事务性的流程,但优纪每每想要回忆往事之际,便被内心涌上的强烈哀恸搅扰得难以自持。绘美子也常常哽咽得说不出话,不停地擦拭着眼泪。

持续一个小时的问询终于结束了。两人离开了警署。

"真是,什么是什么呀。一头雾水。"

绘美子边将手里的披巾缠到了脖子上,边哭丧着脸自言自语道。同追思会那天的晴朗不同,这天天气阴寒,灰色的天空眼看就要下起寒雨。

"不过，我并不觉得自己被骗了。"

优纪抬头仰望着阴云密布的天空。"虽然老师的姓名来历都和小野尚子本人无关，但这不影响到我们和她的关系。"

绘美子点头赞同。

"老师就是老师是吧。只不过不叫小野尚子而已。不过这些和大家讲不太好吧……一定会有人受打击的。"

"与其说是打击，不如说是错乱……不，没准会燃起不切实际的希望呢，觉得小野老师还在什么地方活着，也许哪天就回来了。"

距火灾发生还没过多久，每个人都在恍惚之中，或是接受警方和消防员的问询，或是寻找临时的住所，过一天算一天。悲痛中，感觉一切都那么不真实。追思会结束后，大家终于能直面这种痛失亲人般的情感，开始慢慢能接受小野老师已经不在了的事实。

若是再燃起什么不切实际的希望来，那等待她们的只有更深的失望。

"究竟发生了什么，让小野老师冒用起了'小野尚子'的名义了呢？白百合会的人知道这件事吗？"

优纪百思不得其解。绘美子听了叹了口气。

"总觉得，我们这些所谓的职员也只是受着小野老师的照顾，对老师真是一无所知啊。也许即便她内心有许多忧虑或不痛快的事，为了不让我们担心，就把许多秘密藏在内心了。"绘美子说着轻轻地吸了吸

镜子的背面

鼻子,"她有时就该任性些,对我们发发牢骚,多说说心里话的。"

一出警署,优纪她们便赶往了住客们暂住的女性庇护所。

由于没钱乘坐新干线,只能辗转换乘在来线路①和大巴。当到达这处郊外老旧的机构时,天色已经昏暗,寒风越发砭人肌骨了。

一进门,担任庇护所所长的修女就上前询问道:"找到合适的住处了吗?有一名泰国女性要住进来,从卖淫组织逃出来的,还带着个没断奶的婴儿。"

言下之意,就是收容那名泰国女性才是当务之急,希望她们尽快搬离。

"抱歉。其实今天我们被警方叫去……"绘美子回答。

所长的脸上写满了担忧。一听到警察二字,也许她最先想到的是这些赖着不走的人一定引发了什么纠纷,大抵就是吸毒或非法持有毒品之类的事。

"就是……关于火灾的事。"优纪见状急忙补充道。

"还在询问这件事啊?"

"是啊,警察向白百合会的人打听过什么事吗?"

优纪有意无意地试探道。

"这个嘛,要打听也不来我这儿。一般都会去问总部的吧。"所长

---

① 除新干线以外的铁路,具体指除地面交通以外最高时速在160公里以下的铁路。——译者注

2

露出狐疑的表情。

向住客们简单了解情况后，优纪又再次低头向所长打招呼，表示会尽快找到合适的地方搬走，拜托所长再给些时日。接着便离开了庇护所。

走远了些，优纪才拿出手机，拨打了位于东京大久保的白百合会总部的电话。

"关于火灾的事，请问你们是否接到了警方的询问？"

至少在九年前，甚至更早的时候，就有其他人以小野尚子的名义来到了新艾格尼丝宿舍。这样看来那人有可能和白百合会有关。优纪最先想到的就是这个可能性。

"是询问遗体的事吧。"电话那头换成了一个沙哑的嗓音，一上来就如是回答道。

"警察那里是来了电话，简直是难以置信。要说我们，也是一头雾水。还想着你们那边是不是已经意识到有什么异样了呢。毕竟你们都生活在一起。"

她这是在装糊涂吗？优纪想从她语气里听出些蛛丝马迹，可并没感到对方刻意隐瞒了什么。

"没有，我没感到有任何不对劲的。我是机构里待得最久的了，从九年前到这儿的时候起，就一直以为她就是小野尚子。"

"我们也会因捐款或运营经费的事和那个自称小野尚子的人定期碰面，我也好，理事也罢，谁都没有怀疑过她的身份。"

听起来她并没有在糊弄自己。这时，优纪突然想到一个问题：

"抱歉，请问您是从什么时候开始和小野老师有接触的呢？"

"自我来总部算起，我们交往了有六七年了吧。"

果然还是没自己久。白百合会虽然历史悠久，但由于是许多教会和女子大学的校友会、慈善团体共同运营的组织，因而理事更换频繁。作为名誉职务的白百合会会长也是如此。任期只有短短三年，而且理事只要离开了各自组织和团体的职位，就会卸任理事一职。被派往本部的办事处处长任职时间也不长，出席集会的会员们在各自所属组织产生人事变动的时候也会被更换。其中也许有人知晓实情，但可能早已同白百合会没有联系了。

挂了电话，优纪捋了捋思绪，向公共汽车站走去。

比起死去的老师的身份，现在更重要的是找到住处。

然而，这一天也在一无所获中迎来了尾声。

第二天早晨，正当优纪望着阴云笼罩的天空系着运动鞋鞋带的时候，庇护所所长打来了电话，问她今天是不是打算去找住处。

她说今天庇护所来了两名警察，向住客们问了话。

"警察说那具遗体不是小野尚子的。我简直不敢相信。究竟发生了什么？"

优纪尴尬地道歉说："抱歉，这件事瞒着您。"

"这倒不要紧，只是年轻的住客们似乎情绪有些不稳定……"

所长说她有些招架不住，希望优纪能够去一趟。

优纪咂了咂嘴。她本不希望给住客们造成混乱，不希望她们抱有不切实际的幻想。可这一切的努力因为警察的到来泡了汤。警察似乎将前几日对优纪说的话向住客们也重复了一遍。

一到庇护所，沙罗就迫不及待地问道："难不成小野老师还活着？"她的脸颊眼角镌刻着深深的皱纹，头上也是白发丛生，看上去像是四十过半的人，却是机构成员中最年轻的。她既没有酒精依赖症，也不服用违禁药物，但是十多岁就得了进食障碍症，开始了自残行为，再加上身心被镇静类药物摧垮，身体已经很难轻易恢复到原来状态了，心理状况并不稳定。幸而有小野尚子充满耐心的陪伴，情绪终于有了渐趋稳定的迹象，可这次火灾又将她打回了原样。

抱着取名叫爱结的女婴的濑沼遥，还有其他年轻的住客们都烦恼不堪地凝视着优纪她们。

"所以说，我们的小野老师名字不是小野尚子，而是别的女性。而且这名女性在火灾中牺牲了。"优纪平静地解释道。

"很遗憾，真的很遗憾，我们大家都看到了，就在老师大叫'快逃'之后，我们的家被烧塌了。"

优纪尽量保持着冷静的语气诉说着这令人绝望的话。

阿遥沉默着不说一句话。她怀中的婴儿像是感受到了母亲内心的波澜，高声啼哭了起来。

沙罗在桌子一角低垂着头，双拳紧握得指关节都发了白，不出所料，在缥缈的幻想破碎后，她是多么沮丧。

优纪跟绘美子使使眼色。绘美子带着凝重的神色，扬起嘴角勉强做出微笑的表情，起身向沙罗走去。她一言不发地将自己温柔的手掌搭在沙罗的手上。

这是小野老师的动作。优纪和绘美子都试图去模仿，但终究是徒有其形。可现在，就连小野老师的存在本身都变得有些虚无缥缈了。

"小野尚子老师对我们而言，只有一个呀。"

丽美这时意外发话了，语气坚决。她有着模特般出众的五官，可从太阳穴到脸颊、耳朵处留下了一大块烧伤的疤痕。她曾因为非法持有兴奋剂和伤害罪入狱两次，最后从暴力团伙的一个男人手里逃脱了出来，躲进了位于大久保的"圣艾格尼丝宿舍 东京"。遇到小野尚子后，于前年来到了新艾格尼丝宿舍，好歹有了个远离那男人的藏身之所。为此，她不仅愿意支付租金，还承担下了所有的杂务。

"小野老师是那种从里到外散发着灵性光辉的人。这完全不是夸张。一般来说，亲密无间地生活在一起，时间久了谁都会暴露出缺点。可她就是例外。她只知道自我牺牲，却没有一点作秀的痕迹。她就是观音菩萨在世，来拯救我们这种不堪的女人的。"

绘美子点点头，露出了淡淡的微笑。

"话说回来，你觉得有钱人家的千金会对我们这种女人做到那个份上吗？"

住客们听后都纷纷苦笑起来。

"不过啊,"这个名叫麻衣的年轻住客抱着膝盖,低着头,唯有目光注视着丽美说道,"现在听下来,她原来都在说谎。她从没对我们说过她有什么其他的名字,也没对我们说过她的过去。我们被她骗了。"

"被骗了"是麻衣常用的词。她对血亲、对男人和朋友都要求正直和诚实,结果对自己造成的伤害远远超过对别人的。

"她一定是有难言之隐吧。"

丽美瞪大了眼睛对麻衣说道。麻衣立刻躲开了她的目光。

丽美有着分明的双眼皮,可一边的眼睑上却没有一根睫毛,眼角被疤痕牵扯得紧绷,是被丈夫用烤盘烫伤造成的。丽美提起这件事的时候,居然还为他辩护说"他也很可怜,生性懦弱",让优纪大受冲击。和暴力团伙从无瓜葛的她对这话简直难以理解。

"有难言之隐"这样的话从丽美口中说出,也算可以接受。但同时也让人听了有些毛骨悚然。这"难言之隐"如同一汪潭水,水深得发青发绿,难窥其中的奥秘。

这时,事务所的电话铃响了起来,所长前去接电话,对着电话快速地说了一通英语,便回来要求大家腾出二楼两间和室中较小的那间屋子。

原来,昨天说到的那名泰国女性就要住进来了。

虽然庇护所还有食堂、起居室这么大的公用空间,但新艾格尼丝

镜子的背面

宿舍的六人只能挤到八张榻榻米①大小的屋子里去了。

没有人有一句怨言。大家都知道她们没有资格发牢骚。

"把警察也招来了,真是个麻烦事儿。"所长向优纪抱怨道。

也难怪,白百合会的庇护所收容的都是些非法在日逗留的外国母子,因为他们不在行政和地方安全网保护范围之内,还有那些逃离贩毒组织的女性。

"抱歉,抱歉。找到住处后,我们肯定第一时间就搬走。"优纪只能鞠着躬一个劲地打招呼。

女人们开始将长袖汗衫、刷子、孩子的尿布等随身物品收拾到纸袋子里,准备挪地方。优纪对她们说了声"我们走啦,下次再来",就和绘美子二人急急忙忙赶去房产公司。

她们来到镇上,看了两三栋房子,都觉得不合适,很快天色就要暗了。

"你们要找个独栋的房子,还不是一家人住,对吧?"

柜台那一头的女员工一脸将信将疑。

无论她们去哪家公司,面对的都是这样的表情。

如果放在大城市,房东一般全权委托房产中介,不会亲自去了解住客的情况。只要按时付房租,就可以对房东谎称是一个家族的人同住,尚能蒙混过关。但到了乡下,这招就行不通了。

---

① 约11.56平方米。——译者注

马上就要下班了,身穿制服的女员工显得焦躁起来。

"都是些女性,会保持整洁的。"

绘美子合起一双小巧的手,低头做出拜托的姿势。

"是合租,对吗?"

"是的,都是单身女性,大家觉得合租一栋房屋的话,会比较划算。"优纪解释道。

这不是在说谎。

接待的女性员工换成了中年男人。

"你们是说不是租来办公的?"

男人确认道。

"对,是用来居住的。"

若是说是用来办公的,更会引起别人的警觉。

男人接着刨根问底起来,一一询问了女性之间的关系和职业。

"毕竟租客不是一家子,而是团体,会让房东反感的。"

虽然优纪强调是合租,却被对方识破了。对方立刻察觉出她们是团体。

男人用礼貌的语气告知说他们没有合适的房源。接着,他又补充了一句:

"以前也有类似的客人来找房子,给他们介绍了后,才发现原来是个残障人士的团体。"

"就是说,这残障人士团体不好是吧?"

优纪几乎下意识地踢开了椅子，抓起一边的包起身离开了房产公司。绘美子见状慌慌张张地追了上去。

她大步流星地沿着大街向车站走去。户外的空气中，优纪的头脑渐渐冷静下来，懊悔也跟着涌上了心头。

这下，她们可能因此上了房产中介的黑名单。不，没准已经在黑名单里了。

"我们这样的人，是不是连房子都租不到啊。"

一边，绘美子垂头丧气地说道。

且不说房产中介歧视性的言论，新艾格尼丝宿舍这一团体也是因为有了"小野尚子"这个金字招牌，才赢得了世人的信任。通过这次寻找住处，优纪她们才深刻领教了其中的玄机。

夕阳照得让人感到刺眼。不知不觉中，白昼变长了。

两人想在轨交车站前乘坐线路大巴，但到二人公寓附近的大巴刚发出一辆车，下一班要等一个小时以上。

"走回去？"优纪问一边的绘美子。

"我累了。"绘美子叹着气点头说，"不过我得减肥啊。"

车站前的人行道上，舒适的晚风拂过新绿，可二人却被心灵的包袱压得步履沉重，她们为新艾格尼丝宿舍的未来感到担忧和迷茫。

住客们失去了家园，现在眼看又要被人从庇护所赶出来了。

新艾格尼丝宿舍在组织机构上和白百合会存在关系，从白百合会而来的资助抵充了相当一部分运营费用。当然她们也可以接受政府的支援，但这部分援助资金不多，拿了以后还得受各种各样的限制。所以，依照小野尚子的方针，一直以来，新艾格尼丝宿舍没有向官方寻求资助，也没得到官方的许可，却也因此保持着较高的自由度。

住客们或是通过打工获得些现金收入，或是受着来自家人的援助，或是领取着生活保障金。总之，各自都力所能及地支付着一定费用。但这次，衣服、财产、固定资产、消耗品等都在大火中付之一炬，虽有临时的资助和捐款，但不足以填补运营资金的空白。

此前，新艾格尼丝宿舍也出现过资金见底的情况，都是小野老师用自己的存款来补的窟窿。这次，这条路是走不通了。就连职员的工资都停发了。

"我们索性抛开一切逃走吧。"

优纪不禁脱口而出。听到这半开玩笑的话，绘美子咯咯咯地笑出了声。

"阿优，你那么踏实认真，到社会上肯定没问题的。我就不行了。光凭我一个人可活不下去。虽然人家也不会拿逃跑的职员怎么样。"

善解人意、注重情谊、心思细腻——白皙的肌肤和丰满的笑颜营造出的就是这种充满女性特质的温柔，也是绘美子给人留下的第一印象。优纪觉得，不知情的人若是得知这些都是她逃避虐待和种种暴力的手段，定会感到震惊。

绘美子的家庭称不上不健全。有父母双亲，有兄弟，有祖父母，一家人整整齐齐，乍一看，似乎是一个位于平民区的理想大家庭。

然而，对绘美子而言，来自祖父和父亲的暴力却是家常便饭，暴力取代了日常的交流。因此，绘美子早已养成了察言观色的习惯，形成了用笑脸迎合、讨好对方的性格。另外，同为暴力受害方，母子、兄妹之间，形成了互相保护、相互安慰的纽带。这就给不了解实情的保守人士造成一个错觉，以为这就是一个有着严父慈母的三代同堂之家。

在绘美子上高中一年级时，她遭到了哥哥的性虐待。比任何人都要溺爱这个儿子的亲生母亲也因此疏远了绘美子。绘美子就在亲戚的介绍下过早结了婚。当时，绘美子一心就想离开这个家，便同意了这门婚事。结果自然是她继续承受着来自丈夫的暴力，最后这段婚姻因丈夫情人的怀孕而终结了。

离了婚，绘美子也无家可归。高中都没毕业的学历又让她找不到工作。只是连她自己都想不到的是，她居然在风俗行业中成了香饽饽。既知趣，又具备女性的敏感细腻，还能察言观色迅速做出应对，又不乏隐藏微妙的情感故作平静的演技。因而虽然算不上有姿色，但吸引了不少客人。然而，也不知为何，她沾惹的尽是有暴力倾向的男人。

住在她隔壁公寓房的女学生每夜都被隔壁求饶声、惨叫声和物品的撞击声弄得惊魂不宁。一晚，她没报警，而是直接打给了女性主义团体运营的家暴110热线。

当时，绘美子被打得肋骨骨折、皮开肉绽、脏器受损。尽管如此，她却丝毫没意识到这种暴力有什么问题。这让女性主义团体的咨询员目瞪口呆。咨询员于是联系了白百合会，说服了心存抵触的绘美子去庇护所接受保护。

后来绘美子通过聚会和心理咨询终于意识到了自己的异常处境。伤痊愈后，便在政策的支持下取得了护理师的资格，作为自己迈向自立的第一步。接着，她作为职员来到了新艾格尼丝宿舍，将那里的工作作为过渡，实现回归普通社会的软着陆。就这样，她在宿舍一干就是三年。

也就在最近一年里，她笑容背后若隐若现的胆怯和对他人发自内心的顾忌终于消失了，转而变得放松自在。我喜欢你这样子、就做你自己——在小野尚子的鼓励和陪伴下，她心灵之外包裹着的厚厚的糖衣外壳终于慢慢融化了。

正因为她们印象中的小野老师是那么温柔热心，对她们而言是那么重要的精神支柱，所以当得知她不是小野尚子，而是个来历不明的人时，不仅仅是住客，就连职员们都感到脚下的基石忽然崩塌了，整个人都像是被抛掷到了迷雾中一样，充满了不安和迷茫。

"这难言之隐究竟是什么呢？"

优纪下意识地踢开了脚下的小石子。

"谁都有难言之隐吧，老师也好，真正的小野尚子也罢。"

绘美子用无关痛痒的语气回答道。

的确，不仅仅是葬身火海的小野老师，真正的小野尚子本人也一定有着什么难以言说的苦衷。

也许存在这种可能——那就是身为老牌出版社的千金,小野尚子因为失败的婚姻开始酗酒,曾一度戒酒成功,参与白百合会的活动,可最终又再度沉溺酒精,最后回到了原来不堪的状态。于是作为家庭的耻辱,尚子被隐藏在家中……这样一来,顾及颜面的尚子家人就向新艾格尼丝宿舍送来了替身,而白百合会默许了这个做法,当时的理事也就继续支援新艾格尼丝宿舍至今。

听优纪这么推测,绘美子点点头,接着小心翼翼地说道:

"也许事情更简单,小野尚子本人只是厌烦了这份事业。你看,她毕竟是富家千金啊。还得日复一日地为我们这种人操心。一直就像大家的老妈子似的,自己连块蛋糕都不能想买就买,也不能穿着漂亮的衣服去玩,连边涂指甲油边看喜欢的电视节目的工夫都没有。于是她厌倦了这样的生活,然后就让自己身边的人取代了她,而自己又回归了原本富家千金的生活。"

听到"身边的人"这个词,优纪苦笑起来。

"毕竟她是天鹅,哪能和我们这些鸭子般的人同日而语呢?"

这话说得很有绘美子的风格,不过优纪感到它戳中了某些真相。

优纪她们一直都没找到合适的住处,只能不停地向庇护所所长打招呼。就这样,到了六月的一天,住房的问题忽然就顺利地得到了解决。

有一对老年夫妻的儿子说老两口在小诸市郊外有套稍显老旧但还

算宽敞的房子，愿意无偿租给她们，条件是要帮他们打理田地。

老两口现在被送进了收费的老年公寓，希望有人能好好打理房子周围的田地。长子于是就为二老寻找起了管理人。长子的妻子恰巧是某女子大学的校友，并通过校友会成为白百合会的会员。就在这时，他从妻子那里听说了新艾格尼丝宿舍被烧毁，成员们正在寻找新住处的事。而且更巧的是，宿舍的成员们在信浓追分的宿舍有过干农活的经验。

当然，除了老两口的希望，做儿子的也自有苦衷。年迈的双亲面朝黄土背朝天耕作的土地非常肥沃，稍放任不管，就会杂草丛生。种子和虫害的影响若是波及附近的农家，不仅会引来邻居的抱怨，农业委员会也会注意到这样的情况，就将这块土地视作废耕之地，会上门要求变更土地名目。可是，几个儿子各有各的工作，分别住在东京、神户、西雅图，岂止是耕作，就连常常来看看都无法做到。

但即便有这样的难处，放在普通家庭，也不会无偿租给素不相识的人，更何况是新艾格尼丝宿舍这样的机构。兄弟之间定会有人站出来坚决反对。可这家人却没有一个提出异议。因为儿子们个个都是高学历，通过书刊、家人和教会等途径已经对小野尚子这个人有所了解。正因为比起白百合会，小野尚子个人的知名度更受信赖，他们才毫不犹豫地将自己出生、成长的家无偿提供给这些无处容身的女性们。

而且，只有一小部分接受警方询问的人才知道火灾中丧生的不是小野尚子本人，提供住宅的兄弟们仍然以为死去的就是小野尚子。

就这样，住客们提着装有随身物品的大袋子，匆匆忙忙地离开了白百合会的庇护所。优纪和绘美子，寄身亲人和熟人家的那些住客们也都搬到了位于小诸的宅子。衣服、家用设施和器具都由白百合会提供，基本不用去购置。与此同时，"小野老师"的遗骨也回来了。榊原久乃的遗体在火灾后由长时间没有联系的妹妹领了回去，在故乡山形县榊原家的墓地安葬。可"小野老师"由于身份不明，办事员来联系说，无人来认领的话就会被当作无主尸体火化。

新艾格尼丝宿舍成员搬家后，就将小野老师的遗骨在小诸民宅的佛坛处安放了几日。然后经白百合会介绍，遗骨交由县内教堂的纳骨堂保管，同其他人的遗骨一同安置。

遗骨身份不明这件事并没有被过度追究。通过警方知道实情的白百合会部分会员依然将她视作"小野尚子"，怀着敬意进行了安置。

夏季渐渐临近，田地里各类绿叶菜长势喜人，豌豆类的植物也结出了果实。消耗品的花费也渐渐增长，搬家相关的杂务也堆积如山。但这下终于可以从奔波于房产中介之间的徒劳感中解脱出来，一直牵挂于心的老师遗骨的问题也得到了妥善解决，优纪和绘美子终于松了一口气。

办公室仍旧设在玄关边上的木地板房间，安装了通过白百合会捐赠的二手电脑。

就在电脑线缆安装完成的那天夜里，优纪向相关人员群发了顺利完成搬迁的邮件。立刻,她就收到了撰稿人山崎知佳的回复,邮件中还包含一个附件。

附件标题是《新艾格尼丝宿舍 影集》。

附件内容是照片。

"这是以前我借来写报道的照片,本打算在完稿后就删除的,但一时疏忽留在了回收站里忘了清空,真是抱歉,不过照片留下也算是幸运。"

两年前,来新艾格尼丝宿舍采访的知佳提出希望借用一些照片作为参考,便于撰写报道。优纪便将宿舍的影集借给了她。影集于两天后被仔细捆扎包裹好送了回来,却最后葬身于火海。

追思会上,由于没有逝者的遗像,"老师"的照片拜托了刊登火灾相关报道的出版社提供电子照片,榊原久乃的照片则是从她所属教会的集体照上剪辑下来的。

然而,知佳却无意间在她的电脑硬盘里留下了影集的电子数据。

优纪急忙将收到的照片打开。看到图像后,身边的绘美子欢呼起来,赶紧招呼住客们来看。

大家聚集而来,头凑在一起,聚精会神地盯着照片。

"真令人怀念啊。"

"没想到还能看到老师的影像。"

"就是这笑容,我都快流眼泪了。"

"烧毁前的家就是这样的。"

住客们纷纷说着，有人甚至擦起了眼泪。

幻灯片模式速度太快，优纪便换成手动模式，按着鼠标一张一张地切换。

照片有六十张左右。

其中许多是很久以前的老照片，包括新艾格尼丝宿舍的开张仪式，圣诞聚会，还有提供援助的教堂主办的慈善活动时的照片……

机构原则上不拍摄住客们的照片，也不允许外人过来拍摄，但在某些仪式或庆典活动时，只要尚子、职员和访客们本人不忌讳，也允许随意拍照。

"啊，老师，真年轻啊。"

丽美专注地盯着照片，感慨地说道。

照片上，一名稳重的中年女性脸上浮现着含蓄的微笑。尽管年轻，但的确是小野老师熟悉的脸庞。

然而，小野老师的照片却出人意料的少，几乎没有近几年拍的照片。回想起来，优纪甚至发现小野老师总在有意无意地回避出现在镜头前。

"大家快来。年轻的站中间。"

拍照时，小野老师常这样招呼大家，事后往往发现她自己却没在镜头里。即便有她的身影，也是低着头站在最边上，微微笑着。

大家都觉得这是她有涵养。

山崎知佳来采访时，她愿意面对摄影师的镜头，简直是太阳从西边出来。

不过，也有可能是……

一种怀疑涌上了优纪内心的一隅，却又立刻被她否定了。

"老师年轻时原来是这个样子啊。不过总算是留下清晰的影像了。"

女人们把头凑在一起看着照片，纷纷点头。

"不对。"

这时，一个高亢的嗓音喊了起来。是沙罗。

"不对，这完全是另一个人。"

沙罗像个孩子般手指着画面喊道。

住客们不约而同地向沙罗投去了责难的目光。

虽说是年轻时的照片，但怎么看，都不像是另一个人。照片上的人的确就是和优纪她们共同生活在一起的小野老师。

可警察却说死去的小野老师不是小野尚子。

应该是警方的这一消息，让沙罗过于细腻的视觉感受产生了偏差的缘故。

"啊，毕竟是以前的照片啊。的确看着不是一个人。"绘美子并没有全盘否定沙罗的话，而是微笑着点头。

"不对。为什么说这个人就是小野老师呢。"

沙罗激动得喊破了嗓音。濑沼遥不悦地皱起了眉，抱着爱结远离了沙罗。

"这是小野老师吧。虽然年轻些。"

其他的住客们跟同伴耳语着。

"不对。这个人绝对不是小野老师。"

沙罗站了起来,她双腿枯槁如树枝,凸出的眼球闪着光,从优纪手里抢过鼠标,把照片放大了。

这张照片抓拍的是一只手拿着刷子刷墙的小野老师。就是小野尚子带着圣艾格尼丝宿舍的成员们搬到轻井泽的别墅,建立新艾格尼丝宿舍的那年。照片上的她这时正和住客们一起装修别墅。

沙罗将照片进一步放大,将小野老师的脸撑满整个画面,大得五官都模糊了。

"小野老师的脸不是这样的。你们为什么都被骗了?"

沙罗焦急得身子都颤抖起来。一名住客瞟了她一眼,用食指指指太阳穴,说:

"这孩子有些不正常了。"

沙罗不仅有进食障碍症和自残倾向,还常常会发表一些神启般的言论,不是惹恼了住客,就是引起住客们的恐慌。有时,她还会指向莫名其妙的地方,称自己看见了事实上并不存在的东西。

这都是受其母亲的影响。沙罗的母亲笃信秘密宗教,把女儿也牵扯了进来。她的儿子在年幼时被诊断出精神疾病,她带着儿子和女儿离了婚,将神秘色彩浓厚的新兴宗教视作唯一的救命稻草,一头扎在其中无法自拔。沙罗即便一直在抵抗,却也不太可能逃脱这宗教的影响。

见没人相信她，沙罗激动得声音更加尖锐了。

"你够了！"

丽美喝住了胡乱叫嚷着的沙罗。

"小野老师就是小野老师。老照片怎么样都无所谓。毕竟关心照顾过你的小野老师就活在你心中。"

丽美面对面注视着沙罗说道。然而，沙罗却看也不看丽美，只是瞪着双眼，指着画面中的小野老师喊着："你们都被骗了，你们被这个女人骗了。"

"可以了，沙罗。"

优纪将自己的手搭在沙罗青筋暴起的手背上："别再多说什么了。"同时，向丽美使个眼色。

"明白了。这个女人不是老师。在沙罗身边的那个才是真正的小野老师。"

正面的呵斥对有些人管用，但对于沙罗这样过于敏感的人却行不通。虽然她的病算是基本痊愈了，但仍在正常与不正常的分界线上左右摇摆。若是直接否定她的妄想或是钻牛角尖，或是企图用逻辑来说服她，定是无济于事。只能接纳她的想法。

这些都是优纪从小野老师那里学来的。对那些不好好履行母亲职责的混混儿，那些歇斯底里的拒食症患者，小野老师都是这么毫无保留地接纳她们，尊重并认可她们的胡言乱语。然而，优纪自己也很清楚，此时此刻，她对沙罗表现出的理解和感同身受只是流于纯粹的技巧。

沙罗平静了下来。可她眼中留下的只有被人温柔地否定后的绝望。优纪深知，小野老师是伟大的母亲。自己无法取代她。

优纪醒来时，才凌晨两点。她闭着眼却无法入眠，隔壁绘美子轻柔的鼾声透过隔扇传了过来。

她忽然想起了当年借给知佳影集时候的事来。当时，知佳答应会立刻归还，两天后也的确快递回了影集。但优纪却因此受到了小野老师的指责。

"里面不仅有我们的照片，还有许多其他人的影像，今后不要再不打招呼就借给别人了。毕竟不知道何时会给人造成麻烦。"她的语气委婉，但态度相当坚决。

的确，照片上除了小野老师和职员之外，还有出席典礼、节庆的名人和来帮忙的志愿者们。优纪承认，照片不仅涉及他人的隐私，轻易借给别人也是草率之举。可小野老师的这番话果真是出于对这些人的保护吗？

优纪以为，由于沙罗拥有病态的敏锐感官，她是受了警察的影响才带着扭曲的偏见看待照片的。可没准这些想法才是自己的偏见呢。

沙罗时常神神道道的，在这些难以融入普通社会的住客中都能算得上另类。不过有时却也会发挥出惊人的能力。虽然她不喜欢动物，却能分辨出庭院里的每一只小鸟；在"大家来找碴儿"的游戏中，要求大家找出左右图片中五处不同的地方，她也能在瞬间全都找出来。

对自己而言，不，对大多数人而言，那些看上去相同的东西中，她却很可能发现不同之处。

想到这儿，优纪起身去了办公室，打开了电脑。

点击"图片"菜单，电脑上按相册的顺序排列出了一张张小图。

优纪点开刚才沙罗放大的那张照片。照片上，年轻时的小野老师手拿刷子，怎么瞧都是自己亲近熟知的小野老师没错。

烧毁的相册中，每张照片下的横线上都标有拍摄日期和简单的描述，知佳将这些都作为文件名对每张照片做了标注。

优纪将这些照片按序排列。

1990年，"小野尚子"将自己位于轻井泽的别墅向无家可归的女性开放，设立了新艾格尼丝宿舍。那时，职员和住客们都亲自粉刷外墙，张贴壁纸，缝制窗帘，对损坏严重的别墅进行维修，为自己亲手建造了安身之所。穿着卫衣伸长着脖子、站在高梯上刷漆的小野老师的照片，就是在这个时候抓拍的。

虽然小野老师并没有开展什么特别引人注目的活动，但她通过和附近邻居的交流，加深了他们对于宿舍的理解。就这样，小野尚子的名字在别墅的住客、别墅区工作的人们以及附近镇上的居民之中变得家喻户晓。

新艾格尼丝宿舍在轻井泽设立的那年在宿舍庆祝了圣诞。之后每年，宿舍都会举办盛大的圣诞聚会，成为一年中重要的庆典，已不仅仅是宗教仪式了。

第二年、第三年，援助者年年增加。由于宿舍地处别墅区，和这一区域相关的名人、文化人也加入进来，来帮忙的志愿者也越来越多。

集体照里包含了小野尚子和这些人的影像，讲述着新艾格尼丝宿舍的一段历史。

然而，仔细看会发现，1993年，小野老师的身影最后一次出现在照片上。而到了1994年以后，集体照中就再也找不到小野老师了。即便有，照片上她也只是低着头，只能隐隐约约地判断这人是小野老师。

有些照片抓拍到小野老师在和志愿者或别墅区的人交谈的场景，还有聚会结束后收拾场地的身影，但无一例外都在1993年之前。1994—2014年接受知佳采访的这段时间里，没有一张小野老师的正面照，也没有一张能清晰辨认出是她本人的照片。

然而，相册里并不包含小野老师接受知佳采访时的照片，因而知佳通过邮件发送过来的影集中并没有小野老师2014年的照片。

优纪还发现了一桩奇怪的事。那就是1994年以后，新艾格尼丝宿舍就不再举办圣诞聚会了。

优纪作为住客进入宿舍的九年前，大家在圣诞期间虽然会布置圣诞树，一起烘焙蛋糕、饼干，分送给附近的福利机构、老年公寓，却没有举办过圣诞聚会之类的活动。

2

而且，到了圣诞节，小野老师虽然会在厨房忙碌地筛面粉、在台面上涂油，可从没有亲自带着烤好的蛋糕去拜访那些机构。职员们驾驶着小汽车，将糕点送到那些机构时，所长们都表达了久仰小野老师的人格、希望能见见她本人的愿望，可小野老师并没有要去会面的意思。

二十多年前的1994年，究竟发生了什么？

优纪认识的人中，没有一个了解那段历史。白百合会办事处的人也好理事也罢，最多干十年就换人了。

她也无法联系到当时的住客和职员。有些住客找到工作、租到公寓后就出去自立了，有的找到了相爱的人离开了。当然，也有行踪不明的人，某天和职员打声招呼说是去趟东京，然后就消失得无影无踪了，还有的从办公室的小金库里拿走了两万日元现金离开宿舍后就一去不回了。就算是职员，也不是永远住在宿舍里，拿着和志愿者补贴差不多的微薄工资一直干下去的。优纪这种能待上九年的纯属例外。

对于那些一去不回的，小野老师向来想得很开。在她看来，住客不回来说明她已经找到了自己的归宿。回归社会后音信全无的，说明她们已经不再需要援助，反而应该为她们高兴才是。

所以，新艾格尼丝宿舍从不记录离开机构的人员的现住址，也不会去和她们联系。有时，那些人会发来感谢信或是邮件，宿舍方面也只是报以礼节上的回件。这就是小野老师的基本原则。

但即便如此，参加小野老师追思会的人以及送上挽金或鲜花的人中，定有不少是当时的住客或职员。有些送来的挽金和鲜花，还附上了唁函。

优纪于是打开了文字编辑器，为这些唁函写起了回信。她为迟迟不回信表示歉意，还汇报了她们在白百合会相关人士的帮助下找到了新住处、成员的生活渐趋稳定的情况，另外，她还提到，对方若是在1994年住在新艾格尼丝宿舍的话，她希望能从她们那里了解些情况。

优纪本打算将这封信打印出来邮寄出去的，可一转念，还是在一张张明信片上重新誊抄，一直干到第二天清晨。早上，她就将这些信寄了出去。

没有回信。

不仅没有纸质书信，连电话和邮件都没收到。那些人有些也许成了家，有了工作。没实现这一步的，也许也在政策的支持下实现了自立，虽步履蹒跚，但也算迈出了作为普通人的人生步伐。对于这些人而言，曾经的恩人过世，自己能做的最多是送上唁函或是一些挽金，但过去的生活对她们而言过于沉重，因而还无法做到向后辈讲述这段经历吧。

另外，优纪还给送来电子照片的知佳打了电话表示感谢，并诚恳地请求说，要是条件允许的话，希望她能将两年前采访时拍摄的"小野老师"的照片，包括没在杂志上刊登的部分一并送来。

"就是说出版社没有给你们那些照片喽？"

2

知佳有些意外地问道。宿舍的照片烧毁后,出版社的确送来了一张照片用作遗像,但也仅仅是一张。可采访的当时,摄影师拍摄了好几张。优纪是希望将那几张照片拿来和1993年之前的照片做下比对。

当被问及用途时,优纪有些支支吾吾了。

她还没向任何外人透露过被警方告知遗体主人是其他人的事。

优纪犹豫了片刻。

知佳虽然彬彬有礼,但她并不是那种过热情过度、故作怜悯的撰稿人。她内双的双眼皮下的目光里虽然透着商业性的微笑,难掩背后的尖锐知性和野心,但并没有什么坏心思。虽然语气冷冷的有些口无遮拦,但真诚的性格暴露无遗。杂志报道中,关于白百合会的活动和新艾格尼丝宿舍以及"小野尚子"的人品,她都进行了简洁而又客观准确的记述,这点便是很好的证明。

据此优纪断定,知佳这个人工作上是值得人信赖的。

"其实……"

听到优纪道出的实情,山崎知佳在电话那头停顿了几秒钟。

"也就是说,我采访的小野尚子是假冒的喽?"

"不,不能说她就是假冒的。至少对于我们而言。不过我就想知道小野老师究竟是谁,是什么时候、怎样来到新艾格尼丝宿舍的。"

"那次采访之后,我可是对采访内容的真伪做了足够的调查,具备相当的佐证的啊。"

知佳似乎有些生气了。

"调查和佐证?"

"也许大家都以为顶多就是篇杂志报道而已,可要将报道刊登出版,就必须同时从其他人那里了解情况,对采访内容的真实性加以确认。虽说她哥哥和亲戚拒绝了采访,但我还是找到了小野尚子曾经的同年级朋友,还有那些贵族学校的同年级同学之类的旁证。"

据尚子少女时代的闺密说,和宫家的婚事的确是事实,还有为了躲避这桩婚事,她父母匆匆让她同别人结婚应该也是事实。而且那位被邀请至婚礼的闺密还给她看了照片。

不仅有尚子身穿婚纱的照片,还有她身穿体操服摆动作的照片,穿着水手服站在博物馆大门口的照片。和同学们拍集体照的时候,她总是站在最靠边的位置,露出含蓄的微笑,闭着嘴,用真挚的目光看着什么地方。

知佳说,她怎么也没想到自己采访的自称是小野尚子的人和相册照片上的居然不是同一人。和照片相比,只觉得接受采访时的小野尚子上了年岁而已。

她没能从尚子闺蜜那里打听到尚子婚后的情况。因为自那以后,她和尚子就逐渐疏远了。

"我也要养育三个孩子啊。而且妹妹身体还不太好,她生的双胞胎几乎也可以算是我带大的了。根本没时间和朋友相聚啊。"

尚子的闺密如是说。知佳觉得她没在说谎。这名闺密也定是家境地位不错的千金,丈夫也肯定有着较高的社会地位。和尚子再怎么亲密，也不会和有酒精依赖症的她走得太近。

知佳还向住在小野家附近的尚子的青梅竹马打听过关于尚子的事。

这名男性现在在父母家附近开了家儿科诊所。

"说到尚子，她可曾是我们崇拜的女神啊。温柔善良，还常常和我们这些捣蛋鬼打招呼。要是我们有人从围墙上摔下来疼得大哭，她还会专门送我们回家。真是位漂亮的姐姐，看看脸心都会扑扑跳呢。那时她上小学四五年级吧，我当时还假装老成呢。"

"她很漂亮？"

"笑起来很漂亮，笑容既温柔又善良。"

后来，知佳打电话给新艾格尼丝宿舍向尚子道谢时，顺带提了这位青梅竹马说的话。尚子听后笑着回答：

"我当时只是对年龄比我小的孩子多有照顾罢了。家附近和父母的熟人里，有很多这样的孩子。"

知佳从尚子曾经的年级组长那里也听到过类似的话。据这位曾是小学女教师的年迈女性回忆，和当时的公立小学相比，尚子上的私立小学一个班的学生相对较少，但还是让老师难以应付。这时，作为老师，有些事就渐渐地依赖起小野尚子这名学生来。

"当时我也刚从大学毕业两三年。小野并不属于那种干练的学生委员类型，也并没有发挥什么领导才能，她虽没有弟弟妹妹，却像个大姐姐一样。别人避之不及的事她都主动承担。比如学校组织的远足途中，若是有同学不舒服了，在我注意到之前，她就已经去悉心照料人家了。当我得知情况赶去一看,发现她已经把呕吐物都收拾得干干净净,真让我大吃一惊。她不喜欢出风头。但意志却很坚强。那个学校尽是些名门闺秀,学生之间拉帮结派,有的孩子就被疏远了。有的体育和学习成绩都不突出,住的地方也和大多数人不在同一区域,这时候,小野肯定会来到她身边。就算自己因此被人中伤也不会退缩。对这名年纪小小的学生,我这做老师的都感到佩服。"

此前,知佳曾采访过尚子的一名同学,她也说尚子"人太好,好得让其他人敬而远之"。

善良、温柔、不爱出风头,甚至让人敬而远之。这些和接受采访时的尚子相比较,各方面都很一致。

"他们的话和两年前我所见的小野尚子之间完全不存在矛盾的地方啊。连贯得不能再连贯了。性格、思想、气质都没什么变化。至少宿舍影集里的那位和我采访的那位应该是同一个人吧。"

知佳的询问里带着确认的语气。

"是啊。我也是,怎么看都觉得那个人就是小野老师。可我们这里有位年轻的姑娘,坚决认定照片上的不是小野老师……这姑娘很执拗,不过我担心万一她说得没错呢……"

"明白了。我会找个理由让摄影师把照片发给我的。他应该不会拒绝。"

知佳回答完,沉默了片刻,又追问了一句:"这件事对外要保密的是吧?"

"还是要请你保密。"

"明白。"

知佳爽快地回答，接着就挂断了电话。

当天，知佳就把两年前的采访抓拍和特写发送了过来。

优纪把这些照片和影集中的小野老师仔细比对后，仍觉得二者是同一个人。

她让绘美子也来辨别，绘美子也没看出异样。

但优纪还是没敢让沙罗看，生怕再次触发她不稳定的情绪。

这个问题就这样被搁置了。下一周的周末，优纪她们正聚在和室里吃晚饭，这时知佳来了电话。

"我现在能来一趟吗？"

"现在？你从东京过来？"

优纪有些拿不定主意。

"不。"

知佳说，轻井泽有个高级度假酒店不久就要开业了，今天有个新闻发布会，她正好过来采访。

"路上交通顺畅，只要三十分钟就能到。你能告诉我准确的地址吗？"

"你晚饭吃了吗？"

"吃过了。"

她的语气似乎是在说"现在根本不是讨论吃没吃饭的时候"。

尽管如此，优纪还是在餐桌上准备了一人份的小食和米饭。就在她收拾完后，一辆AQUA在宿舍前停了下来。知佳身穿橘红色的超短连衣裙下了车，眼睛周围金属光泽的眼影闪闪发亮。新艾格尼丝宿舍的女人们见了都倒抽一口冷气。

"太——帅了，好可爱。"

爱结眨巴着眼睛，将小手伸向知佳手腕上的塑料珠手链，濑沼遥见状慌忙将她抱开。

"你就该一直这样嘛。"

就连不苟言笑的沙罗都开起了玩笑。

"同样是做传媒的，负责时尚杂志的可要惹眼一百倍呢。就像这样，这样……"

知佳用手指将自己的睫毛向上翻着模仿起来，引来一片笑声。

"这衣服是哪里买的？"阿遥指着知佳的裙子问。

"是H&M的。"

"哪里的？"

"涩谷的。"

"啊，真不错。"

她们和知佳只在追思会上见过一次，却靠时尚和化妆的话题一下子打破了隔阂。年轻人的繁花似锦令优纪感到炫目。

"饭，给你备好啦。"优纪拍拍知佳的后背。"抱歉，立食自助宴会上七七八八的东西都吃撑了。"知佳合了合掌道歉道。"说正经的，你看能……"说着，朝住客们扫了一眼。

她的意思是有话想单独和优纪说。

"她在一边没问题吧？"优纪指指绘美子。三人于是进了办公室，关上了门。

知佳刚坐下折叠椅，欢快的表情立刻从脸上消失了。

她从文件盒里取出了照片。

那是她曾经发送来的影集里的旧照片和两年前摄影师的抓拍和特写。

"不是一个人。"

知佳的语气像是在宣告一个重要的消息。

"凭什么？"优纪条件反射似的问道。"胡说吧。"绘美子劈头盖脸地否定道。

"就是年轻了些，可她就是小野老师啊，怎么看都是。"

"山崎你看着觉得不一样？"

绘美子用责难的口吻说道。

"不是我觉得不一样，是电脑。"

知佳平静地回答。

知佳说，从摄影师那里收到照片后，她抱着宁可信其有的想法，来到某化妆品公司的研究所。她曾经为撰写美容方面的报道对其进行过采访。

这家研究所有名研究员，名叫松本，负责人脸解析，以此提高化妆效果，进行模拟化妆。知佳便拜托他分析一下影集和摄影师发送过来的照片中的小野尚子，看看是不是同一个人。

"你准备做什么用？"松本研究员问道。知佳谎称是为了在邮件杂志上发表一篇关于某已故女性的人物纪实，打算用些老照片，想确认一下照片上的是不是她本人。

"的确有可能是姐妹呢。"松本点点头，打开了知佳优盘里的照片。

几分钟后，他有些吃惊地喊出了声。

"看上去是同一个人，可却不是！"

两组照片目测一下，的确非常相似。可人脸识别软件对五官进行数字化分析后，显示两人间的近似度偏差很大，也不太可能是母子、姐妹之类的亲属关系。

经识别软件判别，从前的小野尚子同两年前知佳采访的并非同一人。

由于涉及隐私，知佳要求研究员删除了导入软件的照片后离开了。

"我们中大部分人在看别人的脸时，不仅仅用眼睛，同时也用心灵。当中富女士对我说'有位年轻的姑娘，坚决认定照片上的不是小野老师'时，就想万一人家没错呢，于是就去找松本分析了。"

优纪和绘美子早已目瞪口呆。

知佳见状，继续解释说，人的视觉不同于相机，在视网膜成像的基础上又叠加上了记忆中的形象，最后反映到大脑中形成最终的印象。宿舍里的人看照片时，对老师的敬爱和失去老师的痛苦等情感已在大脑中对图像进行了过滤。在情感和先入为主的心灵架构中，就会把不相干的两个人看作同一个人了。而且，如果两人气质相仿的话，对知佳这样仅有一面之缘的人而言，也会误认为是同一个人。然而有些人则完全将人脸视作客观的物体来进行认识，这类人就可将二者辨别出来了。

"比如情绪上有障碍的人？"

优纪脑海中浮现出沙罗炯炯的目光，痛心地问道。

"不是不是，这是他们的能力。有些人是天生的，画家之类的则通过训练也能具备这样的能力。"

绘美子对比着两组照片，仍旧像见了鬼似的满脸狐疑。

"我记得警察说过，真正的小野尚子牙几乎都掉光了？"

"装上烤瓷牙或义齿，细心护理之下，看上去就没什么两样了。当然，至于她是否装过种植牙就不得而知了。"

知佳回答。

"不管怎样，照片的事也好，二者不是同一个人的事也罢，还是希望你保密。"

优纪振作了下情绪，再次叮嘱知佳。

"当然。"

知佳说着倏地起身离开了办公室。

"打扰了！"她向和室里正闲聊的麻衣、阿遥她们愉快地打了个招呼，若无其事地钻进 AQUA 回了家。留下优纪和绘美子呆呆地站在暮色将至的院子里，满腹疑云地目送她远去。

日子一天天过去，优纪寄出的明信片石沉大海，没等到一封回信。正当她快放弃希望的时候，一天，一名自称曾经是住客的人打来了电话。

"我曾在新艾格尼丝宿舍受小野老师照顾。抱歉忙着忙着，一直拖到现在才回电。"

对方嗓音沙哑，语速快得让人插不进话。

"我叫齐藤登美子。"

追思会后没多久，优纪就收到了佐久邮局送来的信封。不是现金挂号信[①]，而是一个普通的白色信封，里面有一张简洁的吊唁信，信纸里包着一万日元的纸币。写信的就是齐藤登美子。

"我是平成三年元旦节过后来的宿舍，在你们那儿待了四年。"

"哦，平成……"

一时间，优纪脑海里还来不及换算成公立年份。

齐藤登美子说的应该是从1991年开始算起的四年，正是小野尚子清晰的影像从照片中消失的那段时间！

齐藤登美子说，她在旧轻井泽的新艾格尼丝宿舍里做了一年的住客，接着又做了三年多的职员，和小野尚子一起共度了四年零三个月。

[①] 日本直接寄送现金需要用专门的现金挂号信，根据现金的数额收取不同的费用。寄送红白事的礼金时常用到现金挂号信。——译者注

2

"我能和您当面聊聊吗？您现在住在哪儿？"优纪的心通通地跳着，她喘着气问道。

"我在岐阜，是名古屋的农村。从早到晚忙活个不停，又忙又穷。你那儿来我这儿路费也不少，浪费钱。还是在电话里说吧。"齐藤说道。听口气，并没有不愿见面的意思。

离开宿舍，来到外面的世界生活，却也难逃贫困。既没钱用作路费，也没有时间。连寄送挽金也不用现金挂号信，而是用唁函的信纸包着一万日元，足见她的良苦用心。优纪为此心存感激的同时，也感受到了摆在面前的残酷现实。

齐藤登美子继续道：

"我回了父母家开了店。我不在这儿的话，附近的老爷爷老奶奶日子都快过不下去了。"

"您在做生意……"

"就是卖些简餐、小吃而已。一大早开门卖优惠早餐，晚上提供卡拉OK到深夜。你想啊，一群精力充沛的老年人在日间托老所怎么可能叽叽喳喳地唱歌呢？在家又招人嫌。所以都聚到我这儿来了。我年轻时也常常给社会添麻烦，曾被警察逮过，惹过车祸。现在就觉得应该赎点罪……"

"哦，您真是了不起……"

优纪心生敬佩，不禁在电话这头低头致意。她根本不是贫困，而是以一种精彩的方式融入了社会。虽然不知她究竟是怎样走过来的。

"对了,你说想听听二十年之前的事?"

"是的,我整理1993年时的圣诞节照片时,发现……"

"哦,是想问圣诞节派对的事啊。我记得清楚着呢。太帅了。要说哪里帅,那就是来了名人。我就这么觉得。在那儿有别墅的流行作家也来了,名字我倒忘了。他对小野老师恭恭敬敬的,对我们可像个了不起的老爷子。还有时尚模特也来了。那时她在做珠宝设计。之前在杂志上见到的时候,心想,长成这样啊。没想到真人可漂亮了,神采奕奕的那种,真的。"

齐藤登美子连珠炮似的说个不停,根本不给优纪留下插话或附和的工夫。

"泡沫经济时期的旧轻井泽真的很热闹。冬天来的人也不少。那时没有新干线和奥特莱斯,但是有很多名人。小野老师就和他们这样的人交往哟。当然,老师本人并不喜欢做这些事。可是你看,要筹集资金不是。所以拼了命地结交名人,到处拉关系。毕竟,附近教堂的人虽口口声声说来为我们提供援助,一定程度上,不也是想利用小野老师的知名度嘛。圣诞派对上招待的就是这类人。我虽然在这儿挑人毛病,但说实话,那时真的很开心。虽说我们在宿舍是为了共同生活,开始新的人生,但女人嘛,还是喜欢这种光彩夺目的花花世界。毕竟不是什么圣人君子。小野老师对这个度的把握是颇有心得的。不过,也不是所有人都这样。一同死去的榊原就最讨厌这种活动了。她人不坏,但想法有些偏激。不,应该不是她的想法偏激,而是她信仰的基督教有些奇怪。尽管小野老师看人从不戴有色眼镜，可我还是觉得这人因为有这种信仰才会这么执拗的，也是没办法。有一回，她从教堂回来的路上差点儿就没命了。我们说要去接她，却被她拒绝了。她觉得什么都可以靠自己，拒绝他人的好意，虽然不是出于恶意。那天下着雪，傍晚迷了路。因为要走林中的近道，路上有树木盘根错节，还有石阶，非常危险。我们就用木桩子和绳子给她做了标记。可没想到不知是谁恶作剧，把绳子拴到了别的方向。于是她就走岔了路。要不是恰巧遇上了前往那边别墅区的人，才得了救，否则肯定就冻死了。"

"嗯，其实……"齐藤似乎还要继续说下去，被优纪委婉地打断了。

优纪说，她在看老照片的时候，发现1993年之前的集体照里，小野老师的影像都很清晰，一看便知。可1994年以后，只有模模糊糊的身影了。另外，1994年以后，就没有圣诞节的照片了，自己来这儿的九年前也已经没有这样的活动了，不知齐藤那边知道些什么。

齐藤登美子一直都静静地听着，忽然说了句："抱歉，送酒的人来了，我一会儿再打过来。"就把电话挂了。

一个小时以后，齐藤登美子信守诺言，打来了电话。

"你跟我说九几年我一时反应不过来，不过的确那时也顾不上开什么圣诞派对了。那是平成六年，是1994年吧。十一月末，小野老师从菲律宾回来了。"

"菲律宾？"

"是的，她去过好几次，这你知道的吧？"

"嗯。"

"那次是她最后一次去菲律宾了，得了病回来的。那次病得很严重，把我们吓得不轻……我们去成田机场接她，到处找她的身影。见到她时，她戴着目镜和口罩，坐着轮椅，颤颤巍巍的，骨瘦如柴。那时她几乎连声音都发不出来了，却还是她叫的我们。我们哪有工夫去震惊，都担心这样恐怕要在检疫那里被扣住了。不过小野老师说她得的是风湿之类的疾病。还附带个什么难懂的名字。然后她就一直把自己一个人关在屋子里。说是一见光身体就没力气。连荧光灯都不行。身体太疲乏了，不能动，也发不出声。干瘦干瘦的，已经完全看不出以前的样子了。还戴着口罩、目镜和白手套。我们都很揪心，担心她会不会就这么死去。可即便身体成这样了，她还对我们这些住客和职员们柔声细气的。我们心痛得不行了。第二年，我离开机构的时候，她还关在黑屋子里呢。没有照片是肯定的。简直不敢相信她居然恢复了。"

小野老师得了重病，从菲律宾回来，这件事曾经也听说过，知佳来采访时，她也是这么说的。身体难以恢复，庆祝活动也办不起来了。形容枯槁得不想见人，因而拍照的时候会下意识地低下头。

然而，要说她又是戴口罩、目镜和手套，回国后又是在黑屋子里闭门不出的，能让人想到的目的只有一个——就是那时，小野尚子换成了别人。

是谁调的包？又是为了什么呢？

"就是说，是调包了……也许时间就在1994年。"

优纪从打印出来的照片中挑出了1993年圣诞节的照片，把从齐藤登美子那里听说的告诉了绘美子。

"就是说，从菲律宾回来的，不是小野老师喽？"

"要说在哪里调包的，也只有菲律宾了。"

"我有些想法，不知该不该说。"绘美子嘟囔道。

"没问题啊，说吧说吧。"

"照齐藤女士的话，小野老师从菲律宾回来的时候是重病是吧。我想那个是真的小野老师，只是后来因为治不好，就从别处找来了个替身。"

"替身？"

优纪近乎发狂地惊呼道。

"为的什么？"

绘美子沉默不语，似乎她还没考虑得那么深入。

"不，原因还是有的。"优纪转念说道。

为了让住客们保持稳定的情绪是一个理由。当然，还有一个更为紧迫的理由。

这栋别墅的主人过世了的话，那在她的好意之下租住的住客们就面临着遗产继承人的问题了。不论是新艾格尼丝宿舍的职员也好住客也罢,都没有任何居住权。这不仅仅限于新艾格尼丝宿舍一家机构,许多类似的机构也常常面临类似的资金短缺问题。运营资金不足时,小野尚子就把自己名下的存款取了出来,维持机构的运作。

"这个可能性我真不愿去想,也不愿说出,不过……"

优纪猜测,如果当时职员中的某个人,或者说是在全体职员的共谋下,选出了一个人替代病死的小野尚子的话……新艾格尼丝宿舍就机构的性质而言,总是尽量避免向世人透露机构的具体内情或是成员的个人信息。所以,只要有这个想法,完全可以做到新立一个替身。

"那遗体呢?"

"埋了……埋在轻井泽的山里,不,别墅所在的土地基本就是山地了。"优纪回答。

"别说了。"绘美子紧紧抱住自己那对圆圆的胳膊,发起抖来。

"抱歉,抱歉。"

遗体葬在何处暂且不论,为了替代病死或是因病无法继续履行职责的小野尚子,当时的新艾格尼丝宿舍很可能选了一个长相极为相似的人作为替身。这样说来,又是谁策划的这件事呢?而且,被优纪她们当作小野尚子的那个老师,又是从哪儿来的呢?

优纪后来打电话给知佳,向她转述了和齐藤登美子的对话。知佳听后大呼:"这不都是我采访涉及的部分吗?也就是说从菲律宾回来的

2

那个人不是小野尚子喽？"

随后不久，知佳就来联系优纪说，她和 1993 年圣诞节的集体照里的一名女性取得了联系，也许能从她那里打听到点什么。

几天后，中轻井泽的一栋气派的别墅里，优纪和知佳两人坐在一个房间内。

"是的，我的确去了圣诞聚会。是 1993 年吧。"

对方是名长笛演奏家，白色的头发剪得短短的，被染成了栗色，坐在琴凳上，跷着二郎腿，手拿知佳递上来的集体照，略带羞涩地盯着照片中的自己。

那时的她很年轻，上身穿着件带裙边的衬衫，前襟开得很大，下身穿着铅笔裤，腰上系着宽宽的皮带，一头披肩的小鬈发，手拿银色的长笛，眉毛粗得像是贴了块海苔，微笑的嘴唇抹着鲜红的唇膏。

轻井泽高级度假酒店的新闻发布会上，就是她演奏的长笛。当时知佳虽然在场，可由于是二十年前的照片了，加上现在的审美倾向和当时大有不同，因而当时并没注意到自己在老照片上见过这名女性。直到知佳发现了集体照中手拿着乐器的女性，才想起她也许就是新闻发布会上的长笛演奏者。

由于当时交换过名片，所以知佳联系上了这名演奏家，果然如她所想。这名演奏家还说自己认识小野尚子和当时的职员。

这名演奏家叫青柳华，每年夏季，她都会在轻井泽小住几日。由于下周她就要回东京，因而知佳趁她回东京前，安排了这次见面。

优纪尽管思绪还是一团乱麻,却感到对这两个"小野尚子"再继续追查也毫无意义,并且她总觉得还是不知道为妙。但考虑到知佳的一片好意,终究没好意思拒绝。况且,即便自己不同去,知佳为了了解情况,也仍会选择和青柳华见面,这样反倒会让自己担心。

于是,优纪便离开了位于小诸的宿舍,仅将自己的去向告诉了绘美子一人。

青柳华感慨说,1993年那段时间,轻井泽一带拥有别墅的文化人、艺术家之间的交流远比现在频繁得多。

"那时真开心,活动可丰富了。精神上也比现在自由得多。对了,您是所长吗?"

青柳华说罢将目光转向优纪,微微蹙了蹙眉,显得有些顾虑。

"不,我只是个管理人。毕竟事务的处理上需要一名代表。"

"我一直以为就撰稿人一个人来呢。"

长笛演奏家犹豫再三,欲言又止。接着,她含含糊糊地说了句:"有些事说了可能会让您不愉快。"

"不愉快?是指什么?"

优纪不禁向前探了探身追问道。

青柳华看着优纪,眼神里带着一丝轻蔑。

"我觉得虽说新艾格尼丝宿舍也算和基督教有关,但有些地方很特殊啊,有点类似于秘密宗教,抱歉这么说有些不礼貌。"

"是我们机构吗?"

优纪慌忙摇着头。她解释说，新艾格尼丝宿舍是由分属不同教派的教会支持的，由于机构被冠以圣人的名字①，所以常被误解为基督教团体的一个机构，但二者并没有关系。"小野老师"自己也没受过洗礼。青柳华听后仍眯起眼，带着疑虑注视着优纪。

"小野尚子非常了不起。善解人意，气质高雅，为人谦逊，看上去真的是把女性们的问题放在第一位。当然，毕竟那时我还年轻。"

青柳华有些闪烁其词。

"不过，在新艾格尼丝宿舍，我遇到了一些令人不舒服的事。不是小野女士，而是一名女性干部。年纪挺大的。我不能说得太直白，否则容易引起歧视。就是那位眼睛不太好的女士。"

"是榊原吗？"

"名字我不记得了。"

"当时发生什么了？"知佳问。

"她给我喝了莫名其妙的东西。而且……"

青柳华欲言又止。

"小野女士和其他职员们都为了准备派对，忙得团团转，就把接待

---

① 圣艾格尼丝（拉丁语：Sancta Agnes, 291—304年）天主教、圣公会、东正教的圣徒，传说她于291年生于罗马的上流家庭，一家为基督徒，聪明美丽。罗马长官塞姆普罗尼乌斯希望她与自己儿子成婚，被拒。由于当时基督教在罗马被视为异端，艾格尼丝便被罗马长官告发。她被扒衣服，受拷打，始终拒绝弃教，最后殉教，被尊崇为圣徒，后被视为纯洁、少女、夫妻、性暴力受害者、园艺师的守护圣人。别名圣伊内斯。——译者注

我之类的事交给了那名女性。然后，她就对我说了很不中听的话。比如关于为我伴奏的男性键盘手的。的确，我们俩没有正式订婚，只是在谈恋爱，可这不是个人隐私吗？还对我的着装指手画脚，说舞台装太暴露了，腰线也露出来了之类的。这么说不太礼貌，可她眼睛是看不见的呀。不知她是故意让我难堪还是对我进行说教。就算是小野女士让她对我说的，我也不会信任这样的人。让我忍无可忍的就是她居然对我的演奏风格和选曲挑三拣四，她自己又不懂音乐。"

"比如？"

知佳用冷静的口吻示意她说下去。

"节目中有的流行歌曲歌词是稍稍露骨了些，可我演奏的是长笛曲，又没有人演唱，应该没关系吧。对于我演奏的其他一些电影音乐或是流行音乐，她又说不适合圣诞节演奏。彩排练习着巴赫作品的时候，她又指责说我不该掺入太多个人情感，而是该带着虔诚的心情，尽量演奏出神的声音。"

知佳笑出了声。

"对您这位职业音乐家，她还真挑剔。"

"对于她的话，我当然是充耳不闻。但她也太过分了，弄得我一直心里不痛快。然后，等演奏结束了，她又给我送来了冰冷的饮料。唉，都怪我那时掉以轻心了。"

优纪的背脊一阵寒战。知佳也对她使了个犀利的眼色。

"毕竟，演奏完后，我感觉自己累得都瘦了两公斤。加上当时又是汗流浃背，口干舌燥。况且，她年纪大了，眼睛还看不见，当着大家的面拒绝她递上来的东西总不太像话吧。只好说着'谢谢'接过饮料。一口喝干了，才发现不对劲。那杯饮料有股怪怪的中药味。我问她'这是什么？'她回答了个奇怪的名字。她说感觉我肝脏比较弱，肯定睡不好，还说了些莫名其妙的话。之前她也告诫我说什么酒和咖啡都对身体不好，红茶和日本茶也不行。那时，我非常害怕，担心自己可能是被骗到了某个秘密宗教团体的仪式里来了。如果真是这样，我作为演奏家的形象肯定会受影响。就这样，我待着待着就感觉头晕目眩，虽然没吐，但胃那里发紧，难受得很。惊恐之下，我就立刻托她帮我叫车。可那名女性说什么必须先休息休息，还来按摩我的胃。她手的触感令人难受，太可怕了。明明是名老年女性，却跟男人一样有力。被触碰的地方居然火辣辣地发烫……于是我用尽浑身力气躲开她。当时做大学老师的朋友也在场，我就对她拼命使眼色，想让她来帮帮我，可她没有领会。我的恋人这时又在为别人伴奏。于是我又托别人帮我叫出租车。一上车，我的胃就翻江倒海起来，不停地让司机中途停车，下了车我就吐，我就这样一路吐回了家。真是令人毛骨悚然的经历。"

青柳华说，当她到了自己位于几公里外的别墅后，连衣服也没换，倒头就睡着了。

"也不知是睡着了，还是失去意识了。现在想来都会浑身发抖。她给我喝的一定是某种合成大麻素①,虽然那时还没这种叫法。"

"去医院了吗?"

"没有。因为第二天早上药效似乎过去了,总算身体无恙了。而且,我要是对人说自己被带去那种聚会,又喝了那种奇奇怪怪的东西,不知会遭人怎样的误解和评论呢。的确,那个机构被许多文化人交口称赞,可我是不愿再去第二次了。我向一位熟悉的神父咨询过这件事,那名神父只是说,小野女士和那位失明的女性绝对不是坏人。此后,我就再没向任何人提过这件事。虽然住的是别墅,但同在轻井泽,若是被人盯上,被人算计些什么,岂不是很恐怖。而且真要是对别人说了,一定会被些激进人士指责,说我对住客心存偏见。这一次我愿意说出来,是因为那家机构已经搬离了,而且我以为只有山崎女士一个人来。"

停顿了片刻,长笛演奏家盯着优纪,用平静而冷漠的语气继续道:

"也许这些你听了会不愉快。但都是事实。那件事已经过去二十多年了,今后我也不想再同你们有任何瓜葛了。"

优纪听完这番话,竟无言以对。

一团疑云在优纪心中凝聚,似乎自己曾经坚信是善良的东西,现在被彻头彻尾颠覆了似的。她真恨不得让自己退回过去,但还是强行按捺住变得不稳定的情绪。

---

① 一种新型毒品,在吸食后会有与大麻相同的反应。由于不含大麻成分,吸食后不会被验出,因而容易逃脱监管。——译者注

一到屋外，优纪忽然意识到这酷暑季节，自己居然浑身起了鸡皮疙瘩。

"小野尚子女士应该没有可能是被毒杀的吧？"

知佳说道。虽然她嘴上说的是"没有可能"，但语气却带着强烈的怀疑。

"没有没有。"

优纪条件反射地否定道。

"你看，榊原原本是做护士的吧。抱歉，可能你觉得我心存偏见，但不仅仅是在新艾格尼丝宿舍，白百合会的机构里也有许多曾经有药物依赖症的人吧，包括职员在内。"

"嗯。"

优纪想说"我也曾经是"，但她把这句话咽了下去。

"有没有人因为一时戒不了药物，就慢慢减量的，或是用药性弱的替代来进行过渡的？"

"没有。"

至少这类情况是不曾有的。这些人在医院或监狱中戒了药物后，度过了康复治疗期，为了不重蹈覆辙，才来到圣艾格尼丝宿舍或新艾格尼丝宿舍，目标就是通过共同生活来互相支持。当然，有些住客失败了，再次沾染了药物或毒品。但职员也好住客也罢，大家的意志都相当顽强，下定决心要彻底戒酒戒药。

"我有个想法，不知该不该说。这种想法也许太富跳跃性，缺乏根据，说出来也可能会伤害到中富女士……"

"无妨，你说吧。"

知佳犹犹豫豫地继续道：

"真的就没有可能是榊原女士认为小野尚子是名堕落的领导者，认为她不符合自己的信条从而杀了她，然后自己新立了一名替代者？"

"简直无法想象。"

优纪当即否定道。

榊原久乃的确熟悉草药。她用各种野草和田里种的药草制作成茶或煎药，让大家饮用。她利用自己一直以来做护士掌握的知识，将人体的状态和机能进行综合考量，才给大家定制了这些方子，职员和住客们也的确靠这些方子保持着健康的体魄。

但从另一方面来说，这些草药也有可能会损害人的健康。如果立刻见效的话，杀人行为定会败露，可将有毒的东西每天少量地让人服用的话就可以以一种缓慢的方式置人于死地。

榊原的药草茶还同她的信仰上的信条密不可分。她隶属特殊的基督教派，不仅滴酒不沾，连咖啡、红茶、绿茶之类的饮品也一口都没尝过。

同时，榊原久乃一直拒绝庆祝圣诞节。虽然她不像是邪教组织成员，但照她的话，就是福音书里根本没有关于基督生于哪一天的任何记载，圣诞节本身也就是北方异教徒的节庆。

"榊原女士的按摩、茶和煎药的确治愈了住客和职员们的身心，但大家也的确并没有对此特别感恩戴德。正如青柳女士所言,她抗拒享乐和浮华的东西。对自己如此要求固然无妨,但她对其他成员也如此说教,因而大家就对她敬而远之了,或者说不敢亲近了。"

二十多年以前,齐藤登美子在这个机构的时候,似乎也是如此。

"莫非她是严肃主义①者?或者是名基要派②?"

知佳问。

"这个嘛,我不太懂宗教方面的知识。"

优纪并不了解真正的小野尚子。职员也好,住客们也罢,没有人了解她。援助组织的人也在这二十年里走马灯似的换了又换。

根据记录,到1993年为止的圣诞节聚会都非常盛大。基督教的有志之士在新艾格尼丝宿舍策划了慈善音乐会,轻井泽别墅区的文化人和名人纷纷出席。

在1993年,小野尚子已经完全摆脱了酒精依赖,组织运营也日趋稳定,随着业绩蒸蒸日上、知名度稳步提高,她建立了庞大的人脉,

---

① 严肃主义(英语 rigorism),原是指称康德伦理思想特征的专用名词。定义者认为康德伦理思想中,只将善与恶严加区分,注重道德原则,而不注意阐释道德的具体内容。后来,一般将排斥感觉经验、将之视作恶之根源的立场称为严肃主义,和享乐主义相对。与禁欲主义有共同之处。广义上泛指在道德规范、生活方式、宗教仪式乃至艺术风格等方面一丝不苟的规定。——译者注
② 基要派(Christian fundamentalism),也称基要主义,基督教原教旨主义。是19世纪末20世纪初在基督教新教内兴起的一个运动。从19世纪开始,由于越来越多的科学自然发现同《圣经》字面上的描述有矛盾,自由派神学因此出现,采用各种方式以求协调上述矛盾。为了对抗自由派神学、现代派神学的冲击,基要派主张他们坚守基督和他的使徒们传下来的信仰,坚持《圣经》为信仰的"基要真理"。——译者注

对享乐主义也宽容起来。可以想见，榊原对此定会感到不是滋味。

榊原没有男人的那种权力欲和斗争欲，也全然没有嫉妒、财欲这类恶俗的品性。然而，有没有可能，就是随着年龄增长，她的宗教信仰，或者说她个人的道德观念越发偏执，以至于无法容忍曾经的盟友出现的这些变化了呢。

如果说是榊原让冒充小野尚子的人装病蛰居，让她戴上目镜、口罩，穿长袖长裤来避人耳目，然后花一年以上的时间训练她成为小野尚子呢？

这样培养出来的顶替者，原本就是榊原久乃称心的人选。除了小野尚子是伪装的外，她充满慈爱、善解人意、人品无可指摘，就是那名优纪和其他成员所熟悉的小野老师……

所有这些都在职员和其他成员不知情的情况下完成了。榊原不善同人交往，所以她就凭自己一个人实现了偷天换日。

那这样一来，真正的小野尚子又去了哪儿呢？

不可能——优纪拼命挥去自己内心对榊原产生的疑心。

火灾当时，尽管眼睛看不见，就是她喊着"你不能这样"，紧跟在小野老师身后，冲入了被火焰吞没的二楼。

"她眼睛还看不见……"

追思会上，绘美子还在教堂的中庭悲痛地自言自语呢。

"紧跟在小野老师身后的居然是榊原。我们却还愣在原地呢。"

"正因为眼睛看不见才做得到啊。我这样的，光看看那火苗就惊慌失措了。"优纪说道。

丽美听了却直摇头:"不过,榊原女士去追小野老师还是让我很意外。"

丽美曾经略带愤慨地抱怨榊原总是不把小野老师当回事。的确,这点优纪也有感觉。

当有些话必须说时,小野老师会用温柔但清晰的口吻向人传达,可当表达个人愿望时,她就往往用委婉的词汇和态度不经意地暗示。榊原久乃比任何人都能敏锐地看透人心,对小野老师的暗示本应该很容易就领会,可她就是装作没弄明白。做某项决定前在要听取大家意见时,她时常会对小野老师的想法置之不理。

有没有可能,是榊原久乃对自己新扶持的小野老师占有心理上的优势呢?

傍晚,当优纪回到老民宅时,房间里一片静悄悄的。

拉开玄关的移门,鞋柜上放着的一件东西映入眼帘。昏暗的玄关灯下,一个小小的羊羔毛绒玩具静静地躺在红毛毡上。这是几近失明的榊原久乃抓紧视野日渐狭小的日子,紧赶慢赶做出来的。在她完全失明后,她仍旧凭着自己指尖熟练的触感,继续做着同样的玩偶。

她将增加的小羊羔们称为迷你牧场,新艾格尼丝宿舍的成员们将这些小羊点缀在各个地方。这不足5厘米的小毛绒玩偶对小婴儿而言是再合适不过的玩具了,软软的,圆乎乎的,捏在手里一定很安心。

因而火灾后，被小野老师从二楼抛下来的婴儿，手中紧紧攥着的就是这只小羊。

榊原制作的小羊仅剩这一只，其余的都被烧毁了。优纪想起迷你牧场中，除了羊，还有另一个人形玩偶，披着长布衣，分不出性别，手里拿着金属丝做的手杖，是个牧羊人。

刚来新艾格尼丝宿舍没多久，有一天，优纪将这人偶拿在手上，问榊原久乃："玩偶里只有这一个人是吗？"

那时，榊原薄薄的眼睑后，那双失明的眼睛似乎在注视着优纪，低声回答。不，严格地说并不算做回答。

"羊群里有时会混入狼啊。狼会把羊一只一只地吃掉。所以必须有牧羊人在一边看守，不给狼下手的机会。"

"有狼的话，把它逮住不就行了吗？"

"狼可狡猾了。比人和羊都狡猾。而且平时披着羊的外皮。既不能逮，也不能赶出去。所以牧羊人必须严加防护，不让狼去伤害羊。"

披着羊皮的狼，指的应该是善良人心中时常萌生的恶意，或者是世俗的诱惑吧。在这样的机构一同生活，有喜有悲，同时也会萌生憎恨或是愤怒的情绪。有时邪念甚至会膨胀，形成了想要攻击外人，或是互相伤害的念头。所以，当时优纪把榊原的话理解成了各人要看管好各自的内心、要心存戒律的意思。

可是，现在想来，会不会是榊原把自己比作了那个牧羊人呢？牧羊人在一边监视着得意忘形的领头羊，预备以某种方式将她葬送，或是赶出去，自己再安排一个替身……

想到这，优纪感到被自己当即否定的知佳的猜测现在似乎浮现出了那么点儿现实的轮廓了。

这猜测同时也出衍生出一种可能——自己所知的"小野老师"是榊原久乃身边的某个人。

优纪拿起听话筒，拨通了榊原久乃曾经去参加聚会的教堂的电话。

她想了解1993年至1994年间发生的事。可接电话的女性却说，当时在这所教堂的服部牧师现在已经去了位于美国内陆的本部。若是想联系他的话，可以给教会本部打国际长途，或是写信亲自问他。

写信的话，寄到美国内陆的乡下要花两周以上。能不能寄到本人手里还是未知数。若是打电话，优纪这种初中水平的英语读读写写暂且不说，对话肯定不行。丽美和绘美子连英语都不会。

优纪感到自己和高学历者云集的白百合会的会员间真是有着天大的落差，不过，她还是鼓起勇气给美国的教会本部打去了电话。

电话接通后，她对着话筒喊出一个个英文单词，意思是自己听不懂对方的英语，想发送电子邮件，希望对方告诉她教会本部的邮箱地址。她想，如果在写给本部的邮件中用英文加上"请抄送给服部牧师"的话，后面就可以用日语来沟通了。对方的回答，优纪还是没有听懂。无奈，她只能反复报出自己的电话号码、新艾格尼丝宿舍的英文名、自己的姓名后挂断了电话。

深夜，办公室响起了一阵急促的电话铃。

优纪一下惊醒，跳下床后向办公室跑去。

看来，她国际长途里那含混不清的话应当是被带到了。果然是服部牧师打来的。

"我听说您给我打电话……"

"谢谢您回电！"优纪不由得在电话这头鞠躬致谢。

"我有些事想请教服部牧师，因为事情千头万绪的，您能告诉我电子邮箱地址吗？"

"没有，我们不用电子邮件。我们和网络社会一直断绝着关系。"

优纪有些纳闷儿，不知对方属于哪个教派的。她想按常识性的商务礼仪说由她这里回电过去，却迟疑了。因为宿舍预算紧张，她舍不得这点国际长途费。

对方似乎觉察到了优纪的情况，说："这是教会的电话。不必担心费用问题，您有什么话尽管说。"优纪内心暗自庆幸，可又心生疑惑——这家教会究竟榨取了全世界信徒多少钱呢？

"那你们有传真吗？"优纪又问。

对方说有。于是，优纪记下了传真号，决定写封信，用传真发过去。

她花了两个小时，将目前她所掌握的情况记述成文字，包括小野尚子和榊原久乃死于宿舍火灾的事，后来警方告知她们那具被认为是小野尚子的遗体其实另有所属的事，还有根据牙科信息，发现至少在9年前，小野尚子已经被人冒充的事，另外就是小野尚子二十年前的照片和两年前的照片不是同一个人的事,以及前阵子从青柳华那里打听来的话。

考虑到对方生活在美国内陆的农村,过着脱离凡尘的生活,因而优纪感到没有必要对他们有所隐瞒。

第二天半夜,服部牧师那里发送来了一封洋洋洒洒的回信。信是横向书写的。他对小野尚子和榊原久乃的去世表达了诚挚的悼念。另外,对小野尚子身份被人冒用这件事,他还有些难以置信。但他说从马尼拉的贫民窟回来后,尚子的确因病蛰居了两年。她形销骨立、用目镜和口罩遮挡面部、过着躲避着紫外线生活的状态,他也亲眼所见,他无法否定尚子在那时被人顶替的可能性。接下来,他继续写道:

"我在那之后到 2004 年,都一直住在轻井泽,您说的这段时期,我并没有感到小野女士换成了别人。小野女士虽然不是基督徒,但确是一位充满慈爱的善良之人。如果警方的话属实,那可能是发生了什么情况,导致不得不让人顶替。但正如你们所感受到的,我觉得你们没有必要去责备那位顶替者。还有,您好像在怀疑榊原女士,我感到这就大错特错了。榊原女士非常了不起。在基督徒的信念下,常年作为护士陪伴在病人身边。患青光眼彻底失明后,她仍抱着敬虔之心,磨炼个人的意志品质,不随波逐流,抱着强烈的责任感为来到新艾格尼丝宿舍的人们疗愈身心,这点您想必深有体会。我不能说演奏家是在说谎。但榊原女士递上的饮料或许就是简单的草茶,对于平日里远离酒精、咖啡、清凉饮料的人而言是最普通不过的饮品了。只是人体

镜子的背面

非常不可思议，怀疑、厌恶的情绪会让人体对这些东西反应过度，就像是喝了毒药一样。我想，也许那位演奏家身体出现的这种症状，正反映了当时她的内心——紧张、怀疑、厌恶、不祥的预感。这些情感无疑侵蚀了她的身体。思考恐惧的事、毫无根据地害怕都是愚蠢的。我想第一任小野尚子或许是有什么苦衷，希望不再参与新艾格尼丝宿舍的活动，并按照自己的意愿，和榊原女士及其他职员商量后，新立了一名替代者，然后离开了机构。虽然真相无从知晓，但对于和小野女士及其他职员常年交往的我来说，无法相信这其中存在着什么邪恶的事情。最后，对于您所熟悉的小野老师究竟是谁这一疑问，我认为也许是和小野女士长相相似的某位亲戚，也许是您推测的符合榊原女士心意的熟人，抱歉，这些纯属我个人猜测。"

传真来的手写信件在服部牧师的例行祝福语中结尾。

服部牧师的信很有说服力。比起逻辑上的说服力更重要的是，它如同温暖的和风安抚了优纪和宿舍的其他成员的内心，消解了她们内心的不安。

感动的同时，优纪想要忘掉前些日子青柳华说的那些话。

3

八月中旬，宿舍成员们在房檐下摆好黄瓜和茄子做的牛马，在门口挂上白灯笼，来迎接小野老师和榊原久乃的魂灵[1]。正在这期间，曾经在轻井泽警署向优纪她们询问的警察来了。

出来接待的优纪在檐廊下摆好坐垫让警察坐下，绘美子则赶紧端来了茶水。

和室的拉门敞开着，丽美正在里面更换电蚊香的药片。警察警觉地向她瞟了一眼。

"我们去那儿吧……"警察用手指了指大门边上的办公室。

"哦，好的。"善于察言观色的绘美子说着就打开拉门，把警察带

---

[1] 这里描述的应当是日本公立8月15日的孟兰盆节，即中元节。习俗之一就是将茄子、黄瓜插上麻秆或筷子做成精灵牛马，作为故人灵魂往来阴阳之地的交通工具。还有张挂白灯笼的习俗，意为让第一次回归的故人灵魂不要迷路，或是寓意以纯洁无瑕的白色迎接故人。该节日来源于中国，曾放在阴历七月十五，但明治维新后，日本将阴历节日统一对应成了公历，将孟兰盆节定在公历7月15日，后因与农事冲突，改为8月15日。——译者注

了进去。

"这里请。"

她拿出两把金属折叠椅，把茶放在桌上。接着对优纪轻声说：

"我可以在这儿吗？……"

"可以。"

还不等优纪回答，警察就关上拉门，坐在椅子上，似在催促。

"其实……"

警察重新面向优纪，说明来这儿的意图。

关于新艾格尼丝宿舍的那具身份不明的遗体，事后警方也张贴了告示或制作了文件夹，向全国的牙科医师进行确认。最近，长野县轻井泽町的一名叫永山的医师前来联系警方，说是在1990年，他确实看过这名患者。

"那名患者是谁呢？"

优纪不由得凑上前去问道。可警方没有回答，按着自己的思路继续说。

永山医师之所以还记得这名二十六年前的患者，是因为虽然她表面上看不出异样，但看通过X光，一眼便能发现她牙齿有畸形。

已经做了院长的永山医师回忆说，有颗多生牙斜着埋进了它前面那颗牙的根部，而且和另一颗多生牙长到了一起，这形状复杂的牙齿压迫了前面正常的牙齿，引发了炎症。多生牙的处理手术让年轻医生感到棘手。而父亲受远近邻里街坊的仰慕，被人尊称为"大先生"，最后永山就把患者转诊到父亲手里。总之，她的诊治颇费一番周折。

之所以二十六年前的病例还保留到现在，是因为当时永山医师虽然技术还不纯熟，但熟悉计算机，便替父亲将院内所有的病例都电子化了。

信浓追分的家庭牙医提供给警方的尚子去世两个月前的牙科资料，还有九年前的牙科资料都和这些病例资料相符合。也就是说同火灾中身份不明的遗体的口腔情况，还有同优纪她们所知的"小野老师"的病例内容都符合。

"当时来永山牙科医院看病的女性并没有冒用小野尚子的名字，而是用自己的健康保险证看的病。"

警察停顿了一会儿，又继续道：

"她叫半田明美，生于昭和三十年①。"

优纪从没听说过这个名字。

她生于昭和三十年，这样说来，比真正的小野尚子小六岁。

警察轻轻地咳了一声。

"八十年代发生的连环杀人案中，她被警方列为了嫌疑人。"

警察的消息让人猝不及防，优纪连震惊的工夫都没有。

一边的绘美子也不知是在叹气，还是在呻吟，露出了困惑的冷笑。

"她在1984年曾一度被捕，但最后因为正当防卫被免于起诉。其

---

① 公历1955年。——译者注

117

他几桩案件，也由于证据不足而没有被逮捕。"

警察用平静的口吻说道。

"肯定是弄错了。"

优纪当即否定道。

"那名牙医也许弄错人了吧。"

绘美子脸上的冷笑又变成了欲哭无泪的表情。

被大家当成是小野尚子的女性即便是别人，也不能是个连环杀人犯。

"因为……"

绘美子高声抗议道，但立刻又想到拉门外还有住客在，转而压低了嗓音。

"我们大家不都没事吗？老师真的是牺牲自己在为大家尽心服务啊。最后甚至为了保护婴儿和母亲牺牲了自己啊。那样的人怎么会是杀人犯呢？"

"我可没说是杀人犯。只是说曾是警方搜查的对象。"

警察不动声色地回答。

"一般二十六年前的齿形能作为依据吗？之后不会把牙齿拔了或磨了吗？"

优纪也下意识地反驳了一句。

"那，她牵扯进的是什么案件呢？"

优纪再次问道。

"在地铁将男子推入轨道,被逮捕了。"

"你说这是正当防卫?"

"嗯,是的。"

面对优纪的继续追问,警方不再作答,只是留下一句"若是想起了什么请跟我们联系"就离开了。

"不是真的对吧?"

优纪正要拉上玄关大门的时候,绘美子紧紧抓住了她的胳膊。

"是啊。"优纪点点头。

可她内心却不能断定警方的话就是假的,但也无法接受这是事实。她和小野老师共度了九年,如此信赖、尊敬她,但现在,这段记忆被投射上了一片摇曳不定的阴影。

"是杀人犯……吗?"

丽美站在优纪身后问。她将大门拉开一条缝,探出头,用尖锐的眼神望着警察远去的背影,烧伤的疤痕牵动着眼角。

"他就是说些不负责任的话来试探我们的。撒点盐①吧?"

优纪有意无意地转移了话题。她不希望这些话被住客们听到。

"我都听见了。"

丽美指指办公室的拉门上方的透雕栏间②,这根本起不到隔音的作用。

---

① 在日本,撒盐有洁净驱邪之意。——译者注
② 小型格子门,用以弥补格子拉门的高度限制,扩大门窗的透光性。——译者注

在场的住客们或许已经把听到的告诉了其他的住客了吧。优纪回到和室,大家都齐刷刷地看着她,一个个表情僵硬。透过沙罗凹陷的脸颊,似乎都能看见她咬紧的牙关,整个人都在发抖。

"警方曾认为她有嫌疑,追踪过她。但她是无辜的。她曾被逮捕过一次,但免于起诉。也就是说,她没有前科。你自作主张在那里偷听,但也请听听清楚啊。"

优纪将内心的焦躁发泄在了丽美身上。她很少用这种口气对待其他成员,但自从小野老师过世后,她感到这种气血上头的情况越来越多。

住客们默不作声地回到了房间。她们一定在各自的房间议论纷纷。有的也许还会因为臆测而引发妄想,从而又会回到从前的状态。优纪头痛起来。

起风了。丽美将门口的白灯笼取了下来。

"一旦什么地方出了岔子乱了套,人就会去杀人了……"

丽美边熄灭灯笼里的蜡烛,边对优纪轻声耳语道。

"我也因为杀人,蹲了三年牢房。"

正在为精灵棚①换水的绘美子听后吓了一跳,回过头去看她。

绘美子曾听说她犯的是伤害罪。

"我趁家里那位睡着的时候,用铁棍砸了他的头。我是真的想杀了

---

① 日本盂兰盆节有摆精灵棚的习俗,为迎接故人的灵魂,将故人的牌位放在架子中间,周围放上供物。——译者注

他的。不过毕竟女人力气小,他只受了伤。可是在我服刑期间,他还是死在了医院里。"

"怎么死的?"

"就是自然死亡。听说一开始在床上还能正常说话,可不久就只能哼哼唧唧的了。然后身体渐渐不能动了。过了两年半卧床不起的日子……"

所以她想说的是,如果生活中什么地方失去了秩序,最后人就会去杀人?

"丽美,比起小野老师,你更相信警察的话是吗?"

绘美子翻着白眼瞪着丽美的脸。

"不管老师曾经做了什么,对别人做过什么,跟我都没关系。毕竟小野老师对我关怀有加。不就是这个理吗?"

就在这时,住客麻衣走了过来,手里拿着成员公用的平板电脑。

"我在谷歌里输入了'半田明美 杀人事件'或是'地铁坠落 正当防卫'之类的关键词,但没有结果。"

麻衣用责难的口吻用手指滑动着平板给丽美看。

丽美只是瞥了一眼,又默默地收拾起灯笼来。

"到底真有这个人吗?"

绘美子边纳闷儿,边接过平板电脑,输入了"半田明美"几个字。

"有了……不过只有对'半田明美'的姓名进行算命这一条。要是涉嫌连环杀人案的话,应该会引起轰动才是啊。"

"我不是说了嘛，警察说的都是些没根据的话。"

优纪回答。她不想再因为这件事生是非了。

"我不喜欢你这样糊弄人。"

麻衣拿着平板电脑，紧闭着厚厚的嘴唇瞪着优纪。这轻蔑而带有攻击性的目光让优纪下意识地防备起来。

这名叫麻衣的姑娘出生在普普通通的家庭，被普普通通的父母抚养长大，这在成员中很少见。她的问题，按小野老师的话来说就是"认真、努力过头的毛病"。

学习、体育、社团活动都倾注了过多的努力和注意力，让父母和周围人都为之担心。她也常常攻击周围懒惰和得过且过的人。只有医生的处方药能够控制她的病情。而且，一到时间，这种"努力"就突然中止，开始拒绝上学。这种状态又随着转校或毕业消停下来，接着又开启了"努力过头"的节奏。然后又开始拒绝上学。初中、高中她几乎都没去过学校。高中毕业后，出去打过几份工，同样也重复着"努力过头"和闭门不出的循环。其间，又遭遇欺凌，只能增加儿童时期服用的处方药量来控制精神上的疾病。

为了能戒药，她参加了白百合会主办的工坊，这也成为她来到新艾格尼丝宿舍的契机。

"总之，我们是把一个杀人案嫌疑人一直当作小野老师对吧。"

麻衣的语气更加尖锐了。

优纪举起一只手，阻止了想要说话的丽美，并用冷静的语气重复道:"不是杀人犯。只是被警方怀疑过而已。"

"所以我说是'嫌疑'啊。而且,即便她没有前科,致人死亡是铁板钉钉的事吧。"

麻衣这样抠字眼,让优纪真的怒火中烧。

"那么,你到底想怎么样?"

"我不能原谅自己被人糊弄,就跟没事儿人一样地活下去。"

她这"不能原谅"的毛病又犯了。看着眼前这名女人皱着鼻子较真儿的脸庞,优纪想,索性对她吼一句"烦死了",然后打一顿,这该有多解气啊。但这样一来她又该被人欺凌了。优纪只能在内心对着这些住客冷笑,表面上却还保持着平静。这让她感到厌恶。

"你不能原谅的话,那准备怎么做?"

麻衣沉默了。

"你也做不了什么呀。"优纪紧追不放。

"调查这些是警方的事。"

"警察要是查到些什么也会对我们说吗?或者说,中富,你们会如实向我们转达吗?"

"那当然会。"

优纪本想说"凭什么要跟你们这些人汇报呢",却装作一脸平静。

麻衣瞪着优纪,显然非常不信任她的话,接着默不作声地拿走了桌上的平板电脑离开了。

那天夜里,就在零点,沙罗割腕了。

镜子的背面

优纪听到消息就从床上跳了起来，将她带到职员们睡的房间查看伤口，以免惊动其他住客。虽然没有伤到动脉，但割得很深，流了很多血。可沙罗却静如止水。甚至面带着笑容。她这是在用身体的疼痛和流出的血来抑制内心的痛苦和混乱。

优纪曾见过好几次住客割腕。她总是克制着强烈的紧张，故作镇静地处理伤口，却感到自己的身体也疼痛起来。

绘美子见到这么多血后，惊慌失措得眼泪都要流出来了。

"这个伤口还是应该缝合一下吧，有些深啊。"

丽美进屋，将优纪挤到一旁，自己拿起沙罗的手来，毫不犹豫地在伤口上用力压上纱布来止血。沙罗冷笑着的脸变得扭曲了，似乎很痛苦。

绘美子想要拨打119①，却被丽美喝止住了："出租车就行了。"办公室的墙上贴着接受夜间急救的综合医院的电话号码和地址。

"不，还是叫救护车。"

优纪虽然奋力装出平静的样子，可内心却极为忐忑。

"这样会惊动到周围邻居吧。本来稍有风吹草动，附近的人就会起疑心，这个时间又让救护车鸣着笛过来……"

"现在不是关心这个问题的时候……"优纪正要说，却被丽美镇定自若地打断了："这点伤没事的。"

---

① 在日本，119是消防和急救的电话。——译者注

最后，还是出租车把沙罗送到了医院。沙罗自始至终都很平静。丽美一路上为她压着伤口，举高她的胳膊，既没有弄脏车子，也没有惊动司机。

医院的等候室里，荧光灯显得异常明亮，优纪从丽美那里听说了那晚沙罗向她吐露的话。

原来，沙罗来到新艾格尼丝宿舍后，进食障碍似有好转，可自从警察来过后就复发了，最终导致自残。

沙罗自从十几岁开始，就瘦得看似都有性命之忧，几度进出医院。去年经由位于大久保的圣艾格尼丝宿舍转到了位于信浓追分的新艾格尼丝宿舍。她的进食障碍并没有因为入院治疗和康复治疗而直线恢复。而是反反复复多次后，随着时间的推移慢慢趋于稳定。

来到新艾格尼丝宿舍后，沙罗也曾几次割腕。每次，"小野老师"就会默默地来到她身边，静静地按着她的手。由于没有伤及动脉，用创可贴便可以止住血。血染红了手，"小野老师"也丝毫没有露出嫌弃的样子，而是紧紧抱着沙罗，似欲要用自己的体温来温暖她骨瘦如柴的身体一般。"小野老师"既没有紧张，也没有面露悲伤。就算在那样的情况下，也保持着平静的微笑。她散发出的平和与温暖流入他人的心田，沙罗也因此放松了下来，眼中那种走投无路的惶恐与胆怯消失了。令人感到不可思议的是，那时"小野老师"什么也没做，血就止住了。这是优纪无法效仿的。她越发感到没有自信了。

治疗结束后，沙罗依旧很平静。

自己信赖的"小野老师"原来是一名叫半田明美的连环杀人案嫌疑人。即便内心想要否认，想要无视，但事实上，不只是住客，连职员们的内心都波澜起伏。

从医院回到宿舍，优纪只睡了两三个小时，就去田里干活了。

和火灾前信浓追分的宿舍相比，这里的地要大很多。长长的田垄上，茄子、黄瓜、番茄、南瓜等作物次第开花结果。稍稍放任不管，转眼间黄瓜就长得过大，番茄也裂了，茄子露出了白色的种子。

将这些作物收割下来也吃不完。大家就在阴凉处将作物擦干净，整理后放入纸箱，给白百合会的机构和本部送去。在这里多得让人感到棘手的夏季作物，在东京本部和其他机构却是大受欢迎。不过丽美擅长烹饪，会把多余的黄瓜和茄子做成腌菜。

也不知是下雨的关系还是不熟悉这块地的人中途接手的缘故，番茄长势不佳，出现了泛白的斑点，渐渐腐烂。

正当濑沼遥笨拙地想要摘下那连萼片都变红的番茄时，只听见扑的一声，她的手指嵌进了腐烂的果肉里。

一声惊叫和难闻的恶臭同时飘荡在空气中。

"我们就跟这烂番茄没啥区别啊。"

一名住客用胶皮长筒靴的靴尖将滚落在田垄上的烂番茄碾碎，嘴里嘟囔着。

就在这时，白百合会那里打来了电话。

"有些事想了解一下，听说你们那里让住客吃腐烂的蔬菜是吗？"

"什么情况？"优纪问道。对方说是前阵子麻衣在白百合会的聚会上抱怨，称新艾格尼丝宿舍把腐烂的蔬菜给看着不顺眼的住客食用。

白百合会不仅承担了新艾格尼丝宿舍的一部分运营费，火灾后还对宿舍开始了全面的支持，因而听到投诉后，负责人立刻打电话过来确认。

优纪回想起来了。在厨房，麻衣欲将长了一个白斑点的番茄随意扔进垃圾桶，被自己制止了。她提醒说："就这个小斑点，挖出来就行了。"当时，两人还为这番茄有没有腐烂发生了点小争执。

"蔬菜并没有腐烂。只是因为害了病，果皮上长出了个小斑点。"

优纪在电话中回答道。

"害了病的话，一般不能吃吧。"

"挖去了就没关系啊。"

"我不是指这个。我想说的是，一般普通家庭摆不上台面的东西，在这个宿舍却让大家食用，你想过没，她们因此会作何感想？"

"是否能作为商品被出售和是否能吃是两码事。"

这帮衣食无忧的老姑娘，都是一群精英博爱主义者，根本不懂农民的现实和真正的贫困——优纪暗自诅咒了两句。

挂断电话后，优纪叫来了麻衣，并委婉地对她说，如果心里有什么不满的话可以对她说。可这一句话却像在她身上按下了反击的按钮一样。

麻衣劈头盖脸地反唇相讥起来，说什么腐烂的蔬菜对健康不利，什么这是对住客的歧视，是对住客居高临下的态度。乍一听，这些话似乎还挺有逻辑。这些事优纪曾经也遇见过。麻衣得的是"努力过头"的心理疾病，对于因暴力或虐待失去表达能力的女性来说，这也是走向康复的必经阶段。

深知这点的优纪压制着愤怒，静静地听着麻衣的回击。就在这时，丽美忽然进了屋子。

"住嘴！"她大吼一声。

"这件事就是你不对。"

麻衣瞬间沉默了，脸色变得苍白。她起身离开屋子，没过五分钟，就将玄关的拉门狠狠一关，不知去向何方了。

"别管她，让她头脑冷静冷静，没多久她会回来的。"

丽美一把抓住急急忙忙想要去追的优纪。丽美说的话对健康人也许管用，对于在这里生活的女性而言却行不通。

小野老师常说，这些女性之所以因为一点点微不足道的事就对身边帮助自己的人发火，或是紧追不放地指责，就是在确认一件事——你们究竟能容忍我到什么程度。所以必须全力以赴地接纳她们。

优纪虽然并没完全理解这句话的含义，却还是将它说给了丽美听。

"小野老师这话要看时间看场合。刚才你那样就是在纵容她。这样的人如果不好好跟她讲讲道理教训一通，只会走向腐败。"

丽美说的是常理。她不止一次和暴力团伙的男人们纠缠不清，最后用铁棍伤害了对自己施加暴力的丈夫，从而锒铛入狱。但是，丽美做人做事还是挺合乎常理的。只是对于这里的住客们而言，常理根本行不通。

麻衣离开后就再也没回来。

优纪担心她自杀，多方联络后得知，她回了父母家。也许她将重拾那自幼服用的处方药，开始那过分努力和闭门不出的循环了吧。

几乎同时，濑沼遥裸露的背部和胸口被阳光晒伤了。接近中午时分，她一直在帮忙除草，被晒得几乎跟烫伤一样严重。

濑沼遥皮肤白皙，还特别害怕起斑和晒伤，因而不喜欢外出。稍不留神，她就把爱结放在一边，自己玩玩平板，进入办公室打开电脑，沉溺于游戏之中。

优纪看不下去了，那天早晨，她用斥责的口吻提醒濑沼遥说应该晒晒太阳了。于是，濑沼遥便将爱结交托给丽美和绘美子照看，借来了优纪的帽子下了田地。虽然她穿着七分袖的衬衫，但她的衣服基本都是领口大开的款式，裸露的皮肤被晒得通红。白天干完农活回房间的时候还是火辣辣地疼，到了傍晚，晒伤处变得疼痛难忍。

优纪曾听说上午的阳光不仅能有效预防和治疗抑郁症，还能使整个生活充满节奏和活力。就因为她囫囵吞枣地接受了这坊间知识，才导致今天这个结果。

优纪后悔自己不该强人所难，那天夜里，不停地用湿毛巾为阿遥发红的脖颈背部冷敷了一整晚。

第二天，阿遥把婴儿托付给绘美子，自己去了位于上田的镇里购买护理晒伤的护肤品，回来后就一脸高兴地告诉大家她在那里找到了工作。

上班时间是上午十点到下午六点，不仅有托儿所，报酬也不低。问她工作内容，阿遥只是回答"招待客人"，没做过多描述。优纪虽然感到有些地方不太对劲，可毕竟是在白天上班，不太像风俗行业的工作。最重要的是，住客能找到工作是迈向自立的一大步。

"不要勉强自己啊。"优纪拍拍阿遥的肩说道。

这时，绘美子表情变得有些复杂。"你觉得哪里有问题吗？"优纪问道。可绘美子只是不自然地笑着，没有回答。因为她有过太多因口不择言而突然挨打的经历。这种怯生生的表情来这里做了职员以后还时常会流露出来。

两天后，深夜里阿遥被一辆货运面包车送回了宿舍。送她回来的是她的同事，说是工作的公司那天举行了迎新会。这名年轻人一副学校体育社社员的打扮，礼貌地和大家打招呼，还替穿着细跟凉鞋的阿遥抱着爱结下了车。爱结也似乎和她很亲近，在她怀里咯咯大笑。

四天后，阿遥抱着爱结突然从宿舍消失了。

她和爱结一同起居的和室里，留下了长袖汗衫、T恤衫、平角裤等火灾后白百合会捐来的旧休闲服，还有一张婴儿小床。爱结已经能够扶着站立,用不上这小床了。

摆有小野老师照片的架子上留下了一张字条,上面用稚拙的笔迹写着"多谢你们的关照"几个字,另外还留下了两张一万日元的纸币。

"她入的是风俗行业。"丽美摇着头说。

"因为之前有住客离开,所以我也没对她进行多余的说教,可还是……"

"风俗行业还有白天的工作?"

优纪难以置信地问道。

"这种以男人为对象的工作不分白天黑夜的。又有托儿所,还有自己的房间,在有活来之前可以和孩子待在一起。"

"那是个什么玩意儿?"

"上门服务。"

绘美子回答。

"那不就是卖淫吗?"

优纪哑然失色。

"老板人好的话也算不错。"

绘美子平淡的口吻让优纪哑口无言。

"她大概是搬去了店里为她们准备的屋子住了吧。"

丽美叹了口气。

"那孩子又年轻,又是男人喜欢的类型,待遇肯定不错。至少比在这里要舒服得多了。"

"没错啊。"绘美子赞同道。这让优纪备受打击。

对于自幼遭受暴力和性虐待的人而言，不通过药物、酒精这类"镇痛剂"，而是在行政或专业人士的援助下实现回归普通社会，简直是难如登天。事实上，不少人在结束康复治疗后，虽然以就业、实现经济独立或者结婚的方式"成功地回归社会"，但最终自杀的不在少数，当然这项数据白百合会并没有对外公开。

所以，小野尚子才成立了"新艾格尼丝宿舍"。

也因此，丽美和绘美子才在内心认同阿遥的现状。她们觉得，即便回归的不是"普通社会"，只要能活下去就很好了，尽管两人嘴上不说。

虽然优纪明白这点，但阿遥母子毕竟是小野老师拿性命换来的。而今她们以这种方式离开，让优纪陷入了一种无力感。

毕竟造成阿遥现在这个结果的是优纪自己，她追悔莫及，觉得若不是自己当初勉强阿遥到田里干活导致她晒伤，事情也不会弄成现在这样。

要是小野老师在的话——优纪拼命地回忆着小野老师的面容。

火灾刚结束的那段时间，职员和住客们都共同经历着失去与悲伤。在白百合会庇护所看人脸色寄人篱下的人也好，在亲人家过着抬不起头的日子的人也罢，还有在单身公寓孤零零地寂寞度日的人，这些同伴之间都互相保持着联络，携手熬过了那段艰难的时光。

当找到新的住处忙于搬家安顿的那段日子，大家也都无暇抱怨。

虽然大家内心五味杂陈，可成员们都悼念着自己信赖的、曾对自己关爱有加"小野老师"，接受了这位生命中重要之人的离去。

然而，自从宿舍的生活渐趋稳定，小野老师的离去和她的身世之谜就成了每个人内心无法排遣的孤寂和不安。在这个当口，警察带来的消息无疑雪上加霜，成为这些女人心头挥之不去的阴影。

麻衣、阿遥，还有那名婴儿，相继都离开了宿舍，夏季就这么结束了。

警察从那之后再也没来过。

杂草除也除不尽。储物间里有犁地机，只要用它就可以把整块土地翻过来，但田垄周围的草还得徒手去拔。这块黑土地松软肥沃，多数杂草能轻而易举地拔出，但野稗之类的根扎得很深，就连在信浓追分的民家干惯了农活的优纪都有些厌烦了。

一大早，趁太阳还没升高，优纪就下了地。下午，她实在对那台发生故障的犁地机看不下去了，便试图自己修理，还是失败了，只能叫来了修理师傅。这额外的支出令她心疼。

还来不及休息，她又打开 Excel，着手制作文件提交白百合会。

白百合会毕竟承担了一部分运营费，因而自己不能过于怠慢。

"你该休息一下啦。"

绘美子不时进来倒茶，将优纪从电脑前拉开，为她按摩肩和脖子。

待太阳西斜后，优纪又下了地，将田垄周围的杂草一棵棵拔去，像是对待不共戴天的敌人。这时，丽美走来，抓起她的胳膊就将她带回了檐廊处，给她递上冷毛巾和水，用指责的口吻说道："你现在有些反常啊，你注意到了吗？"

可优纪仍然继续埋头苦干。否则她就会感到恐惧，就好像脚下的地裂开了口子，自己就要坠入万丈谷底似的。心底似乎有源源不断的泡沫般的东西聒噪地涌上来，将自己慢慢侵蚀。

她不能去想。可越是这么对自己说，所有的一切就越是变得可疑。而最令人怀疑的，就是她自己。

你到底在这儿做些什么呢？不还有其他的事情可以做吗？你这样的人终究对谁都不重要。在这样的地方单纯就是为了自己有个容身之所。在这样的机构里，也就是装腔作势地当个代表，来满足自己的虚荣心罢了。

她一定从小就讨厌这样的生活吧。所以才会在最关键的时候倒下。如果你不抱着厌恶的情绪，而是抱着感恩的心态去帮助母亲，照顾祖母，你根本就不会生病。就是因为你总是心怀抱怨，才会病倒的。你若是和父母一起参加早会，牢记祖先和父母的恩德的话……

我要把父母、祖父母和家族内心根深蒂固的那个鬼不灵的伦理道德观念碾碎！

"离开家吧，优纪。"朋友曾对自己这么说。当时，优纪并不相信她。她觉得这是不负责任、不道德的人做的事，有时还有些瞧不起她，可毕竟还把她当成班级里的好朋友。可在毕业时，她和这朋友大吵了一架，于是分道扬镳。之所以大吵一架后不能和好如初，还是因为从一开始两人就不算什么朋友。

"跟你在一起我觉得憋屈。"有个男人曾对她撂下这句话后离开了她。她恨他。恨也无济于事，毕竟我是个没有魅力的女人。任何一个男人稍稍和我交往一段时间就跑了，这就是证据。我永远都在被别人利用罢了。总是来托我做事，我总是默默地承担下来，连没托我做的也做了，然后就换来对方理所应当该你做的表情。他们喜欢的，是那种什么都不为他们做的女人，是那种会讨好他们又会装可爱的女人。这种女人最得优势。

若是我没出生来到这世上就好了。

否定，否定，否定……

药物救得了我。那是医生开具的镇定药物，有什么不对的吗……只要按规定服用，就没什么危险。

优纪取出医疗保险证，盯着看了一会儿，又放回了包里。

她不能去思考。她告诉自己必须睡着，可事与愿违。

她意识到自己不能躺在被窝里胡思乱想，天还蒙蒙亮便起床下到地里，手脚忍受着黑蝇的叮咬，除起了草。她将剩下的小黄瓜和将要变硬的茄子摘下来，塞进了纸板箱。

就这样过了几天，白百合会经协调后送来了一辆二手的小卡车。

在绘美子和住客们兴高采烈的欢送下，优纪前往白百合会长野支部去办理受赠手续。可就在回来的途中，她突然感到身体不适。

路边呕吐的优纪遭来行人嫌弃的目光。

她一路连走带爬,刚到宿舍大门口便瘫软了下来。

丽美和住客们将她抬到阴凉的室内,绘美子为她送来了凉水和掺水的运动饮料。可她喝下后,呕吐和头晕仍旧没得到缓解。不过,身体上的不适反而减轻了精神上的痛苦。

优纪很清楚,自己现在也同沙罗一样了。

救护车的警笛声离自己越来越近了。

接着,她感到头顶上方飘来救护队员和绘美子间的问答声,自己被抬上了担架,途中还在不停呕吐。丽美伸过手来,将自己的头侧向一边,以防呕吐物堵塞气道,还用毛巾为自己擦拭面部四周。

"没事,有我陪着。"她听见丽美对绘美子说。

接着,她就渐渐失去了意识。

醒来,优纪发现自己在诊疗室挂着点滴。呕吐和头晕的症状消失了。

"你呀,年纪轻轻还真能干活。"

丽美看着护士忙碌的身影,将自己骨瘦如柴的手搭在优纪手上。优纪瞥见她食指上戴着的戒指,上面镶嵌着的绿色石头闪闪发光。就在自己的手被丽美的手所散发的温热潮气包围的瞬间,她的眼泪便开始止不住地往下掉。

"不年轻啦,和你同岁。"

"骗人的吧。"丽美瞪大了眼睛,一侧烧伤的疤痕牵扯着皮肤,让左右眼的大小反差更明显了。

"那是因为我什么也没有啊。既没结过婚,也没孩子,所以长不大啊。"

"应该是因为你跟我不一样,既没和坏男人纠缠,也没嗑药,不挺好。"

"我可是服过药的。"

"你说什么?"

"我吃了药了,只不过不是什么违法违禁药,就和离开这儿的麻衣一样。吃处方药没人会来抓你,才更加难对付。当年最让小野老师棘手的要算是我了……"

"大家都标榜自己是不良分子,和混混儿没啥区别。"

"这和不良分子还不一样。"

优纪注视着慢慢滴着液体的输液袋。

"我来这儿前和白百合会没任何关系。我在医院成功戒药,戒药的阶段都很顺利。可戒了药以后的日子总是很艰难。社工为我介绍了许多自助会,可无论去哪一个,都被人要求带回去。因为我到哪儿都被人讨厌。我总和大家吵架,最先破坏大家的氛围。"

"我完全看不出你是那样的人啊。"

丽美这话听起来不像是社交辞令,她是真有些弄不明白。

"自助会可不是一般的地方。有的人还在嗑药,过着往来于精神病院和监狱之间的日子,有的人是无家可归、在路上游荡的失足女,服务一次两千日元，有的女人还和暴力团伙有关系……"

"这我知道啊，就跟我一样。"丽美毫不介意地大笑了起来。

"对不起。我这人有种异样的自负。觉得自己和你们不一样，既没犯罪，也没自甘堕落，来到这里不是我的问题。我们家在栃木，从事农业，不过是副业。父母除了墨守成规之外，没什么优点。他们觉得女孩子成绩差些也不要紧，只要不干违背人伦道德的事就行了。"

"不违反人伦道德，不是挺好吗？"

丽美点头道，她并不是在说笑。

"他们所谓的人伦道德可不一般，简直就是个保守派的新宗教，只不过家里人坚持认为这不是宗教。"优纪笑道。

优纪成绩很好，可为了弟弟们只能放弃学业，在当地的家电制造商找了份工作，通过函授课程从大学毕业后，边工作，边帮助母亲照料祖母。

她责任心强，别人避之不及的事都主动承担。无论做什么都学得很快，对老人孩子都很温柔，从小被大人们交口称赞。许多上了年纪的女人都上门提亲，希望她能做自家的儿媳妇。可但凡和男人一交往，几乎个个都离她而去。

三月份正是公司的年度财务决算期，为了照顾祖母，优纪无法加班，便拜托上司允许她悄悄将工作带回家做，一直干到清晨。然后她陪在患有认知症的祖母身边，小睡了两个小时左右。

醒来，她的身体就出现了异样。睁开眼，却怎么也起不了身，浑身乏力，连洗手间都去不了，还大小便失禁。母亲只是哭着说你倒下了可叫我怎么办，却什么也不为她做。可她不仅觉得母亲的反应理所应当，还为自己的不争气感到惭愧。

几天后，她被还在上大学的最小的弟弟用车强行送到了医院，直接住进了精神科病房。当时家里光照顾祖母就已经让人焦头烂额了，再也容不下一个生病的女儿了。

一个月后，优纪出院。她在医生和医疗社工的指导下进入了康复阶段，看似很快就治好了，但没多久又回到了发病时的状态。

急于康复的焦躁日渐强烈，优纪便苦苦央求医生开具处方，每日照方服药，为的就是能尽早康复。

优纪觉得医生开具的就是些治疗用的处方药，既不是兴奋剂、可卡因，也不是海洛因。只要能干活，只要能和正常人一样，她做什么都行。她无法原谅自己得病。

她还通过网络查询到了海外药物，网购了药物服用了起来，而这些药原本必须有医生的处方才能获得。

接下来，优纪的状态就患同违禁药物依赖症的人别无二致了。她反复入院，还谩骂祖母说"都是因为你，去死吧"。祖母愤怒得气血上头，却被优纪用脚踹得骨折。对父母也好兄弟也罢，她肆意谩骂，似要将此前作为乖乖女行孝所牺牲的如数奉还似的。然后便在房间闭门不出了。也不知是第几次住院了，那回，父亲对她说"你别再回来了"。出院时，优纪被医疗社工介绍进了康复机构。

然而，不论优纪到哪家机构，都会和那里的成员起冲突，最后才被介绍进了小野尚子的新艾格尼丝宿舍。

"我当时打心眼厌恶这里的住客。"优纪继续对丽美讲述道。

荧光灯下，丽美的脸越发苍白。

"我又没有服用兴奋剂或可卡因之类的毒品，全是因为家人和工作才得了抑郁症，对治疗药物产生了依赖。所以，我一直都认为自己和这里的住客不一样，既没犯罪又不是性成瘾，意志也不薄弱，所以不愿和她们相提并论，也始终对人怀着居高临下的优越感。然而，来这儿之前需要和白百合会的人面谈，才发现那里清一色的高学历，还留过学。她们居然对我说'我们这样陪在你身边的人都为你感到心痛'。开什么玩笑。那些生活优越的人怜悯的目光最让人反感。我心里就想，要是我出生在那样的家庭，有那样的父母，最起码也能大学毕业。我上的高中还是县里的重点高中，头脑比你们不知要好多少呢。那样生活顺风顺水的人居然对烂番茄一般的女人们伸出同情的援手。虽然我来到了新艾格尼丝宿舍，可到处挑三拣四，自然被周围人避之不及。尽管如此，小野老师却很有耐心，总是认认真真地站在我的立场上为我考虑。可我却总对她疑神疑鬼，嗤之以鼻，觉得这终究是富家千金对自己'完美形象'的自我陶醉，或是在沽名钓誉。于是，我就试探了她一下，看她究竟能接纳我到什么程度。总有一天她会说出真心话，把我赶出去的。是个人都这样。"

"大家都是这样啊。我也是，都这个年纪了，还说些孩子气的话，让小野老师和榊原这位老奶奶头疼。你是知道的呀。"

丽美当初对人的暴言暴语和撒泼闹脾气时的情形,优纪还历历在目。不过,相比自己的阴险,丽美的孩子气显得可爱多了。

那是优纪来到新艾格尼丝宿舍一个月后的事了。她向职员请求驾驶小汽车。由于宿舍有时需要去距离旧轻井泽很远的办事处领取资料,每次都是别的职员或住客开车去的。优纪自认为已经可以开车了,因为自己早已戒药,也完成了康复训练。可职员却不肯把车钥匙交给她。这时,小野尚子说自己也有事要下办事处,可以和优纪一起去。

离开办事处后,优纪问小野尚子是否可以开车去兜兜风。"办事处待得让人透不过气。"优纪说。

"是啊,我也想去什么地方转转,走吧。"小野尚子的回答令优纪颇感意外,她纳闷儿这人哪来的魄力,觉得只有她可以拯救自己这个无药可救的女人,是不是以为自己就是救世主啊,简直可笑。

优纪开着车上坡,向弯道驶去。在她的一路狂飙下,汽车剧烈地左摇右晃,驶过急转弯。可小野尚子却没抱怨过一句。终于看到山顶有一处茶馆,小野尚子要求优纪停车。

她似乎是晕车了。虽然对面就是茶馆,可寒风中,露台上仅孤零零地摆着一套桌椅,店门却关着。周围一片红叶烂漫,往来无车,寂静无人。

"您没事吧?"优纪故作担心地询问道。她说去下面找找看是否有自动售货机,买些喝的回来,便回到了车里。她一路下坡,把车开到镇上。不知不觉，她感到一种从压抑中被释放出来的快感，便开着车，在离旧轻井泽稍远的办事处和超市周围兜兜转转。

秋阳早在优纪来到镇上之前便沉沉西下了。周围忽然昏暗下来，寒风砭人肌骨。就算是晚秋时节的工作日，坡道上总有车驶过吧。优纪以为小野老师肯定会意识到自己上当了，然后就会向路过的车求援回到宿舍。

她很期待看到自己回到宿舍时老师的态度。然后，自己就会被赶出宿舍，再次回到对药物的依赖中去，精神错乱后死在什么地方。优纪觉得这也比在人渣聚集的地方受着伪善者施舍般的怜悯要强得多。

夜幕降临之际，优纪还是回到了坡上。因为她担心小野老师万一因此冻死了，自己就成杀人犯了。而且更让她恐惧的是厚着脸皮回到旧轻井泽的宿舍后自己即将面临的一切。

她想象着榊原久乃在大门口迎接她的样子。第一次见到她时，优纪就感到瘆得慌。

有人说榊原有神秘的力量，只要她触碰过的地方痛苦就会消失。的确，她身上不仅散发着严肃和凛然的正气，也让人感受到了某种对信仰的令人毛骨悚然的热情和超自然的神秘力量。

榊原久乃到时一定会一言不发地注视着她吧。似乎在说，我这看不见的眼睛可把什么都看得清清楚楚的。透过那层薄薄的紧闭的苍白眼睑，她似乎能洞察一切，制造奇迹，救人性命。可另一方面，又透着超凡的威严，似乎会对那些缺乏敬虔之心的人毫不留情地挥下惩罚之鞭。

优纪驶上黑漆漆的坡道，途中没有迎面遇上一辆车。到达茶馆的时候，小野老师还在那里。她无法联系到优纪，只能把不知在哪儿找到的旧报纸塞在夹克衫里御寒，正瑟瑟发抖地等待着。

"对不起，我迷路了。"

优纪说了谎。

"天黑得伸手不见五指了，你一定找了好一阵子了吧。我可担心了。你肯定在前面的岔道那里没了方向。要是开错了路从右边下坡，就要开到山里去了。那里路越来越窄，最后都被夜色湮没了。你肯定吓坏了。不过能找回来真是太好了。"

优纪哑口无言。她既没有找借口，也没有道歉，当然也没向她坦白，而是让小野老师上了车，把暖气开到最大，默默地驶回了宿舍。

此后，优纪作为住客在宿舍又生活了十个月，后来直接成了职员。

小野老师、白百合会还有其他职员都对她在资金管理方面很是信任，同时她处理事务的能力也备受肯定，做到了相当于事务长的位子。

算上做住客的日子，九年的居住时间在新艾格尼丝宿舍属于罕见的了。不管她过去服用的药物违不违法，曾经药物依赖症的经历在住客和白百合会会员、公共机构的社工间起到了纽带的作用。优纪能在这儿待这么久，一方面是将这份工作视作自己的使命，但更多的却是因为自己从心底里敬佩小野老师的为人，对她既信赖又尊敬。

"真是观音菩萨啊。"

丽美点头赞同道。

点滴挂完后，优纪又休息了一个小时。医生确认她中暑的症状已缓解后，优纪便坐上出租车回了宿舍。

傍晚，绘美子把粥送到了枕边。

"你是因为过劳才倒下的，好好睡一觉吧。"

即便别人不对她这么说，她自己也起不来。不过在这里，没有人会叫她去看精神科。

就连手腕上还包着创可贴的沙罗都来照顾她了。她因痛苦得走投无路而自残，却还扶着优纪上洗手间。不知为何，此时的她显得那么充满生气。

宿舍的事务没有因为优纪的倒下而停滞。虽然田里长了些杂草，农业委员会也没来说什么。住客们悠闲地摘下黄瓜，虽然大半部分都当成了种子，大家的日子也没有因此过不下去。二手的小型货车也顺利地转到了新艾格尼丝宿舍名下，运送货物、接送外出打工的住客时都派上了大用场。

优纪很清楚，自己是为了逃避不安和疑惑才拼命干活，最后倒下的。

她虽然想让自己确信，曾经她那么信任的小野老师是谁都无所谓，对自己而言小野老师除了她外别无他人，可疑云就此在内心盘踞，化作了强烈的不信任，无意间就针对起其他的人和一切事来了。

优纪吃着住客和绘美子做的挂面和粥，裹着毛巾毯混混沌沌地过了约两天才起了床,来到办公室。

她在电脑前坐下,联上了网。

"我觉得你还是别干了。"

绘美子担心地想要来劝阻。可优纪却回答:"不把这桩事弄清楚,我心里不痛快。"说着再次输入了"半田明美"几个字。

如果过去的牙医病例上那个叫半田明美的女人就是1994年以后的小野老师,她又是怎样来到新艾格尼丝宿舍的?为什么会冒充起小野尚子的?过去又为什么会背上杀人的嫌疑呢?优纪想知道其中的原因。同小野老师共度的九年时光也好,小野老师本人也罢,对优纪而言太过重要了,重要得让她无法轻易接受这扑朔迷离的事实,也无法同这一谜团继续共存下去。

检索的结果仍然只有姓名测试这一条。警察追查半田明美是二十世纪八十年代的事了,逮捕也发生在1984年,当时还没有推特、博客和网络论坛。

不过,报社有付费报道检索网站。如果找到了相关报道,也许就能了解到半田明美被追捕事件的一些情况。没准还有照片呢。

注册了会员登录网站后,优纪便输入了"半田明美"这一关键词。

显示出的几篇报道都是些不相干的内容,只是将"半田"和"明美"拆分后关联了各自的页面而已,就是没有出现完整的"半田明美"的名字。

优纪又想到了付费检索的杂志网站,便立刻登录检索了起来。

仍然没有结果。报纸和杂志的检索都一无所获。

优纪又随手输入了"小野尚子"几个字。

这次跳出来好几篇报道。

除了火灾的报道以外，还有些是关于她为"女性之家"的活动做出的贡献，或是建立"新艾格尼丝宿舍"，接纳被社会保障制度遗漏的女性，救人于绝望之中的报道。"小野尚子"既非宗教人士也非信徒，可无论哪篇报道都将她视为圣女一般，致以了最高的敬意。

虽然她本人总是回避媒体，但自从东日本大地震之后，捐款锐减，给新艾格尼丝宿舍乃至白百合会的所有活动都带来了影响。因而若是有媒体提出采访要求，她也多会应邀，并借机向公众呼吁支援。当对方要求拍照时，总被她单手遮住脸笑着拒绝，可有些低着头的照片还是被刊登在了媒体上。那无疑就是优纪她们熟悉的小野老师。优纪看着照片上老师低着的头和露出的腼腆微笑，内心被悲痛紧紧地攫住，几乎要流泪了。可与这份怀念和悲伤相伴的，却是乱如麻的内心。

她不是她。

优纪还看到了山崎知佳来信浓追分的新艾格尼丝宿舍采访时的报道。

忽然，一个念头闪过优纪的脑海。

知佳是媒体人，她应该了解一些关于半田明美的情况。

"把这些情况告诉她应该没问题吧。"

优纪问绘美子。

绘美子严肃地看着优纪的眼睛。她白皙丰满的脸庞总是浮现着笑容，但眼眸深处却总是若隐若现着悲观的情绪，给人一种深思熟虑的感觉，而事实上却是在伸着警惕的触角，担心着什么事的发生。

最近她总是这样。不知是因为小野老师的身份问题对她而言犹如晴空霹雳，还是和优纪一样，想要将疑惑封存在心底，却反而被不信任感俘虏，成了它的囚徒呢？

"是知佳通过人脸识别软件发现了小野尚子和小野老师不是同一个人的不是？而且她又是媒体人，没准和警方也有联系，从而掌握了一些消息呢。"

绘美子垂下眼帘直摇头。

"我觉得就算知道了真相也无济于事啊。而且有些事也许还是不知道为妙。"

"不行，我再这样下去内心太痛苦了。和麻衣一样。总觉得生活无法向前继续下去了。而且关于小野老师的事，也不是说句不知道就可以解决问题的。她那样的人不可能是罪犯，我就是想证明这一点。"

绘美子没有再反驳，却也没表示赞同。

优纪拿起手机，点开了联系人中山崎知佳的名字。

和邮件不同，电话只要不录音是不会留下任何可追溯的信息的。出于这点谨慎的考虑，优纪还是选择了打电话。

知佳立刻接了电话。

"现在方便吗？"

"嗯，我在家。"

听得出知佳在催她快说。

优纪将牙医提供的资料、警方透露的关于"半田明美"的信息尽量准确地描述给了知佳。

知佳听后愣了半天，接着自问自答似的询问道：

"首先要确认的是这个叫半田明美的女人是否真的存在，对吧？"

"我也怀疑这个人的真实性。"

警察的确说了这个人的姓名，可在网上却根本搜不到，就连报纸杂志的数据库里也没有。有的只是牙科资料。

"你能等我三分钟吗？"知佳没挂断电话，让优纪等了片刻。

"刚才我在网上搜过了。的确找不到关于半田明美的相关消息。"

知佳继续解释说，关于那些警方误抓的或是免于起诉的案例，报纸杂志的确留有报道的原始数据，但为了防止侵犯隐私和人权，这些信息都被屏蔽了，外人是无法查到的。但根据她自己的经验来看，许多案件如果当事人或相关人员没有专门进行投诉的话，相关报道是不会被删除的，更不会被屏蔽，实名报道就会因此而留存下来，也有可能被检索到。

可这都是以报道被数字化为前提的。倘若逮捕、杀人的嫌疑发生在过去的话，当时的数据都没有被数字化，去网上检索也不会有结果。

"这些肯定都是只有警察才掌握的信息。"知佳说。

"不过，山崎女士，你们媒体人应该有渠道可以从警方那里打听到一些消息吧。"

"怎么会。"知佳笑着回答。

"那些和警察打交道的报社记者同我们这些自由撰稿人可不一样哦。"

"你做记者的朋友或是出版社那里有渠道吗?"

"没有没有。"知佳回答,接着又说,"不过有报纸的缩印版,要不我试试通过标题查找一下?"

"缩印版,居然还有这个方法。我只想到在电脑上检索。"

"只是标题里没有'半田明美'这个名字出现的话,是无法锁定到相关报道的。如果有的话,就可以去提供标题检索服务的图书馆试试。"

"有多大可能性?"

"几乎为零。即便被逮捕过,如果一开始就有正当防卫的可能的话,更加不会被报道了。不过,花些时间,疏通下关系,用点钱,没准可以找到些线索。"

"你不要勉强。"

优纪立刻阻止道。

"不,我感觉还是有些尝试价值的。"

"尝试?是指什么?"

"这个嘛,各种渠道。"

优纪忽然忐忑起来。她能信任媒体从业者吗?自己的行为是不是鲁莽了些？

"这可涉及了复杂而敏感的问题啊，山崎女士。"

优纪的语气下意识地变得郑重起来。

"死去的女性不叫小野尚子，还是警察嘴里的杀人案嫌疑人。可小野老师现如今仍是我和住客们的精神支柱啊。虽然我内心不太想说这些，但还是希望你能懂，这不仅关系到新艾格尼丝宿舍是否能继续得到捐赠和支持，也事关这机构的存亡，所以请你在这件事上务必慎重。"

"当然。调查时我绝对不会向外人透露这些情况的，请放心。"

"也希望你不要写进推特或博客里。"

知佳沉默了片刻，接着正颜厉色地回答道：

"做出这些事的可不配当撰稿人。"

"要是说了不中听的话，还请多包涵。"

"若是查到些什么，我会一一跟你汇报的。"说完知佳便挂断了电话。

4

知佳换乘上了私营铁路的电车，一下车，耳畔顿时响起了路边医院浓郁的绿荫里知了的聒噪声。

她擦着淌下的汗水，背着装有笔记本电脑的挎包，向大宅文库的馆舍走去。如果报道没有被数字化的话，那网上用关键词检索是不会有任何结果的。不过若是能耐心地去翻阅实体刊物，还是有可能发现蛛丝马迹的。一直以来，知佳也是凭着这两条腿和锲而不舍的干劲，写出了那些只知依赖网络的年轻撰稿人所写不出的报道。

前一天，她去了当地的图书馆翻阅了缩印版报纸。1984年，一个月量的缩印本有电话本那么厚，一年就有十二本，全被知佳堆到了阅览桌上。她想从社会新闻版面找到关于这桩杀人案件的报道，却没发现"半田明美"这个名字。因为她是正当防卫而被免于起诉，所以从一开始就没有被过多地怀疑，也许名字就被模糊地表述为"女子"或"女性"，而没有被实名报道。

于是，知佳便决定去查阅一下杂志，尤其是面向男性的周刊。这些杂志并不像报纸那样遵守报道礼仪和规范。不过由于都没有被数字化，因而在普通地区图书馆检索也找不到相关的内容。

这样一来，只能去对定期刊物多有保留的专门图书馆查找目录了。

于是，知佳来到了这家位于私营铁路沿线的专门保存定期刊物的图书馆。

图书馆并不大，踏进门，空调的微风让知佳舒了口气。她缓了缓，便坐到了一楼的一排电脑前，键入了"半田明美"几个字，却没有结果。

随后，又键入其他关键词来锁定纸质刊物的目录。

有了——《独家新闻 不仅仅是地铁站台推人落轨事件 半田明美的血腥过去》。

这是1985年的周刊上的一篇报道。这家周刊隶属某出版巨头，这十年里，因为名誉损害和隐私侵犯问题接二连三地惹来不少官司。就是在这样的杂志里，出现了"半田明美"的名字。

知佳向前台递交了阅览申请书，在二楼稍作等待后便得到了那本杂志。这篇纪实报道长达四页。

"去年，半田明美因地铁推人落轨致死事件被逮捕后，因正当防卫被无罪释放。今年，关于她，又有连环杀人案的嫌疑浮出水面。虽然因为缺乏物证而未被起诉，但这名绝代毒妇的过去可谓极尽灰暗。"

文章一开头的言论便有失恰当。不过，比起文章，最先引起知佳注意的还是文章对页上那幅大大的嫌疑人半田明美的面部特写。

4

定睛一看，知佳便可确认这和自己采访的那位自称是"小野尚子"的不是一个人。

两弯极细的眉毛在长长的直发后若隐若现。眼周并没有太多化妆的痕迹，因而眼睛看着并不大，但面对相机镜头时的目光却极为锐利。也许是嘴巴抿成了一字形略微下弯的缘故，不大不小的嘴巴看上去不像美女的那般端正。

不同寻常的是她的服装。身穿的和服与其说是浴衣，不如说就像件纵条纹的睡袍，衣领贴着后颈①，如同孩子在七五三节②穿的和服。

照片下标有"自称女演员的半田明美"几个字。

知佳本想当场通读一遍文章，但还是改了主意，将这篇报道复印了一份。

本是白纸黑字的报道，知佳却特地要求彩色复印，就是为了将照片印得清晰些。

将复印件装入信封后，知佳离开图书馆坐上了电车，还不等回到家，便在车厢里迫不及待地取出复印件读了起来。

据文章介绍，1984年，半田明美在地铁丸之内线，将一名男性推下站台，导致对方被列车碾轧致死。

---

① 日本和服有后领贴着脖子不露后颈和后领拉下露出后颈的两种穿法，孩子穿和服时不露后颈。——译者注
② 日本的传统节日之一，11月15日那天，三岁的男孩女孩、五岁的男孩和七岁的女孩会穿着和服去神社参拜，祈愿健康成长。——译者注

当时，她本人供述称自己"在新宿被素不相识的男子一直纠缠至站台，对方抓住她的手臂，令她深感危险，才加以抵抗，纠缠中，对方不慎跌入轨道"。深夜的站台上有好几名目击证人，他们在事件发生后自发到警署，证明半田明美的供述属实。最后，半田明美被免于起诉。但周刊的这篇报道却对这一结果提出质疑。

在这样一个深夜，主动向警方做证的几名目击证人清一色都是中年男性。眼见这名女性就要被警方带走，在急救员和轨交公司职员忙着救援的一片骚乱中，是他们在站台上将警察团团围住，抗议说"她就是个弱女子，被男人纠缠了""弄不好掉下站台的就是她了""那你说你保护得了她吗"。许多乘客都屏息凝神地关注着他们和警方对峙，其中还有几个附和道："没错，那姑娘才是受害者。"

根据目击者的证词，那名女性当时边下楼，边为难地对正在指责她的男性说"你别再跟着我了，我不知道"。她边跑向站台边，边惊恐地大喊"你别这样，救命"。

正当大家犹豫着是否要帮助她的下一秒，伴随着长长的鸣笛声，列车滑入站台，男子的身影也随之消失了。

女子长长的头发扎成一个马尾，身穿白色翻领T恤和合身的牛仔裤，脚上穿着一双运动鞋，打扮得不像是清纯的办公室白领，而是一身朴素的女学生气质，在泡沫经济时代实属难得。

"男性乘客们都被她的学生气给骗了。"报道的作者断言，"清纯的女学生外表下，其实就是名年近三十的自命为演员的黑寡妇。"

当时，半田明美隶属中央线沿线的一家小剧院，那天正好排练完回家。不过那时她只是个实习生，还没有出演过什么角色。杂志上的照片似乎就是在排练厅之类的地方拍摄的。

维持她生计的其实还是婚后两年死去的丈夫的四千万保险金。半田明美的丈夫是名内科医生，在新潟的偏僻农村的镇立诊所工作，三年前的冬天冻死在了出诊的路上。

这次地铁碾轧事件最大的疑点在于，半田明美声称自己并不认识受害人，可事实上二人并非毫不相干。

被碾轧致死的竹内淳在其丈夫工作所在地的政府机关的保健医疗部门工作。这样看来，镇立诊所的人事和财物管理应当和其业务相关，同医师也有着日常的来往吧。关于半田明美手中的巨额保险赔偿和其丈夫的死亡，他很有可能知道些什么。

半田明美丈夫死亡的三年前，明美的亲生父亲去世了。他的死亡从某些角度来看也极其反常。虽说是烂醉以后躺在轨道上被列车碾死的，但明美父亲的酒量出了名的大。大家都知道他千杯不倒。

另外还有桩离奇的死亡事件。半田明美十九岁来到东京，没有什么固定的工作，但周围人似乎都称她为"未来的女演员"。支持她生活的是一群中年男人。她并非向不固定的对象卖淫，而似乎是和数名男子签订了情人契约。来到东京两年后，一名在练马经营室内装潢的五十多岁的男人为她提供了一套丰岛区的高级公寓。然而，这名男人却在和半田明美前往曼谷的旅行途中溺亡了。

对于其他三起死亡事件，警方之所以无法立案，都是因为物证不足。

不过，至少可以知道她身边已有四名男性死于非命，包括她的亲生父亲在内。难道就可以勉强地将这些巧合归结为她没有男人运吗？——文章在这不无讽刺的质疑中结尾。

山崎知佳读完后，轻轻地沉吟了一下。

过去居然还允许撰稿人写这样的纪实报道。

知佳刚做记者的那会儿，若是写出些事关人权、隐私、个人信息的报道就会因为缺乏事实依据而被上司劈头盖脸地严厉斥责。知佳还见过那些上了年纪的签约记者边喝酒边嚷嚷："动不动就要证据、证据……编辑部主任什么时候变成法官了！"

那个年代，出版巨头的头牌杂志纷纷因损害名誉和侵犯隐私而被起诉，支付了不少赔偿金。

另外，报道的写作大部分都委托给了编辑出版商或签约记者，出版社的员工几乎没有写作的机会。这让从少女时代就抱有靠写作谋生的梦想、在激烈竞争中斩落千军万马才被大型出版社录用的知佳很是失望，干了三年便离了职，跳槽到了一家编辑出版公司。

"好容易才进的一流大企业……"父母总为此失望地哀叹。可知佳却认为人生只有一次，她不希望留下任何遗憾。

然而，在这些小型的编辑出版公司里，等待她的却是更大的束缚。写作时要尽可能地顾及赞助方，对于自己采访的商品、人物或机构，能写的仅限于阿谀奉承的吹捧文章，连名誉、隐私的问题都靠边站了。

最后，知佳不得不辜负来自各方的关照，成了一名独立的自由撰稿人。可即便在事业步入正轨的现在，这一行业面临的严峻挑战和困窘却一如既往。失去了公司或组织的庇护，伴随着"自由"而来的是风险。

因而，通过纪实文章提出连环杀人事件的可能性，并对警方的疏忽进行批判，采用催促警方开展调查的论调进行写作——这样的自由度让知佳很是羡慕。不过，这名记者和出版社如此不顾人权的做法还是让知佳感到欠妥。

知佳再次将目光转向这关键的照片。

怎么看，她都觉得照片上的明美是另外一个人。难不成她整过容了？

位于西荻洼的公寓既是知佳的住处，也是她的办公室。一回到那里，她便打开空调，还顾不上喘口气又打开了电脑。

她将沾了汗水贴到身上的衬衫和内衣扔进了洗衣篮，换上了短袖的带罩杯内衣和短裤。

知佳坐在电脑前，喝着冰箱里存着的冷萃大麦茶，可电脑运行却不太流畅。因为不在家的几个小时，室温升得太快影响了电脑的散热。电脑屏幕上的画面像呼吸困难一样切换得实在太慢，无奈知佳只得拉上西南侧窗户的遮光窗帘，尽管大白天就把屋子弄得黑黢黢的着实叫人郁闷。

镜子的背面

  这套公寓是两年前知佳问父母借钱买下的，一间卧室带厨房。北侧的房间由于采光通风不佳，因而很便宜，加上知佳工作的特殊性，当成书库或用以存放专门器材正合适，因而知佳很是喜爱。

  知佳刚辞去大型出版社工作的当口，父母也许是担心她流落街头，不时地为她介绍对象。但当女儿一过三十五，似乎就死了心，骤然停止了催婚的攻势。

  弟弟刚结婚不久就有了孩子，第二年又生了二孩。看来忙着带孩子的父母顾不上自己了。但当提及自己想在离家电车不到一小时的地方买公寓时，父母没等她提出借钱，就毫不犹豫地拿出了大半的首付。知佳按道义每月返还一部分钱款给父母，可母亲却对光银行转账而不露个面的女儿很是生气，每次都打电话来教训她。

  知佳担心这电脑不知何时会热得罢工，忐忑地冒着冷汗操作着鼠标，好容易才点开了写人物报道时用过的小野尚子的照片。

  无论怎么比对，她都看不出这两年前自己采访的人和大宅文库处复印来的"半田明美"是同一个人。她松了口气，感觉像是躲过了一劫似的。

  大概是牙科信息资料弄错了吧。原本这些信息只不过就是一个医生私下保管的病例数据，不属于由公共机构管理的范畴，姓名弄错或是同名同姓的情况大有人在。

  关上了电脑，知佳开着空调离开了公寓，拿着大宅文库的复印件向附近的便利店跑去。她又将报道彩印了一份，在用餐区的桌上标上了自己的评注后，便给新艾格尼丝宿舍的中富优纪快递了一份。

忙完这一通时，夏日的太阳已经西斜，可周围仍旧火辣辣的像烤炉。

犹豫了片刻，知佳打开了冷藏柜的门，拿出了便利店限定款啤酒和鸡肉沙拉前往收银台。这些再加上家里的袋装毛豆，便是今天的晚餐了。

收银台的尼泊尔籍店员对知佳微笑了一下，露出洁白的牙齿。虽然不曾交谈，但这位每日的常客对她而言已经算是熟人了。

第二天，知佳的手机里收到了优纪发来的邮件。

"感谢你的调查。小野老师即便不是小野尚子，也不可能是连环杀人犯的，对吧？看了照片我松了口气。不论是和小野老师还是和影集里的小野尚子，这人都不像。不过这个叫半田明美的女人也太过分了。警察居然没抓住这样作恶多端的女人，还说她可能就是小野老师。本来我就不太相信警察，这次对他们更加不信任了。"

优纪居然把这篇周刊的报道内容不加甄别地接受了，这让知佳有些吃惊。或许这就是媒体人和普通读者之间的差异。自己若不干这行，也许也不会去怀疑报道的可信度吧？在这篇报道里，作者只是将几件事凭主观猜测联系起来而已。如果他本无意说谎，还自鸣得意地以为捕捉到了真相，那结果就更糟糕了。正因为他写得毫不心虚，才导致读者也没起任何猜疑。

且不论报道的可信度，一种悬而未决的异样感令知佳有些坐立不安。知佳和优纪判断半田明美不是小野老师的唯一根据，便是报道上的照片和小野老师的照片看上去不一样。然而，老照片中的小野尚子和两年前知佳采访的那位小野老师在多数人眼中虽是同一个人，可人脸识别软件却判定是两个人。这样说来，别人眼中看似不同的两个人，也有可能是同一个人。

知佳感到至少应该去确认一下。第二周，她便拜访了位于东京和埼玉县交界处的某大学研究室。

之前用人脸识别软件为知佳分析小野尚子照片的松本并不是化妆品公司的职员，而是大学里的研究人员，只是作为产学研合作的一环，借调到了民间企业而已。两个月后的现在，他又回到了自己所在的大学校园。

房间里，金属架子上胡乱摆放着各种仪器和电线，地上随意堆着专业杂志。松本的桌子就在一个角落里。

在化妆品公司研究所，松本对知佳还算热情，但这天却不多说一句话。知佳想他是不是顾虑个人隐私才保持沉默的，看样子却不像。

那段时间，松本处新开发了个精度更高的软件，他跃跃欲试，因而那些花边消息对他而言似乎就无所谓了。

知佳新带来的照片中，有一张就是周刊里半田明美的照片，只是三十一年前杂志照片的复印件像素很低。

"我姑且把彩色和黑白的各复印了一份。"松本看似很不耐烦，对知佳的解释不予理会，只是盯着屏幕，飞快地敲击着键盘。

几秒后，这张 27 英寸大小的屏幕上出现了四张尺寸几乎一致的图像。分别是从前采访小野尚子的同学时拷贝的小野尚子二十多岁时的照片，周刊上半田明美的照片，1993 年圣诞节集体照中的小野尚子的影像，还有两年前采访时拍摄的"小野老师"的照片。

松本用鼠标勾勒出四张照片的眼睛、鼻子和嘴巴的轮廓。接着便将原来照片的图像隐去了。混浊的绿色底色上，只剩下了米色线条勾勒的面部轮廓和五官形状。

两年前的照片上，小野老师的脸略向侧面低着头，可经松本鼠标的操作，脸被正了过来，头也抬了起来。

一种令人不安的异样感觉让知佳起了阵鸡皮疙瘩。眼下这张照片和另一张极其相似。

是半田明美！是那本杂志里自称为女演员的半田明美！

剩下的两张——就是尚子同学提供的她二十来岁时的照片和 1993 年的圣诞节照片，这二者之间很相似。

"能让这一组照片的特征再明显些吗？"

知佳指着被修正过角度的小野老师和半田明美的轮廓线问道。

"跟我讲特征，真是让我为难了。"松本苦笑着将两张真正的小野尚子的轮廓图像隐藏起来，又将剩下的两张照片的面部重叠在一起。

轮廓没有重合。

知佳舒了口气。

161

"这只不过是上了年岁,整个面部轮廓下垂了而已。"

松本边解释,边对轮廓进行了年龄修正。

这下,知佳的喉头无意间冒出了一声呻吟。

二者轮廓完全吻合。

"怎么会……"

"吃惊吧?这个软件可聪明了。"

松本指着画面笑着说道。

"不过,也可能是五官或面部轮廓相像的两个人吧。"

松本没有作答,而是按下了键盘。这时,图像消失了,转而出现了一串详细的数字。

"是同一个人没错。"

"可完全不像啊……"

"那是印象造成的干扰。笑起来的特征、气质、化妆方法,这些都可以让两个长相不同的人看上去神似。气质对人脸的影响占了八成。打个比方,如果你的举止散发着美女的气场,那别人也会把你看作美女;如果你对人吹嘘自己是斯坦福毕业的,那你就给人头脑灵光的印象。可是,面部的构造是永远无法改变的。"

"那整形能改变吗?"

"整形就是整一张皮。可以改变给人的印象,但无法改变骨骼。就算削去点下颌骨,也是有限度的。你看,这轮廓,眼睛鼻子的位置。看这从头顶到下巴尖之间的长度比例。"

松本让屏幕再次跳出了照片和轮廓线。

"就是说这两个头像虽然气质不同,但面部构造是一致的对吗?"知佳再次确认道,"有可能是母女或是姐妹吗?"

"不是母女。最多是同卵双胞胎姐妹。"

也就是说,牙医提供的信息无误,优纪这些职员和住客们所敬仰的人,就是半田明美……

离开研究室,知佳茫然地穿过秋风渐起的校园,向停车场走去。

想来两年前采访结束时,对于主编打出的"日本的特蕾莎修女"这一缺乏新意的口号,知佳当时内心已慢慢认同,说明那时她已被这样杰出的女性彻底征服了。

知佳将装有照片的挎包扔到了后座,启动汽车准备前往东京市区。就在这时,手机铃声响了。

她将车靠边停稳后,拿起了手机,屏幕上显示着松本的名字。

"刚才真是谢谢……"

"刚才的照片在你身边吗?"

不等知佳把感谢的话说完,松本便兴奋地问了起来。

"哦,在的。"

知佳暂时挂断电话,将车停进了不远处的便利店停车场,取出了后座上的文件包。

知佳回拨给松本后,松本让她拿出1993年的圣诞节合影。

"是哪张?"

有好几张合影，分别是和不同的人照的。

"右边有圣诞树的，排成三排全是女性的、人数最多的那张。"

这张照片里没有一位绘本作家或是演奏家之类的名人。再加上人数太多，因而知佳几乎没注意到这张集体照。

这时，知佳才想起来，由于刚才的分析结果给她的冲击实在太大，她都忘了让松本把电脑里的照片删除了。

"最后一排从右往左数第二位，看到了吗？"

"看到了。"

"那个人和你今天带来的照片上的女子是同一个人。"

"是杂志上的照片吗？"

"对。"

"不会吧！"知佳脱口而出。

"是真的。"松本回答，语气不带一丝玩笑。

松本所指的那名女性既不像小剧场的女演员"半田明美"，也不像自己曾见过的"小野老师"。

她头发长及颈部，身穿圆领衣服。由于排在最后排，因而只露出了肩部以上的部位。

因为站得靠边，整张脸有些扭曲，完全被埋没在了人群中。而且，她很年轻。静静地站在来客和志愿者的后面微笑着。

看上去，她和小野尚子的年龄差距有母女那么大。虽然年轻，却毫无青春的气息。

这张脸既圆润又寒酸，总之难以形容，没有任何给人印象深刻的特征，这让知佳大为震惊。最大的特征就是没有特征，这世上有这样的脸吗？她既不像那个以小野尚子的名义活了二十年，又以小野尚子的名义死去的圣女，也不像周刊上的那名绝代毒妇。

挂断电话，知佳头脑一片混乱。稍稍犹豫了一会儿后，她掉转车头，向东京市区的反方向——圈央道驶去。

知佳在中途的服务区停车，给新艾格尼丝宿舍打去了电话，向中富优纪表达了自己要去拜访的意图。

她从关越道一路驶进上信越道，几乎一路在超车道上狂飙，在下午三点多到达了宿舍。

两个半月没见到优纪了，知佳总觉得她憔悴了许多。

"搬家时的积劳到现在发作了。"优纪笑道。她没带知佳进和室，而是把她领进了大门边的办公室，拉上了拉门。

"抱歉，希望你小点儿声。"

"明白。"

优纪似乎预感到了接下来的消息将会是个重磅打击，已做好了心理准备，不希望自己以外的任何人听到。

当知佳告诉她人脸识别软件判定半田明美和"小野老师"是同一个人时，中富优纪抱住了头。

接着，知佳指着1993年圣诞节集体照中的女子，告诉她这就是后来假扮成"小野老师"的半田明美。

"你对这个人有印象吗?"

"没有……"

"这个团体里都是些什么人?"

"不太清楚,都是我来这儿很久以前的事了。"

优纪抬头仰视着天花板,一脸惶惑,似乎被这一连串消息彻底弄晕了。

"这真是,什么是什么呀……小野老师不是小野尚子,警察又说也许是个叫半田明美的连环杀人犯,而且这个人还在这张集体照里。我脑子一锅粥了。"

不仅是优纪,知佳也同样被事实搅得莫名其妙。

优纪指着集体照中那名被人脸识别软件判断为周刊上的半田明美的女人说:"如果这个人就是我们所熟知的小野老师,那她这个时候来新艾格尼丝宿舍做什么呢?对于小野老师是凶案犯这一说法,我想在内心彻底证明是胡说。"

"你有什么主意了吗?"

优纪的目光游移不定。

"我想问问当时知道这些事的人……"

这时,木村绘美子进来倒茶。

优纪用目光示意她坐下,将从知佳那里听说的小声告诉她。

她也许也读过了那篇杂志上的报道,屏息凝神地注视着知佳。

"照片上的人是一致的,但这篇报道的内容有多大的可信度还不知道呢。"

知佳用生硬的语气解释道，似乎是在回应绘美子的目光。

日本曾经也发生过松本沙林事件①这样的冤案、错误逮捕的情况。当时，不少媒体都把被逮捕的嫌疑人当作事实清楚的犯人一般，大肆报道。

"是啊，太过分了。"绘美子似乎松了口气，点头赞同，"而且之前警察也说过，虽然她被逮捕了，但又因正当防卫被无罪释放了。"

"说是无罪，其实是未被起诉。"优纪纠正说。

也许存在这种可能——半田明美曾被逮捕，又被视为其他案件的嫌疑人而受到警方监视，并被杂志当真的犯人一样报道，面部特写还占了整个版面，遭受来自社会各方面的偏见。无法承受的半田明美于是来到新艾格尼丝宿舍求援，又因为一些情况而取代了小野尚子。

知佳在新艾格尼丝宿舍仅仅待了一个小时，便匆匆忙忙回了家。目送知佳离开后，优纪回到了办公室，将电脑里存着的1993年集体照中有半田明美的那张打印了两份。一份邮寄给了岐阜的齐藤登美子，

---

① 发生在1994年6月27日长野县松本市的恐怖袭击事件。该事件也因警方的错误逮捕和媒体带有偏见的报道共同制造了冤案而引发社会关注。1994年6月27日至6月28日早晨，长野县松本市北深志的住宅区被人投放用作化学武器的沙林毒气致7人死亡，多人受伤，与1995年3月20日东京地铁毒气事件同为奥姆真理教所为。但由于警方的草率，错误逮捕了毒气事件受害人河野义行，又由于媒体带有偏见的报道，致使该冤案持续发酵，河野家遭受辱骂信件投递等来自全国的骚扰。直至1995年的东京地铁毒气事件发生，松本沙林事件的真相才浮出水面。——译者注

另一份传真给了服部牧师，并附上了询问函。

第二天黄昏，在美国的服部牧师打来了电话。

"照片有些模糊，看不清每个人的脸，好像没有我认识的人啊。会不会是当地的志愿者呢？"

"会是教会方面的志愿者吗？"

"不是，教会方面的志愿者我应该认识，可能是朗读志愿者。"

"朗读志愿者？"

据服部牧师说，小野尚子在轻井泽建立新艾格尼丝宿舍，运营步入正轨以后，就开始为当地图书馆的图书资料制作有声读物，顺带将之纳入住客们康复训练的一环。

当时小野尚子也许通过榊原久乃了解到为视力障碍人士制作朗读录音带的活动，于是也开始考虑为这项事业尽自己的一份绵薄之力。

"一些妇女在当地图书馆为孩子朗读书籍，是她们来到宿舍指导朗读的。"

第二天早晨，优纪有事外出前往办事处，顺便就去了一趟在轻井泽町开放了有些年头的图书馆。二楼的开放架上，新艾格尼丝宿舍制作的录音带和其他团体制作的录音带被并排放在了一起。朗读录音带不仅有小说和散文，还有报纸、杂志和手册等各类纸质媒介，让优纪大为惊叹。

旧录音带没有被电子化，纸质目录标题边的制作人处，赫然写着"新艾格尼丝宿舍"几个字，不过没有朗读者个人的名字。优纪想没准能听到小野尚子真人的声音，可实际上却很难实现。

"虽然我们把磁带都一并保存了下来，但因为用得太多，这么老的磁带磁条肯定有拉伸或是扭曲的现象。虽然我们没逐一确认过状况，但很可能已经无法播放了。"

图书管理员面带歉意地说道。

由于磁带不仅在图书馆有保留，当时还被送去了老年公寓或医院，图书管理员就给这些机构打去电话询问，可惜没有一家机构保留了磁带。因为语音播放设备都更新为电子设备了，磁带本身也不能长久保存，所以很早以前就被弃用了。

虽然图书馆保留着1990年朗读志愿者的名单，但由于是个人信息，因而不对外借阅。不过，现在的朗读志愿者事务局是对外公开的。就设在图书馆附近的朗读会成员私人住宅里。

优纪预先打好电话说明来意后，便离开图书馆去拜访那户人家。

知佳对接待她的女性自称是曾经朗读磁带的制作成员，想知道当时关照过自己的志愿者的消息。

对方没有怀疑，给她看了1993年在册成员的一览表。一沓打印纸装订成册的表格上字迹都已漫漶，没有联络方式，只列着一长串名字。里面没有半田明美这个名字。朗读志愿活动由于不要求提供身份证，所以她很可能使用了化名。

女性指着表格中的一个名字，说她是志愿者中最老的成员，问她也许能有所收获。她叫逢坂聪子，四十年前就一直住在千之泷附近的

镜子的背面

别墅区。

"她的先生就是原实先生。"

原实是著名的绘本作家，参加过 1993 年以前的新艾格尼丝宿舍举办的圣诞聚会，集体照中也有他。

九月份连续两个小长假①中的工作日，优纪和知佳避开高峰驱车前往逢坂聪子的住宅。

优纪说照片中的那名女性可能是朗读志愿者，提出自己想去确认一下，知佳表示希望同行。

知佳说，如果说为视力障碍者制作朗读磁带这一志愿活动就是半田明美和新艾格尼丝宿舍的交集所在的话，那谋划为小野尚子找替身的人也许还是榊原久乃。

"关于这一点……"优纪将服部牧师曾经发来的传真信件内容告诉了知佳。知佳听后，想了想，说："这会不会就是些冠冕堂皇的话呢？"她表示怀疑。

"那名牧师对你说这话，会不会就跟对信徒宣教是一回事呢？"

逢坂聪子的家建在斜坡上，与其说是别墅，不如说像是个混凝土堡垒。车库就是在坡面上挖了个洞建造的。登上车库边的台阶，就来到了大门前的一块宽阔的空地。刚才在坡下仰望这栋别墅时的压迫感

---

① 指九月份第三个周一的敬老节形成的小长假和秋分节两个节假日。两个节日日期很接近。——译者注

消失了。繁花遍地，将房宅衬托得精致脱俗。

绘本作家原实在东京的公寓里工作，留下逢坂聪子在家中。这天，她穿着长裙和长袖衬衫招待了两人。

"听说您是小野尚子女士机构里的职员？火灾真是不幸啊，那样优秀的女性偏偏遇上这种事……"

优纪若自称是新艾格尼丝宿舍的代表，总会招来普通人异样的目光，但若自称是"小野尚子这里的人"，无论是谁都会表示信任，还会帮助引见介绍，甚至招待进自己的家。所到之处，都让优纪领教了这一名字的威力。

优纪将带来的集体照放在透过天窗投射而来的阳光下。

逢坂聪子慢悠悠地戴起老花眼镜。优纪将最后一排靠边站着的女性指给她看，询问道：

"这位女士您记得吗？"

"嗯，当然，记得很清楚。这个……名字是……"

"是不是叫半田或者明美什么的？"知佳探出身子问道。

"不是，应该不叫这个名字，大概是我老了，真是急人。毕竟我和她私下没有来往。"

"噢。不过您刚才说这位女士您印象很深？"

"是的。因为她的朗读真的很专业。她本人比较低调，或者说比较朴素？总之不太引人注目。但是发声吐字非常清晰。不像我们只在文化馆接受过培训。传言说她受过专门的训练。她自己却说上的是函授

171

镜子的背面

课程，我觉得那是谦虚。"

知佳不禁咽了咽口水。杂志上说半田明美在小剧场做过实习生。这样看来掌握了发声、吐字的基本功也是理所当然。

"她曾在图书馆的朗读会上代人朗读。那时她给一群孩子朗读《活宝三人组》①。朗读志愿者中也曾有人用纸画剧的形式表演过，可那位女士却别具一格，毫不做作。虽然只是朗读，但听起来就跟孩子间的对话如出一辙。三个人的个性表现得淋漓尽致。孩子们个个身临其境，听得鸦雀无声，时而又哄堂大笑。"

逢坂聪子解释说，比起这类普通的朗读，视力障碍人士专用的有声读物更为特殊，有很高的技术要求。除了掌握清晰的发声吐字方法的基本功以外，必须对词语的正确语调、汉字读音的查找方法、录音带的校正方法具备必要的知识储备，并进行专门的训练。于是，以当地图书馆为主要场所开展朗读志愿活动的逢坂聪子她们便轮流前往新艾格尼丝宿舍，指导朗读技巧。那些志愿者在1993年被邀请至宿舍的圣诞节聚会，并在那里拍摄了集体照。

据说去宿舍指导朗读的成员中就有这名疑似是半田明美的女性，她总是频繁地拜访新艾格尼丝宿舍，担任朗读指导。

---

① 日本知名儿童文学家那须正干（1942年出生）的系列儿童小说的代表作。该系列以三位性格各异、极具典型的小学生为主角。一个是嗜书如命、喜欢思考的"博士"，一个是好动好玩、爱惹是生非的"小飞人"，还有一个是慢性子的"阿慢"。故事围绕这三个人的经历，展开了许多紧张刺激、畅快淋漓的故事。在日本畅销多年。——译者注

"她一定是被小野尚子的为人深深折服了。她温柔善良，善解人意，高贵得就像皇后陛下。就是这位小野尚子对她赞赏有加，说她热心、朗读技术高超却又谦虚，宿舍成员对她颇为感激。她不仅指导朗读，似乎还对新艾格尼丝宿舍的活动相当感兴趣，从小野老师那里听闻了许多关于该机构的事。哦，我想起来了，叫山下。"

"是叫山下吗？"知佳边问边快速地在笔记本上做记录。

果然她用了化名。

"请问，您知道这位山下女士当时住在哪儿吗？"

"不知道，她的个人情况我不太了解……她不和我们一起喝茶或参与别的事。志愿活动结束后也是自己一个人先回去的。毕竟比我们这些阿姨年轻多了，和我们待在一起一定会觉得无聊。"逢坂笑了起来。

年轻这一点从1993年的合影也能看得出。

作为朗读指导员来到新艾格尼丝宿舍的半田明美就这样取得了小野尚子的信任。

"对了，说到朗读磁带，是给视力障碍的人使用的。火灾中，那名做过护士的盲人职员榊原也一同丧生了呢。"

知佳将话题转到了榊原久乃身上。虽然装得不经意，但话题切换得很唐突。

"是的，她也去世了。"逢坂微微蹙了蹙眉。

"朗读磁带虽然原本是为视力有障碍的人士准备的，但在那些因病体力衰弱的人和老年朋友中也都很受欢迎。我们制作的磁带也因此被送到了医院或是养老机构了呢。"

"那么,在朗读磁带的制作中,榊原是不是充当过志愿者们和视力障碍人士之间的桥梁呢?"

知佳再次将话题转向榊原。这时,逢坂露出了微妙的表情。

"那位女士可没有成为什么桥梁。她同我们没什么特别的交流……她原先是名护士啊?我只是听说她会按摩或是气功。"

"她原先做过护士。您当时注意到她有什么异常吗?"知佳执着地追问着这一话题。

"她有些……说来有些那个……有些地方让人说不清道不明……"

"说不清道不明?"

这位贵太闪烁其词的样子让优纪从刚才便开始焦躁起来。

"也许谈不上阴郁,但我觉得她对事物有些偏执……也许在她心目中,沉默就是金……我们跟她打招呼,她却佯装没听见。只有当她心怀不满时才开口。要说朗读磁带,受益最大的应当是她本人不是吗?可对我们却总是不太友好。好几次,脖颈处感觉有人从背后盯着,回过头一看,才发现不知不觉中,她就站在了我身后,吓出一身汗。就好像在监视着我们,不让我们和机构里的女性说些不必要的话。就差对我们说'你们指导结束后径直回家,不要做多余的事了',给人感觉好像是担心我们从外面带来什么细菌,或是在斥责我们不要玷污了她看管的上帝的羔羊似的。"

知佳敏锐地看着逢坂聪子,飞速地动笔记录着。

逢坂聪子的描述和长笛演奏家青柳华的如出一辙。优纪认为，就连她们职员都对榊原奇特的禁欲主义颇感不自在，更不必说外人了。

"上帝的羔羊"这个说法让优纪想到了榊原久乃制作的许多毛绒玩具。也许基督徒并不会对此感到抵触，可将住客们看作羔羊、将自己视作牧场管理人的想法真可谓傲慢。

优纪和知佳离开时，逢坂聪子将她们送至大门处。二人回到车中后，知佳问坐在副驾上的优纪：

"那以后，新艾格尼丝宿舍就不再参与朗读磁带的制作了对吗？"

"至少九年前我到这里的时候就已经不做了。更确切地说，我连宿舍曾做过这类志愿活动都不知道。我们每天干的就是农活、打扫卫生和做饭之类的事，然后就是实现经济独立。能出去工作的人就在力所能及的范围内打打工挣点房费，在这个过程中积累自信，最后离开机构。我以为一直以来就是如此。而且过去捐款充足，住客们也能做志愿者来回报社会，现在和那时不可同日而语了，没那么优雅的闲工夫。"

"不过说来，如果小野尚子一直和当地志愿者保持联系的话，那找个替身就很有可能会暴露啊。"知佳说道。

优纪没有当即表示赞同，到现在，她仍对冒名顶替或偷梁换柱这种有犯罪意味的词汇心存抵触。

那天夜里，身在岐阜的齐藤登美子来了电话。

她说她看了优纪千里迢迢寄来的照片，但过了二十多年了，上面的人她都认不出了。

"如果照片上有自己的话,还会放在身边反复拿出来看。但你也知道,原则上是不让别人给我们拍照的,对吧?"

优纪告诉她,那张集体照里的都是来新艾格尼丝宿舍指导朗读的志愿者。

"提到这个,当时是有这样的人一直来我们宿舍的。"

"你还记得上面谁是谁吗?"

"不记得,我对这个朗读不太感兴趣。"

"我听说志愿者中有人朗读技巧很高?"

"哦,有的。她常来。就是不记得名字和长相了。"

"是不是叫山下?"

"唉,这么普通的名字我哪记得住!一开始她就来帮忙做些慈善,当时就把榊原的推拿按摩教科书带回去,为她制作了朗读磁带。"

"榊原的朗读磁带?"

"对呀,宿舍里没有其他人再需要这玩意儿了不是吗?她那么年轻,可看上去又挺朴素的,就问她是不是学生。结果她说都结婚了,吓了我一跳。之后她好像就常来这里了。她可认真负责了,还带来了录音机和摄像机呢。"

"摄像机?"

"是的,我是不太懂,但她说让大家事后可以回看,纠正发音等问题。我是没录过。因为录像里看到自己的形象感觉挺别扭的,看不下去。不过其他的姑娘们看了录像后练习得可投入了。就像是唱卡拉OK那样来劲儿。对了，老师也那么说。她说这里的姑娘们需要通过这个来喜欢上自己。毕竟机构里许多姑娘都对自己厌恶得恨不得杀了自己。不过，这些磁带录像带应该都被大火烧了吧……"

优纪似乎是记得在轻井泽的别墅里有一个纸箱，里面装有类似旧录像带和磁带之类的东西，不过在搬至信浓追分的时候就遗弃了。因为磁带已经受损，而且现在都已经使用电子设备播放了。

"那么，那位志愿者是发生什么事了吗？"

"这位'山下'可能后来冒充了小野尚子哟。"

优纪直接把话挑明了。

从她送来的装在白信封里的唁函和不拘小节的言谈举止来看，优纪感到登美子的为人还是值得信赖的。所以她认为此时就没有必要再绕弯子了。

"什么情况？你是说冒充？"

优纪小心斟酌着语句解释起来。

她告诉登美子说，追思会后不久，她就被警方叫去问询，被告知遗体不是小野尚子的。优纪她们所遇见的并在宿舍朝夕相处的那名女性不是小野尚子本人，目前身份还没确认，现在自己正在调查。关于那名女性名叫半田明美，还曾被警方怀疑为连环杀人事件的主谋遭到追查的事，优纪还是隐瞒了下来。

原本以为齐藤登美子会对此嗤之以鼻或表示震惊，可她既没有提出质疑,也没有反驳,而是一直静静听着。难道她知道些什么情况?或是早有心理准备?

听完优纪的话,她平静地说道:"被你这么一说,我倒是觉得有可能。那时,我们只是一个劲儿地担心,没注意到这个疑点。她戴着目镜和口罩闭门不出,净在读书了,的确很可疑。原来我们被那女人给彻底糊弄了。"

"不能说是糊弄……应当说是……"

"那,小野老师该不会是被那个女人给……"

"不可能"。听她的意思,似乎是想说"被杀害了",但被优纪当即否定了。

接着,优纪想到齐藤登美子为什么会对这个"冒牌货"抱有如此激烈的怀疑态度了。她在宿舍从1991年待到了1995年。而在1994年的十一月,这名"冒牌货"回了日本。齐藤登美子共同生活、朝夕相伴的对象原本是真正的小野尚子。但后来,她们却和戴着目镜口罩闭门不出的女人度过了数个月之久,从这点考虑,当得知这个女人是别人时,第一反应当然是愤慨地认为自己上当了。

"你还注意到其他什么疑点了吗?"

"没有。"

登美子愤然回答。

"对了……"她接着说道,"那会儿,她常常夜里出去。"

"夜里?"

"说是她这病一晒太阳就不舒服,白天连我们的房间都不进来。"

"就是说她为了掩人耳目,在夜里外出?"

"她自称有个专治疑难杂症的中医晚上坐堂看她这种病。"

的确,这话优纪曾听小野老师说过。她说有位名医,毕业于中国的医科大学,帮她治好了病。

"有谁陪她去看病吗?"

"职员或是住客开小汽车送她到电车车站。我也送过一次。但接下来她就一个人坐电车去了。她说晚上没有日光,所以没关系。坚决不让我们继续送下去了。"

"去东京?"

"这还是新干线通车之前的事儿喽。"登美子笑着补充道,"是追分。信浓追分。"

难道就是后来新艾格尼丝宿舍搬迁后的那片区域?

"哦,那是当然。那你们去接她吗?"

"去接,不过她经常在那里休息到早晨才回来。说是在用个什么断食疗法,还说中医那里有什么养生道场,还有患者专用的房间。"

绘美子不知何时来到了优纪身边。

她已经从优纪那里听说了逢坂聪子的话,因而似乎已经猜出优纪通话的内容了。

"唉,这世上有些事不知道也没关系,或者说还是不知为妙啊。"

齐藤登美子说完便挂断了电话。

"你知道信浓追分有位开中药的医生,或者说是中医吗?"优纪问绘美子。"根本没听说过。"绘美子摇着头,"榊原老奶奶没准清楚。"她含蓄地笑道。

如果说戴目镜和口罩是为了偷梁换柱而装病,那她外出定是另有目的。

那时她一定是去会什么人了。也许就是策划这场偷梁换柱的主谋。她去询问那个人的指示了。也有可能那名主谋就是真正的小野尚子。

5

知佳爬上地铁的台阶,来到台风过境后的炎炎烈日之下。在汽车尾气和柏油马路蒸腾着的滚滚热浪中,她边走边整理着思路。

在和平的日本,有一群女人却不得不在生活的最底层徘徊。她们遭到健全人的冷眼相待,被认为这些惨淡境况都是罪有应得、自作自受。但有这么一位日本人,真诚地直面她们那常人难以想象的悲惨过去,在她们孤立无援的现在贴心相伴,为她们渺茫的未来燃起微弱却又生生不息的希望之火。她就是小野尚子,将自己的半生和继承的财产倾囊而出,虽然没公开自己的信仰,却在实际行动中抛却私心,体恤弱者,为他人深深地注入满溢的关爱。

两年前,当知佳写完关于信浓追分的机构的报道时,就萌生了将来为小野尚子和新艾格尼丝宿舍撰写长篇纪实的想法。这一想法在尚子舍己救下年轻母亲和孩子时,变得越发强烈。

然而,现在摆在知佳面前的却是一个谜团,极大地颠覆了她的这一构想和主题。

不必说自己这个局外人了，就连九年里共同生活、作为小野老师左膀右臂承担机构运营事务的女性，都对这场偷天换日的把戏全然未觉。是什么将生前被奉为大半个神明的"小野尚子"和背负着杀人嫌疑的女人串联了起来，使人们误以为两者为同一人的呢？

虽然知佳弄清了她是以"朗读志愿者山下"的名义来接近小野尚子的，可接下来发生了什么却不得而知。

而且，她还背负着顶替的身份去世了。这名女性被周刊指名道姓地描述为凶杀犯，还被警方盯上，甚至逮捕，却为了年轻母亲和婴儿牺牲了自己的生命。虽然媒体行业有个伦理观念，就是不可苛责死者，但知佳还是想知道，这名女性的本性究竟是善，还是恶。

人不可能被二元论简单地划分善恶。但知佳还是想弄清真相。

长岛刚指定的见面地点位于社区活动中心一角的餐饮店。这家"机关食堂"可谓古色苍然。身着制服的中年女性为她送来了反复烧开的咖啡和看似各种化学添加剂合成的绿莹莹的苏打水，一眼便知是委托给了当地胸无大志的经营者。不过餐桌摆放得很宽松，日光灯也很明亮，是个接头的好地点。不愧以前是做记者的，能选定这种地方——知佳内心感叹道。

不过，知佳见到这位曾经做过记者的长岛刚本人时，却发现他稀薄的头发梳理得缕缕分明，苗条的身躯外裹着件西装，还打着领带，同她想象中的形象稍稍有所不同。

"教室被占用了,那里开了写作课,教些适合阿姨们的写作方法。"长岛挠着头,露出了沧桑的笑容。

他说他在这里的社区课堂担任讲师。

三十多年前,就是他在周刊上发表了关于半田明美的纪实报道。

知佳在该杂志的出版发行方青山堂有熟人,是名编辑。这名编辑为她接洽到了原来的编辑部成员,该成员现在已晋身管理层。又通过他,知佳查到了当时这篇报道的作者。

长岛刚说,当时他作为签约记者为青山堂供稿,现在和出版社终止契约已经有十多年了。

"这是我一点小小的心意。"知佳递上了她带来的一盒点心。

"不好意思啊。"长岛尴尬地笑着,将点心盒推了回来,"我有糖尿病。"

"对不起,那给您家人好了。"

"唉,我老婆有认知症。一见到甜的就停不了嘴。一阻止,她就大发脾气,可要是放任不管,她就能吞下二十来个团子,然后就肚子疼了。女儿们又嫁得远。"说罢,他噌地站起身,走到远处的一张桌子,将点心放到桌上说,"嘿,这个大家分着吃吧。"

桌边坐着的一群中年女性顿时欢呼起来。知佳刚进门时,她们就在那里坐着,聊得热火朝天。

"那些都是我班里的学生。都梦想着成为你这样的人,真让人伤脑筋。"长岛刚毫不客气地指着那群中年妇女说道。

知佳本想切入主题,却被长岛右手一摆打断了。

"事情我已经通过你发来的邮件了解了。不必重复了。浪费时间。我把这些带来了,你读读吧。"

长岛刚从泛黄的手提布袋里取出了塞得厚厚的大信封。

"这是我的采访草稿。一页二百字,至少四百页。我特地去千叶的农村,把和她有关的枝枝叶叶排摸了个透。我年轻时候在报社都跟些警察打交道,有门路,所以情报不会有错。"长岛刚说着叼起一支烟,向服务员挥挥手,"烟灰缸!"

"对不起,这里禁烟。"

服务员爱搭不理地回了句。长岛无奈地耸耸肩。

知佳从信封中抽出了稿件。变了色的稿纸上印着"青山堂"三个字。蓝色的墨水字迹算不上工整,经过了三十多年岁月的洗礼已经褪了色。

"哦,你带回去读吧。算送给你了。"

"可以吗?您花了那么多心血……"

面对这厚厚的稿件,知佳感到既过意不去,又为难。

"大约三十年之前,我就想在这些稿件的基础上写一篇特集。却被编辑部否决了。"

"您不是发表了吗?我就是读了那篇报道才找到您的。"

"那篇报道就是开个头。那以后,我花了两年时间又深入地挖掘了真相。就写出了这些稿件。在这过程中,才发现这个女人身边又多了一个死于非命的男人。"

"又多了一个?"

"唉,你读读就知道了。"长岛用下巴指了指稿件,张开左手五指说道。

"死了五个。五具尸体。肯定是他杀吧?可主编却坚持说刊登不了。那时还不像现在这样嚷嚷着人权人权的。总之就是胆小鬼。左一个青山堂,右一个文荣书店,都是孬种。这种女人还有什么人权可言?如果你想靠这些资料写篇纪实的话,就给你了。我的糖尿病已经发展到肾脏,力不从心了。你才二十多岁吧?风华正茂的年龄,看着也挺有骨气。你来替我写下去吧。"

"我三十八岁了。"

长岛一愣,看着知佳。

"唉,这些都无关紧要。不过……"他压低嗓音,凑近知佳。知佳感到一股糖尿病人特有的口臭扑鼻而来。

"我采访的时候都感觉这世界完了。那种恶女人见所未见,闻所未闻。简直就是个天生的毒妇。最近不也挺多吗?将魔爪伸向一个又一个男人,榨干钱财后把人杀了。如果是青春水灵的美女,那还说得过去,可不是胖女人就是阿姨……"

"啊?"

"放在现在这些都会败露,可过去科技手段还很原始。所以像半田明美这样的女人至今还逍遥法外,过着普通人的生活。也就是说,这

185

种毒害男人的事历来就有。所以啊，那时我要是能把这篇报道写出来发表，引发舆论轰动，来倒逼警察继续搜查的话，那事实早就浮出水面了。这样一来，一直以来的什么连环非正常死亡事件，什么骗婚杀夫谋财事件，多少可以被防范了，虽然说不上能全部杜绝。"

知佳从青山堂那里获得长岛的联系方式后，给长岛发了封邮件。邮件里写到她"对半田明美的报道感兴趣"。却没有提及半田明美同小野尚子的关系。因而，长岛以为知佳想了解半田明美，是和这十年来发生的"由女性引发的连环非正常死亡事件"有关。

"应该说就拿半田明美这个人而言，自那以后肯定也会对其他男人继续下毒手。我敢断定。以前她就杀了好几个男人，却没有被绳之以法。好容易被抓，却说是正当防卫，还免于起诉。没被起诉啊居然！她肯定是尝到甜头了。"

知佳听了一阵毛骨悚然。有没有可能她后来不是针对男人，而是对女性下手了呢……

"怎么样，你也是媒体人，应该懂的。我们是有使命的。写作不是任务，而是使命。就连我这种毛头小记者都有使命感。要说犯罪啊，如果有成功的先例，就陆陆续续会有人模仿。我已经办不到了，也许你可以用你的笔来阻止这样的事继续发生。这就是写作啊。"

"好的。"

知佳点头，并没有纠正长岛的误会。

也许因为她反应得不那么积极吧，长岛笑得有些尴尬。

"抱歉，让你听了一通幼稚的说教。唉，你加油写吧。"

长岛拍拍知佳的肩膀后，起身向学生们的桌子走去。

知佳将沉甸甸的稿件放入包内，向收银台走去。她对着坐在桌子中间的长岛郑重地行了个礼。此时，长岛方才沧桑的笑容已变得轻松愉快起来，和一群中年女性有说有笑。这名七十来岁的男人，被疾病侵蚀了身体，还承受着繁重的家庭负担，社区讲座的工作也许给他带来了片刻的喘息和生活的意义吧。

采访的稿件比想象的要条理清楚、完整得多。

稿件内容涉及了1987年前半田明美的前半段人生，以及长岛对她连环杀人嫌疑的追踪。也许他计划将这些稿件重新整合成一本纪实读物。

根据长岛的稿件，1955年，半田明美出生在千叶县成田市近郊的小镇上。家中经营建材生意，家境不算差。

当时，日本正处于高度经济增长期[①]的开端，棚户区向普通住宅的改造正进行得如火如荼。于是在半田明美升入小学的时候，父亲半田义治已从战后一个经营复合板材的小商贩迅速成长为当地知名的企业经营者了。

一家人住进了宽敞通风的洋楼，楼里还装上了弧形的扶梯，附近

---

① 指1955—1973年的19年。在此期间，日本经济年均保持10%以上的增长率。——译者注。

的邻居们都说房子气派得就跟美国电视剧里的一样，在镇里也算得上鹤立鸡群了。

明美的父亲义治在空袭中失去了父亲和妹妹，弟弟又因肺结核去世，战争期间被征兵派去南方的哥哥也下落不明。在他复员时，只剩下年迈母亲这一个亲人了。义治结婚后，他母亲或许才放下了一颗悬着的心，在贫困中也离开了人世。

也许是因为自己经历了太多的生离死别，义治在生意步入正轨后，就把妻子的母亲接来同住。并在"美国电视剧里"一样的房子建成之时，把妻子的妹妹们也接了过来，甚至还收留了战争中成为孤儿的少年。由此，长岛推测他不仅有生意头脑，还颇具慈爱的家长风范。

还有传言说，那些地头蛇来为难他的生意，把他叫去团伙的窝点。他就和其中的一名干部比起了酒量，场面激烈得几乎要兵戎相见了。可义治自始至终都镇定得面不改色，对方最后一败涂地，从此见了都要敬他三分。

半田明美作为义治的长女，自幼学习钢琴和芭蕾，还有一间属于自己的书房。当时，虽然已经很少见到战后的那种棚户区了，但附近的邻居许多还住在狭小的木制房屋中，孩子们课外学的无非就是算盘或书写。与之相比，半田明美的成长环境可谓相当优越了。

明美虽然家境优渥，但在班中却似乎并不起眼。成绩不突出，也不是年级委员。不过也没听说她性格不好。她文静老实，不善言辞，既没有特别要好的朋友，也没有被人孤立过。

当时的孩子们都会穿哥哥姐姐或亲戚熟人家里穿过的旧衣服，但明美却总有新衣穿，然而，她却并不因此而引人注目，也没有给人留下可爱的印象。不过也算不上丑。了解她童年的人告诉长岛说，明美小时候就是个穿着光鲜却相貌平平的女孩。

知佳周围也曾有类似的同学，常常被发现缩在一群人的边上，跟着大部队一起行动。因而对明美这样的类型，知佳多少能理解。

然而，明美无忧无虑的少女时代却在她小学五年级时被蒙上了阴影。

那年，她的母亲死在了列车的车轮下。死时，她手里还拿着装有鱼的菜篮子，穿着凉鞋，很有可能是场意外。但坊间也悄悄流传着一种不负责任的猜测，就是母亲是因为丈夫有外遇而自杀的。长岛推测这些谣言其实来源于乡下小镇上的人们对这名一夜暴富的男人的反感，妒忌他能住上在日本难得一见的"美国电视剧里"的洋楼，还能让女儿们学习西洋艺术。

妻子死后不到一年，半田义治就再婚了。不过女方不是年轻女子，而是妻子的姨妈，比义治年长五岁，是战争遗孀。

长岛写道，义治结婚并不是为了重新找一位妻子，而是为三个孩子寻找一位母亲。因为孩子们一直以来都很亲近这名姨妈。

稿件的下一章，是从1984年地铁推人落轨事故写起的。

事故发生之后，在站台上等车的几名中年男子出来做证说："那名女性被男子纠缠，眼看身临险境，就在她甩开男子的手准备逃跑的工夫，男子顺势跌落了站台。"于是，女子因正当防卫而被免于起诉。这和杂志上的报道一致。

不过，在这章稿件中，长岛还发现了一个事实，那就是事故发生的第二年，明美和为她的正当防卫做证的一名男性乘客成了情人，还住进了他位于涩谷的公寓。

这名男子五十出头，在东京经营大楼租赁业务。长岛去见过他几次。

他是名典型的泡沫绅士①，身穿当时流行的宽幅双排扣西装，肩上背着刚开始流行的肩式电话。

"你能不能不要再说这些空穴来风的话了？"

当这名男子深夜独自走下公寓门口的台阶时，对叫住他的长岛如是威吓道。

"她刚走出丧夫之痛，为了实现小小的梦想拼命努力，将来她会成为名女演员的。我就是为这名坚强的女子实现梦想助上一臂之力。培育艺术家不是创业家的梦想，而是义务！我可没做什么伟大的事情。只不过就是把租不出去的鸡肋老房子便宜租给了她而已。就对这些事来指指戳戳，你是不是品德有问题啊？"

据长岛说，那名男子边说边走向停车场，钻进了奔驰，猛地发动汽车驶离了，将紧追不放的长岛差点掀翻。

---

① 日本"泡沫经济"时期不动产大王的绰号。——译者注

明美那时的确在东京市内的小剧场当训练生，因而男子说的有部分是事实。但是这套公寓对于一名志向远大的训练生而言稍显奢侈了些，半夜还有这名男子进出，因而所谓的援助艺术家的说法有些牵强。

长岛认为不太可能是这名男子以提供了目击证言为由，强行要求明美做他的情人来报恩。倒是明美极有可能将这名收入颇丰的男人视作了"下一个猎物"。如果是这样，那这名男子也可能会有性命之忧。

对此，长岛写道："因为，且不说滚落轨道的男子是否和半田明美曾有过直接往来，事实上两人原本就存在着联系。"

从落轨事故往前追溯三年，在新潟长野两县交界处的小镇里，一名医师在出诊途中非自然死亡。他就是半田明美的丈夫——中林泰之。

当长岛得知落轨死亡的男子竹内淳也在这个新潟县居住和工作，便前往该地调查。

知佳查过地图，发现后来由于市镇村合并，已经找不到筱山町这个镇的名字了。而且筱山町地处极为偏僻，从饭山线车站出发至那里的专线巴士一天只有寥寥几班，路上要一个多小时。

中林泰之生前在镇上的诊所工作了大约一年半。他本人对外宣称自己所毕业的医科大学排名很低，国家医师资格考试考了两次都没合格，看来学习成绩的确不佳。不过根据长岛从当地居民那里了解到的情况看，他作为内科医生，医术并不算差。他已年过四十，积累了一定经验，深受这偏远山区人们的信赖，真诚和直率的为人也受到当地人的尊敬。

镜子的背面

筱山町的商业街区很狭窄，三面环山，山坡上零星散布着小小的村落。由于交通不便，高龄病人又多，中林还在业余时间提供上门看诊这类本职工作以外的服务。

那天傍晚，就在中林下班之际，诊所接到了晚期癌症老人家属声嘶力竭的求助电话。

"老人闹着要回家，勉强出了院，可到了家又喊疼，发脾气说让我们想想办法。我们已经不知道该怎么办了……"

中林医师接完电话就毫不犹豫地动身前往位于山中村落的病人家里。

他对诊所的男性办事员说自己回家路上顺道去看病人。办事员边整理诊疗费用清单，边叮嘱中林医师说："山上积雪，开车小心。"并送他出了诊所。

当地村落地处的山坡地形起伏较大，复杂多变。病人的家还在这些村落的最高处。遇上雪季，就得将车停在县道边的邮局停车场，剩下的路必须徒步行走。

中林医师为患者开具了吗啡的处方后，便在家属的千恩万谢中离开了。

夜里十点多，诊所的事务长在家中接到了中林的妻子明美打来的电话。她说，丈夫回家后说"刚才看的病人让我有些不放心，去去就回来"，离家后就再也没回来。

事务长了解了些患者的情况，告诉明美说，中林医师一定是觉察出患者今晚比较危险，回家后不放心，也许又去病人家中帮忙看护，观察病人情况了。

然而，那天晚上，中林医师并没有再去病人的家中。

第二天早晨，在村落住宅尽头处的县道上，消防员发现了中林泰之的遗体。中林冻死在自动售货机边，手里还握着空的咖啡罐，车子就停在距遗体一百米都不到的餐厅前的停车场。车内留着他的羽绒夹克和包。

当时人们判断，也许是他在前往病人家的途中，突然想要喝些热饮，或是困意难耐想喝咖啡，就在餐厅前停了车。然而餐厅早已停业，自动售货机里又没有商品。

于是，中林就把车停在停车场，然后手拿零钱包，步行前往离停车场不到一百米的另一个自动售货机。虽然距离不远，可他最后没能回到车内就丧命了。

虽然当时没有暴风雪，但的确下着雪。雪停了一会儿后，又毫无征兆地下了起来。

镇里的人猜测，中林死时正是夜里，忽然下起的雪中，他迷失了方向，外加不熟悉周围的环境，就在自动售货机的灯光周围徒劳地徘徊，最后没能回到车内。对这位为镇里和深山村落里的老人尽心尽力的医生，当地的人们都怀着深深的悼念。

中林医师死后，他的亲人就立刻从东京过来领走了遗体。

他曾对镇里的人说："东京开设医院的家人都反对我和明美结婚，

我们就跟私奔一样地来到了筱山町。"因而了解二人情况的镇里人都很同情中林的妻子。

尤其是中林医师父母的到来更加深了他们对其妻的同情。当时，中林父母来到管理镇立诊所的办事处，叫来了负责人，质疑是这穷乡僻壤严酷的工作环境和管理不善导致了自己儿子的死亡，持续抗议了六个小时之久。

一面是中林的父母，将愤怒发泄于镇民身上，气势汹汹。一面是中林的妻子，强忍着悲痛向二老解释说，中林"是尽了作为医生的责任和使命后去世的"，楚楚可怜。

附近的居民处处体谅着明美，不停宽慰她，希望她能尽早振作起来。

然而，明美没等镇里的有心人筹划的追思会举行，便离开了简陋的租赁房销声匿迹了。之后却谣言四起，说是她拿到了巨额的保险金，人们的同情心也随之转为了怀疑。

负责搜寻中林医师的消防队员、诊所的同事、患者还有附近的居民都说，中林的确是手拿着空咖啡罐去世的，身边的自动售货机里也有同品牌的咖啡，却不是他手中的这款牛奶咖啡。

现场有许多人来查看过，雪地上的确留有纷乱的足迹。但大家回想起来，却发现从汽车到遗体的这段路上没有留下任何脚印。

另外，消防员们还称，按照明美和诊所事务长的描述，他们原本计划在山上村落周围搜寻。但意外的是，遗体发现的地方却是距离夫妻二人的租赁房不到一公里的道路上。

而且，虽说中林和其妻子可以说是私奔一般来到这筱山町的，可长岛四处打听后却得知，这对夫妻的感情其实并没有那么和睦。

关于保险金的谣言传开后，人们甚至私下开始怀疑中林医师是在家中被杀害后，被人抛弃在了积雪的县道上的。

可是，临近小镇医生开具的死亡鉴定报告上明确写的是冻死。而且，当地的消防员目睹过无数起冻死在山中和旧民宅的案例。他们从中林安逸的神情、鲜红色的尸斑判断，认定中林不是被缢身亡，也没有被投毒。

另外，明美请求保险公司赔偿的时候，保险公司的调查员到当地经过走访，并没有发现保险欺诈的嫌疑，因而这件事并没有被立案。

警方因地铁推人致死事件将明美逮捕的时候，曾追溯到三年前进行过调查，但没有坐实明美的嫌疑，最后只能因拘留期满将她释放。

然而，在长岛奔赴竹内淳也的工作地镇政府办事处后，得知作为当地地区振兴科事务负责人死于东京出差途中的淳也，在去年前还隶属同一办事处保健医疗科的医疗组。该部门负责镇立诊所的管理和运营。即便无法得知他是否和明美有过直接接触，但长岛了解到他和中林泰之平日经常有来往。而且，虽然当地没有举办葬礼，但在镇民会馆举办了追思会，竹内淳也作为追思会的发起人之一操办了这次追思会。

追思会上，竹内淳也泣不成声地在悼词中提道："镇里的诊所曾来过不少医生，但从没有谁像中林医师这样平易近人，他陪伴我们村中老人絮絮叨叨地闲聊，对病人、对有困难的家属，都设身处地地为他们着想，尽心尽力。今后也许不会再遇见这样的医师了。"

据他同事说，当竹内淳也说到这里时，被办事处的上司当场打断了。毕竟那里地处偏僻，镇里诊所很难留得住医师，而继任的医师当时也正好在场。

然而，中林医师的妻子明美却没有出现在追思会上。因为在追思会举行前，她就搬走了，没有告诉任何一个人她的去向，包括邻居、诊所的职员和平日里关照过他们的人。

中林的死虽然备受同情，可明美在当地绝对算不上受欢迎，却也不招人厌恶，只是总给人感觉像是披着神秘的面纱。她见人会礼貌地打招呼，也会问候上两句。但是从不主动和丈夫工作相关的人或当地人交流。

中林泰之生前曾和当地关系比较亲密的男子袒露过，说他自己的工作在这里，暂且不论，可妻子怎么也无法融入这人生地不熟的地方，很可怜。

对这名表面礼貌温柔，却无法向人敞开心扉的医师太太，镇里的人都同她保持着距离。

"就是说，她本以为医师的太太会过上城市里摩登的生活，却没想到来到了这种乡下地方，还赚不到一分钱，于是很失望喽？"长岛问附近的居民。可大家都说不是这样。

"她不是那种讲究派头、爱挥霍，或是强势的类型。只是，怎么说呢……让人摸不透。"

乡下的女人们若问起她从哪儿来，有没有孩子，她虽然笑脸相迎，却从不回答。而且一瞬间的笑容散去后，又回到了原来空洞的表情。

"唰的一下就收起了笑容，总觉得有些瘆人。"

"她像是戴着副面具。就跟节日里卖的人偶公主一样。摆着一副笑脸，眼神却是空洞的。"

当有传言说追思会几个月后，中林的太太领到了巨额的保险金时，最为义愤填膺的就是竹内淳也。

他愤慨地表示："警察也好保险公司也罢，都口口声声要证据，但我绝对不容许她逍遥法外。我一定要找到她让她如实招来。"

三年后的一天，竹内淳也去东京霞关出差，回程途中，他在终点站的人群中发现了半田明美的身影，在愤怒的驱使下，他一路跟踪、逼近她，既而穷追不舍，最后被杀……

长岛便推测，竹内熟知明美，但明美却不认识他，这的确属实。镇上人们的谈论，勾勒出了半田明美的轮廓——她对这个乡下小镇和镇上的居民抱有的，已绝非厌恶了，而是漠不关心。

塑料面具上的那对圆孔中，透出的是目中无人的空洞眼光。对于镇上的人，她没有丝毫的关心，更不会将他们的脸庞留存在记忆的角落。

当地的人从没有去过中林夫妇的租赁房，不过在县道边有个兼做小食生意的卡拉OK，是大家的聚会场所，中林泰之倒会时常在那里露面。

包厢里，他和当地诊所、政府办事处的男人们喝着兑了许多热水的烧酒，喝醉了，就没完没了地说起自己来到这个镇上的前因后果。

"全日本的医生多得烂大街，但没有一个像我这么笨的。"

这句话成了他的口头禅。

作为医院经营者的长子，自己的成绩却在班里倒数。进入医科大学专门设立的预备学校后，两次高考都落了榜，亏得父亲为他攒了钱，好容易考上了某私立医科大学，但不用说实习了，记性不好，学分赚得异常吃力，国家医师资格考试也考了三次才勉强通过。

"我不像其他医学生那样和女孩子打情骂俏。开的车也是廉价的玛驰。来我们家的病人都称呼我爸爸'大先生'。叫我'小先生'。可含混不清地叫着叫着就成'傻先生'了。"

他说这些时，语气里既没有自嘲，也没有郁郁寡欢。而是一脸憨厚的笑容，甚至还带着些自夸。引得一旁听着的人哄堂大笑。

"还有人更可恶，居然叫我高井户的大秃头，不过，医生又不讲究脑袋不是？"

"对呀，讲医疗手段，手段！"

年长的男子把手臂揽过他的肩膀拍着他的胳膊说道。

可中林医师却拍拍胸口，纠正道："不对不对，医生讲的是良心。"

父亲毕业于国立大学，中林泰之上的是末流的私立医科大学；父亲身高一米八，可中林泰之却身材短小微胖，还遗传了外公的早秃。

"不过，总的来说，医生这个身份总能吸引到女孩子的。"

"就是那位美女太太喽。"

虽然没人觉得明美是美女，但出于恭维，男人们都这么称呼。

"不是不是。"中林一本正经地摆摆手。

"我是说，的确有女孩子冲着我的职业和收入接近我，但那不也算是可悲之处嘛。于是不知不觉就年近四十。就在这时候，天上掉馅饼，遇到了现在的太太。所以她可以说是馅饼太太。"

有位做医生的朋友策划了一场相亲聚会。参加聚会的不是大企业高管的秘书就是空姐之类的美女。那晚，中林泰之被有意无意地冷落在了一边。他是相亲聚会里最年长的，也是身材最矮小的，一个人默默地挂着礼貌的微笑，却与众人的欢声笑语格格不入。这时，一名餐厅的服务员也许实在看不下去了，不经意地来和他搭话。

长岛断定："当时，他并没有意识到自己已成了他人的猎物。"

在这以后，中林便开始独自一人去那家餐饮店，和明美亲近起来。

"她是名小剧团的成员，怀揣着梦想努力地工作。我喜欢那种执着的女孩，不骄不躁的那种。"

中林曾心满意足地对镇里的男人这样说道。可他的父母却反对两人交往，更不用提结婚了。

有一天，中林将明美带回家。明美既没什么逾矩的行为，也没表现得心高气傲，而且举止谨慎，善于察言观色。

可母亲却评论说:"看起来挺温顺老实,但太要强了。"

父亲又摇头说:"太温柔细腻了,不适合做院长太太。"

这看似矛盾的两种说法都指向一个意思——不合心意。中林当时对镇上的人说,其实父母那都是在对她的家境学历委婉地表达不满。

"我一赌气就离家租了套公寓,结果父母就托侦探事务所查明了她的身世。"

侦探事务所调查发现,她是单亲,母亲还死于卧轨自杀。他们还知道了在明美高中二年级时,她父亲经商失败,被人逼债,一家五口只能搬出豪宅,住进了公营的两居室,明美还从高中退了学。

这些在中林看来尽是些值得同情的要素,可在他父母眼中却是复杂、不稳定成长环境的代名词,他们决不能容忍这样的初中毕业生来做自己的儿媳妇。母亲还激烈地怒斥说,她看起来老实,谁知道会干出什么事来。

"母亲的第六感,或者说,女人的第六感真是敏锐。"长岛评论道。

就这样,明美便一头扎进了中林独自租住的公寓里。

而中林泰之对纠结于身份和学历,反对自己婚事的父母大失所望,拒绝了父亲财产的继承权,并将一纸断绝父子关系的文书扔给了父母。

就在这之后不久,距明美和中林同居的公寓不远处的轨道上,明美的亲生父亲惨死了。

父亲的死法同母亲如出一辙。为了让明美从打击中振作起来,中林于是下定决心,带她离开父母所在的东京,经熟人介绍,来到了位于筱山町的诊所。

"我找到了最需要自己的地方，我这样的人，居然还能对人有帮助，做人能有这样的价值感，还真是幸福。"

中林边笑边干了兑水的烧酒。

听了东京来的医生这一席浪漫的叙述，上了年纪的男子说了句："你能来这里真是我们的幸运。"但随后补充道，"不过你还真傻。"

"我们的确不希望你回东京，但你还是应该和父母好好赔不是，然后为他们行孝啊。"另一名老年男子劝说道。

后来，经一名经常出入政府办事处和诊所的生命保险女销售的推荐，中林投保了高额的生命保险，并指定妻子为受益人。

诊所的办公桌上，中林医师在保险合同上盖完章后，对身边的中年护士说道：

"我老婆她父母都死得惨，无依无靠的。我必须保护好她。可我要比她大十八岁呢。从平均寿命来看，我过个二十多年还死不了。但是作为名穷医生，能为她做的只有这些了。"

中林毫无顾忌地表达着对妻子的爱，可这洋溢着爱的表情，一年以后却蒙上了阴影。

当他提出打算离开镇诊所，前往缺医少药的山区，接管医师死去后无人主持的医院这一想法时，妻子的心便开始和他疏离了。中林曾为此和关系亲近的镇民有意无意地抱怨。

就是在那阵子，政府办事处的职员见到夫妻二人在临近小镇购物中心的停车场争吵。说是争吵，其实是中林在对妻子高声怒斥，而明美只是小声回答了两三句，便默不作声地看着中林。

"她容忍的态度的确让人觉得很不容易，可我总觉得她心有城府。明明还那么年轻。"

另外，据长岛和当地食品店老板打听，中林在死前两三个月，就开始频繁地在那家店里买完成品菜和加工类食品后才回家。

"他说老婆身体不太舒服。一开始以为她有喜了。可要是那样的话就没必要隐瞒啦。他来这儿买东西不是一两天了，看样子大抵是夫妻关系出现问题了吧……"

"他果然还是被杀死的吧？"

在一边点头的主妇忽然插嘴说道。

"再怎么是东京人，也不会突然在那种地方冻死的。应该还是被搬到那里抛尸的。离这儿不远的一户人家的媳妇说她看到了。讲出来她怕惹是生非。这话就在这儿说说。"她压低嗓音说道。

中林泰之的遗体虽说是在离他们的租赁房一公里左右的地方被发现的，可这是指走环绕田地和杂树林的主干道的情况。但林中还有小路，曾经是田间小道，从那里抄近道，到租赁房还不到三百米。中林医师冻死的那天晚上，有人见到明美匆匆忙忙地从那条道向自家方向走去。

"很遗憾，我无法亲自问问那名目击明美的女性，不过我试着在小道上走了走。本以为会是条冷清萧索的小路，没想到却是条普通的生活用路，虽窄，却铺得很整洁，沿着小学的校园，穿过神社领地边，通往桑田。不过周围没发现有住宅，又因为面朝神社和学校，也许夜里就变得十分昏暗，人迹罕至了。

"这样想来，镇里人的传言也不是毫无根据的。中林泰之很有可能在某处，也许就是在家中被杀害，或是受到重创无力抵抗，被妻子半田明美用车搬运至遗体发现的现场。随后明美把车停入废弃的食堂停车场，自己则从黑黢黢的清冷小道回了家。

"那么究竟是谁，又在何处，在这渺无人烟的夜间小路上目击了明美的呢？正巧当我从这条小路返回县道的时候，在神社大殿边被竹林包围的稻荷堂前，邂逅了一名背着婴儿合掌祈愿的年轻母亲。

"'您常来这边参拜吗？'我问道。年轻母亲点点头。她说有时她会来这儿祈求生意兴隆或早日康复之类的，若是愿望实现了，就会来这里奉上炸豆腐还愿①。

"'那夜里会来吗？'

"'我见过夜里有拜社百次②的老婆婆，还有就是……'这名母亲犹豫着补充道，'家里媳妇有不可告人的心愿时，会在夜里趁老人熟睡偷偷溜出来拜。'

---

① 这里描述了日本的民间信仰。稻荷堂主要祭祀的是谷神，谷神的使者是狐狸。由于狐狸吃老鼠这类田间一害，人们便会奉上炸老鼠。后来这一习俗演变为奉上炸豆腐。因为民间将大豆视作"田间之肉"。——译者注
② 为了一些迫切想实现的心愿，去同一神社寺庙参拜百次，向神佛祈愿的民间信仰。——译者注

"那名在雪夜目击半田明美的,也许就是像这样出于某些原因来神社参拜的人。"

采访完筱山町的人后,长岛回到东京去拜访了位于高井户的中林医院。

"大先生"负责的是整形外科,内科则是由其他地方来的年轻医师负责。

这名"大先生"就是中林泰之的父亲。当长岛告诉他拜访的意图后,他仅对长岛说了句:"是我儿子太傻了。"除此之外不愿多说一句,用下巴指了指门口,示意他离开。

不过,中林家中的母亲倒是接受了长岛的采访。时过境迁,回忆往事,他母亲再度涌起的悲伤化为了愤怒,像打开了话匣子一般滔滔不绝地数落起儿媳妇来。

"是那个女人给儿子买了保险再将他杀害的。我先生说这话没有依据。我不这么认为。我这个当妈的心里明白。我儿子是被天生的坏女人玩弄于股掌之中了。证据就是……"

中林母亲委托侦探事务所调查明美,根据调查员的调查,明美在来到中林泰之的公寓之前,住在位于中野的木质公寓里。不过住民票[①]虽属于那里,屋内却仅有少量的家具和日常用具,实际并不在那里居住。

中林泰之在遇到明美的时候,她轮流寄居在多名男子的公寓里。

[①] 是公民居住关系的官方证明,上面写有"姓名""出生年月""性别"等个人信息,以及房屋主及入住人同房屋主的关系。——译者注

那些都是收入不错的男子以他人的名义租的公寓。

自明美十九岁离开故乡到和中林泰之正式交往的三年里，明美都是这么在多名男子间流连徘徊的。

她接近那几名男子的手段同接近中林泰之的方法如出一辙，都是自称女演员，制造了偶然的相遇。同他们相识后，便带他们来到位于中野的公寓。

男子们看到她的公寓后便会忍不住叹息。塑料的简易橱柜，小小的四脚桌，小台盆上的架子上整齐地摆放着一人份的餐具和小锅。房间看上去是那么寒酸，可靠墙的书架上，除关于演技的专业书籍以外，文学、心理学等旧书排放得满满当当。

屋内既没有电视，也没有年轻女孩儿必备的梳妆台。不过，壁橱的拉门、隔扇、窗户等所有能利用的地方，都悬挂着巨大却廉价的银纸制的镜子。明美对那些男人称，自己奔忙着四处打工的日子里，很少能回到自己的住处，她会利用回到住处的那么点儿时间，对着这些镜子练习表演。接下来，顺理成章地，那些进了她屋子的男人，在四周镜子的包围下，在明美的意图之外，又萌生出了别样的兴奋。

侦探事务所出具的报告内容翔实而具体。

"二十世纪七十年代，围在明美身边的男人们都认为明美'怀揣着梦想来到东京，虽然贫困却好学努力，年轻却有志气'。他们正义凛然地认为，自己是在'助这位年轻艺术家一臂之力'。这就同竹内淳也坠轨身亡后，成为明美的赞助人的泡沫绅士们一个样。这也从反面证明了战后的高度经济增长期中,发了财有了地位的男人们普遍抱有一种文化上的自卑。"长岛如是解释道。

"就算我求你了,读读这个清醒清醒吧。"母亲当时把这些报告交给中林泰之,却被他连信封一同撕毁了。

"我不会再回到你们这种品行卑劣的人身边了。需要内科医生的话,你们上别处找吧。"

中林泰之撂下这句话便离开了。

第二天,他虽然来了医院,可父母对他说话,他一句也不搭理。默默地整理完病例后,像个外人一样行了个礼说:"今后的事就拜托你们了。"便将租住的公寓退了租,自己不知去向何方了。

"儿子都四十多岁了,我又能拿他怎样呢?"

中林的母亲边说,双手边紧紧攥住了手帕。虽然没流一滴眼泪,但那镌刻上深深皱纹的双手变得苍白,青筋暴起,隐隐地颤抖着。

拜访结束后,过了两天,长岛收到了中林母亲寄过来的侦探事务所的调查报告。撕碎的部分被透明胶仔细地拼合,除报告外还附着一封信。

"我去找警察,警察也没当回事儿。我丈夫也叫我不要再出儿子的丑。可我每次想到那个女人做的事,就义愤难平。眼看他走了快七年了,现在到夜里我还是辗转难眠。请你一定要替我儿子雪恨。"

关于明美和中林泰之交往前和交往中同数名男性保持着情人关系这件事,不用听中林母亲说,长岛自己已调查清楚。而且,他还从自己做记者时就有交情的警察那里得知，其中一名男子还死得很可疑。

这名男子叫田沼康，在练马经营室内装潢，和明美在曼谷的旅行途中坠河而亡。黄昏，他们从酒店前的栈桥出发，在船上用晚餐，中途停靠几个点，下船参观亮灯的寺庙等建筑。

同日本的自费游览项目不同，当地在中途并不会确认下船和上船的人数。

而且，在游船起航前，因为天气炎热，烈日当头的白天，田沼喝了不少啤酒，上船时已经醉醺醺的了。

船上座位也不固定，游客可以从船舱中央放有食物饮品的桌上自助点取酒水和餐食，来到甲板上，选择自己喜欢的座位坐下来用餐。除了情侣，许多男性乘客还花钱让当地的女性陪同，船舱外总体比较昏暗，船员们都忙于补充桌上的饮品食物，无暇顾及游客的举动。田沼就是从这样的晚餐航游客船上消失的。

半田明美对当地的警察声称，自己去船舱的桌上为自己和田沼拿取食物，回到甲板上，发现田沼不见了。

田沼溺亡的尸体是在两天后被发现的，漂浮在河口附近的船坞边。

于是，警方认定这起事故的原因是男子在女子不注意时，醉酒坠河而亡。当地对游船设施的安全性并不像国内那么讲究，而且又身处那个年代，出于观景考虑，船的扶手被安装得很低，由于疏忽而落水都会被视为是落水者自己的责任。

另外，关于田沼系自杀的猜测在他的熟人中悄悄传开。虽然没留下遗书，但田沼当时的生意大势已去，没有沦落到债主上门逼债的地步，但营业额却在逐年下降。又恰逢大型建筑公司进军室内装潢市场的年代，田沼经营的小型装修门店的业务已是回春无望。这时，他万念俱灰，在与人世诀别之前，他带着和自己女儿般大的情人，最后一享人间的至乐天堂。田沼那些口无遮拦的同行们都把这种猜测作为谈资。

有人怀疑他自杀，却没人认为他是被明美杀害的。

因为明美无法从他的死中得到任何益处。田沼虽然投保了巨额生命保险，但受益人却是妻子和孩子，不是明美。从曼谷只身回国的明美只落了个被遗孀赶出田沼提供的公寓的下场。

不过，长岛却想到了一种可能性。

明美的确无法直接从田沼的死中获益，因而看似没有动机。

可就在田沼康死去的 1977 年上半年，半田明美邂逅了中林泰之医生，这年末，田沼康就死了。而且这时，明美和中林已开始了正式的交往。侦探事务所的报告中写道，此时她和中林在街头或自己寒酸的公寓里约会。同时，明美的日常生活却在田沼提供的位于池袋的高级公寓中度过，大部分生活费都由田沼负担。

田沼死后才过了十天，中林泰之就到半田明美位于中野的公寓里接她去自己家，作为他的结婚对象，第一次将她介绍给了自己的父母。

明美这是在清理自己的人际关系。就好比一个男人即将结婚时，会和此前抱着玩玩的心态交往的女子或陪酒小姐斩断关系一样。田沼是被谋求和医院院长结婚的明美"处理"掉了。

1984年，也就是长岛在杂志上发表关于明美的独家报道的前一年，长岛采访了明美结婚前隶属的小剧场的成员。也就是那时，长岛得到了印有她照片的宣传单。她出演的是个无足轻重的小角色。长岛便将这张照片的面部放大，同报道一起登载在杂志上。这就是山崎知佳她们见过的唯一一张"半田明美"的照片。

长岛从三十出头的剧团团长那里听到了他对半田明美这名剧团成员的评价。他既不欣赏她，对她也不算挑剔。

用行话来说，就是她"难当大角儿"。

"就是说没有什么特别的魅力，对吗？"

"不是指这方面。不是有没有魅力的问题，而是她没有存在感。这点很难说明白。"

"比如呢？"

"那名姑娘。"团长指着一名身穿T恤和运动裤的骨瘦如柴的女子，她匍匐在地，汗流浃背地缓缓移动着。

"那个就是我们的头牌。"

那名女子显然也没什么特殊的魅力。也许是因为没有化妆，看着也不算漂亮，口中也没说什么台词。只是她缓慢地在地板上匍匐前进，却突然向呈锐角方向的一边跳去，一下子就稳稳站住了。把握得住常人难以维持的平衡，可见她的身体素质非同一般。

"所谓存在感是很难把握的，女演员要是艺术家的话就令人头疼了。这个度很难把握。"

"那么……"长岛把话题引回到半田明美身上。

"从将自己沉浸到戏剧的逻辑里这点而言,明美拥有罕见的才能。"

长岛表示无法理解。团长听后,有些厌烦地解释说,戏剧表演的关键,在于从自己生活中的情感里摆脱出来,顺从构成戏剧世界的要素,在这之中重新建构新的自我。

"总而言之,就是完全沉浸在角色之中对吧?"长岛问道。团长有些不耐烦地说和这还有些微妙的区别,并在最后劝他说,想要理解的话就应该来看剧,多看几场,就能理解他所说的了。

"被他忽悠了。"长岛写道。虽然在他的强烈劝说下买了票,可长岛最终还是没去看剧。

得到团长的许可后,长岛还采访了排练刚结束的女头牌。

"就是说演戏时不能流露出自我的意识。我虽然是我,但和戏剧逻辑无关。但是,在戏剧逻辑中有一个自我。虽然和生活中的我相去甚远,但戏剧结构中的自我会通过表演渐渐成为现实。道理我懂,但对我来说太难了。我的自我就摆在这里,时不时就忍不住站出来表现自己,每当这时,我就会遭到团长严厉的训斥。这对我而言太困难了。不过有的姑娘就做得到。"

"比如半田明美。"长岛当即脱口而出。

女头牌有些摸不着头脑:"抱歉,我不懂你在说谁……"

长岛说是六七年前在这个剧团的女演员。女头牌说当时自己也在剧团里，但是不记得半田明美这个人。

不过，长岛根据当时剧团成员的名录，找到了还记得半田明美这个人的女子。

这名女子虽然放弃了做女演员的念头，但凭借美术学校的出身，在长岛见到她时，她已经成了另一剧团的舞台布景负责人。

"您想问如何把握戏剧的逻辑和自我意识是吧。"

在剧场的后台，女子边笑边点头。

"在这一方面，半田明美的确算是完美无缺吧。她本人从未提及自己从哪所学校毕的业，我也从没听说过，不过她头脑的确灵光，或者说理解力超群。不是有种说法叫小众产业吗？她就是小众女演员，或者说能在重要角色的夹缝中找到自己完美的容身之所。且不论团长这样对这类天资或才能具备慧眼的人，普通人更是不会记住她这类人的。最重要的是，她没有什么亲密的朋友不是吗？"

女子冷冷地讲述完后，又笑着补充道：

"我？我当然记得她。因为她抢走了我的男友。"

女子说她的前男友和她毕业于同一所美术学院的建筑学科，在大型设计事务所工作，负责设计大堂或教堂等建筑。

"我们俩不下十年的交往啊，说分手就分手了。不知不觉中就和明美好上了。并不是她不好。毕竟男女之间就是这么个理儿。我觉得其实是我和他之间性情不相容。他是建筑家，可比起满足客户的要求，他更希望将自己的艺术理念付诸实践。所以，他和明美这样的人在一起会舒心得多。因为明美可以将自己嵌入任何一种夹缝之中，从不表达自己的真实想法和情感，而是能顺着对方的逻辑塑造自己的形象。两人交往后，都一心准备结婚了。可最后还是分手了。虽是他提出的分手，但问题却出在明美这边。正巧那天他们事务所设计的城市酒店发现了一些缺陷，他前去一看，居然是明美住在那个房间。那间房是家在北海道的资产家的办公室，或者说是在东京的住处。而明美原本应该住在中野的木质公寓里才对。也不知当时明美是怎么把话圆过去的，但他后来调查发现明美是脚踏两只船，不，都不是两只船了。她对人自称是'女演员'，和房产公司的社长、大型观光寺院的住持之类的男人都有交往，脚踏三只、四只船？也不能这么说，因为除我前男友外，其他都是有家室的，她真正想要结婚的应该是我前男友吧？只是，提出分手的是他，可他却似乎比明美更受伤。从那以后，他好几次把我约出来和我发牢骚。说什么无法再信任别人了。可明美却还若无其事地继续在剧团待着，见了我也脸不红心不跳的，确切地说，就跟平时一样爱搭不理的。不久，她就说要结婚了，离开了剧团。不过在很久之前，她好像就和情人一个个在做了断。"

她还提到了当时剧团好友告诉她的一段插曲，说明美和一名看起来是在包养她的中年男子谈分手。

那名剧团成员和朋友去夏威夷旅行，返回时由于航空公司的失误，没赶上预订的航班，落了单。她只能改签半天后的航班回程。作为补偿，航空公司将她升级到了商务舱。

她搭乘上了从洛杉矶飞来的航班，一沾上座椅，旅途劳顿积累的困意袭来，就从头到脚盖上毛毯，放倒椅背，闭上眼准备休息。这时，耳边传来了后座上二人窸窸窣窣的对话声。

"看来，我再怎么等，最终还是结不了婚喽。"

接下来，那犹犹豫豫的耳语般的回答却比激烈的日常争执更刺耳。

"那个……我毕竟也是有妻子孩子的人……"

这对不伦男女居然乘坐商务舱去旅行，那愚蠢的对话让毛毯下的朋友直咋舌。

随后，男子也不知是在劝说，还是在辩解，继续说起来。

什么公寓啦，什么每月的零用钱啦，接下来提到的让那位朋友倒吸一口冷气。因为那句话戳中了她的痛处。

"每次，你的票我都还要买上十万份。"

那个女人和自己一样隶属哪个剧团吧？或者就是名不叫座的歌手？朋友心想。

机舱内的灯灭了之后，两人还在有一句没一句地聊着。

女人说想要孩子。男人却让她早些找个男人结婚生子。就是些恋恋不舍的女人和百般回避的男人之间的那种俗不可耐的枕边话。但若仅此而已也就罢了，两人居然还在毛毯下互相抚摸着，发出那种暧昧的喘息，这令那位朋友忍无可忍。

她假装起来上洗手间，回头偷偷瞟了一眼，想去看看究竟是怎样恬不知耻的人来到这等商务舱的，才发现那个女的居然就是自己所在的小剧场里的那名极不起眼的成员。

不知对方是否注意到了她,尴尬之下,她只能回到座位上,决定一直装睡。

"她可能拿到分手费了。同剧团里的姑娘在银行里看见过她,将一个厚厚的信封递进窗口,脸上仍旧是一贯的若无其事的表情。还有就是大概在她离职的两周前,我还在化妆室见过别人送给她的鲜花,上面的卡片上写着'和你在一起很高兴,祝你幸福',跟个角儿似的。就她的演技,只配走在身后指着天空当个跑堂的,连配角都不是。"

看起来,明美是在通过逼婚,来让对方退缩,索要分手费,依次斩断和几个情人间的关系。然而,和练马的室内装潢老板田沼的关系却一直持续着。究竟是有什么未了的情愫,还是有什么隐情导致二人藕断丝连呢?

中林母亲送来的调查资料中有关于池袋的高级租赁公寓的记录,长岛于是前往那里了解了情况。这间公寓地处治安较好的住宅区,不过高级公寓只是徒有其名,其实就是间轻量铁骨结构的普通公寓,不像是包养情人的地方。

长岛感到有些不对劲,便走访了田沼的朋友们。

一名承包电工业务的老板道出了实情。

"田沼总是对太太谎称和我去现场之类的,其实是去找女人玩儿了。所以每次他回去晚了,他太太就电话打到我这儿,害得我紧张得冒冷汗。我以为好歹应该是个不错的女人吧，一看不就是个长相寒酸的小女生吗，在办公室的角落里敲敲计算器还差不多。也不知田沼是怎么想的。都不晓得在她身上花了多少公司的经费了。到头来员工客户都弃他而去了。总之，应该就是被她女演员这个身份迷昏了头。"

另外，田沼还有一名关系亲密的发小，是镇工厂的经营者，和田沼同为青年商会①的成员。据他回忆，田沼曾对他竖起小指笑嘻嘻地说："我有情人了，是个年轻女演员。"他说，出于多年来的交情，在田沼为情人找高级公寓的时候，他还同意田沼冒用自己亲戚的名义进行租赁。只是后来田沼门店经营状况恶化，不久就将明美从高级公寓搬到了轻量铁骨结构的普通公寓里。

"一般来说，这种时候他应该作罢，和女方分手才对啊。"

这名发小叹了口气，摇摇头说："有一次他喊我出来，说是想找我谈谈。我都能猜到他想说什么了。因为那时伙伴们都在私底下传言说，再这样下去门店就要倒闭了。我也提醒过他许多次了。如果说是找我借钱，那我肯定会毫不犹豫地拒绝的。可结果不是。他说要把门店让给他的外甥。练马的房子、土地、存款也都给上中学的儿子和自己老婆，自己想跟情人两个人摆个摊，重新开始。这么大年龄了不知道他

---

① 国际青年商会（Junior Chamber International）在日本的分支机构。以修炼个人、奉献社会、增进友谊为宗旨。日本青年商会是公益社团法人，将日本各地青年商会会员组织起来，为青年人提供发展领导才能、培育社会责任感及增进友谊的机会。会员由第一、二、三产业中的各行各业从业者组成，其中九成都是组织机构代表、管理岗人员。——译者注

脑子怎么想的。我在一边听着都不知该害臊还是该可怜他了……"

"那是什么时候的事了？"

长岛不禁探出身子问。

"就在他死之前。"

这名发小轻描淡写地回答道。

"死之前？大概是几月份？"

"十二月初吧。昭和五十二年①，忘不了的。那年日元噌噌地往上升值，工商会里的人一个个急得脸都白了。我也为了票据能不能兑现，四处奔走，上吊的心都有了呢，这家伙就在那个当口狼狈不堪地来找我了。那时我就感到这家伙完蛋了。那次是我最后一次劝他对那女人罢手了。可他却说自己在限定的额度内投保了最高额的生命保险，让儿子和老婆做受益人。还说什么这是男人最起码的责任。但我没想到他居然真的把自己了结了。"

和医生结婚之前，明美同其他男人都顺利斩断了关系。可只有田沼，以结婚相逼的方式对他不起作用。换个角度说，田沼被明美最大限度地榨取之后，仍没有意识到明美的心机。或者说明明心里清楚，却对她难舍难分？

"田沼是因为自己的痴情而被杀的。"

长岛的字里行间透露着些许同情。

---

① 1977 年。——译者注

可是，知佳在读这些大约三十年前的稿件的时候，却感到一种无可奈何的焦躁和厌恶，浑身起着鸡皮疙瘩。

当给情人的钱用完后，他恬不知耻地让人搬到轻量铁骨结构的所谓的公寓，落个身无分文后才对女的提出结婚。而且提到这名女人的时候还竖起小指对他人自豪地显摆。在失去了事业家宅和土地后，五十多岁的年龄居然鼓动起二十来岁的年轻女人和他一同吃苦。如此德行的男人到底脸皮有多厚呢。

不论三十年前年轻气盛的长岛怎么愤然地揭露这一真相，知佳仍觉得，这种男人被杀也是咎由自取。

田沼的青年商会熟人最后说道：

"虽然最后他坠河身亡死得很惨，但想来这也算是最好的结果了……外甥为人踏实，生意有了起色，儿子今年也大学毕了业。我不清楚他摆摊的决心有多大。我看他嘴上说着摆摊，却还有闲情逸致跟女人去曼谷旅行，才会落得这个下场。自作自受啊。尽管真的很可怜。"

而另一方面，明美却同自己十九岁到二十二岁这三年来包养她的男人——做了了断，准备和年近四十的单身医师结婚。

另外，长岛又断定，就在她让田沼康葬身曼谷大河的第二年，明美这次又对自己的亲生父亲下了毒手。

他已经在杂志报道中提到明美父亲人称千杯不倒，却因喝得烂醉倒在铁轨上被轧死了，认为这极不正常。在稿件里，长岛详细记述了支持他怀疑的依据。

半田明美的父亲发生事故的铁轨地处杉并区，距离明美和中林刚开始同居的公寓不到两公里。

虽说是世田谷铁路沿线有名的高级住宅，但这小小的轨道周边都是一片梨树林和蔬菜地，步行几分钟，就是一个只有每站皆停的列车才会停靠的小车站，站前还有面向普通民众的商业街。

后来，明美被警方传唤时，对警方称自己当时没有见过父亲，做梦也没想到父亲会死于事故。可就当时住在千叶县野田市的父亲去那种偏僻之地来看，除了去见女儿外，应当不会有其他目的了。

有位老人曾在事故发生前见过父女二人的身影。

当时这名老人正在给梨树剪枝，透过围栏，看见轨道附近的儿童公园里，一片冬日的萧索中，有一名中年男子和年轻女子并排坐在长椅上激烈地谈论着什么。

这家公园平日里不太有孩子和居民光顾，长凳上的那名中年男子边嚼着干点边喝着罐装日本酒，高声说着什么。老人从他说教的口气隐约听出二人是父女关系。

接着没过多久，老人就在沿线的自家住宅中听到了电车急刹车的尖锐巨响。

他急忙跑出家门一看，只见遗体的一部分已经飞到了自己的梨树林里，尽管心里觉得晦气，他还是合掌祈祷了一番，随后向轨道跑去。警车已经停在了那里，遗体尚未被运走。老人从遗体身穿的工作衣辨认出死者就是刚才在公园里喝酒的那名父亲。

根据列车司机的证词，男子被碾轧之前仰卧在距铁路交叉口前方几米远的轨道上。警方从遗体中检出了高浓度的酒精。

这名酒量极大的男子能醉成这样，应该是在饮酒的同时摄入了某种药物。长岛认为，对于当时同医师同居的明美而言，拿到些安眠类药物还是轻而易举的，只要称自己入睡困难就行，或者也可以从医生那里偷偷拿到。

然而，这名梨树林主人的证词却并未得到警方的重视。因为老人一周以后就要接受白内障手术，他的白内障严重到连医生都犹豫是否应该手术的程度了。用当时眼科医生的话来说，"很少见过拖延了这么久的白内障。术后能恢复几成还无法确定"。借着夕阳的余晖，对梨树枝修修剪剪还行，可要说是否能看清公园里人的外形，在做什么，吃些什么喝些什么，从常识判断应当是相当困难的。

即便如此，长岛仍然认为，老人见到的人影就是半田义治和明美父女。

车站前的商业街上虽然没有高级酒店，但一间①宽的居酒屋鳞次栉比。正值十一月末。别说无家可归的人了，普通人谁会在这季节的黄昏时分，在公园的长椅上吹着寒风喝罐装酒呢。

除非这人特别穷困，或者就是有些话不便在客人挤挤挨挨的居酒

---

① 约1.82米。——译者注

屋说，怕被人听见。

　　至少明美这边肯定有些难言之隐，致使她无法将父亲带回和中林同居的公寓里。

　　这位半田义治曾在明美少女时代建起美剧中才能见到的豪宅，后来却进军房地产，失败后连老本行建材生意也一并破产。明美高中二年级时只能举家迁往位于外房的县公营住宅。两年后明美去了东京。父亲和继母还有弟弟妹妹在那里住了一段时间后不久，一家就散了。义治来到东京被轧死的那会儿，明美的继母已经离世，参加葬礼的弟弟一看便知是入了暴力团伙，妹妹也杳无音信了。

　　半田义治后来去做了房屋拆旧工，独自一人生活。也不知是寂寞难耐还是想要向女儿寻求些支援，那次他去东京找了大女儿。原本明美就因为一些把柄被夫家疏远，现在又来个落魄的父亲。为了能钓上医生这个金龟婿，她都能不惜去杀人，若是父亲再向自己的未婚夫索取些钱财之类的，她岂能容得下他。

　　于是，明美既没让他进家门，也没带他去居酒屋，而是在公园长椅上给他的酒里投了什么药物。当父亲烂醉如泥后就将他带至公园后面供人行走的铁路交叉口，把他往轨道上一扔就弃之而去了……

　　除了四件非正常死亡案件被警方判定为正当防卫或事故之外，长岛还扒出了一桩同明美有关的死亡事件。不过那名男子是自杀。

　　1973年，明美十八岁那年，她中学时期的家庭教师长谷川道隆在自己家附近上吊自杀。当地报纸将他自杀的原因报道为"司法考试神经症"。

长谷川道隆死后过了十二年，长岛去他家走访，见到了他的老母亲。他早就做好了迎面就吃闭门羹的心理准备，在大门口报上姓名，小心翼翼地告知了来访意图。对方虽然将信将疑，却居然让他进了房间。

"对，是自杀。"老母坐在对面，眼睛却盯着别处，"但怎么可能是考试神经症呢？"她补充道，脸颊泛起了潮红。

"儿子那时才二十五岁啊。又不是什么一考就能过的考试。考到三十岁、四十岁都没通过的人一抓一大把呢。"

"那他是为什么……"

母亲只是支支吾吾："现在想想还是后悔……"她一个劲地擦着眼泪，没有作答。

在拜访长谷川道隆家之前，长岛走访了明美儿时的住所附近住着的当地人，了解了些情况。

"美国电视剧里"一样的房子已经被拆毁，取而代之的是栋两层建筑，一楼是美容美发院和拉面店，二楼则是住宅，居民是从外地搬来的。不过周边的居民大多都没有搬走。

"你看，家里虽然有钱，但是她妈妈死得早，肯定很孤独。要说可怜还真是可怜……"

对面住着的五十来岁的主妇开场先这么提了一句，接着回忆起来，说明美和中学时代的家庭教师发展成了男女关系。

明美有家庭教师，这在当地算得上是破格待遇了，可最后却没考上重点高中，而是上了一所大学的附属高中，可以直升它所属的大学，但教学水平并不高，被当地平民调侃为"直达电梯式"的学校。

一年后，父亲因为背负巨额债务，公司破产，无法支付高昂的学费，明美只能转学至县立的商业学校。那是所公立学校，还能领到些政府发放的助学金，明美原本是可以继续完成高中学业的。可自从暑假结束开始，她就缺席了，不久就退了学。

就在明美退学那年年末，一家人又搬去了别的镇。

不过搬走后，明美和家庭教师似乎仍维持着原来的关系。

"我在京成站边上看见那姑娘靠在男人肩上走着呢。那时她已经搬到外房了，心里还想这倒是挺稀奇的。她一定是太想念他了才回来看他的。不久就有传言说，有人看见两人从酒酒井的汽车旅馆出来。毕竟明美没有妈妈，没人会设身处地地为她着想去训斥她……"

"家庭教师是什么样的男人呢？"长岛问。

"是个好青年。"主妇当即回答。

"皮肤又白，个儿也高。会礼貌地和你打招呼，给人感觉性格很认真。"

在长岛采访的人中，这名女性对明美的评价算是最友善的了。

后来，长岛还从明美的朋友和其他主妇那里打听了些事。

"绝对是半田明美先勾引的。这和中学生还是大学生没关系。那孩子从小就早熟，穿着学生制服，藏着狐媚的心。要是盯上哪个男人，就会候在一边，不知不觉就在他身边坐下，就好像是营造了一个二人世界。"同明美从小学起就几次分在一个班的女子这样说道。

明美中学时代的一名同年级男生回答："她那时应该有男人，而且感觉已经跟他发生关系了。但她和我们从来不相干，因为那家伙从不把同岁的男人当回事儿。"

长岛又采访了明美中学时代的班主任。当时这名教师已经五十多岁了，升任了校长。他回忆说："明美家庭复杂，母亲又死于意外事故，所以比其他孩子要早熟些。但没什么大问题。好容易进了高中，又退学了，太可惜了。"不过他说得有些闪烁其词。长岛能看得出他心怀戒备，只是在自己良知范围内作答，对一些非必要的事三缄其口。而且在接受采访时，神色有些不悦，也坚决不和长岛对视，似乎在说——不要在我面前提这个名字。

长岛没能从明美身边的人，特别是她原来的同学或朋友那里打听到更多，无法从他们中的任何一个窥得明美的内心所想。明美似乎没有一个能吐露心声的知心朋友。

"警察也真是奇怪。说什么没有证据，什么继续追查下去，会影响儿子的名誉……"

长谷川道隆的母亲用颤抖的声音说道。

"我儿子可没做什么不光彩的事。有什么传言，肯定都是那个女孩捏造的。只要那个女孩能被警察抓进监狱，我无论等多少年都不会放弃。否则我儿子他永不瞑目的。"

据道隆的母亲说，半田明美父亲生意失败，一家"连夜逃走"后，还纠缠着道隆不放。

"她写信来说什么娶我吧，抱抱我吧，这哪是十六七岁女孩说出来的话，简直让人恶心。"道隆母亲颤抖着搓着自己的胳膊。

"我看了她写给我儿子的信哟。那是必需的，我可是他妈妈。那姑娘可不一般。要是我儿子被牵连进什么案件了那可了不得。结果，果不其然，她来恐吓了。说什么我儿子在她上初中的时候强暴她，后来一直去调戏她，导致她怀孕堕胎。不给钱的话就给我儿子和丈夫的熟人写信告发。她还声称有照片为证。十几岁的女孩就会勒索了啊。我儿子在司法考试最关键的时候还一个劲打工，不去专心学习。我一问，结果他说在那之前，他也在给那女孩送钱。我可问过我儿子有没有对那女孩做过信里写的事。他回答说当然没有。他说那女孩看着很可怜，他只是去和她谈谈心，但没做什么出格的事。你要是也觉得他在说谎，那你去问问其他人，我儿子是不是这样的人。大家都会异口同声地说道隆不是那样的孩子。那姑娘还送来过照片，是两个人在汽车旅馆拍的。我儿子告诉我的，只要修修图，照片背景是可以更换的。他说自己给还在上中学的女孩当家庭教师时，女孩收到了一个带自拍定时功能的相机，当时她就在自己房间里试拍。就在快门闪动前，忽然就贴到我儿子身上。我儿子觉得反正就是个孩子，就随她去了。可照片上的孩子丝毫没有这年龄该有的天真无邪，而是一脸令人厌恶的媚态。然后，她就把背景换成汽车旅馆的房间样式，来勒索钱财。十几岁的女孩就会动这种歪脑筋。我儿子就是这样没命的。你能明白我的懊恼吗？你要是能写出报道为我儿子洗去污名，把那女孩儿绳之以法，我会毫无保留地协助你的。"

道隆母亲不断重复着诅咒和悔恨。

长岛从她那里得到了曾和道隆关系亲密的朋友的联系方式，对他们一一进行了拜访。

一名男子曾是道隆的发小，中学、高中两人都是同班同学。他在父亲经营的司法书士①事务所帮忙，距道隆家步行才几分钟。

"那姑娘我没见过，但生性恶毒。道隆还是人太好了。当然这些话我不能在他妈妈面前说。"

门可罗雀的事务所接待区，眼前这名司法书士的前额已经秃了，伟岸的体形散发着难以言说的气度。见到他，道隆母亲那般的遗恨涌上了长岛的心头，他不禁感慨，皮肤白皙的好青年道隆若是还活着的话，也该到这样的年龄了吧。

男子叹着气直摇头。

"那家伙真的还是和那名中学生发生了关系。要是你的话，肯定也会说是男方不好，对吧。"

"不……哎，我觉得……"

---

① 日本的法律相关职业。根据专门的法律知识，代理房产或社会事务的登记，制作递交法院的文件。在一定条件下还能代理民事诉讼、和解、调停等业务。也能为保护高龄老人或残障人士权益，进行财产管理或法律方面的援助。——译者注

长岛不知该如何回答。他能够想象这其中的玄机。

"我也觉得,是他太轻率了,他绝对逃不了责任。那家伙来我这儿哭了。只是听他的话,我能肯定他被这个十五岁的小丫头片子给算计了。那丫头打电话给道隆说,她得了感冒,一家人都外出后孤零零躺在床上。但是心口难受得不行,又联系不上父亲。让道隆去她家,换作我肯定一口回绝,让她自己打119求助。这就叫'李下不正冠'。可那家伙去了。他就是这样。那丫头躺着,跟他说难受,让他摸摸她。然后应该就是被她抱住了,或是干了别的。最后发生了关系……"

男子说他警告道隆,要是被丫头的父亲发现了,他会被修理得很惨的。还是找个什么理由尽快辞了这份家庭教师的工作。

"可他却说什么应该对人负什么责任之类的令人费解的话,根本不听劝。可你也知道的,光凭责任是没法和女人相处的。道隆是被那个中学生算计啦。不,当时的状态就是那样。如果认认真真复习司法考试的话,是找不到女朋友的。即便有女朋友,谁都不知道将来什么时候能通过考试,到了大学四年级左右,大家都分手了。毕竟不能总拖着不结婚吧。当时就是这种沙漠里没有一滴水的饥渴状态。所以那个老成的丫头片子也能被他当成个女人爱不释手。本以为她考进了高中,道隆有幸可以摆脱她了,结果两人堂而皇之地公开交往起来了。我提醒他适可而止,他却当耳边风。后来就入了那女的设的圈套了。糟糕的是,那个女的家里破产了。没钱可以寻欢作乐了。十七八岁就嚷嚷着要钱,要钱的。说什么怀孕了,什么要生下来,要堕胎,想结婚。

那家伙的钱被女人榨干了。他说自己打工也填补不了她的索求。我还借过钱给他。因为那时我已经工作了。你没法相信吧。把第一个月的工资给父母还好理解，而我却偷偷借给了那家伙。被父母质问工资去哪儿了，我只能撒谎说喝完酒回家路上丢了。被他们数落了一番，一顿痛骂。那家伙已经别提什么考试了，都最后下定决心要和那个女的结婚了。傻瓜。可那女的后来却又说不想结婚了。只是问他要钱。威胁说不拿钱来，就四处宣扬他强奸初中生，强奸后还一直强迫和她发生关系。这已经不是十七八岁女孩能干出来的事了，而是社会混混儿的勾当了。最后一次他问我借钱，被我拒绝了。我对他说，我已经有言在先了，让他下决心跟那个女的了断。让他站出来否认那女的毫无根据的造谣。我告诉他那丫头是臭名昭著的小太妹，大家都会站在你这边的。结果第二天早晨，他妈妈打来电话，说道隆没回家。我一听脸都白了，想该不会真的把人杀了吧。可那家伙哪有那个胆儿啊。结果发现，是他自己上吊在了神社后的树林里。但我觉得他做不出坏事的。然后没过多久，那个女的差点被人杀了。听说是被她父亲以前的客户还是什么人给打了，被扒得精光，扔在了高速路的中央隔离带里。就是说，她本想把对付道隆的这一套用在中年男人身上，想跟他搞暧昧，结果被整惨了。"

关于道隆朋友说的这些，长岛通过自己在报社时的人脉，确认了的确属实。

他找到了那名现在在民间保卫公司做管理岗的退役警官，从他那里了解到明美的确被强暴了。可这件事并没有被立案。

当时，天蒙蒙亮，明美浑身淤青，下身出血，意识迷离，一丝不挂地蜷缩在高速公路上。正好有名司机开车经过发现了她，将她救出。可她却对那名司机说不必带她去警署或是医院，苦苦哀求说给她件衣服穿，送她回公寓就行了。可司机还是当即报了警。毕竟那女的伤得不轻，他担心别被卷入什么纠纷。

明美被警方保护起来，被急救车送往了医院。她遭受了严重的暴行，被殴打得全身是伤，性器官也撕裂了，奄奄一息地被丢弃在中央隔离带，可她本人却什么也不说。

因为有目击者提供的信息，所以当天明美父亲曾经的商业伙伴就被警方传唤，可最后没有被逮捕。

这件事被简单下结论为情侣吵架。因为在那个年代，哪有什么情侣间的家暴这种说法，连家暴这个说法都还不存在。

长岛也去拜访了那名施暴男子。

他曾经经营过小型的公寓管理公司。长岛采访他的时候，已经住进了钢筋结构的三层楼房，兼做办公室，经营房产，在当地已是小有名气的老板了。

当时他五十不到，身穿时下流行的宽松廓形西装，从他年轻时对明美施加的暴行来看，很难想象出现在这般爽快亲切的模样，接受采访时笑容里甚至还让人感到几分天真可爱。

然而，当长岛将话锋转向他生意的内幕时，他的眼神瞬间就警觉起来，变得沉默了。其实，他实际经营的是一家强拆公司，强行同附近的地主、居民和租客进行交易，被当地人忌惮，同时也被人当菩萨一样供着。

不过当长岛提到地铁推人落轨事件，表示想了解十多年前他和半田明美的关系时，他似乎放松了警惕，也没有表现出不快，而是爽快地作了答。

"那家伙可真是个人物。"男子苦笑道，接着断言说，"地铁落轨事件？那怎么可能是正当防卫呢？一定是她从后面推了那个男人。对她，你可不能掉以轻心，要不然不知什么时候就被她暗算了。"

他说，明美从高中退学后，和继母关系恶化。她父亲觉得成天让她待在家也不合适，就和这名男子商量给她谋份工作。这名男子就让她在自己经营的公寓管理公司负责端茶送水。

"她年纪轻轻却心思周密，为人稳重，不是那种咋咋呼呼的类型。还承担一些资料的整理和填写信封之类简单的事务。也没惹什么事儿。一开始我还以为自己捡了个便宜呢。"

有一次，她来找他谈心，说被一个男人纠缠不放，于是他们就顺理成章地成了男女关系。不过男子并没详细描述究竟是谁引诱在先。

"毕竟她受了不少苦，高中学业也没完成就退学了，看似是名认真勤恳的少女，我于是对她多方照顾。可自从两人发生关系后，她忽然原形毕露，就跟变了个人似的。彻头彻尾一个天生的大淫妇。前一晚还跟我缠绵了一夜，第二天一早居然可以若无其事地来上班，还对我老婆恭敬地打招呼道早安,简直服了。女人真是可怕啊。我为人还算慷慨,也当她是个情人花钱养着。可她渐渐就得寸进尺起来。要我给她租高级公寓,要我出钱给她上专科学校。不久又向我勒索起来。我简直看不懂了,这才二十不到的丫头啊。本就想给她点颜色瞧瞧,可没控制住,最后做得有些过分了。"

他说,那天深夜,两人出了汽车旅馆后,他和明美在车内争吵起来,就把车停在空空荡荡的停车点,对她施暴后,扒了她的衣服,黎明时分将车开到高速路的中央隔离带,将她从副驾上推了下去。

这男人苦笑着回忆时,脸上浮现出了以暴力营生的人特有的戾气。道隆死后,也可能是还在和道隆保持关系时,半田明美和这男人交往,最后把向道隆勒索的伎俩也用在了这个男人身上。然而,这个男人不仅年龄比道隆大些,是否属于暴力团伙暂且不论,还和混混儿们成天打交道,本人也和这些流氓混混儿别无二致。

从那以后,也不知是明美在当地待不下去了,还是随了当时的大流,她去了东京。

不知女演员这一梦想究竟有多少是出于本心。也许她经过多次试镜,都被淘汰了吧,就进入了一家中央线沿线的拥有小剧场的剧团。于是借用团长的话来说,发挥了自己"没有存在感"的才能,认真排练,在这一方面受到了一定程度的赏识。而另一方面,从明美的角度来说,她也算拥有了"女演员"的头衔,以便俘获金主的心。

"这个女人一面为将来的凶杀犯人生做着铺垫,一面在中野的公寓里一个人抱着牛仔裤面磨损的膝盖，凝望着脏兮兮的天花板，在夜晚，迎来了自己二十岁①的生日。"

好像自己亲眼看见了这一画面一般，长岛如是为自己的文章画上了句号。

山崎知佳将念完的稿件装回了信封，总感觉哪里不对劲。她在思忖是什么让她感到了异样。

是长岛为了证明自己的主观猜测而对事实进行了有针对性的取舍，或是对人权的漠视吗？知佳认为，这些都是由于她和长岛身处不同年代，在理念上存在差异所致。在长岛当记者的那个年代，虽然报道有时会被某些权贵打压，或是因怕招来些特定团体的不满，主动对一些事件避之不提，但很少有出版社因为被报道中提到的人告上法庭支付赔偿金的情况。因而比起现在，当时的记者写作相对口无遮拦一些，有时也会因此导致被报道的弱势群体陷入困境。

但是，知佳感到的异样不只出于这方面的差异。

知佳离开座椅，躺在木地板上，将双手枕在脑后思索起来。

作为女性撰稿人，知佳能从长岛的稿件中嗅出他基于家父长主义视角的偏见，以及作为男人，对明美这类女性的厌恶和蔑视。

同时，知佳自身也对稿件中描述的半田明美这名女性感到厌恶。

---

① 当时，日本法定成年年龄为 20 岁。2018 年才将法定成年年龄下调至 18 岁。——译者注

是那种有别于长岛的厌恶。

一方面,她为长岛的歧视感到不公平,心怀愤怒;另一方面,同为女性,明美这种将"女性"身份作为物品销售的做法令她难拂心头的鄙夷。

为什么她会成为"小野尚子"呢?

牙科信息、人脸识别软件都指向同一个结论——两者是同一个人。一定是哪里搞错了——面对依据充分的信息,知佳嘟囔着。

接着,知佳立刻打开电脑,开始给长岛写邮件。

邮件里,她告诉长岛自己已读完了稿件,对他的见识和身为记者的态度表示赞赏,并感谢他为自己提供稿件。

在知佳的工作中,道谢是不可或缺的。道谢不是金钱也不是财物,而是表明一种感激的态度。无论是对为自己提供工作机会的责任编辑,还是对自己采访的对象,表达感谢都是理所应当的。

今后慢慢再说是绝对不行的。简单而及时的一句感谢就能够博取对方的信任,建立起人脉,今后也更容易接到新的活儿。

只是她发给长岛的邮件是极为礼貌的惯用文体。因为长岛虽然不再做记者了,但对任何事都要发表上三言两语,知佳想避免跟他惹上麻烦的关系。

6

知佳外出回到自己兼做办公室的公寓,发现提示电话留言的灯在闪烁。按下播放键,里面却没有留言。打来的电话号码也没被添加为联系人,从来电显示无法查明来电人。这个电话号之前也打来过两三次。知佳以为可能是推销电话,就没去理会。可当晚过了九点,这个号码再次打来了电话。

原来是长岛。

"这次真是太承蒙您关照了。"

知佳急忙礼节性地表达了谢意。

"没什么,我没做什么大不了的事。只是邮件的感谢信让我感到这时代真是,唉,变了。"

这句话说得太讽刺了。言下之意就是专业撰稿人这时应该手写感谢信才对。也许是因为他打来了好几次电话,每次还都是语音留言,让他有些恼火了。

"真抱歉。"

知佳感到事情变得有些麻烦，不过还是彬彬有礼地表达了歉意。

"哪里。我不是为这件事打电话来的。而是有件事忘了告诉你。比较重要，是在写这些稿件之后发生的。稿件里，我提到过地铁坠轨事故之后，一名提供目击证词的男子和明美后来发展成了男女关系对吧？"

"是的，说是她住在男子名下位于东京市区的公寓里。"

"对。我写完这些稿子后，就担心起那名男子的安全来。虽然轮不上我去担心，可总是怀疑那男的会不会被她给杀了。虽然那男的不讨人喜欢，但我不能坐视不管。所以我才去他的办公室提醒他。谁让他就是个沉溺于那种女人的大傻瓜呢。可他却污蔑我，问我是不是冲着钱去的。我说'不是，我是担心你的生命安全。'他就骂骂咧咧，说什么黑心媒体之类的。后来来了一个保安，更确切地说就是个小屁孩儿样的年轻员工来把我赶了出去。可我后来没确认过他是不是还活着。"

"这是什么时候的事了？方便的话能否告诉我他的姓名……"

"是昭和六十二[①]年的事了。叫尾崎辉雄。新桥的辉元大厦就是他的，办公室也在那里，现在当然跟废墟差不多。"

"包养半田明美的是哪幢房子？"

"是道玄坂后面的公寓，后来被拆了，现在成了商业大厦。"

半田明美成为尾崎情人后至1994年的这段时间，她干了些什么

---

① 1987年。——译者注

不得而知。对长岛而言，比起尾崎辉雄的消息，他更关注的是他是否被杀。

知佳说，她调查完后会告诉他的。随后挂断了电话。

第二周，知佳去了新桥，离轨交站不远的小路上，的确有幢废墟般的大楼。大楼外墙已经开裂，进入狭窄的入口，见楼梯边有个昏暗的电梯厅。

她事先查过不动产登记册，发现大楼的所有人在1990年六月已经变更。也许是尾崎出于某些原因把大楼卖了，也可能是因为他死了。此后，大楼几经转手。

而知佳关心的尾崎辉雄本人，由于住民票和户口本这些个人信息都设了保护，无法查出他住在什么地方。网上也查不到线索。

于是，从登记所出来后，知佳又顺路去了那幢曾是他办公室的老旧大楼。

光看一眼电梯边的铭牌，就知道这幢大楼所有者的办公室并不在这栋楼里。一楼是拉面店，但拉着卷帘门。二楼以上的店铺，招牌上写的都是些俱乐部或是小食店的名字。

知佳折了回去，待到夕阳西下店铺开始营业的时候，就一家一家地问过去。

楼上的店铺最多都是这十年间进驻的，可二楼有一家轻食店在过去的三十年一直都在那里。

店门刚开，还没有客人，店内残留着昨日留下的酒气。进了店，只见老板娘一个人正在准备湿毛巾。老板娘看上去早已年过七十,也许都有八十五了。

"你好。"知佳打了个招呼,在吧台桌边的圆凳上坐下,点了一份干姜水。

见女性客人只身一人,还是个生面孔,这位老妈妈便热情地跑来招待,有意无意地试探她来这儿的意图。

知佳也毫不避讳地直接问她是否知道尾崎辉雄这个人。

"啊,尾崎啊。"老板娘笑着回答。

对于这位老板娘来说,尾崎曾是她的房东,同时也是她的常客,现在还给他寄贺年卡。

"贺年卡寄去有回音吗?"

知佳不由得探出身子问。

"如果是顾客的话,都不回信,而是直接来店里。不过尾崎都好几年没露面啦。他单身,无论年纪多大都很帅,可受女孩子欢迎啦。他头脑灵活,眼看泡沫经济就要崩溃的当口把这大楼给卖了。后来接手的老板都吃大亏咯。大楼疏于维护,现在破成鬼屋了。当然,我也变得跟老妖怪一样喽。"

"尾崎现在住在哪儿呢。在东京吗?"

老板娘涂着粉色眼影的眼角瞬间褪去了笑容,她抿着嘴盯着知佳。

她对知佳产生了防备。

"我小时候,尾崎可疼我了。我就住在他附近,所以……"知佳随口编了个谎。老板娘狐疑地眯起了眼睛。

知佳想到男人们曾说她有着小狗一般的表情，随即就装起可爱来。

老板娘微笑了一下。

"在一个叫格朗维尔樱之丘的高级老年公寓。寄出贺年卡没被退回来，所以应该还活着吧。如果你能去的话，我会很高兴的。尾崎有很多女朋友，却没孩子，现在肯定很孤单。"

知佳礼貌地道谢后离开了店。

那栋收费的老年公寓位于京王线沿线高起的平地上。建筑物虽有些老旧了，但大门口的大厅和露台豪华得如同度假酒店，前台的态度与其说是福利机构职员，不如说就像酒店的管家。

知佳递上名片，询问这家机构里是否有个叫尾崎辉雄的人入住。

"是的，我们是有这名客人。"身穿藏青色制服的女性笑眯眯地点头，"我这就叫负责护理他的人过来。"说完，拨打了内线电话。

负责护理他的人，难不成就是护工？知佳有些不安起来。

现在可以确认尾崎辉雄还活着，长岛的担心消除了。只是长岛见过他后已经过了三十年了，尾崎很有可能因病无法言语，或是得了阿尔茨海默病。

也许他已经不能说话了，或是丧失了记忆，也有可能会说出些阿尔茨海默病病人特有的臆想的话来。

过了两三分钟，一名上了年纪的女性出现了，仍旧穿着藏青色制服。

她的胸牌上写着"专属管家"几个字。这里不称护工，而叫管家，都是高级老年公寓的形象战略。

知佳在管家的带领下坐直梯上了三楼，来到走廊尽头，那里有个宽敞的空间，有个小小的茶吧，分不出究竟是会客厅还是图书室。

一名高个儿的老人从沙发上站了起来。知佳觉得也许是弄错人了。他一头白发，带着温和的笑容，完全看不出长岛嘴里泡沫绅士的影子。虽然戴着助听器，可从言谈举止和眼神里，看不出任何认知衰退的迹象。

知佳递上名片。

"噢哟，为了一个我认识的女人，还专门有杂志记者上门来采访啊，真是没想到。不过，最近像你这样漂亮的大小姐都做记者了，这真是一亿总活跃社会[①]了。"

"是的，我还不够成熟，正在努力。"

知佳正了正姿势，仰望着老人，摆出一副"大小姐"的样子来，告知了她今天来拜访的意图。

"是嘛。你想知道半田明美啊？曾有名男记者找我，说她和什么案子有关。那男的真是不知天高地厚，对别人的女人说三道四，临走前

[①] 2015年安倍晋三内阁十月开始实行的经济方针。为应对高龄少子化进程，维持五十年后仍保有一亿人口的社会，建设男女老少以及各类特殊群体都能参与经济建设的社会。——译者注

还扔下一句现编的谎话来糊弄我，说什么我会被杀掉的之类的，简直是恐吓。明美可不是那样的女人。那，你也在追踪报道她吗？"

"不是，最近长野县的一家福利机构发生了火灾，我得到消息说现场发现的遗体似乎是半田明美的。"

知佳隐瞒了机构的属性和架构，只是笼统地称之为福利机构。

"福利机构是指老年公寓或是集体公寓之类的设施吗？"

"是的，类似这种……"

"她去世了吗……"

尾崎的目光在对面的书架上徘徊，叹了口气。

"她可比我小二十岁啦，她去那里是因为生病了还是发生什么了？"

"这方面我还不太清楚，她似乎没有亲人，所以……"

"人生真是变幻无常啊。我年轻时也曾结过一次婚，但很快就离婚了，一直单身，最后来到这个地方。也不算单身，有很多女朋友。现在她们还来这里玩。半田明美不是坏女人。不管世人还是那个男人怎么说。"

"嗯。"

下意识中，知佳就开始满怀期待地等他继续说下去。果然，那些稿件是长岛刚这个记者基于独断和偏见写下的……

"明美绝不是会干坏事的女人。"

尾崎辉雄重复了一遍，接着补充道："当然这世道或许已经发生了些变化。"

镜子的背面

"哪些变化?"

"她是名女演员,虽然长得既不光鲜也不算漂亮。有很多这样的人不是?电视剧里,许多配角演得很出色,可名字却不被人记住。从餐馆的女招待到女校长,无论让她演什么都有模有样的……半田明美就是这种类型,虽然她没上过电视。她还不算真正的女演员,还只是个实习生。对了,他们那里叫训练生。"

"是隶属于文学座[①]或是无名塾[②]的实习生吗?"

"不是那么一流的剧团。不知是池袋还是高圆寺这一带的剧团。听说以前在某个小剧团做过一名女演员。但是后来发生了许多事,于是痛下决心做出改变。她曾对我说,这次她要真正从头磨炼演技,将来站上真真正正的大舞台表演。人生能这样迎着梦想努力前行,真是了不起。"

从尾崎口中,一个不同于长岛稿件中"毒妇"形象的半田明美浮现了出来。

"那明美梦想成为怎样的女演员呢?"

"这就不清楚啦。"

尾崎漫不经心地回答道,让知佳提起的精神一下泄了气。

[①] 日本当代话剧团三个核心剧团中历史最悠久的一个,成立于1937年9月,以追求戏剧的艺术性和文学性为宗旨,以向观众提供精神娱乐为目的。——译者注

[②] 日本知名剧团,俳优培养机构,原本是仲代达矢和宫崎恭子设在自家的私人小型排练场。训练内容涵盖步态、发声方法等演员必备的各类基本功,后发展成为公开演出的剧团。——译者注

"那，后来明美上过什么舞台表演了吗？"

"没有……唉，角色不是那么好找的啊。演技再好，还要讲究运气。"

"我听说，您于是就一直在支持她对吗……"

接下来，知佳就委婉地问了一串俗套的问题——比如两人交往了多久？什么时候分手的？为什么分手？是谁提出的分手？

"哦，这个问题啊？"

尾崎微笑道。他问知佳为什么都过了这么久了，还问及这么私人的问题。不过似乎并没有显得不愉快，眼神中反倒闪现出了生机。

"和女人的交往方式可是多种多样的哟，大小姐。"

尾崎的语气变得得意起来。

"女人可是有各种类型的，有的人可以像妻子一样长久陪伴在你身边；有的则像一团火，短时间内热情燃尽后就结束了；有的可以与你尽享一夜之欢；有的则会让你心甘情愿地守护她，培养她。"

尾崎绅士般的风度渐渐垮了形。

知佳认认真真地点点头，接着问："那明美是怎样的类型呢？"

"我本想好好守护她，培养她，结果真是领教了。常言道女人你不去睡，就无法真正了解，这句话真不假。有种身体就是让你朝思暮想，难舍难分。与其说她是个好女人，不如说她是个讨男人喜欢的女人。这大概就叫情投意合吧。要说哪方面情投意合，哎，对你这位大小姐说这些会让你有些难堪，不过你就当是作为记者的历练听着好了。"尾崎将丑话说在前面，随后就男女关系、女性的性器官的形态和功能向知佳传授起来，内容堪称性骚扰。

听着听着，知佳方才的期待变成了失望。

"可是你们还是分手了对吗？"

世上原本就不存在什么大小姐般清纯的记者，可知佳还是装出一副清纯的表情，皱起眉，微微歪着头询问道。尾崎带着羞涩的尴尬笑了起来。

"说是分手，其实是不知不觉就变得疏远了。我们前前后后大概相处了四年吧。"

"四年吗？"

"哎，我嘛，这期间也和其他女人各种纠缠不清。"老人难为情地笑着。

也许知佳的眼神里下意识地流露出了谴责吧，尾崎说道：

"大小姐啊，你不该用这样的眼神看待别人。我可是对她好好做了补偿的。有的男人也许跟女人发生过关系后，会将人家像破布一样扔掉，可这样的男人算不上爷们儿。"

"啊……"

"有一次，她说她厌倦了城市生活。也许是女演员的事业和人际关系上都遇到了瓶颈吧。于是，我就把自己的度假公寓给了她。在轻井泽。"

"在轻井泽吗？"

对上了……终于找到了她和小野尚子的交集了。

"对。离电车站不远的一片漂亮的树林里。有七八层高吧。从露台能望见浅间山，可气派了。放在现在，和女人分手能做到这种地步的男人，你能找得到吗？大小姐。"

知佳装出钦佩的表情点点头，头脑中，自己的脑神经和这一新情报已经开始碰撞出一道道灵光的火花了。

"抱歉，请问这栋公寓叫什么名字？如果您方便告诉我的话。"

尾崎皱着眉，奋力地在记忆的宝库找寻着线索。

"叫圣日花？不对，叫至圣所，还是叫日升所？我记不起来了。"

这个没有家庭约束的单身男人，钱多得没处花，同时和好几个女人保持着关系，所以暂且不说两人是怎么相遇的，在分手时没给分手费，而是给了一套房产，这样的离别方式也许早就被他逐出记忆之门了吧。

"您给她公寓是什么时候的事了？"

"应该是……那年昭和天皇的葬礼举办后，东京的霓虹灯全都灭了，一片黑黢黢的。就在那之后不久，应该是平成元年吧……"

平成元年，就是 1989 年。

五年以后，半田明美替代了小野尚子。

而另一方面，就在 1990 年，圣艾格尼丝宿舍缩小了活动范围，小野尚子离开了这家机构，重新整修了自己位于轻井泽的别墅，设立了新艾格尼丝宿舍。从 1990 年至 1994 年的四年间，半田明美结识了轻井泽的名人之一小野尚子，接近她，并取代了她。

"那么……"

知佳嘟囔着，重复了一遍刚才的问题。

"照尾崎先生的看法，除了女演员这一方面，您认为明美是位怎样的女性呢？刚才您说她绝对不是名坏女人……"

尾崎露出了笑容。笑得很镇定，无牵无挂，甚至有些冷漠。对于这个标榜自己眼花缭乱的女性关系的感性男人而言，一个女人的人格于他也许毫无意义，有意义的，只是她与男人相伴的长、短和一夜的激情……

"嗯，她不是个坏女人，但是有些地方令人捉摸不透。不知道她心里在想什么。我说右，她就往右，我说白，黑的东西她也能认为是白的。给人逆来顺受的感觉。但要说无趣吧，也算有趣，和她相处也很开心。像你这年龄的大小姐也许还不明白，所谓男人女人，还是离不开身体的契合啊。"

"啊……"

"总之，就像我刚才所说，女人有多种多样。比如有人脸蛋漂亮，但那方面有所欠缺，这样的女人，对男人而言带出去逛街也许挺合适，但他不会觉得有趣。反之，有的女人长得一般，但那方面却和自己合得来。明美这个女人，其实就是那种细腻又愿意为男人献身的女人。"

"为男人献身？"

"所以啊，在我很累的时候，就在床上躺成一个'大'字……她呢，用她那里深处的褶皱为我，那样……"

尾崎继续口授起来。

啊，原来如此啊，都年过八十了，还在讲究"那方面"吗？知佳内心骂骂咧咧，表面上却礼貌地附和着这些下流的话。勉强听到最后，她郑重地一低头说道："这次真的是受教了。"随后离开了这家高级老年公寓。

"尾崎先生还健在。"

知佳怕自己发送电子邮件给长岛，又要遭受他的讥讽，便直接打电话向他报告了这一情况。

"哦，是嘛，真是没想到。不过也算万幸。"

黄昏时分正是对方忙碌的时候，知佳对这一时间段打去电话有些犹豫。不过长岛却兴致很高，他似乎十分渴望同别人交流。

知佳询问他是否需要自己将轻食店老板娘的话，还有老年公寓中尾崎说的内容用电子邮件发送给他，长岛却说："你能现在就告诉我吗，趁记忆还清晰。"言语里带着笑意，也不知哪里好笑了。

知佳看着笔记，将关键内容转述给了长岛。这期间，长岛几度离开电话，都是因为妻子在叫唤他。

在这手忙脚乱中，知佳将自己所知道的大致做了汇报。听罢，长岛低声问道：

"我说，关于半田明美这个人，你是不是一开始就知道些什么？"

知佳倒抽一口冷气。

"我在网上搜到了你写的报道，拜读了。一篇是关于那位千金的人物传记，还有一篇是她死于火灾时你写的评论。那位千金和刚才你提到的都和轻井泽有关，我才突然想到的。这里边牵扯到半田明美了吧？"

"哦不，那是……"

他是怎么知道的——这个疑问在知佳脑海中盘旋。随后，她想明白了，一定是长岛作为记者的直觉告诉他的。知佳建立起自己独立的办公室，开启自己自由撰稿人的生涯已经有七年了，但署名报道才寥寥几篇，其中就包括关于小野尚子的报道，撰写时格外用心。

"我大致能猜出你在调查些什么。我应该能助你一臂之力。毕竟作为记者，我经风雨见世面的岁月可比你长。"

"真的是很感谢，可是……"

知佳含含糊糊的言辞中带着婉拒。毕竟她和中富优纪还有其他新艾格尼丝宿舍的成员们有过约定。对于长岛，自己并不能随意透露些什么。更重要的是，她读了长岛的稿件后，并不希望与他继续有瓜葛。

"尾崎没有被杀。他和半田明美分手，恐怕是因为好几次都差点有性命之忧，于是看清了这个女人的真面目了吧。也就是说，那家伙并不是我认为的那样傻。"

"不，从尾崎先生的语气里听得出，他并不认为半田明美是坏女人。倒是他自己同时还和好几名女性保持着关系……"

"他那样说只不过是作为男人跟你显摆显摆罢了。"

长岛断言道。

"对你这名突然到访的小姐,一个男人怎么可能老老实实跟你聊自己的桃色往事呢。尾崎一定是被那女人抓住什么把柄了。从事大楼租赁行业的,深挖一下,肯定能扒出点黑料来。那女人肯定要挟他,说想分手就拿钱来。尾崎就把轻井泽的度假公寓给了她。然而且慢!你道高一尺,我魔高一丈。1989年可是泡沫经济最严重的时期啊,只要是在房产公司干的,至少都知道四五年后,那些房子都跟废渣一样,一文不值了。"

"轻井泽又不是汤泽①,那儿的房子可没沦落成废渣。而且他也知道那里新干线马上通车了。"

"嗯,也许吧。但总而言之,那套房子对尾崎而言可有可无。对了,那套公寓在轻井泽的什么地方?"

"这点我还没有……"

知佳还无法锁定是哪栋公寓。告别尾崎后,她在回程的电车里打开平板电脑,用尾崎依稀记得的几个关键词查找起那栋公寓来。

"圣日花"是某会员制度假俱乐部的名称,在轻井泽有个名叫"圣日花·会员轻井泽"的高尔夫球场,但没有叫这个名字的公寓。"至圣

---

① 位于新潟县,是温泉之乡。泡沫经济时代,东京大量的泡沫资本涌入当地,建设了许多的度假公寓。1988年,全日本卖出的度假公寓中,汤泽的就占了三分之一。但泡沫经济一崩溃,房价迅速下跌,前往汤泽度假的人口下降了约七成。——译者注

所"是三四年前在信浓追分附近建起的高级温泉度假酒店,除了该酒店的官网、旅行社和酒店代理预约网站,还有些个人博客中都能关联到这家酒店。"日升所"的确是某大型建筑公司建造的公寓,可并不在轻井泽。

"这些暂且不论。"长岛继续道,"无论怎样,作为半田明美,她一定想要寻找下一个猎物,可已经三十过半了。女人的保鲜期到头了。"

这话太冒犯人了——知佳在心里嘀咕。

"这样说好了,轻井泽原本就和东京不同,再怎么高级的别墅,除了夏天,其他季节找不到合适的男人作为猎物。明美就算想去东京,可既没钱也没住处。不过虽然不能像以前一样叨到上等猎物,但日子勉勉强强还算过得去。不久她就要人老珠黄,眼看要陷入穷途末路了。就在这时,她转变了方向。目标从男人转向了女人,瞄准了年老的千金。制造了火灾现场,烧死了老姑娘,企图将她的保险金或是财产弄到手。你就在追查这个事件的真相。被我猜中了吧?"

长岛推测错了。不过也很接近事实了,毕竟知佳没有跟他透露过一丁点儿情况。

"读了我的报道,想必您已经了解新艾格尼丝宿舍是个怎样的机构了。那里的住客非常敏感,对待有关她们的事情要慎之又慎。"

"我明白。我不会多说一句的。别把我同那些只会散布小道消息的记者混为一谈。"

"我当然没把长岛先生您看作那样的人。"

"那么，你是出于记者的使命感，想抓住半田明美露出的狐狸尾巴，拯救那些因所长被谋害而行将落入虎口的可怜女人们喽？"

"不，不是这回事。"

"可怜女人们"这个说法太没礼貌了。而且火灾中丧生的……知佳欲言又止。

"你不必隐瞒啦。我对这件事也很感兴趣。我不是说过吗，只要那女人在这个凡尘多逗留一天，一定会继续作恶不断的。"

"半田明美，已经死了。"

知佳把告诉尾崎辉雄的也告诉了长岛。

长岛一听，也一时间张口结舌。

知佳尽管有些犹豫，可还是继续往下说。

"火灾中丧生的不是小野尚子，而是半田明美。"

长岛依旧默不作声，只听见电话那头传来一个骂骂咧咧的声音："孩儿他爸，我说孩儿他爸，你听不见啊。没用的东西，又跟女人打电话了吧。"含混不清的口齿，听着应该是长岛患阿尔茨海默病的太太。

"你看我现在这个情况。一会儿再给你打电话。"话音刚落，长岛就挂断了电话。

到了深夜，长岛又打来了电话。

"看样子还是发邮件比较合适啊。把你知道的写下来发给我。"他压低着嗓音说道。

"明白。那我能否也把您写的稿件给新艾格尼丝宿舍的职员看呢？"

"嗯，没问题。"

长岛欣然同意。

"虽然不知发生了什么，但大家伙儿都一定是上了那女人的当了。让她们读一读吧。"

知佳下定决心将这些事告诉长岛后，就根据自己掌握的情况，将小野尚子被半田明美调包的事按照时间顺序写下来发给了长岛。

电话铃声响起。知佳睁开了眼。

一看才凌晨两点。

"对不住。因为老婆只有在这个点儿才安静。情况我了解了。说是了解，其实一头雾水。"

"嗯。"

"先是关于钱的。新艾格尼丝宿舍看样子资金并不宽裕啊。"

"是的。"

"就算是有些资金，从机构的属性来看，使用渠道必须公开透明吧。虽然有那位千金的资产做补充，但有没有迹象表明半田明美将之用在私人目的上呢？"

"至少就我采访所了解的，没有这种情况。"

"最主要的是，如果在1994年小野尚子被调了包，那调包的目的何在？那个时候，明美又没有被警方追查，换一个身份生活没有意义啊。这对半田明美有什么益处呢？"

"不知道。正如我所写的那样，她还为了救住客而牺牲自己。"

"估计是藏了什么东西了吧，想要抢救出值钱的东西，结果来不及逃跑了？"

"有可能。"

"那么，你准备从哪里入手来解开这个谜团呢？"

"我想先从轻井泽入手，弄清她和小野尚子的交集所在。如果能追查到轻井泽的公寓的话，应该能发现些线索。"

"接下来呢？"

"那就要根据调查的结果来决定了……"

"要我的话，肯定就从现在最有把握的地方下手。菲律宾，飞去菲律宾。"

"去菲律宾……吗？"

"这不是她惯用的伎俩吗？曾经也干过一次啊。在曼谷把男人从船上推入脏兮兮的河里。那个田沼可是练马的室内装潢老板啊。那个时候明美也没得到什么钱。只是因为嫌他碍事就杀了他。就算不为钱，她也有其他的目的。人命在她的目的面前连个屁都不是。半田明美就是这种女人。然后这一次，她杀了那位千金，自己取而代之了。"

"把她杀了……这么残忍啊。应该不会到那个地步吧……"

小野老师，也就是半田明美，她绝没有一次辜负过住客或者职员，住客们也对她报以绝对的信任哪。

"她这是骑虎难下了。你去查明真相吧。半田明美的目的何在？为什么用二十年的时间和那些女人为伴，既没钱，又没乐趣，过着乏味的生活？她有什么企图？我有个朋友，五十四岁的时候和一个二十来岁的中国女人结婚。他可是在群马有土地的，还是初婚。我阻止他说，你啊，肯定会被她坑死的。然而那家伙还活着。一年过去了，两年过去了，孩子都有了。这下该没事了吧，就在周围人放下心来为当初的怀疑感到内疚时，那个女的把那男人的房子、土地、所有的资产都折了现，带着孩子消失了。那可是她结婚五年以后的事啦。因为要取得日本国籍就需要那么久。五年里，她在群马的乡下忍受着赤城山刮来的凛冽寒风，忍受着婆婆的虐待，和自己不爱的男人睡在一起，熬着熬着，终于熬出了头。于是五年以后，她将家中所有能暴露身份的证明全部处理掉后逃走了。现在估计正以一个日本人的身份，带着孩子，没准还和自己喜欢的男人，在某个大城市活得自在呢。但这要付出五年的代价。半田明美这二十年可是她的四五倍啦。这究竟是怎么回事？看似是在一次意外事故中被烧死了，但那女人究竟有什么企图呢？是为了什么忍耐了二十多年？这名绝代毒妇到底手握着什么样的秘密死去了呢？"

你为什么就这么断定半田明美是毒妇呢……知佳把这句话咽进了肚子里，在脑海中回忆起了自己见过的"小野老师"的音容笑貌。

如果半田明美是自愿继承小野尚子的遗志的话，那这二十九年对她而言绝非难熬的岁月。虽然一开始装病、戴着目镜和口罩遮挡面部的行为有些可疑，但此后半田明美的行为只应博得尊敬，无可指摘。

"你啊，真是找到了绝佳的素材。有价值继续追查下去。这名毒妇杀死了曾一度成为宫家后妃候选人的千金小姐，二十几年致力慈善事业，目的为何？这名千金小姐究竟是怎么死的？"

"这固然不错，但原本我们就是从警方那里得知遗体不是尚子本人，而是半田明美。如果小野尚子是被杀害的话，那火灾遗体身份查明的时候，警方就应该着手调查了呀。"

"警方应该不会那么干吧。"

长岛嗤之以鼻，似乎根本没把警察放在眼里。

"警察在火灾中发现了遗体。调查后发现遗体是好几年前就冒用他人身份潜入的女人。而被冒用身份的千金早就行踪不明了。虽然有可能是被杀死的，但嫌疑人也死了。而且火灾本身并不是人为的。尸体也的的确确是被烧死了。事后，他们查明那是半田明美的尸体，才来询问宿舍成员，但警方的工作就到此为止了。因为半田明美没有前科。在这里我要事先声明，被逮捕后没有被起诉，就不算有前科。"

"这个我知道。"

"不就是行踪不明嘛。警察可没那闲工夫调查这种事。"

"可您让我来调查我也……"

"很遗憾，我已经不行啦。毕竟糖尿病已经发展到了肾脏。稍稍动几下就会累，心有余而力不足啦。能照顾我老婆的也只有我了，所以也不能想去哪儿就去哪儿。父母在孩子老后还能健在，但金钱和青春都是不会长久的。一不留神，人生就稍纵即逝了。我就在后方支援你。接下来的事，你上。"

"所以……"

知佳可对博人眼球的黄色新闻[①]不感兴趣。

不过，对于这名因连环杀人嫌疑而成为警方搜查目标的女性，这名被周刊记者称作"绝代毒妇"的半田明美，知佳的确希望查明她的后半生和死亡的真相。

知佳想知道半田明美真正的一面。她内心还留存着一点倔强，那就是要推翻男性记者充满偏见的报道。

挂断电话后，知佳将目前掌握的情况简单汇总了一下，写成邮件发送给了中富优纪，一方面是为了汇报她调查的新进展，但更重要的是为了将小野尚子被顶替的情况告诉长岛这一行为表示歉意。她简单向她介绍了长岛的个人情况后，将从长岛那里获取的手写稿件复印了一份，用快递寄到了新艾格尼丝宿舍。

那天深夜，发出的邮件有了回复。

"期待那位记者朋友的手写稿件。我先汇报一下这里掌握的信息。"接下来，中富优纪在邮件里讲述了她后来接到1991年进入宿舍的女性

[①] 为了增加发行数量，不基于事实而用煽动性的报道吸引眼球的新闻报道手法。来源于十九世纪末美国纽约两大黄色报纸——《世界报》和《纽约新闻报》惯用的煽情主义手法。该手法为迎合底层读者的癖好，以犯罪、凶杀、色情、小说连载等刺激性、消遣性文章为内容来博取关注。——译者注

打来电话的经过。

这名叫齐藤登美子的女性打来的电话证实了朗读志愿者逢坂聪子所说的话，并补足了逢坂聪子记忆中模糊的部分。

这个被认定为半田明美的女人自称山下，最初是来新艾格尼丝宿舍帮忙做慈善的，那次，她将榊原久乃的推拿教科书带回去制作了朗读磁带。

自那以后，她作为朗读志愿者来宿舍指导的时候，就带来了录音机和录像机，记录下宿舍里学生的朗读状态。优纪有印象自己见过收纳这些磁带录像带的纸箱子，但从旧轻井泽搬迁至信浓追分的时候，几乎都被遗弃了。

优纪说，尽管新艾格尼丝宿舍有条不成文的规定，就是不允许拍摄住客的照片，但她们却默许了这个"山下"的行为，既是为了提高朗读水平，也是因为"山下"，也就是半田明美已经获得了小野尚子的信任。

知佳推测，半田明美用这些器材记录的可能主要是小野尚子的影像。小野尚子自己也对有声读物的制作非常热心，这名山下——半田明美获得小野尚子的声音和影像就变得轻而易举了。而且半田明美很有可能将这些影像录音用作替代小野尚子的资料。

再结合尾崎的话，就可以推测出半田明美住到轻井泽后，就将小野尚子视作接近的目标，取得了她的信任，继而能自由出入新艾格尼丝宿舍了。

知佳两年前见到了"小野老师",被她的善良、真诚和高洁所打动,然而现在,她感到这一形象上笼罩的阴影越来越大了。

难道是因为自己受到了长岛稿件的影响,渐渐接受了他的论证方法以及他建构的半田明美的形象了吗?

7

"我一直都知道周刊的记者说话总是不太负责,可没想到有这么过分的记者,简直让人瞠目结舌。"

轻井泽站前的一家老旧建筑的咖啡馆里,中富优纪将装有稿件的信封"啪"地往桌上一扔。从她郑重恭敬的语气中,知佳便能感觉出她不仅是针对长岛刚,连带着对送来稿件的自己也生起气来。

"哎,这些只不过是没写进报道的部分而已。"

"那是当然。且不论这个报道,用这样的眼光来看人,我首先就怀疑他的人性何在,真是什么男人啊!"

"人性……啊",知佳想起长岛纠缠不清的语气和电话那头阿尔茨海默病妻子的骂声来。

"我反正是不会相信这稿件中的任何一个字的。"

中富优纪全盘接受了杂志报道的观点,却全盘否定了自己复印后送去的手写稿件的内容。这让她深深领教了铅字和铅字媒介的威力。

但也不能全怪铅字印刷物。知佳给中富优纪读杂志报道的那会儿,小野老师对她而言还不是半田明美。但后来，多种证据证实了九年来与优纪朝夕相伴的小野老师就是半田明美。这样一来，她只能否定杂志报道中建构的"绝代毒妇——半田明美"这一形象了。

"那山崎女士，你是怎么认为的。这个人写的东西你信吗？"

"虽然不能百分百地相信，但的确反映了些事实。"

"什么意思？"

优纪的神色忽然尖刻起来。对她而言，知佳这种模棱两可的态度比站在她的对立面更令人气愤。正因为知佳知道优纪一直以来对小野老师的信赖，所以理解她现在的心情，因而才无法随口发表轻率的评价。

"我是说……刨去这名记者的推测，或者说是臆测的部分，我认为，小野老师，或者说是半田明美的身世以及她前半段人生应该是事实。"

火灾遗体的牙科信息和人脸识别软件已经给出了一个无法否认的事实，那就是中富优纪这些新艾格尼丝宿舍现在的成员所熟知的小野老师就是半田明美，她在1994年以后顶替了小野尚子。而且这个半田明美作为连环杀人案嫌疑人被警察追查也是事实。

优纪低头看了一眼桌上厚厚的信封，又立刻抬起头来凝视着知佳。

"半田明美小时候没了母亲。而且她母亲还是卧轨自杀惨死的。母亲的死还可能和她父亲的出轨有关吧。在即将迈入青春期的时候，遇到了这种事。这样说来，从小，她身处的就是一个有钱却复杂的家庭，那是个对孩子而言倍感痛苦的家庭啊。"

知佳心头一颤。优纪指出这点之前，她根本没考虑过这些，只是以为明美原本无忧无虑的童年时代因为母亲的死而黯然失色。

"他把明美父亲描述成一个白手起家,奋斗打拼,翻身致富的励志人物,但这都是作为一个男人的感受,不是吗?"

"是。"

在优纪激动的追问下,知佳连连点头。

"虽说因为有钱,把太太的亲戚接到自己豪宅里共同生活,可这也意味着他可以凭借这点恩惠像个暴君一样颐指气使。他觉得是我把你们养在这个家里的,无论我做什么都不准有一句抱怨。外人肯定也是这么想的,认为她父亲是一个连太太的亲戚都接来照顾的了不起的男人。作为太太,她进退两难啊。我想,小野老师就是看着这个家庭的种种扭曲长大的。所以她才能理解我们的感受呀。"

优纪悲痛的语气让知佳浑身僵硬。她从不知道什么是复杂的家庭,什么是贫困和家庭内部的暴力,但优纪知道,所以她能从长岛的描述中看到自己所看不到的东西。

"她家里虽然有钱,却没有父爱。母亲去世后,能接纳弟弟妹妹的悲痛的只有她一个做姐姐的,可是她自己的悲痛,又有谁去接纳呢?这时唯一能信任的,就是来家里做家庭教师的那位大哥哥。但她被那个大哥哥给强暴了,却没有可以倾诉的对象。就算有人可以倾诉,别人也不会相信她。所以只能跟随那个男人。然而那个男人司法考试落榜自杀后,她却因此背负上了众人的怀疑。趁她脆弱的当口,自己打工的公司的老板又来诱骗她。装作同情的样子玩弄她,稍有抵抗,就立刻施以暴力。而且残暴到强奸、性器官裂伤的程度……一丝不挂地被丢弃在中央隔离带里，仅这些就足够造成心灵创伤了，不去药物里寻求安慰是活不下去的。可她没这么做，奋力地活了下来。逃亡东京后她想靠自己开拓命运，却在这个节骨眼上，一群男人带着金钱和地位蜂拥而至。他们用金钱换取她的身体，玩弄于股掌之间。然而，和她有关的男人殒命后，人们就煞有介事地把她当作凶杀犯。在众人的怀疑中，她终于结了婚，眼看一个幸福的家庭就要建立起来了，却死了丈夫。这一来，她又成了千夫所指的保险金欺诈嫌疑人……她跟随丈夫去的那个乡下都对她恶评如潮，那是自然。这样的人生一路走来，当然会对人心存戒备啦。对别人直率的好意，她根本不知道该如何应对。而且在乡下充满相互监视和整齐划一的思想氛围中，他们所表现出的亲切令她无法信任，甚至令她恐惧。而且就这名记者而言，他也尽从一些说她坏话的人那里收集信息不是吗？"

"的确，他采访的多是死去的男方那里的人脉欸。"

"还有就是曾在剧团里待过的女演员。她们可是情敌啊，情敌说的话，那自然是……"

长岛并没有从半田明美的亲朋好友那里收集证词，也没去见过那些人。可知佳并不认为长岛的采访是随心所欲的。半田明美和她的亲戚极有可能已经没了来往，本来也没有能称得上朋友的人。长岛去她的出生地采访的同班同学几乎都对她持否定的态度，也正说明了这一点。

"她怎么可能有朋友呢？"当知佳委婉地表明了上述观点后，优纪点头说道。

"在辛酸的家庭里成长的孩子都懂，你表现得再怎么开朗也好，表现得不引人注目，同周围步调一致也罢……女孩子的世界是阴险的，都会有意无意地疏远这样的孩子。"

"我有些明白了……"

"小野老师是什么样的人，山崎女士你是知道的。当然，不像我们了解得那么清楚。"

说完，优纪直视着知佳说道："你觉得小野老师是像这稿件里写的那样吗？"

知佳没有作声，而是连连摇头。自己在宿舍采访、起居的两天一夜尚且还能蒙混过去，可要欺骗这么多年来同吃同睡的人是不可能的。能做到这步的只有邪教团的头目了。不同的是，半田明美没有这些头目的那些金光闪闪的宝物、金钱和情人。有的只是新艾格尼丝宿舍的女性的敬爱和有高层次追求的人们的尊敬。

"有着心酸、痛苦记忆的人，心理会变得扭曲而乖张，会若无其事地做出些可怕的事来。我并非要否定他们。可有些人则截然相反，这些经历反而让他们变得能体察人心，悲天悯人。"

"我懂了。"

知佳将双手放在膝盖上低头鞠躬，像是在替长岛道歉。

沉默了几秒后，优纪凝视着知佳，向上扬起了嘴角。

"那就快行动吧，没多少时间了。"

优纪像是切换了情绪一般绽放出了爽朗的笑容，起身准备去结账。

"哎，我来买单。可以走采访经费报销。"知佳一把夺过优纪手中的小票。

优纪比较熟悉地形，据她说，半田明美当时居住的公寓楼，可能是分布在轻井泽电车站附近的几所中的一栋。

她们要先找到那家公寓。

优纪预先列了一张清单，上面都是1989年那年，就是尾崎赠予半田明美公寓的那年所建公寓的名称。那年，借着"度假地法案①"订立的政策春风，度假地开发的浪潮席卷全日本，轻井泽就在那一年新建了许多度假公寓。

从前泡沫经济时代到泡沫经济时代，除购房的需求外，出于投资、转卖等目的，许多人都会购买冠名"轻井泽"的别墅。即便买不下别墅，买套公寓也不错。而且正如知佳反驳长岛的那样，在泡沫经济崩溃以后，由于新干线的开通和"轻井泽"这一地名稳固的品牌效应，轻井泽的度假公寓价格并没有下跌多少。

一开始，两人本想去房屋登记所，从登记本中寻找"半田明美"或"尾崎辉雄"的名字，但这一栋公寓里登记着几十户人家，一家一家地找不太现实。于是，两人就决定先把公寓楼锁定下来。

---

① 全名为《综合保养地域整备法》，内容是为了丰富国民的业余生活，帮助地区振兴，在自然环境优越的大型土地上利用民间活力建造完善休闲设施。该法案放宽了历来的土地开发限制，为土地开发提供财政优待。——译者注

出了咖啡馆,知佳不禁打了个寒战。十一月的轻井泽已经过了枫叶季,阳光尚且刺眼,可北风却寒冷彻骨。她抛下在停车场停的车,钻进了停在咖啡馆门口的新艾格尼丝宿舍所有的小汽车里。

优纪略显粗暴地掉转了方向盘,把车驶入冬日萧瑟的马路。

行驶了两三分钟后,密密丛丛的针树林中冒出了几栋公寓楼。

"那些都不是啊。"优纪说。

每一栋都太新了。在附近转了一圈,也没找到尾崎所说的那种公寓楼,无奈两人只能回到了当地人居住的闹市区。在那里,有栋房龄超过三十年的老公寓楼。

"和想象中的不太一样啊。"

知佳有些摸不着头脑。

"尾崎说非常气派,从露台能看见浅间山。"

"浅间山?"

"是啊,七八层高的。"

优纪笑着摇摇头。

"轻井泽可没有这样的建筑。这里是风景名胜区,顶多三四层高,现在只能建两层高的了。"

据说,轻井泽当地兴起了反对建造高层公寓的运动,在全国率先颁布了度假地的建筑规范,而且规定越来越严格。

"能造这么高的在北轻井泽、草津那一带。"

"原来如此,在北轻井泽啊……"

对向自己抱怨厌烦了都市生活的女性，尾崎没有给分手费，而是将度假公寓让给了她，还是在名人聚集的度假胜地轻井泽。但同样是轻井泽，如果是县界另一头的话……

北轻井泽距新艾格尼丝宿舍原址的旧轻井泽很远，开车也要四十分钟以上。若要作为朗读志愿者往返两地，夏季还说得过去，冬季就很费力了。要维持日常的联系，北轻井泽太远了些。

正当优纪把车驶入轻井泽站前环岛的时候，知佳的手机响了。屏幕上显示的是长岛刚。知佳有些尴尬，朝驾驶座上的优纪瞟了一眼。

"没关系，你接吧。"

优纪缓缓打着方向盘说道。她似乎不知道来电是谁。

"是我，长岛。"

长岛用低沉而有震慑力的声音自报家门后，压低了嗓音继续道：

"发现一个重要情况。半田明美在你提到的1994年从成田机场出国后，就没有回国记录了。目的地就是菲律宾。"

"菲律宾？"

"嗯，菲律宾的马尼拉。这是个重大发现，不过也在意料之中啊。"

"你是怎么能查到二十多年前的出入境记录的……"

"这些记录在法务省有留底。当然不对外公开。所以我不是说嘛，去警局跑过腿儿的记者经历还是挺派得上用场的。"

二人对话的只言片语传到了优纪耳朵里。她的眼神变得警觉起来。

"能停下车吗？"

优纪点点头，将车驶入环岛外的小路里。

知佳立刻打开了手机的外放功能。

"那就是说，半田明美在马尼拉和小野尚子会合了对吗？"

"凭我在警方那里的渠道是追查不到这一步的。你自己去当地调查吧。"

"也就是说，半田明美去了马尼拉就没再回来过，确切地说，是变成小野尚子回来了……"

"哎，正像我说的那样。真正的小野尚子恐怕已经沉入了马尼拉湾的海底了。那时，当地有不少职业团伙，只要给些钱，就可以接活儿帮你把人做掉。像半田明美这样的恶棍，这种渠道还是能找得到的吧。把人解决了之后，就夺取人家的护照冒充小野尚子，谎称得了病，遮住脸，把自己弄得骨瘦如柴地回了国。"

优纪听着手机扬声器里传出的声音，抿紧了嘴唇，注视着路面。车虽停靠着，可她依旧紧紧握住方向盘，手指都握得发白了。

"证据呢？"

"你自己去收集啊。小野尚子当时的去向你应该很清楚了。我能做的就是在后方支援。毕竟，我的糖尿病已经发展到了肾脏……"

"知道了。"知佳打断他的话，"真是太感谢你了。"礼节性地表达了谢意后，知佳挂断了电话。

优纪朝知佳冷冷地瞥了一眼。知佳向她转述了关于半田明美的出入境记录的情况。

265

"就是说,他认为她在马尼拉杀了人,或者委托别人杀了人?我们的小野老师?"优纪质问道。

知佳感到她言下之意就是在责问自己——你把他说的当真?

知佳斟酌了一番后,回答:"小野尚子从菲律宾回来的时候,的确已经被他人顶替。这样说来,你认为真正的小野尚子会怎么样了呢?"

"小野尚子也许就变成半田明美,在什么地方继续活着。"

优纪的语气中流露着悲切。她所说的知佳从没考虑过。

"半田明美没有回日本的入境记录。这样看来,小野尚子不是应该还活在菲律宾吗?"

这样相信没什么不好。

知佳陈述起自己的推测来:"真正的小野尚子或许出于某些原因,想要摆脱在日本的羁绊。于是就对来宿舍做朗读志愿者的半田明美说'接下来拜托你啦'之类的话,自己则留在了菲律宾。"

"对,对!"

优纪僵硬的表情瞬间放松了下来,宛若荫翳之中投射下了柔和的阳光。

"我们的职员绘美子曾说过,真正的小野尚子必须始终扮演大家的母亲这一角色,可自己连买块蛋糕享受一下的机会都没有,也不能穿着漂亮衣服出去玩。也许是她厌倦了这样的生活。于是就找人来顶替,自己则回归了原来锦衣玉食的生活了。毕竟人家是有钱人家的千金大小姐。"

哈哈，知佳笑了起来。

"那就是辉夜姬①啦。然后，她就在宿雾岛一带能俯瞰大海的山丘上置一个大豪宅……这应该不太可能哈。"

玩笑开过，知佳萌生了一个想法——小野尚子还活在菲律宾也许并不纯粹是一个缥缈的愿望吧。

"真正的小野尚子以前的确频繁前往菲律宾对吧？"

"嗯。"

"而且去的还是修道院或贫民窟。如此看来，有没有可能是她已抱着埋骨于此的打算，在当地努力为那些贫穷的孩子之类的人服务下去了呢？"

知佳总希望自己笔下的故事能给梦想腾出空间，为读者也为自己带来希望。这就是她有别于长岛的写作姿态，一直以来，她也凭借作为撰稿人的这种习惯写作至今。

"有可能，更确切地说，这才是真正的千金大小姐小野尚子。"优纪表示赞同。

"修道院或是贫民窟这类地方也许就是入境管理的灰色地带了。不过如果是这样的话，她应该和大家好好解释不回国的原因，然后提拔

---

① 日本神话故事《竹取物语》中的人物。讲述一名砍竹老翁去竹林中，发现一名三寸长的女孩，带回家抚养。女孩很快成长为美丽的少女，吸引王公贵族乃至天皇来求婚，均被她拒绝。最后，辉夜姬表示自己原本是月宫仙女，并被月宫来的人接回了月宫。——译者注

一个接班人啊。"

"不，这样做行不通。"

优纪立刻摇头否定道。

"新艾格尼丝宿舍是因为小野尚子的存在而存在的。当时是，现在也是。我认为对于住客们而言，换一个人是万万不行的。如果小野尚子说出那样的话来，一定会有人以为自己又被人遗弃了，本以为救自己于不堪的人终于出现了，却没想到最终是一场空。就说这次，小野老师明明是在火灾中为救人而牺牲的，可我自己还是有种强烈的被抛弃的感觉。一开始并不是这样，但随着时间的推移，紧张的神经放松下来以后，就产生了这样的感觉。尤其是当警察来宿舍说了些奇奇怪怪的话以后，自己真的变得不太正常了。说实话，眼看又要回到从前药物中毒的状态了。"

优纪看起来并不计较得失，是那么踏实的一名领导者。她这样袒露心声令知佳心头一愣。

"总而言之，我就是觉得，就算小野老师卧床不起了，因病无法与人交流了，只要她在那里我就安心了。换而言之，就是老师的名字必须是'小野尚子'。有句话我不太想说，那就是对外人而言，小野老师也必须是'小野尚子'。无论是各路教派的神父、牧师，还是文化人或名流，对他们而言，只有对方是'小野尚子'，他们才会对新艾格尼丝宿舍给予援助。我们能勉强凑足运营资金，也是因为有着'小野尚子'这面旗帜。这其中的玄机，想必你从事媒体工作的应该再清楚不过了。"

"名人效应吧。"

"不，应该是信用度。"优纪神经质般地抠着字眼。

"作为人的信用度。正因为事关金钱，信用度才变得如此重要。"

知佳点点头，继续着自己的推论。

"于是，作为自己的继任者，小野尚子对来指导朗读的山下——也就是半田明美寄予了厚望，便悄悄将机构管理者的重任交接给了她。也许半田明美也将自己曾被警方怀疑的经历，连同自己的身世向真正的小野女士坦白过。小野尚子因而对她非常信任。不仅是信任，想必也万分同情。这世间把嫌疑人当犯人看待，但半田明美今后也不能一直用'山下'这个化名，如果暴露了处境就会很难堪。也许考虑到这些，真正的小野尚子就让她启用小野尚子的身份继续生活下去。半田明美也做好了这个心理准备。最终，半田明美完全没有辜负小野尚子的期待。"

这个故事情节太合大家的心意了。比起赤裸裸的现实，相信浪漫和善意的文章才受读者的欢迎，写的人也舒心。

"这个逻辑上说得通。"优纪笑道，"也许这不仅是小野尚子一个人的意思，而是和榊原两个人共同策划的。"

当小野尚子下定决心在马尼拉的贫民窟生活下去的时候，失明的按摩师便阻止说，这样一来我们可就难办了。可是，小野尚子去意已决。于是，两人就开始考虑用别人来顶替……

8

小食被撤下后,知佳将入境资料填写完毕,正昏昏欲睡时,安全带指示灯便亮起了,飞机开始降落。

从赤道下方北上,到马尼拉也就两个小时。

知佳是一周前决定去菲律宾的。原本长岛再怎么怂恿,要为自己追踪的事件随随便便就出国采访,知佳是没有这份财力和时间的。

正巧这时,来了一个需要去马来西亚的亚庇采访的活儿。那里开发了一处面向退休老人的产权公寓。出版商委托知佳撰写一篇关于那里的广告性宣传。

这种广告性宣传报酬很高。所以知佳当场就答应了,并在采访结束后硬是留出了一周的空余时间。

知佳在亚庇同房产公司的员工一同参观了公寓,逛了逛面向日本公民的诊所和购物中心,向工作人员和当地的住民了解了情况后,并没有经吉隆坡回国,而是飞去了马尼拉。

抵达马尼拉国际机场时已是傍晚。知佳入住了一家商务型的中端酒店，把外带的炒饭拿进房间后，就立刻打开笔记本电脑，边参考采访笔记，边撰写稿件。房间虽小，没有浴缸，却有无线网络，这点帮了大忙。

知佳一直忙到第二天早晨才完成了稿件，发送给编辑部后，就依次给采访对象、委托方的负责人等各方人员发送感谢邮件。

小睡了一会儿后，知佳就退了房出发去机场。不过目的地不是日本。因为接下来，她只要和编辑部通过邮件往来推进下一步的工作即可。在这种时候，还真得感谢这个网络社会，走到哪儿都能办公。

知佳在国内航班的服务窗口购买了飞往吕宋岛南部城市那牙的机票。

信封中的美金现钞相当于六十万日元。

五天前，当知佳给长岛打电话，告知菲律宾的采访之行很有可能要实现了。长岛一听，立刻用命令的口吻叫她去他家附近的咖啡馆碰面。

长岛出现在约定的连锁咖啡馆时，脚上趿着凉鞋，一见到知佳，就将一个茶色信封往桌上一扔。

"行军费！"

长岛说这是他近二十年前去中东采访时兑换的美金，作为包括行贿在内的旅途必备资金。可就在入境后不久，当地发生了政变，外国人被命令马上撤离，因而准备的这些钱就留着没用。

"本打算再去的，就留在身边了，可现在没机会了。毕竟我的糖尿病已经发展到了肾脏……"这句话,知佳听得耳朵都起了茧子。

"这些钱您去银行换成日币不挺好?"知佳将信封推回长岛身边。虽说是外币,但知佳还是对拿别人的现金心存抵触。

"再换回去白送银行手续费岂不是犯傻。毕竟我也对半田明美在菲律宾干的勾当感兴趣。你就靠这点美金替我去揭开最后的真相吧。"

说完,长岛便手拿着咖啡杯起身前往餐盘回收处,对着惊呆了的知佳一挥手说:"没别的事啦,再见!"便风风火火地离开了。

知佳确认了一下信封内的钱款数额,比想象的要多得多。

犹豫了片刻,她给中富优纪发了封邮件,告知说自己有机会可以去马尼拉,想去那里追寻小野尚子的足迹。顺利的话也许能发现她和半田明美在那儿的交集。甚至没准还能遇见小野尚子本人。

陈述完自己的打算后,她又拜托说,若是白百合会或是教会中有谁了解当时尚子菲律宾之行的情况,希望优纪能引荐给她。毕竟这样漫无目的地在那里瞎转悠是难以追踪到有关小野尚子的线索的。

另外,知佳还邀请了优纪同去。

"如果你时间允许的话,能和我在马尼拉会合一起去调查这位新艾格尼丝宿舍创立者的足迹吗?资金上不用担心。当然若这句话冒犯了你,请原谅。那个长岛为我提供了路费。是美元现钞。如果愿意在廉价航班和旅馆将就的话请一定来与我同行,我会很高兴的。"

知佳最后附上了自己的行程,就将邮件发送了出去。

两小时后便有了回音:"烦请在马尼拉的街镇多加走访,务必查找到关于小野尚子和小野老师——也就是半田明美的真相,推翻长岛充满恶意的肆意揣测。"邮件最后,她表示自己很遗憾无法同行。

"你还是抽不出时间吗?"知佳打去电话询问道。

"难得你邀请我……"优纪的语气听起来有些冷淡。

"也是哈,作为代表,不可能一个星期都因为这事不在机构里。抱歉,是我一个人瞎起劲了。"

"唉,不是因为忙,而是现在,我有些走投无路了。"

"发生什么了?"

刚问完,知佳就后悔了,心想也许自己一个外人不该打探机构的内部事务。

"我们必须从这儿搬出去了。我得去房屋中介找别的住处。"

知佳倒吸一口冷气。

优纪慌忙继续补充道:"不是因为这儿发生了什么不光彩的事,也不是和邻居起了什么冲突。人家原本就是出于好意才让我们住这儿的,也没让我们付什么押金或礼金。而是我听说当地的医疗法人希望在土地所有者的土地上建造老年保健护理机构。于是就要求我们撤出去了。你看,房东那里也有两位老人在老年公寓里呢,肯定有他们自己的考虑。"

"那必须立刻搬走吗?"

"不是,说是可以在这里继续待上半年左右。只是其间会有人来进行测绘。"

"换而言之，就是半年内你们必须找到下一个备选的住处对吗？"

"但愿能找到吧。我正和白百合会说明情况，苦苦哀求他们一起讨论对策，包括资金方面的问题。"

言外之意，就是如果解决不了的话，这次机构就真的要解散了。

"我们的资金来源除了通过白百合会募集的捐款外，只有机构成员交付的住宿费了。大家或是通过打工，或是通过自家的支援，或是从生活保障金扣出来支付的住宿费，都不容易，所以租金还不能轻易上涨。我现在正四处奔走说明情况，请求多方支援呢。靠政府援助的话，又会遭受许多限制，这样一来，小野老师定下的独一无二的计划就难以实现了……"

当下，比起追索小野老师的真面目，优纪有更棘手的事亟待解决。

"抱歉，真是没料到你的难处，还给你发那样的邮件。"

"哪里哪里，你能邀请我，我其实很高兴的。说实话，我还是第一次能和别人拥有这样的关系，就像是普通朋友间的那种。谢谢你哈。"

优纪的语气平静而充满感慨。"像是普通朋友间的那种"这句话，让知佳听了揪心地难受，一时间，她不知该如何回答。

知佳上的初中和高中都是私立学校，既不是会招来附近重点学校男生好奇眼光的贵族女校，也不是有着严格清规戒律的天主教学校。只是父母嫌公立初中风气不佳，才让自己进了私立学校。

从进入初中到高中毕业的六年间，朝夕相处的都是些家境相仿的同学，也一直都是些老面孔。关系要好的同学形成一个圈子，其中有些意气相投的好友，从小便凑在一起。六年里，既有被同学疏远或被欺负的时候，也有合伙欺负别人的时候。就这样，一会儿被人算计，一会儿又反过来算计别人，有时哭着向人道歉，有时大家也会像混混儿那样握手言和。

进入大学后，知佳才第一次和地方上来的同学、外国人或是家境不同的人相处。大学里，她参加过志愿活动，经历过集体相亲会，身边依旧有要好的女伴。有时两人会为了一个男的有意无意地暗中较劲，可有时，两人又会在旅行途中互诉烦恼，度过一个不眠之夜。

友情，嫉妒，共情，对立，诬蔑，还有尊重——这一切的情感时而涌起，又时而消失，轮回着，变幻着。

成年人的世界里，互相憎恨也好，有着尖锐的利益冲突也罢，若是不装出好感，维持明面上的良好关系，那生计有时也会陷入困境。而学校的生活就好像是闯入这残酷世界前的一个育种苗圃，在那里，同龄女孩间通过互相冲突、互相鼓励、互相伤害、互相安慰，积累了处理自己的感情和人际关系的一系列经验。

然而，也有一部分人，从小就被要求承担起成人的责任，或是遭受虐待，没能度过那段对孩子而言理所应当的苗圃生活。这次，知佳再次领教了这一残酷的现实，心情不由得沉重起来。

国内航班的候机大厅里，地方土特产店和冰激凌店鳞次栉比，洋溢着轻松的氛围。知佳在长椅上坐着，将装有电脑和贵重物品的包夹在双膝之间,紧紧抱着,等候登机。

最初,知佳打算去马尼拉的市中心。然而后来通过白百合会,她联系到了当时安排尚子去马尼拉的国内天主教会的神父,才得知小野尚子那时去的并不是马尼拉市中心。

这名神父名叫胜峰,已年过七十,现在在教会担任要职,从海外活动隐退已经很久了,不过,他还清楚地记得小野尚子。

他回忆说,当时教会通过白百合会介绍,委托小野尚子担任法语翻译,陪同修女们前往马尼拉。这段经过和知佳通过采访"小野老师"了解到的相一致。然而,真正的小野尚子后来频繁前往的并不是知佳想象中的垃圾山[①],而是距马尼拉三百公里的吕宋岛南部的一个名叫塔哈乌的小镇。

的确在采访的时候,小野老师,也就是半田明美提到过"人人都过着从垃圾堆场捡拾垃圾的生活,并将这些垃圾当作燃料",但并没有使用"垃圾山"这一专有地名。

胜峰神父说,菲律宾遍地都是垃圾堆场,以捡拾垃圾为生的情况并不仅限于垃圾山一地。知佳听到这儿,才恍然大悟。"小野老师"的确提到了马尼拉,但那是小野尚子第一次去菲律宾所到的地方,并不意味着教会设立的诊所也在那里。时至今日,她已无法确定,半田明

---

① Smokey Mountain。位于菲律宾马尼拉市北部贫民窟。英文名称来源于着火的垃圾山升腾出的烟雾。原为海岸的一个渔村,1954年成为一个未经焚烧处理的垃圾堆场,许多贫民前来捡拾垃圾,形成了贫民窟。——译者注

美采用了模糊的地理概念究竟是有意为之,还是由于没有实际到过贫民窟而信口捏造了地点,抑或是知佳自己在采访时漏听了塔哈乌这个地名。

只是,知佳在报道中写的是"垃圾山附近的贫民窟",她还请"小野老师"确认过初稿,但她并没有对此提出修改。

知佳向胜峰神父表明了这次"希望追索小野尚子的足迹"的意图,并拜托他将自己引荐给塔哈乌的教会。可几天后,却得到回复说,不知出于什么原因,菲律宾的天主教会没有同意。

由于胜峰神父并没有亲自访问过塔哈乌这一小镇,因而只能通过和小野尚子的交谈推测她在当地参与的活动。

虽然胜峰神父无法联系上塔哈乌的教会,但帮知佳联系上了那牙的教会。那牙相当于塔哈乌小镇的空中大门了。神父说,到了那里,也许能有一定收获。

飞机飞行了约莫一个半小时就到达了那牙机场,刚一降落,海的气息便扑面而来。阳光透过澄澈的大气火辣辣地照射着大地,如同白色的火焰。出租车将知佳带到了一个绿树成荫的宜人之地,一排郁郁葱葱的树木对面矗立着一座美丽的教堂,连外墙雕刻都格外精致。

这让知佳想起了很久以前,自己在佛罗伦萨旅行时见过的圣母百花大教堂的穹顶。这里远离街道的喧嚣,闷热的天气中,仰望这座教堂令人长舒一口气。

虽然教堂似乎并没有在举行弥撒,可仍有络绎不绝的信徒穿戴得整洁光鲜,来这里奉上敬虔的祷告。

出来接待的神父将知佳领至礼拜堂侧翼的接待室,看来,胜峰神父已经事先告知了知佳的来访。

接待室没有空调,不过清风拂过树荫,从敞开的窗户吹进宽敞的房间,给人带来了凉爽和舒适。

神父开口便说:"很遗憾,我不认识小野尚子这位女士。"

"是这里这位女士。"

知佳急忙拿出手机,从图片库里找出了1993年的圣诞集体照。她将人群中小野老师的头像放大。虽然像素颗粒有些粗,但好歹是小野尚子来菲律宾前拍的照片。

神父只瞟了一眼照片便摇头表示不认识。

他说,自己虽然不认识小野尚子,不过若知佳有意继承她的志向,为贫民窟孩子服务的话,这里有相应的组织和研修机构可以接纳她加入。

"不不。"知佳慌忙推辞。她解释说她找的这位叫小野尚子的女士曾频繁来访这里,只是在二十多年前来这里时突然失踪了,自己是来追寻她的行踪的。

"很抱歉,我们这边不是警局。"

"您不必道歉。"

"我不建议你去塔哈乌。"

神父态度相当坚决。

"那里整个街镇都很贫困,治安卫生恶劣,修女们还算熟悉那里的环境,可一个外国女子只身闯入那种地方,谁知道会发生什么呢?"

"那我就不去镇上了,就拜访一下那里的教会。"

"那里的教会让人不敢恭维。"神父打断道。

"不敢恭维,是什么意思?"

"这和你们外国人没有关系。"

神父的语气相当坚决。随后,他又像突然想起了什么似的,继续道:"你刚才提到在塔哈乌教会侍奉的日本女子对吧。这个镇上倒是有一名从塔哈乌来的日本女子,虽然名字不是小野。"

"是谁?"知佳下意识地探出了身子,"是叫半田或者明美什么的吗?"

"不,叫伊内丝。"

是教名。

"啊!"知佳忽然叫出了声。

西班牙语读作伊内丝,但英语就读作艾格尼丝了。就是新艾格尼丝宿舍的艾格尼丝!

"大概多大年纪?什么样的人?什么时候在这儿的?"

知佳焦急地排列着英文单词,连珠炮似的抛出一个个问题来。

"这个嘛,我来这儿上任是十六年前的事了,当时她就在这里了。擅长画画,把《圣经》画成绘本,给贫穷的山村孩子和失足女传道。"

十六年前,就是小野尚子在这里小消失,半田明美回到日本以后的事了。

知佳采访小野尚子曾经的同学时，没听说她善于绘画。不过从她良好的教养和富裕的家境来看，应该对绘画有所涉猎。所以会画画也不奇怪。

"我能见得到她吗？"

"应该能吧。平时，她就待在收留失足女的福利机构里讲授《圣经》。"

"福利机构……"

没错。伊内丝就是小野尚子。

"农村里那些贫穷的少女们被骗到城市里出卖身体。一些修女们就为了帮助她们，建立起了这类再教育机构。"

"那就是伊内丝。"

"不，不。是隶属于我们教会的修女们建立的。伊内丝就在那儿的教会做志愿者。"

"在哪儿？那名叫伊内丝的女士？"

"我不是说了嘛，就在那个机构里。名字叫'善良牧羊人'。曾经犯过错的姑娘们在那里共同生活。"

知佳恨不得反驳说，犯错的不是那些姑娘们，而是她们周围的成年人和男人们。不过，她还是把话咽回了肚子里，向神父道谢后离开了教堂。

知佳坐上出租车，几分钟后就到了那个名叫"善良牧羊人"的机构。

下了车，路边是一排火焰树，在人行道上投下了斑驳的树影。

这里干净整洁，有别于街头的嘈杂。

面对着人行道的是学校般的两层建筑，建筑背面有个小小的菜园，几名年轻女性正在收割蔬菜。

知佳走上大门口的台阶，告知了办事员想见见伊内丝的意图后，办事员指指大堂，让她在那里稍作等待。

大堂里摆放着藤编的包和贝壳装饰的日用品。

据说这些都是少女们用在这里学到的手艺做成的工艺品，为的就是掌握一技之长，摆脱以卖身为生的日子。虽然比大街上卖的贵，但能看得出做工很精细，工艺相当考究。听说工艺品出售所得的收益会用于机构的运营。

虽然没想好送给谁，知佳还是买了些包、口红袋、小盒子之类的日用品。

不久，办事员回来说伊内丝去镇郊的教堂教孩子们《圣经》了，不在机构里。知佳请办事员绘制了地图后，就向镇郊的教堂出发了。

经过公馆鳞次栉比的公园般的住宅区后，便到了繁华的闹市区。

人行道脏兮兮的，知佳走着走着，突然一惊，停下了脚步。

在斑斑裂痕的人行道边的一棵行道树下，一名年轻女子坐在垫子上，似在售卖香烟。垫子边上，仰面躺着一个黑黢黢、脏兮兮的婴儿，连尿布都没穿，浑身赤裸。

281

知佳盯着那名婴儿，想看看他是否还活着，但那孩子一动也不动。从她母亲那镇定自若的表情来看，兴许只是睡着了。知佳害怕得都不敢去确认他是否还有呼吸，便匆匆忙忙继续向前走去。

绕过弥漫着异味的市场，便是一座教堂，洁白的墙面留给人干净的印象，干净得有些突兀。推开门，里面没有孩子。知佳询问了一名正在打扫的男子，男子说《圣经》学习已经结束了，伊内丝应该已经在镇上的餐馆吃饭了。她常去光顾的是家名叫"撒拉小店"的饭馆，离教堂不远。知佳在笔记上依次记下了男子指的路，钻进了小巷深处。

她很快就找到了"撒拉小店"。

只见小店的遮阳板长长地延伸至小路上，下面坐着名上了年纪的东洋女性，将T恤的短袖挽至肩上，下身穿着短裤，脚上踩着人字拖，正狼吞虎咽地将盘子里的饭和小菜扫进嘴里。

她看着不像是千金小姐的出身，也不像照片上的小野尚子和半田明美。知佳又环视了一圈其他桌子，怎么看也只有这一张东洋面孔。

"打扰了，请问您是伊内丝女士吗？"

知佳用英语问道。

"是的，你是日本人？"

对方用日语回答。

她留着花白的短发，晒得黝黑的光泽皮肤已同当地人难以区分，年龄的确同小野尚子相仿。

知佳自我介绍说自己是从日本来的撰稿人，又再次问道："请问您是小野尚子女士吗?"

"什么?"

伊内丝瞪大了她那双小眼睛。

"我不是。你在说什么呢?你这是在找谁?"

不是小野尚子。不可能一上来就那么顺利的。

知佳解释说,她其实在找一名在日本为女性建立起共生机构的名叫小野尚子的女性。

"小野尚子……我在这儿也待了很久了……"她望着远处的街道,似乎在追索着记忆。

然后,她对着店里的员工和客人们问道:"喂喂,有谁知道一个叫小野尚子的日本人?"可大家个个都一脸茫然。

"她几岁了?是什么样的人?"

知佳给她看了刚才给神父看过的照片,另外还找出了在轻井泽别墅刷墙的抓拍给她看。

"这个……也许在哪里见过,但实在没印象了。"

知佳告诉了她小野尚子的年龄,还有她在二十世纪八十年代频繁来这里,1994年左右来到这儿后就失踪了的事。当她提到小野尚子的出身和经历时,伊内丝忽然大笑起来。

"什么?你以为我就是那个宫家后妃的候选人?"边说边向周围的客人和店老板用英语转述起来,笑得前仰后合。

"你觉得那种优雅的日本人会来这种地方吗?"伊内丝擦拭着笑出

的眼泪继续道,"塔哈乌更不必说了。去那儿的日本人只会丢人现眼。我就是其中的代表。那里有大海,有阳光,有廉价旅店,是外国混混儿的天堂。那些日本人在那里和当地的男人混在一块儿,还嗑药。"

"吸食毒品?"

"是啊,一些愚蠢的日本人以为这里大麻管制不严。最后就被警察逮进了地狱般的监狱。我还见过因吸食过量死了的。我要是那样继续在塔哈乌待下去,没准早就死了。不然就是被抓进了这儿的监狱,成个废人。"

伊内丝边说边从手中的布袋子里找出了一本制作简陋的册子。

"这是教科书,我写的。"

教科书是用质地粗糙的纸装订成册的。翻开本子,里面是漫画。对话框中写的是英语,一本册子讲述的就是一个《圣经》故事。一些简单的线条绘成的漫画笔触朦胧,但造型能力高超,绝非出自外行人之手。

"不是吧!"

知佳不禁喊出了声,用手指着伊内丝。

她见过这种画风。

"没错,冈山桃子。只不过这是我的笔名。"

"我读过,我读过!"

泡沫经济末期,知佳还在上初中的时候,《菲律宾人桃子的蹉跎日记》这本随笔漫画曾一度广受好评。

漫画讲述的是一名女背包客和住在贫民窟的朋友一家的交往。

"你记得真清楚。"

伊内丝笑了。

"那当然,我可是忠实粉丝。"知佳用采访时历练出的社交辞令回答道。

"没错。我在这儿旅行,迷上了这里的一个男人,有一段时间,曾和他一家十五个人挤在一个破旧的房子里。"

这一插曲随笔漫画中也有。

"我不知你读到哪一卷了,反正结局挺悲惨的。和那个男的自然是没好结果,为了钱,为了他的花花肠子,成天吵架,最后我狼狈落魄地离开了他的家。在马尼拉,我要么受朋友照应,要么又去乡下和别的男人黏在一起。回过神来,发现自己已经身无分文,也没有工作。成天赖在廉价旅店里,一个人孤零零地瞅着脏兮兮的天花板,嗑着药。那天,正混混沌沌的时候,天刚蒙蒙亮,就听见海边特别吵闹。过去一瞧,就见那儿躺着一具死尸,也是个日本女混混儿。我瞬间就清醒了,才明白兴许这就是我的明天。见那尸体的手惨白惨白的,我真的很恐惧,浑身颤抖,蹲在海边当场吐了起来。后来,我连滚带爬地回到了小旅店,急急忙忙背上包就搭上了去那牙的巴士。不过再后来嘛,你要笑话我了,我没钱买机票了。无家可归,只能躲进了教堂。那儿能遮风挡雨,还有床,睡在那儿也不会被人赶出去。不管怎么说,落到这步田地,这儿的人倒对我很友善,还给我送来了大锅饭。就这样过了几天，眼中看出去的景色焕然一新了。我感到像我这么不济的人，都有人来帮助我。来自他人的帮助那就是来自神的救赎啊。我心中豁然开朗，于是就想为这里的人做些什么，来报答他们的救恩。可我啥也不会，只会画画漫画，就找来纸和铅笔，把《圣经》画成漫画，这样一来，乡下的孩子都能看懂。和塔哈乌一样，这一带也是乡下，有着根深蒂固的迷信，什么诅咒，什么魔鬼附身和幽灵，把基督教都扭曲了。我就想若是自己能通过漫画把正确的《圣经》教给他们，那该多好。干着干着，就过了二十多年。我可是非法逗留啊，既回不了日本，也去不了其他国家。但这里有能敞开心扉的朋友，还有把我当父母一样敬爱的孩子。我都决心葬在这里啦！"

一边是贫民窟的志愿者，一边是混混儿。二十多年前，在菲律宾的乡下村镇里，一些日本女人以这两种完全不同的方式生活着。还有些人，就像这位伊内丝一样，在当地人的真情和信仰的打动下获得了新生。

"那，你接下来打算一个人去塔哈乌找人？"

"是的。"

虽然神父竭力阻止，但知佳好容易腾出时间，都走到现在这一步了，再放弃实在说不过去，更何况她还拿了长岛提供的路费。

"最近那里情况虽说有所改善，不过治安依旧混乱，都是些不正经人的天堂，你可要小心啊。若是有人请你喝饮料或是吃比萨，千万别去碰，都是下了药的。不少人沾一口就昏睡过去，等清醒过来，就发现钱包、护照、戒指还有些值钱的东西都被拿走了,一丝不挂地被丢弃在海边。"

知佳盯着伊内丝的眼睛点点头。

"要是遇上麻烦了打我电话。"

伊内丝在笔记本上画了个自己的头像,写下了自己的手机号,把那页纸撕下递给知佳。知佳当场就用自己的手机拨打了这个号码。

"OK",伊内丝边点头,边将知佳的手机号录入了自己的手机。

第二天一大早,知佳就从那牙的旅馆出发,坐上了出租车。

"去哪里?这里有有名的教堂哟。墙上有大雕刻的。"

司机问道,英语带着浓重的口音。

"塔哈乌。"

"塔哈乌?"

司机一手把着方向盘,转过身来问。

"你去那种地方干什么?街道很脏,海水很脏,人也很脏。那不是你们有钱的中国人去的地方。"

"我是日本人。你就只管开车。"知佳简短地命令道。

汽车驶出了闹市区,眼前是一派田园风光。虽然这里潮湿多雨,但强烈的阳光下,土地都干得发白,处处都能看见一米来高的土堆,像一座座白褐色的小塔凸起在地面上。

问司机,司机说那是蚁冢。二三十年前,农民开始种植批发给工厂的蔬菜，由于栽培品种单一，土地开始荒芜，歉收的土地与日俱增。土地被农药和化肥侵害后，种不出庄稼，只留下了这些白蚁的巢穴。

平坦的田地那头，时不时能望见大海。

"已经进入塔哈乌了哟。"

汽车行驶了不到三十分钟，司机就说道。

"那，你去塔哈乌的什么地方呢？"

知佳就伸出手，把写有教堂地址的纸片塞给司机看。

尽管那牙教会的神父说那里的教会"不敢恭维"，可仍然把地址写给了知佳。若是能找到那座教堂，也许也就能找到小野尚子曾经服务的诊所。

汽车行驶在田间狭窄的主干道上，不久便到了海边。一边是海滩，另一边则是些廉价的旅店，污秽的墙面上挂着鲜艳的招牌。还有就是闹市街区，鳞次栉比的餐馆将行将朽烂的木质露台延伸至街上。

路边这一排排房屋很快也被抛在了身后，汽车驶入了一片农田和椰树林。

这时，出租车驶进了海滩，来了个一百八十度的转弯。

"好像不是这里。"

司机又将车开回了来时的路。塔哈乌破破烂烂的街景再次映入了眼帘。海边的路上往来着一些白人，几乎都赤裸着身体。汽车又回到了方才开过的小镇里。

不知是这司机对地形不熟悉，还是想宰客，他在同一条道上绕来绕去。

"就停这儿。"

知佳忍无可忍，就在海边的小旅店前喊停了司机。这小镇小得超乎想象，知佳觉得自己下车问问当地人，也应该能找到教堂的所在。虽然车外看似炎热，但据她判断步行应该也能到达。

"我不太清楚位置，应该就在这里面。"司机指指路边一排房屋的那头，"那里都是些小路，车开不进。"他解释道，却仍向知佳索要了计价器上显示的金额。

知佳在小杂货铺买矿泉水的时候，向老板娘打听了教堂的位置。

老板娘指指背后被主干道包围的街镇。果然如司机所言。

她说沿着小路往里走有个火车站，教堂就在车站前。难以想象，这个小小的街镇里居然有火车站。

小旅店的屋檐下，一名喝着啤酒的客人站起了身，用手指向知佳示意跟他去。这是名浑身刺青的白人男子，走路还扭着胯。知佳有些犹豫，可还是跟了上去。

小路两边，简陋的小房一个连着一个，都只是在砖块垒砌的墙壁上加盖个铁皮屋顶。水泥石板路边污水横流，孩子们就在这样的道路上玩耍。有的孩子则背着装有空易拉罐的箩筐，不知是不是在帮家里捡拾废品。还有的女孩子背着年幼的弟弟。

他们跟在知佳身后，仰着脸看着她，黑黑的眼眸里难掩好奇，兴许是感到知佳这个东亚面孔很稀奇。他们不像是在索要什么，表情透着奇妙的开朗。街镇贫穷而污秽,孩子们却纯洁无垢。他们红褐色的头发在刺眼的阳光下闪烁着光泽,T恤衫被洗得褪去了鲜亮的颜色,呈现出柔和的色调。

当知佳的目光和他们相遇,他们就会扬起晒得黝黑的脸颊,嘴咧得都露出了牙龈,报以灿烂的笑容。他们不停地跟知佳说着什么,但口音很重,只能分辨得出只言片语。知佳反问他们,他们便哄堂大笑,也不知哪里好笑了,一下子散去了,不一会儿又聚了过来。

砖墙的房屋消失了,路面宽敞起来。脚下是铁轨,已经被斑斑红色的锈迹腐蚀,一看便知已废弃多时。背着包袱的男男女女来来往往,包袱里装着的像是货物。年轻女子抱着婴儿对着轨道把尿。铁路两边排列着鸽棚般的小屋,简直就是个小型的贫民窟。无论知佳走到哪儿,都会有孩子围上来。

他们没有索要一分一比索,而是闪烁着好奇的目光,对知佳说着听不懂的话语。

轨道沿线简陋的房屋和孩子们的爽朗深深震撼了知佳。极端的贫困和喷薄而出的生命力令她感到眩晕。

"等一下。"

知佳叫住在前面带路的男子,从包里取出手机,拍摄起了周围的景象。孩子们也簇拥了过来,要求把他们也拍进去。

"没关系的。"

刺青男子点头说道。

"拍完给他们看屏幕。"

知佳照做了。拍完照,她将孩子们的照片放大到撑满整个屏幕。孩子们看后欢呼着盯着屏幕,随后心满意足地散去了。

不久,轨道缓缓上坡,延伸了一段路,便是一片小小的树林。

树丛间可以看见水泥站台。男子介绍说这是铁路荒废之前的终点站。

车站似乎没有站厅,不过隔着铁轨,对面有个简易小房,仍旧是砖墙上盖个铁皮屋顶的简陋建筑。

"就是那里了。"男子指着那个小屋说道。

"教堂?"

"没错。"

这个小房和贫民窟的建筑别无二致,但屋顶上的确多了个十字架,和那牙壮观的教堂简直判若云泥。

站台上还搭着一间简易棚屋,支着帐篷做的屋顶。

"这是修女开设的诊所。"

"就是这间吗?"

这就是小野尚子来过的地方。真正的小野尚子曾经待过的地方……

小屋外的树荫下,一名怀抱婴儿的女子正在候诊。

一名女子穿着短裤和翻领 T 恤来回忙碌,看着像是医务人员。

也许是时代变了吧。曾经在新艾格尼丝宿舍看到的照片上那位穿着长裤，用布包裹着头发的修女已经不在这儿了。

男子和那名看似医务人员的女子交谈了两三句后，便向知佳一挥手，回街镇里去了。这名穿短裤的女子正给孩子受伤的脚涂抹药物。知佳站在原地，小心翼翼地问："你是这个教堂里的人吗？"

"不是，我是志愿者。"女子回答。她叫来不远处一名穿灰色T恤的女子。

身穿T恤的中年女子自称格蕾丝，也是名志愿者，在教堂帮忙。知佳说自己是来寻找曾在这里待过的一个名叫小野尚子的日本人的。

"她在日本建立起了药物和酒精依赖症患者的康复机构，二十多年前来到这里后就再也没回去。我就是来追寻小野尚子的足迹的，请问你知道这名女性吗？"

格蕾丝说自己刚从马尼拉来这儿，详细情况不甚了解。她又指指对面的教堂，说那里名叫埃切洛的修女也许知道。

穿过红锈的铁轨，来到教堂正前方，透过没有玻璃的窗户，能窥见水泥地的礼拜堂里排放着木质长桌，其他别无一物。

"请进。"背后传来一个声音。是一名老年女性，她用手指着敞开的入口，示意知佳进去。

她上身穿着洗得发白的衬衫和同色马甲，下身穿条灰色长裤，齐颈长的白色头发衬托着马来地区特有的小巧脸庞。既没头巾也没围领，只能从胸前挂着的十字架辨认出这位就是埃切洛修女。

"不，我不是来祷告的。"知佳慌忙推辞，"我有事想跟您了解。"

"跟我？"

埃切洛瞪大了镌刻着深深皱纹的眼睛。

"是的。"

修女领着知佳绕过礼拜堂。

"这个教堂的神父呢？"

知佳张望着这寒酸的建筑物的内部问道。

"我们没有神父。"

修女回答。

"就是举行典礼的时候会有临近教区的神父过来。"

知佳听说日本乡下贫困的寺院最近也有这样的情况，难道各地都是同样的境况？

"全世界神父的数量有限，让人伤脑筋啊！"修女自言自语般地继续说。

也许是由于暑热和潮湿，这里的建筑也好，桌子也罢，都损坏严重，处处是修补的痕迹。知佳想起那牙教会神父说的那句"不敢恭维"。

"我能拍个照吗？"知佳指指教堂。

"请便。"

知佳从正面把教堂屋顶上的十字架也拍了进去。

被领至树荫下的长凳处后，知佳便将方才对格蕾丝说的话向埃切洛重复了一遍。

每当知佳提到小野尚子的名字时,埃切洛都会微微抽动下眉毛。

"很遗憾,我不知道这个人。"

知佳就拿出手机给她看照片。

"不认识。"

埃切洛仅仅瞟了眼照片,就立刻挪开了视线。

"有没有可能是这名女性死在了这个镇上呢?"

"有时会有旅行的客人因疾病或事故去世。不过他们不来我们这儿的诊所,所以我也不清楚。"

"所以我说不是来旅游的,而是来这教堂的诊所做志愿者的女性。"

"总之我不认识这个日本人。"

埃切洛紧绷起小巧的嘴唇。她是在隐瞒着什么。不过即便现在知佳继续追问下去,她应该也不会回答的。知佳决定,只能从她周边寻找突破口了。

不管怎样,从埃切洛的反应来看,小野尚子肯定来过这里的教堂。而且不知是她惹怒了埃切洛,还是发生了什么纠纷,致使埃切洛有意在回避小野尚子的话题。

知佳道谢后起了身。

"您今晚回马尼拉吗?"

修女问道。

"不,好容易来一次,想在这儿待上两三天。"

"那就请在这里留宿吧。"

8

修女指着教堂边上一座用水泥砖砌成的建筑，语气温和地说道。这一邀请出乎知佳意料。

埃切洛说那里是修女和来帮忙的女性的住处，还设有客房。

"这里的小旅店和宾馆都太危险了。尽是些不良分子，常常有人在那里遭遇盗窃，或是被引诱吸毒。"

知佳无法判断修女这是想要监视她，还是纯粹出于友善好客。不过只要在这里住下，也许就能得到些什么线索。于是知佳便接受了埃切洛的好意。

客房里仅仅放置着双层床铺和小小的桌子，朴素而整洁。从窗户放眼望去，外面是一片宽阔的田园风光。

曾经的小野老师，就是半田明美提到这里时，称"附近有垃圾堆场，靠捡拾废品当烧水燃料"。知佳便想象这家教堂的诊所处在脏乱贫民窟的中央。然而这里虽然贫困，却清洁而宁静，和知佳想象中的很不一样。

"这里的贫民窟以前有靠捡拾垃圾为生的人吗？"

知佳回过头问埃切洛。

"没有。"埃切洛否认道，"当然，哪座镇上都有垃圾堆场。不过这儿的人除了一部分流落街头的，都不靠这个为生。"

"那诊所有没有用过建筑废料作为燃料来烧水什么的？"

"有时台风过后，会用废弃铁路上的枕木来当烧水的燃料。大家都靠捕鱼和水产加工还有农业营生。当然，由于各种原因，都过得很拮据。"

埃切洛叹了口气，指着窗外果实累累的作物簇拥成的绿油油的农田。澄澈的蓝天之下，人们都在辛勤地收割。

"地主们都在马尼拉或宿雾坐拥豪宅。住在宽敞的房子里，去宏伟奢华的教堂，过着富足又整洁的纽约人般的生活。"

那可不一定就是幸福的生活——知佳一面在内心暗自反驳，一面在迎着海风、背靠青山的绿色田园中，用目光追寻着摘取黄瓜的农民的身影。

"最近不少人也都从事起了旅游业，虽然这并不是什么可喜的事。尽管如此，这里也不存在什么垃圾山。你知道为什么吗？因为大家太贫穷了，生产的垃圾连座山都堆不成。"

半田明美的确到过菲律宾，可她究竟是不知道这个地方，还是说了谎？不管怎么说，过了二十多年，人的记忆也会变得模糊。

修女埃切洛离开后，知佳拿出手机，把刚才拍摄的教堂和铁路沿线的贫民窟照片附在附件中，给优纪发送了邮件。

"我到了！在塔哈乌的小镇。也许这里就是小野尚子当年待过的地方。"

也许因为图像数据太大，过了许久才发送成功。

没多久就有了回复。

"警告！！沙罗说，从那里发送照片过来，有的话费套餐会收取天价话费的。"接着，优纪又说：

"看了照片，我有些明白小野尚子让替身回日本的原因了。

"我们再怎么抱怨生活困窘，至少还有些财物，却仍觉得自己贫困至极，艰辛至极。走投无路了，就成了酒精、药物、暴力等一切能填补空虚之物的俘虏，将自己逼至绝境。看着照片中孩子们的眼睛，我们大家都感动得说不出话了。

"他们的目光炯炯有神。为什么在这样的环境里过着这样的生活，还能笑得如此灿烂呢？

"我们很久都没见过这么有生命力的孩子们了。若是我们遇见了这般开朗的孩子，也许也就留下来不走了。"

尽管优纪写得有些感伤，不过知佳自己回想起白天见到的光景时，内心也对优纪的话产生了共鸣。

知佳给笔记本电脑插上电源，仍然连不上网。

昨天她收到编辑部发来的邮件，说是客户那边对宣传广告提出了些要求，希望她能修改。知佳当即做了修改，在那牙的宾馆就将修改稿发送了出去，可还没收到稿件是否通过的回复。

于是，知佳便斜挎着装有钱包和护照的包，来到了刚才下车的海岸街镇，寻找能连得上网的地方。

在宿舍的门口，她和埃切洛撞个正着。当被责难般地问及去哪儿时，知佳解释了原因。埃切洛无可奈何地点点头，再三叮嘱办完事后要尽快回来。

也许是过了正午，头顶的烈日无情地炙烤着皮肤。知佳撑开雨伞遮阳，可折叠伞根本抵挡不了海边的大风。

知佳进入了一家看似干净些的餐厅，趁着办公的时候顺便解决顿午饭。这家餐厅位于酒店的一层。棕榈屋檐的阴凉处，知佳点了份矿泉水和意面，从行囊中取出笔记本电脑，试着连了下网，居然成功了。

邮箱里有一封编辑部发来的回信，说是客户审核通过了知佳的稿件，只是这次宣传广告页数有变化，希望减少些文字。

海风虽然凉爽，但气温却很高。知佳的笔记本电脑速度渐渐慢了下来。

知佳暂时切断了电脑电源，挪到了开着空调的室内，开始改稿。

改完发送出去后，正好电池快耗尽了。

知佳于是又点了份冰咖啡，环视着四周。

她叫住了送来冰咖啡的上了年纪的员工，询问对方是否记得一名二十多年前来教堂诊所帮忙的日本女性。可对方听不懂知佳的英语，是邻桌的客人替知佳做的翻译。这名男子说自己是五六年前从棉兰老岛到这儿的，不清楚这以前的事。

知佳又逮住几个上了岁数的人问了一圈，都没有结果。

走出餐厅，沿着海边的路，知佳走进沿途一家家杂货铺、土特产店和廉价旅店，询问店里的人是否记得曾在埃切洛修女的诊所帮忙的日本人，却没人表示知道。

知佳又走进一家这一带难得一见的高级小酒店，大堂空调开得很足。在前台，知佳仅提到埃切洛修女的名字，那名看似是经理的男子便皱着眉，摇起了头。也许就像那牙教会神父说的，"那里的教会不敢恭维"，可知佳不明白其中的缘由。

海岸的闹市街区都是些观光客或是从事观光、服务行业的人，大半来自外地，所以和二十多年前出入当地教堂的日本人大概没什么交集吧。

而且，小野尚子也并不是塔哈乌镇上的居民，只是暂居在那里，从这点考虑，即便是当地的居民，这么久了也不太会对这名暂住的客人留有印象。

暮色将至，知佳回到了教堂的客房。

房间里，她点上蚊香，在床边小书桌上放上笔记本电脑，记录下一天下来发生的事。

不经意间抬起头，她发现嵌着金属纱窗的窗户外，格蕾丝走了过去。她似乎注意到了知佳，又折了回来，隔着纱窗问："你在工作吗？"脸上浮现着亲切和蔼的笑容。

"我在写日记。"知佳简单地答道。格蕾丝点点头离开了，不久又来敲门。

"晚饭时间到喽。"

知佳没料到这边还提供餐食。

在格蕾丝的带领下，知佳拘束地走进食堂，发现埃切洛修女已经用过晚餐，正在收拾塑料餐盘。她说教堂后面的村庄里有名婴儿降生了,她这就要去给孩子取名。

"欸,修女也可以给孩子取名?"

"没办法,由于种种原因,这里没有神父。"格蕾丝微笑着回答。

带分格的塑料餐盘里盛着的食物比镇上的小旅店和廉价餐厅还要寒酸,就是大米加青鱼。大米柴柴的,青鱼有许多小刺,另外只有些嚼起来像塑料的海藻和一点腌菜。

也许是炎热的天气消耗了体力的缘故,鱼的腥臭和油的腻味令知佳感到反胃,而且饭菜口味还特别咸。

知佳正后悔没买些外带的三明治,格蕾丝就说:"以前还能捕到更大的鱼呢。近海上来了渔业巨头的渔船,把海底的鱼都搜刮殆尽了,这一带就只能捉到些小鱼了。渔村里的人一个个怨声载道的。不过在这里能吃到鱼还算幸运。在马尼拉,有的孩子还捡拾垃圾当饭吃呢,比如吃剩的汉堡还有炸薯条,捡到时他们就把上面的蛆虫用手挑走后吃。"

知佳听了感到一阵恶心。但这饭食来之不易,她不能把它们剩下,就一闭眼勉强吃完了。她下定决心,在离开时要自掏腰包给教堂做些奉献。

第二天,知佳自告奋勇,对修女埃切洛表示要去诊所帮忙。她估计若是观光客聚集的镇上打听不到什么消息的话,在这当地人常来的诊所没准能找到些线索。

一大早,诊所就来了人。

有带着腹泻不止、骨瘦如柴的婴儿的母亲，有被小船螺旋桨卡住、腿部割伤的少年，还有从事农业时铊中毒、眼看就要引发败血症的男子。

自小野尚子来这儿已经过了二十多年，可这里的状况似乎仍没有丝毫改观。

据格蕾丝说，那名身穿 T 恤麻利地为病患处置的男子并不是医生，只是内战时护理过伤兵。不过她并不清楚是什么时候、发生在哪里的内战，也不知道男子的来历。知佳也没闲暇去问清楚。

除了个别日子有医生过来，其他时间都是像他这样的人来帮忙。

虽说知佳是"来帮忙"的，可她既没有护理技术，也没有胆量，能做的只是烧烧开水，洗洗脏污的器具，消消毒而已。可就这些事，因为要触碰沾了血和污物的东西，知佳感到的已经远非恶心，而是恐惧了，始终都畏畏缩缩的。

当她看见被小船螺旋桨刮伤的少年腿部淌着血时，知佳当即就眼前一黑，在原地蹲了下来，还被受伤的少年关切地询问"你没事吧？"。

说是来帮忙，可知佳净给格蕾丝添麻烦，却没有人表现出不耐烦，这让知佳既松了口气，也让她惭愧得无地自容。

中午吃的鱼干和成分不明的汤还卡在喉咙里，更让知佳彻底领教了自己的无能，到了下午，她就拿起笔记本电脑再次去了镇里。

她在镇里的餐吧买了咖啡和三明治，缓了口气，读起了邮件。

编辑出版公司发来邮件，说照片的尺寸改了，需要对文字字数再次进行调整。知佳修改发送后，便离开了餐吧。

为了躲避烈日，知佳来到了马路对面靠海的行道树下，却引来一群小贩簇拥而上。马路对面的陆地那侧似乎并不是他们的领地，因为只要过了马路到对面林立着店铺和酒店的那一侧，他们便四散而去。可一旦为了躲避烈日回到有树荫的海岸边，不知从哪儿冒出来的商贩又会聚拢到身边，有的是少女，两个胳膊上挂着项链或贝壳工艺的吊坠；有的是中年女性，捧着袋装饮料；有的是年轻人，用流利的英语主动提出要给你当向导。

一名年幼的女孩默不作声地将贝壳项链往知佳身上塞。知佳实在敌不过她满是渴求的眼神，就买了一串。就在她给钱的一刹那，成群的小贩越聚越多。知佳被纠缠得欲哭无泪，正想逃走，一名看上去像是女孩母亲的女子挡在知佳面前，把装有饮料的杯子塞了过来，笑着说："不要钱。"

下药谋财——知佳本能地摆摆手推开了她。

身后又有人扯着知佳的衣服喊着"按摩，按摩"。

"便宜的，便宜的。"话里夹杂着日语。

"你是日本人？我知道有许多鱼的地方，我带你去。"

一名年轻男子横在知佳跟前，稚气未脱的脸上堆满了撩妹达人特有的魅惑性微笑。

"不需要。"

知佳躲避着他的目光断然拒绝。

"你从哪儿来？皮肤真白啊！长得真漂亮。"

年轻人赤裸着上身，脖子上挂着夸张的链条，紧追不舍。

"我不是来这里玩的，是来找失踪的人的。"

知佳忍无可忍地大叫起来。找人又不是什么轻松愉快的事，知佳料定他听后一定会罢手，可年轻人却狎昵地盯着知佳的脸问："欸，什么？找你的丈夫？"

"是个女的。可能是二十多年前的事了。可能你不清楚。可能她在教堂诊所给修女帮忙。"

炎热和焦躁让知佳都说不出句完整的英语了，只能连连说着"可能"。这时，胸前链条闪着金光的沙滩男孩儿表情瞬间阴云密布。周围的小商贩和按摩店的女人们都面面相觑，骚动在人群中蔓延。

"是那个被魔鬼附身的女人喽。就是那个来修女埃切洛那里帮忙的日本人对吧？"

知佳不由得瞪着年轻人。

"没错，你怎么知道的？什么叫魔鬼附身？"知佳凑上前去问道。

周围的女人们纷纷对知佳说着什么，虽然说的是英语，但口音很重，听不清完整的内容。

"你们好好给我说说。"知佳指着马路对面的咖啡店说道。

年轻人直摇头。

"我来请你，还有她们。"

"抱歉，我们不能进到店里去。"

不知这项规定是出于生意上的领地划分，还是因为歧视。

知佳买了一名女人手中的罐装清凉饮料，在树荫下的按摩垫上坐下，开始听大家的讲述。

女人和年轻小伙子争先恐后地用快速的英语讲述着，其他人则你一言我一语地做着纠正，知佳很难听清楚。不过，她大致弄明白了其中的意思。

就是说，从前有名日本人来埃切洛的诊所帮忙，结果被魔鬼附身了。这件事似乎在他们之间广为流传。年轻人和做小商贩的女人们都说是从同伴那里听来的。不过，只有按摩店上了年纪的女性说她是亲眼见到了躺在海边的尸体的。

"尸体？她死了？"

"没有。"

年轻人浑身颤抖着摇着头。

"没有死。因为不死所以才恐怖。你知道吗，这个世界和那个世界中间有道门，被魔鬼附身的人会变成邪灵从那道门回来作妖，所以很恐怖的。"

"可你看见尸体了呀！"

按摩店的女人拉下嘴角点点头，不知看向何方。知佳继续追问，她也不再作答，只是一个劲地发抖。

来塔哈乌教堂诊所帮忙的日本女人被魔鬼附体死了。也就是说，真正的小野尚子客死在这里。而半田明美则顶替了小野尚子回了日本。

是这样吗？

不过，海边的尸体、魔鬼附身这些词，知佳听着觉得耳熟。

是在那牙邂逅的伊内丝的话——"若不是看到海边的那具死尸，我没准就死在塔哈乌了""什么魔鬼附身，把基督教都扭曲了……"

的确她说过类似的话。

"我爸爸前年去世的，她知道埃切洛那儿的日本修女。我最小的妹妹被鱼严重刺伤后，我爸爸带她去诊所，就是那名日本修女帮忙治疗的。"

一名中年女商贩说道。

"那你说的那名小妹妹呢？"知佳急切地追问。

"她去马尼拉做美容师了。"

"不在这儿对吧？"

"圣诞节会回来。"

不管怎么说，这名年轻人和女人们都以为这名日本女性是修女，是护士。

"反正这名修女突然开始用男人的嗓音说话了。还是些听不懂的话，用奇怪的姿势慢慢走着，还到处呕吐绿色的东西。"

知佳委婉地反驳说，呕吐绿色的东西，难不成是身体不适了？听不懂的话也许只是日语而已。

"你不知道魔鬼附身有多可怕。"

女商贩叫道。

"你说这些,到时会真的遇上可怕事情的。"

另一名女性也赞同道。看她的样子不是在恐吓,而是真的出于担心。

"那个日本修女被魔鬼杀死了。你若是不当心,也会被牵扯进去的。"

"她那时两眼放光,就跟探照灯一样。"

"眼见店里的东西全都掉地上了,这时冰箱又突然飞到了空中。"

"排水沟里爬出了密密麻麻的黑黢黢的虫子,她待过的那家店后来一直散发着杀牛时的那种腥臭,都没法儿营业了。"

"没准你已经注意到了,来的路上有个洞窟一样的东西吧,就在商店街的尽头。那就是通往另一个世界的通道。所以我们是不敢接近的,但外国人就会毫不介意地往里面张望,一旦波长吻合,那死去的人就会从那里出来了。不过她的情况更糟。附在她身上的不是死人,而是魔鬼。"

"不是在骗人。"年轻人一脸认真地盯着知佳,随后补充道,"大家都这么说。我们村里有个老爷爷亲眼见过那场景。老爷爷被那日本人治好过病,跟她很熟。被魔鬼附体的修女当天就死了。大家得知有魔鬼来袭击人,都很害怕,有段时间,都没人敢在这附近走夜路。"

"那后来呢?"

"听说是埃切洛修女从马尼拉叫来了驱魔的人。因为放任不管的话，魔鬼还会附到别的修女身上。所以后来就没再发生过这样的事了。可你却来找那个日本修女。这次你就要被魔鬼附体了。没准还会把我们牵连进去……你不信？"

年轻人不满地噘着嘴。

"没有……"

"要是你愿意的话就来我们村里，我让你见见那位老爷爷。"一个女人说道。

太阳马上就要沉入海平面了，一个女人在这黄昏跟这些人去村里太不明智了。埃切洛修女叮嘱自己不要去镇里，应该不完全是出于偏见。她这话也许不仅仅针对外国来的混混儿，还包括当地的商贩团伙。一不留神若是跟去了，或许护照之类的随身财物都会被抢个精光，最后被丢弃在海边了。虽然这些人看上去不坏，但诱骗游客的人肯定不会把坏面孔摆在脸上的。

她装有护照和现金的包自然不必说，背囊里还装着笔记本电脑呢。

"抱歉，太阳落下之前我若是不回到教堂会被埃切洛修女责骂的。我现在住在那儿。"

出乎知佳意料，他们并没有强行挽留她。有的人只是皱着眉说了句"太遗憾了"，有的人则噘着嘴，好像有话要说。

"明天我们也在这儿，趁白天再来吧。"

年轻人又恢复了撩妹达人的表情，笑嘻嘻地握住知佳的右手。

这时，知佳在人群背后见到了一条腿缠着绷带的少年。他正挥着手。一名女商贩把他揽进了怀里。

这是今早被小船螺旋桨割伤来诊所治疗的孩子。女商贩大概是少年的母亲吧。孩子指着知佳，用当地的语言不知说了些什么。孩子母亲走到知佳身边，没有道谢，而是把煮红薯递给了她。

知佳急忙推辞，说："我什么也没做。真的，我什么也不会。"她一面感到不好意思，一面又对这里的人逐渐信任起来。

"我可以去村里吗？"

听知佳这么一问，对方默默地竖起大拇指。

于是，知佳就和商贩们还有按摩店的女人一起跟着年轻人去村里了。

马路对面，廉价小旅店的老板似乎在骂骂咧咧着什么。他打着手势，似乎是在叫知佳不要跟着去。

和她擦肩而过的浑身刺青的白人则指指知佳的包，意思是提醒知佳小心。知佳点点头表示没事，对方便啧啧舌头竖起无名指，不正经地笑着。

知佳不知道自己该相信谁。

海岸边的行道树尽头是一个个棕榈屋顶的小屋。这村庄比铁路沿线的贫民窟还要贫穷。小船倒扣在海滩上，树荫下，老人们正补着渔网。

"你也捕鱼吗？"知佳问年轻人。

"有时候。"年轻人露出了洁白的牙齿笑了起来。这不是撩妹师的笑容，而是一脸天真腼腆的笑容。

"不过鱼很少，捕鱼没法维持生计。以前能捕到很多鱼，可现在昂贵的红金眼鲷都被那些外国来的渔船搜刮殆尽了。"

年轻人把知佳带到一座小屋前，那里有名老人正蹲着抽烟。

老人给知佳看了腿，腿上从膝盖到脚趾都布满了闪电般横七竖八的伤痕。老人没有小指和无名指，年轻人翻译说都是爆破捕鱼时不小心受的伤。

"啊，对，我认识那名日本修女。这腿就是那位修女给治好的。隔壁那家的孙子因为腹泻快死了，那名修女一抱过去，就治好了。"

"抱过去就治好了？"

知佳向年轻人确认道。老人仍旧那么说。

"修女的名字叫小野尚子吗？"

"不知道。是个外国名字。她抱抱婴儿和孩子就能治好他们的病。"

"请问，是这位女士吗？"知佳把手机屏幕给老人看。

"噢，就是她，就是这名修女。我绝对忘不了。"

对上了。小野尚子的确数次来到这个镇的教堂做医疗志愿者。接受采访时，半田明美说她既不是基督徒，也没受过洗礼，认识真正小野尚子的人们也都说她没有特定的信仰，可这名老人却称呼她为修女，俨然将她描述成了一名用奇迹拯救穷人的圣女。

这时，知佳手指在屏幕上一滑，照片切换成了存在手机里的小野老师——也就是半田明美的照片，就是那张知佳采访她时摄影师拍摄的照片。

"对,就是这个微笑。啊,就是这位修女。她就是用这个微笑治好了大人孩子,治好了所有人的病,还有我这条腿。"老人再次指指腿上的伤。

"这就是修女治好的。她给我涂药,帮我用绷带包扎,还给我喝药。但其实真正治好我腿的,是这位修女的微笑。多亏了她,我现在还活在这儿,这把年纪了还在捕鱼。"

不仅是知佳自己和优纪,连这位老人也区分不出小野尚子和半田明美。也许二十多年过去了,留在印象中的与其说是五官长相,不如说是表情。

"那她被魔鬼附体了是怎么回事?"知佳示意老人继续说下去。老人听了忽然颤就抖起来,情绪由晴转阴了:"你为什么想知道这件事?"年轻人安抚着他的情绪,他才有一句没一句地回忆起来。

"魔鬼突然就附到了这位慈悲为怀的修女身上了。"

老人说她发出了男人般的叫声,口吐绿色的污物,用奇怪的姿势走路……不过他并没有提到什么两眼放光、物体移动、冰箱飞到半空中这类事情。

在知佳看来,这些都只不过是些身体不适的症状,可对于生活和精神都扎根于天主教信仰的人而言,这些行为看起来就像是魔鬼附体了吧。

"您能描述得再详细些吗?您是在哪儿看到她被魔鬼附体的?"

"我说了，就是在那海岸边的小镇上。"

"是教堂或是诊所吗？"

"不，是在餐厅，名叫桑托斯。"

"是桑托斯餐厅对吗。现在还在吗？"

"在。这是镇上最老的餐吧了。"

年轻人替老人回答道。

"一开始就是两人正常地在说话。可不久修女的眼神就变了。身体开始左摇右晃，扑到女同伴的身上，用男人的声音开始讲话了。那是魔鬼的话，我从没听到过的话。"

"女伴？是教堂的人吗？"

"不是，教堂的人不会在那种地方吃饭的。"

"是菲律宾女子吗？"

"不知道。如果是我们，肯定会马上去喊神父的。只要神父主持仪式进行洁净，至少不会发生那样的事。可聚集在那种镇上的家伙们都不知道魔鬼的可怕之处。"

"她的同伴是怎样的人。您还记得她的年龄和长相吗？"

老人眉毛一挑。

"这个嘛，我没有亲眼看见。"

知佳一下子泄了气。老人说得就好像亲眼所见似的，到头来还是道听途说。刚才听人说村里的人是不能进餐吧的，所以老人大概也是从游客之类的人那里听说的吧。女人们的话或许也是在一传十，十传百的过程中添油加醋，最后成了魔鬼附身和生死轮回的奇谈了。

"村里有人亲眼见过她被附身的场景吗？"

"我说了我见过。"

"可刚才您说……"

"早上，我去卖捕来的鱼的时候看见的。那个日本人倒在海滩边。脸泡在水里，太恐怖了。"

"那是您亲眼所见对吧。"

"我说了我看见的。"

老人用大拇指指指自己的胸口，颤抖起来。

"附近有个海岸洞穴，连接着这个世界和那个世界，那里常常有死人的灵魂……"

"那尸体后来怎么样了？"

知佳打断了老人。

"送去教堂了。埃切洛修女赶来说她还没死。的确是这样。被魔鬼附体死去的人虽然心脏看似不跳了，但到了半夜就会突然复活。不请神职人员好好洁净的话就会有大麻烦的。"

"总之，埃切洛修女赶来查看尸体了，对吗？"

果然，他知道这件事的始末，却向知佳隐瞒了。

究竟哪些是传言，哪些是亲眼所见，哪些是事实，哪些是迷信，哪些又是捏造的——一头雾水中，知佳在年轻人的带路下回到了镇上。

同年轻人告别后，知佳拿出手机，摁下了重播键。

她想起前天在那牙的镇上，她和伊内丝交换过联系方式，于是打算问问伊内丝关于她在海滩边看见尸体的事。

电话响了几声后，那头传来了冷冷的日语应答声："喂。"

这声音似曾相识。哪里出错了。

"是伊内丝吗？"

"什么？"

是中富优纪。知佳本想重播，却错按成了通话记录。

"抱歉，我是山崎，山崎知佳。"

"你已经回来了？"

"不，我还在菲律宾。不小心拨错了。"

"通话费可不得了，我挂了哈。"优纪说道。"没事，我很快就说完。"既然打通了，知佳就顺便把这天发生的事简单做了汇报。

知佳告诉优纪，小野尚子的确来过塔哈乌教堂的诊所，并死在海边，尸体被人发现，这里的人把这件事描述为"魔鬼附体"。

"魔鬼附体？"

优纪难以置信地叫出了声。

"好像这里有这样的迷信。他们说真正的小野尚子口吐绿色污物，用男声说着听不懂的话语，眼睛像探照灯一样闪着光。甚至还被添油加醋地描述成冰箱飞到空中，黑黢黢的虫子爬了出来之类的传言。不仅如此，还有些更莫名其妙的，说什么她死在了海边，尸体被修女运回了这里的教堂，这时这具尸体并没有死，不进行洁净，就会变成僵尸。不过这些都是这一带的渔民口口相传的话，究竟哪部分是真的就不得而知了。不过他们并不是在开玩笑，都是认真的。我还听说有人在镇上的餐吧目击了她被附体的场景。说是她身体突然就摇晃起来，眼神也变了，扑也似的倒在女伴的身上，用男人的声音开始说话。他们说听不懂她在说什么，难不成是拉丁语？"

"不是拉丁语，山崎女士。"

优纪低声打断道。

"我知道。"

"没错。是日语。所谓的'魔鬼附身'里的魔鬼就是药物啊。不是药物的话就是酒精。"

"啊！"知佳忽然喊出了声。的确，小野尚子曾深受酒精依赖症的折磨。

"冰箱飞上天的确不太可能，不过什么呕吐呀，发出奇怪的喊叫声呀，眼睛放光之类的，我们这些人可都是司空见惯了。这还算温和的，还有更可怕的呢。真正的小野尚子到了那里重新沾上酒精了，不论戒酒多少年，因酒精中毒变性的大脑回路是不会恢复的。如果一不小心再次沾染，就算只是用来干杯喝的啤酒，喝上一口就溃不成军了。这时，就会顺理成章地又沾上药物了。可惨不忍睹了，山崎女士你是没见过。不知她是溺水了还是被呕吐物堵住了气道，总之小野女士就这么死了。这样说来，当地人越是仰慕她，越是要试图隐瞒这件事的。"

优纪担心知佳的电话费，说了句"接下来的事发邮件"，就挂断了电话。

知佳收起手机，找起餐吧来。小野尚子是不是在那里沾了酒精后，又沾染上了大麻了呢？

知佳询问了过路人，路人指给她海岸路边的一幢房子。

在老旧楼房的一层，向外伸展的屋檐上有块遮光布，上面写着大大的"桑托斯餐吧"几个字。室内墙壁上贴着瓷砖，给人感觉很干净。无论是菜单还是收银台边的玻璃柜里都没有酒精饮料。吧台上放着几个饮料罐，里面装有各种色彩艳丽的软饮，不知是什么。

知佳在那里点了份绿色的饮料，付了钱。店员边把饮料罐里的饮料倒进一个大杯子，边问："来份哈罗哈罗吗？来这儿的都点这个。"说着指指菜单上的照片。这是一种把冰激凌、水果或紫薯等食材混合在一起的菲律宾特色芭菲。

知佳谢绝了，仅点了份饮料。店里空调开得很凉爽，知佳入座后，又拿出了手机。这次她拨打了伊内丝的电话号码，电话响了几声后，那头响起了自己听不懂的菲律宾语，是录音电话。

"是我，山崎知佳。前几天真是太感谢你了。我想向您了解些事，下次再联系您。"正当她留了言要挂电话的时候，伊内丝接了电话。

"抱歉抱歉，电话设置成留言模式了。"

"我现在在塔哈乌的桑托斯餐吧。"

"啊……那家店还在啊。"

伊内丝的语气听起来既怀念又忧郁。

315

知佳告诉伊内丝她来到塔哈乌以后，当地教堂的埃切洛修女称不知道小野尚子这个人。可渔村的人却说那名日本人被魔鬼附身死了。那所谓的魔鬼附身听上去好像是酒精或药物中毒。

"啊，那些迷信啊。毕竟那里许多孩子都上不了学……"伊内丝说了一半被知佳打断了。知佳告诉她说有位渔村的老人在海边见过那名日本人的遗体。

"您在海滩边看到的遗体是不是就是那个日本人呢？"

伊内丝沉默了一会儿。

"要说在海滩边死的，也许是我见到的那个，可死在海边的人多了去了。"

"你还能记清楚是几年前的事了吗？"

"让我想想……那年的圣诞节，马尼拉的贫民窟发生大火，死了很多人。然后这一带因为土地所有权引发纠纷，不仅招来了警察，还惊动了军队……"

知佳听见伊内丝用菲律宾语和不知什么人在交谈。接着她对着电话肯定地回答："是1994年，万圣节后的事了。"

知佳倒抽一口冷气。

1993年的圣诞节，真正的小野尚子还在轻井泽。然后1994年十一月，骨瘦如柴、用目镜和口罩遮住脸部的半田明美用小野尚子的身份回到了成田机场。

"村里的老人说她还有一名女伴，当然，他也是听别人说的。你在遗体边见过类似这样的人吗?"

"也许有,不过我不记得了。毕竟那时我自己也失魂落魄的了。"

伊内丝停顿了片刻。

"有,的确有名同伴。不过不是在尸体边。是在前一天晚上,有名日本女人。"

"你看到了吗?前一天晚上?"

"是的。我正一头栽在小旅店的床上呢,听见楼下小巷里有人在叫唤。这本不是什么稀奇的事,也不知她在叫唤什么,只知道在口齿不清地说着日语。于是我就从窗户往外张望,原来是名阿姨,年纪也不轻了,就穿身T恤和长裤,土里土气的。然后叫累了,就叉开腿一屁股坐在了路边。我实在看不下去了,就冲出房间下了楼。然后我就摇着那女人的肩膀问她究竟住在哪儿。她已经神志不清了。身上很浓重的酒气,但看样子不只是喝醉了,肯定是嗑药了。"

"是嗑药吗?而不是被下了迷魂药?"

"不是,那就是一副混混儿烂醉如泥的德行,又喝酒又嗑药的那种。我正巧路过一家餐饮店,那家店的老板娘说她在店前的长椅上坐下不走了,左摇右晃的,已经坐不稳了,还到处呕吐,肆意叫唤,打扰了其他客人。老板娘就让她上别处去。那时是有这样的人的,在日本啥也干不了,就趁着日元升值,到外国,特别是去亚洲国家放浪形骸。看来不光是大叔和去包养当地男人的富婆,就连老大不小的阿姨都来了。不过我也不能放任不管啊,毕竟我们彼此彼此嘛。正想着把她抬到房间里呢，就出现了一个女人，不知是地陪还是导游，边赔礼道歉说'给你添麻烦了'，边把她带走了。"

"那个女同伴是什么样的人呢？"

知佳的音色下意识地高了八度。

"不知道，我那时还在嗑药呢。不过，那个女伴却不是混混儿，或者说就是个普通人。"

"您听清这个人和烂醉的女人间的对话了吗？"

"要说是两人间的对话……毕竟一个已经神志不清了。只听见那个女伴叫'老师'。说什么'老师，老师，我们回去吧'，边说边照顾她。"

没错，就是小野尚子和半田明美。

"也许她被带回酒店后又跑去了海滩了。服药后一旦有了幻觉，就会身体突然发热，胸闷气短，在屋里待不下去了。然后有的人就会跑到外面被车轧死，或是从窗口跳下楼去。这样看来，那具遗体应该是在这里火化了，然后被什么人带回日本了吧。"

"好像不是这样。"

"什么意思？"

"小野尚子都二十多年行踪不明了。所以我才来了这里。"

"哦，原来你说的是这件事啊。"

知佳无法对外人提及半田明美被小野尚子顶替的事。

"还有，关于这里教会的埃切洛修女，您了解些什么吗？"

"抱歉，不知道。"伊内丝当即表示歉意。

"你也许不太明白吧，尽管两地离得这么近，因为那里有各种各样的问题，我被告知尽量不要和塔哈乌的教会有瓜葛。"

"比如呢，因为魔鬼之类的……？"

"我觉得不是。总之好像是因为有些过激。"

"是埃切洛修女吗？"

"不是，是当地的教会……不仅是在菲律宾，整个天主教内部问题都错综复杂。"

知佳觉察出伊内丝出于她自己的立场，有些话不便挑明，就不再追问下去了。如果渔村的老人所说魔鬼附体的并不是妄言，也不是记忆错误，而是真的出自埃切洛修女之口，再加上塔哈乌当地的风俗传说，那这个教会也许就存在异端的基督教信仰。

知佳道谢后挂了电话，就把面前放着的绿色饮料吸进了嘴里。刚吸一口她就感到一阵恶心。打电话的时候，饮料本该被融化的冰块给稀释了，可令人发腻的甜味和合成香精的味道从喉头直冲鼻子。这玩意儿可没法下肚。知佳又点了冰咖啡和碳酸饮料，想把绿色饮料的味道冲散。

咖啡没给糖浆。喝起来并不舒服，仍旧甜得发腻。碳酸饮料的甜味没那么过分，却散发着一股不知是梅干还是中药的刺鼻香气。

这家店的每种饮料无论颜色、甜味还是香气，都格外刺鼻。既然是这镇上最古老的咖啡店了，说明这里的人从前就习惯了这样的口味。

面对着眼前排放着的三杯喝了一半饮料的塑料杯，知佳叹着气。这时，一名六十多岁的女性从厨房走了出来。

见桌上放着的色彩艳丽的饮料几乎都没怎么动，她"啊呀"地喊出了声。

"不合口味？"

"抱歉，对我来说太甜了些……"

胖胖的女人扬起了眉毛，耸了耸肩。

"不必担心！我们家的饮料不会喝坏肚子的，制作过程都很卫生，毕竟我们这家是这镇上开得最久的了。"

她估计是这家店的老板娘吧。

知佳向她询问起二十多年前发生的那件事。当她提到海边发现尸体时，老板娘似乎只是兴味索然地说了句："说来的确有过这样的事。"

"这儿的人都说她是被魔鬼附体了……"

老板娘有些愠怒了。

"不是这里的人，是那村里的人说的。都是些穷得上不起学的人。"

"那听说修女将尸体抬回教堂驱魔是怎么回事？"

"这里又不是棉兰老的热带雨林。肯定是一看还有气儿，就抬去诊所治疗了吧。教堂有诊所的呀，尽管只是穷人去的。"

"嗯，我知道。我也是从那里过来的。"

照这个说法，躺在海滩的不一定就是遗体，小野尚子不一定是死了。

8

"然后,我听说那个倒在沙滩上的女人,不知是前一天晚上还是在这之前,在您这家店突然就变了个人似的,两眼开始发光,不知大声叫唤着什么,您还记得那时候的事吗?"

"你可别说这种没凭没据的话!"

还没等知佳说完,老板娘就像扑上来要打架似的拍着桌子。

"我在这儿开了三十年的店了,可从没有一次在客人饮料里加过什么莫名其妙的东西啊!"

老板娘低着头愤然看着知佳桌上摆着的饮料,这些知佳都因为甜味和气味过于浓重而难以下咽。

"这些都是来待几天就离开的外国人随手干的勾当。他们在可乐或奶昔里下药,或是在比萨上撒药,给我这家店带来不少麻烦。我可一次都没卖过什么莫名其妙的东西。你要是不喜欢我们家的饮料,就赶紧走。"

"没有,我不是这个意思。"

"我说了快走,别再来这里了。"

眼看着对方就差把饮料劈头盖脸浇自己头上了,知佳急忙落荒而逃。

肥胖老板娘的怒骂和呵斥的阵势实在恐怖。夜色下,知佳来到闷热的室外,心脏依旧狂跳不止。

把药物掺入饮料,撒在食物上……干完就走的外国人……来这里的混混儿就是这么沾上药的,但并不只是如此。

伊内丝曾忠告过知佳,这里常有人被下迷魂药抢走财物。这说明也有人会在不知不觉中就摄入了药物。那小野尚子并不是被当地的盗窃犯,而可能是被同行的日本人下了药。

知佳脑海中的种种疑问终于互相拼接了起来。

一幅令人厌恶的画面呈现了出来。

铺装过的道路在白天吸收了强烈日晒的热量后,到了晚上便蒸腾起股股热浪。知佳有气无力地走在路上,感到长岛的话渐渐变得真实起来——在曼谷把烂醉的男子推入河中,下一个就是把女人沉入马尼拉湾……

虽说不是把人沉入马尼拉湾,但半田明美应该还是干了类似的勾当。

如果是用桑托斯餐吧的饮料那令人头痛的甜味和刺鼻的合成香精作为掩护,那即便掺入些药物,气味和苦味还有酒精的刺激性气味都会被掩盖掉吧。

只要半田明美让小野尚子喝下这掺了药的饮料,接下来不用她动手,小野尚子也会自己从坡道上滚落,坠入海里。

性状改变的脑回路不会再恢复,无论禁酒多少年,只要不小心沾上一口,就算是用来干杯的一点啤酒,或是小玻璃杯奶昔中掺入的半杯伏特加,都会让人神经错乱不受控制……

在桑托斯餐吧里,那个有可能就是半田明美的女人给小野尚子喝了酒精,下了药,或是喝了掺有这二者的饮料,在她酩酊烂醉后就把她带离了餐吧。

接下来，尚子就在这镇上的人面前丑态百出。"女伴"本计划就这样看着尚子殒命，可不巧被一个小旅店里住着的同胞发现了，她从旅店房间里出来下了楼，想要来照看尚子。于是，"女伴"只得慌忙来到尚子身边，才被小旅店的住客看到了真容。

"女伴"装出要来照顾喝得烂醉、急性药物中毒的小野尚子的样子，也许就带她到了海边。那种状态下，哪怕只有五厘米深的水，就能被淹死。

小野尚子在当地被人当作修女来敬仰，这次忽然性情大变，于是"魔鬼附体"的说法就传得沸沸扬扬。这对于杀人犯来而言可谓既出乎意料，又正中下怀。

修女埃切洛不确定倒在海边的尚子是否一息尚存，于是将她运回了教堂。而这时，这名"女伴"已经离开了塔哈乌。

不久，这名杀人犯就装成是被病魔折磨得形销骨立的小野尚子，飞抵了成田机场。

知佳进入了一家海岸边的餐厅，点了份外带的炒饭，提着塑料袋，将背包背在胸前，走上了回教堂的路。

离开了海边的小镇，周围变得昏暗下来。让知佳没想到的是，她并没有因此觉得不安。身边有的只是陷入沉寂的一个个贫寒人家。

礼拜堂依旧大门敞开，背后的宿舍入口也没有上锁。

知佳进入大门，见寒酸的厅堂里，格蕾丝正坐在角落里的一把椅子上。昏暗的灯光下，她正读着类似文件的资料。见知佳回来，她站起身跑了过来。

"你去哪儿了？平安回来太好了。修女埃切洛可担心了。"

"对不起，不小心回来晚了。你该不会一直在这里等我吧？"

"是啊，平时晚上八点这里就会关门上锁，大家就上床睡觉了。"

"真是对不起，真是对不起。"知佳一个劲地赔礼道歉。

屋内荧光灯惨白的光线斜切在走廊里。这时，门开了。

"这么晚了，你去干什么了？"

埃切洛修女严厉地问道。

她已经准备就寝了，身上穿着件像内衣一样的灰色T恤。

知佳已经做好了准备。她紧握双手，在脑中组织好语言后，便开诚布公地说道："对不起，我现在有话想跟您说。"

知佳本以为修女会说太晚了，明天再说。可她却沉默地凝视着知佳。

"你到镇上干了些什么，我可都听说了。"

说完，埃切洛就紧绷起了刻满深深皱纹的嘴，回到自己房间，披上外套出了房间，把知佳带到了隔壁兼作接待室的办公室。

办公室没有门，只有用塑料绳做成的遮布作帘子，遮布对面孤零零地放着简陋的书桌和合成革做的沙发。墙上仅仅挂着幅小小的圣画，除此之外没什么特别的装饰。

埃切洛指指沙发，示意知佳坐下，又突然压低了嗓音说道："这幢房子后面有条路,沿着它笔直向上走,有座坟墓。尚子就安息在那里。"

知佳并没有感到特别震惊。

"你要去的话,就明天一早出发。太阳升高后会很热的。"

停顿了一会儿,埃切洛修女再次告诉知佳,小野尚子已经死了。

"她死得不一般。"

"我听说是倒在海滩的入海口。那是1994年吧。"

埃切洛修女的目光一时间在空中找寻着什么,又立刻回到了知佳脸上。

"是的,是1994年的事了。不过不是溺亡。不必警方去调查,就可以知道她不仅摄入了酒精,还有大量的兴奋剂,是中毒身亡的。前一天,尚子的朋友从日本过来。傍晚,两人就去了海边的镇上。我对她们说,要吃饭的话就在这里吃,还让她朋友在这里留宿。可尚子的朋友拒绝了我的提议,怂恿尚子去了海边的镇上。"

"您还记得那位朋友的名字吗?比如叫山下,还是叫半田或者明美之类的?"

修女埃切洛直摇头。

"也许我听说过她的名字,但不记得了。"

"会不会是这个人?"

知佳拿出手机,想点开手机里的照片,可她因为心神不宁,手指僵硬不听使唤,在屏幕上直打滑。切换了几张不相干的照片和插图后,终于选中了集体照中自称"山下"的女性头像，并用食指和中指将之放大。

埃切洛凝视着眼前的手机屏幕，困惑地歪着头。

这张脸实在没什么特征，似乎随处可见，却又似乎谁也不是……

"那是这个人吗？"知佳又给她看了长岛在杂志报道中使用的小剧场女演员的照片。

"不确定。我记不清了。"

毕竟都过了二十多年了，如果不是印象特别深刻的话，仅仅见个一两次是不可能凭照片下结论的。

"尚子告诉了我她不在这儿留宿的理由，说'她害羞怕陌生，英语也不太好，和大家在一起会很耗神'。我那时真应该强行把她们留住。现在想来还是追悔莫及。有些事，一个人的时候是绝对不会干的，可和同伴在一起时就无法把持得住了。尚子的日本朋友不是单纯的害羞或是怕生，而是一个不良分子。况且海边的小镇又充满了邪恶的诱惑。那里原本是一个由纯朴的渔民组成的小镇，后来就陆陆续续建起了酒店呀小旅店呀餐厅之类的场所，招来了坏人，他们喝酒，吸食大麻，服用兴奋剂，在镇里和海边淫乱。是这个国家让小镇堕落的。政权更迭的时候，我们原本对阿基诺政权满怀期待，可最后期待还是落了空。总之，小野尚子是在日本来的朋友的怂恿下去了镇里，最后没抵挡得住诱惑，进而丢了性命。尚子被卷入了这场犯罪，同时自己也成了罪犯。"

"成了罪犯？"

埃切洛修女用悲痛的眼神凝视着知佳。

"外国游客都误解了，在我们这个国家，贩卖吸食大麻是重罪。杜特尔特上任很久以前就一直如此。也许遭受的刑罚比你们国家还要厉害。我不想把她当成罪犯。她虽然死得不光彩，但我不想让这不光彩被公之于众。所以被叫去海边，确认那是尚子后，趁围观的人还没报警，就运了回来把她安葬了，对外宣称她是病死的。"

发现遗体后立刻拨打110是日本人的思维习惯。对于不良观光客云集的海边小镇的人们而言，有一个淹死的人就够他们折腾的了。如果死的人是因为药物中毒的话更不必说。若是警方介入，就会有无辜的人被抓，或是被警方索要贿赂。不仅是观光客，住宿业或其他依赖观光产业维持生计的所有人都会受牵连。这种情况不仅限于菲律宾，以观光为支柱产业的地区都是如此。

魔鬼附身和教堂洁净仪式的传言并不仅仅是出于迷信和朴素的信仰，也有可能是那些想规避麻烦的人们有意捏造的都市传说。

可即便把尚子当作病死处理，如果死者是外国人，还必须具备医疗机构的死亡诊断书。幸而这个教堂有个诊所。

"那您是否就尚子的死亡联系过日本的教会？"

修女抿了抿嘴。

"这里有些情况你们外国人不了解啊。这里的教会和梵蒂冈保持着一定距离。当然，和国内外许多教会都是如此。而且我们也不知道尚子在日本的住址，更不会询问来这里做志愿者的人的来历，她的护照和私人财物也都不在身边了。所以没留下任何线索能追踪到她的联系方式。也许就是她从日本来的'朋友'给带走的。"

"小野尚子死去的时候，她的朋友在哪儿？"

埃切洛修女摇着头。

"不在身边。或许她害怕被药物中毒死去的尚子牵连，逃走了吧。若是被警方逮住，发现她也一同服用了药物的话，会被关上好几年的。"

"关于那位朋友，你能描述得再详细些吗？"

"除了她是日本人，其他都不知道了。岁数不大也不小。要说是观光客的话，又打扮得没那么光鲜。听尚子说，她在日本为视力障碍人士做志愿服务，所以我对她放松警惕了。"

没错，那名"女伴"就是"山下"，也就是半田明美。

"那您的确见过她，对吧？"

"见过两次。"埃切洛修女皱了皱眉，"一次是来这里拜访尚子的时候，还有一次是尚子遗体被发现的前一天夜里，她一个人来的。不，应该说是我晚祷回来后，发现她自说自话地进入了尚子的房间。问她在干什么呢，她比画着说和尚子在镇里走散了。我当时没有任何怀疑，就对她说，'你回到这儿实在太明智了。深更半夜的一个女人走在那种镇里不知会发生什么。尚子应该不久就会来，你在这儿等等吧'。然而那天夜里，尚子却死在了海边。而且本该在房间里等候她的朋友也消失了，连同尚子的私人财物一起。"

又一块真相的碎片拼接上了，黑暗的画面渐趋完整。

朗读志愿者山下，也就是半田明美根据从小野尚子那里听闻的信息追踪到了这里。

她装成一个不会英语的腼腆日本人，避免和教堂或诊所的工作人员照面，把小野尚子带到了海边的餐吧，在她的饮料里掺入了酒精或药物，或者同时加入了这两种东西。

如果半田明美计划将她杀死并取而代之的话，就必须得到小野尚子的护照。应该是她让尚子再度沾染酒精和药物，趁她烂醉后就去寻找她的随身物品。然而这时，恐怕尚子并没有随身携带这些物品。于是，明美就把尚子扔在街头，自己趁教堂宿舍锁门之前潜入了尚子的房间。

虽然她被埃切洛修女撞见了，但蒙骗过去很容易。于是明美谎称两人走散了，在埃切洛修女离开后，就把尚子的护照、能证明她身份和写有她住址的证件、对她冒用身份有用的东西，还有记录尚子自身情况的记事本之类的物品悉数偷走后，离开了宿舍。

她回到街上，等候着尚子丧命的时机。这时，小旅店所在的小巷里有个日本女人走近尚子身边。于是，半田明美便慌忙跳出来，装出要去照看她的样子，将尚子挪到别的地方。或许就把她带到了无人的海边，又给她下了药，或者直接将她的头摁进水中杀死了她。

难道说，优纪和知佳所知的小野老师，也就是半田明美，果真就如长岛调查出的那样，是个冷酷到极点的连环杀人魔吗？

尽管埃切洛修女以为小野尚子并不是被"朋友"杀害的，而是在朋友的引诱下沾染了酒精或药物导致的中毒，而且她死去的方式似乎也不太光彩。但既然私人物品和护照被盗属实，埃切洛修女就应该通报警方才对。这样一来，半田明美出境时肯定会被拦截下来。

如果埃切洛修女的确对渔村的人们宣称尚子是被魔鬼附了体并将遗体带走，而知佳来这儿的当天，修女却对知佳的询问表示不知情，那仅从这点就能说明埃切洛修女优先考虑的是教会的名声，而不是人的生命和正义了。虽然知佳认可这个教会开展的活动的确造福了当地人，但对于主持这个教会的神职人员的人格，她却产生了怀疑。疑惑和失望中，知佳上了床。

知佳一夜辗转难眠，在天边泛起鱼肚白的时候，她就离开了宿舍，爬上了教堂后面的坡道。

小野尚子是因为这里的教会过分执着于名誉，才会被人夺去了姓名和身份，被埋葬在这个陌生的国度的。知佳感到至少该为她奉上真挚的祈祷。

天色还没亮，格蕾丝她们却已经起了床，正在准备早饭。

知佳在教堂周围的空地上摘了文殊兰做成花束。这里的文殊兰比日本的花瓣要肥厚些，形似白百合，洁白的花朵在微蒙的光亮中散发着清冽的香气。

知佳估计那里没有花瓶，就随身带了两个装了水的矿泉水瓶，沿着林间小道向山顶走去。

很快知佳就走出了林子，来到了农田。身穿破旧T恤的男男女女在道路两边干着农活。也许他们黎明就来到田里，为的是在日光越发强烈的午前能回去休息。

爬到平缓坡道的顶部，眼前郁郁葱葱的树林里是一丛火红的鲜花。

那是一片扶桑花的花丛。

花丛中掩映着两片木片钉成的十字架。

周围没见墓碑。十字架正好就位于上山坡道的尽头。知佳喘着气回过头，为眼前的景象欢呼起来。

绿色的坡面正下方延展着的是一望无际的大海。

海中紫色的礁石星星点点，在岸边海水的钴蓝色和远处海水的湛蓝色间形成了一道分界线。海平面闪耀着明亮的湛蓝，融入了渐渐明亮的天际的蔚蓝之中，形成了水天一色的风景。

知佳手捧的文殊兰在拂面的海风中已经有些蔫儿了，不过在没有碑文的墓地周围却遍地盛开着这鲜艳的红色花朵。

小野尚子就在这一丛丛的红色鲜花下安息着。

种下这些花的，是埃切洛修女这些教会的人吗？还是曾经在小野尚子的怀抱中被治愈的人，或是被小野尚子治疗过创伤的人呢？

知佳把矿泉水瓶埋在这鲜艳花朵前，插上蔫蔫的文殊兰，合起掌来祈祷着。

这时,耳边传来登坡的轻盈脚步声。

回过头,知佳发现一名中年男子站在身后,脚上穿着橡胶人字拖,身上的白衬衫满是汗水。"你好",他笑着打了个招呼,露出的前排牙齿缺了颗牙。

"你是尚子的朋友吧。"男子询问道。出乎知佳意料,他的英语发音不带口音。

"你认识小野尚子?"知佳问道。

男子点点头,用强有力的指尖在丛生的扶桑花中掐下一枝递给知佳,似乎是把它当作见面礼。

"谢谢。是你种下这些花的吗?"

"是的,是我们种的。我从埃切洛修女那里听说你来这儿了。有些话想和你聊聊,就追了过来。"

"你是教堂里的人?我前两天没见过你啊。"

男子摇摇头,他自称J.P.,是神父。

"神父?是天主教的?"知佳将信将疑地看着男子的装束。

他上身的白衬衫旧得又疲又软,腿上的牛仔裤都磨损了,也不知是别人穿旧了送的还是捡来的,显得肥肥大大的,用条旧皮带固定在腰际防止滑落。

"不是天主教,是新的教会。"

"新的教会,是新教吗?"

可是新教里不设神父啊。

"不是新教。"

男子的语气显得有些激愤。

"在这个国家，无论是政府，还是上流社会的人，甚至是教会上层的神职人员，都只想着多挣钱。"

知佳警惕起来，感到他不是个一般的人。

他是反体制的运动家？还是新宗教的干部？或者单纯是个对现状不满的人？男子似乎并没有注意到知佳狐疑的眼神，只顾自己继续说着。

"你知道吗，当总统职位从马科斯交接给阿基诺的时候，马尼拉的情况也许是改善了些。可农村的状况却丝毫不见改观，依旧惨不忍睹。一天，政府和外国缔结了条约，以外国提供资金和安全保障为条件，菲律宾允许外国大型船只进入近海大肆捕鱼，致使当地的渔民都穷得无法糊口了。另外，这一带的田间劳动者为了那点连一捧米都买不起的微薄报酬，每天不得不从天蒙蒙亮一直干到深夜。可政府却坐视不管，尽管阿基诺政权期间制定了土地改革。所以，塔哈乌教会的神父就聚集起了穷困的渔民和农业劳动者，举办了《圣经》学习会。大家在那里学习当今世道是多么不正义，进而发展成抗议运动。"

神父的话锋忽然转变了方向，知佳要去听懂、理解都变得很费力。不过，尽管知佳对菲律宾的现代史并不感兴趣，但从神父的话中，她渐渐开始理解这个小镇的情况和小野尚子来到这里的理由了。

男子说，这里农田的地主多在国外，手下有许多佃农，佃农之下又有农业劳动者，形成了层层的压榨，许多人都徘徊在饿死的边缘。而且这些情况现在依旧存在。这个地区教会的神父就把这些人聚集起来，指导他们学习和运动。

"我教导这些贫困者说，'土地对人而言就是生命。《圣经》上说是神给了人生命，意思就是赋予了人土地。把上帝赋予人的土地据为己有，把土地上的人从土地中分离，就是把人和生命分离了。基督教中，上帝约定赋予人生命，就是约定将土地归还给人。我还告诉他们，对于地主而言，所谓的正义就是遵守国家的法律，而对于农业劳动者和渔民而言，所谓正义就是生命和生活得到守护。真正的不正义，就是没有食物'。你不这么认为吗？"

"啊……嗯。"

知佳点着头，她虽无法完全理解神父的意思，却被他的气势震住了。

"不久，中央教会警告塔哈乌教会的神父说，神职人员是被禁止参与政治运动，特别是共产主义运动的，让他谨言慎行。这时，这名神父就给马尼拉教会的主教写信说，孩子也好，大人也好，都吃了上顿没下顿，婴儿被饿死，少女们被卖作妓女。每天都目睹着这悲惨的境况，还口口声声对他们说信仰是心灵上的问题，这难道不是欺哄人吗？只要我们仔细阅读《圣经》上的启示，不就能理解我们为什么会这么贫穷了，不是吗？而且，《圣经》不是已经向我们昭示了该如何救这些人于苦难了吗？所谓神的祝福，并不仅仅是去救赎深陷困境中的人的灵魂，却将这些实实在在的困境弃之不顾，而是那些勉励的话语——你当刚强壮胆、因为我与你同在①。在这勉励的指引下，农业劳动者举行罢工要求涨薪，渔民们举行大规模的抗议集会要求近海的外籍船只撤离。警卫队逮捕了许多人，有人甚至被杀害。塔哈乌教会的神父也被逮捕了，在狱中遭到了严刑拷打，被折磨成残废才被释放出来。教会本部当然不会出手援助的，而是在神父被捕后当即解除了他的职务。神父被释放后过了几天，就因为拷打受的伤不治身亡了，同抗议集会和罢工中被杀害的人一起被埋葬了。尚子来到这里时，这些事都已经过去了。"

"那小野尚子和这些运动有关吗？"

知佳急迫地让神父说下去，她感到小野尚子的真面貌慢慢浮出了水面。

男子摇摇头。

"她来的时候，斗争已经失败了。大部分农业劳动者都离开这里去了马尼拉，渔民们则开始针对游客做起了生意维持生计。教会总部并没有派来新的神父。不过赞同神父主张的埃切洛修女她们来了。她继续维持着这个教会，只是修女不是神父，不能主持典礼。但她们还是

---

① 《圣经》经文多次提及此类神对人的勉励，比如《约书亚记》第1章第9节："你当刚强壮胆！……因为你无论往哪里去，耶和华你的神必与你同在。"《以赛亚书》第41章第10节："你不要害怕，因为我与你同在。"参见《圣经》和合本。——译者注

运营着诊所，为孩子们开设主日学校。尚子虽然不了解那地狱般的斗争，但和我们的思想有着共鸣。她告诉了我们她出生的家庭，成长的环境，经历的锻炼。她在这里的活动中寻觅到了点亮自己人生的光芒。但尚子并不愿和我们一起学习新的神学。她不是基督徒。尽管如此，她还是理解我们的运动，对埃切洛修女产生了深深的共鸣。她每年都会来一次，一来就是三个月，护理伤员和病人，鞠躬尽瘁地奉献。虽然没有信仰，她却有着惊人的治愈能力。一次，有人惊讶于她的这种能力，就问这是某种日本的神秘力量吗？她笑着否认说，自己是渺小、卑微的。所以只是希望成为所有人的仆人。"

渺小、卑微的人，所有人的仆人——小野尚子不是基督徒，应该不太会说出这些话。也许只是尚子用日本人特有的谨慎谦逊作了回答，而这名神父则用基督徒的逻辑作了诠释而已。不过，这些话语恰如其分地展现了小野尚子的精神。

男子皱起了眉，抬头仰望着阳光渐趋强烈的天空。

"这样的尚子却犯了错。不知她是败给了自己的欲望还是仅仅出于一丝好奇，沾了药品，丢了性命。魔鬼潜入了她的内心。这就是缺乏信仰的人的软弱之处。尚子被路边的小石子绊倒，没有信仰作为支撑，顺势落入了深渊。"

"这难道就一定是尚子的错吗？"

知佳不由得紧握双拳反驳道。

"即便没有信仰，人依然可以正直地活下去啊！可以凭借自己的意志和判断力，抵制住诱惑啊！但若是被坏人蒙骗，不知不觉中喝了掺入药品的饮料，这就无能为力了。尚子是被人给害了，饮料里被人下了药，在不知情的情况下喝了下去。"

"不，她不是被什么人蒙骗了。她是在日本来的邪道上的朋友的怂恿下，不听埃切洛修女的劝阻，来到了游客聚集的镇上的。很久以前，大多外国人就开始在那海边小镇上像抽烟一样吸食起大麻了，甚至还有卖这些药品的毒贩子。有名男子，因为在地主土地上未经同意建了房子被拘在看守所，他从和他关在一起的男子那里听来的，说是当时有名操着生疏英语的日本女人从他那里买去了摇头丸。我和埃切洛修女都认为买这个摇头丸的就是尚子的朋友，就是她引诱了尚子。很遗憾，真的很遗憾，尚子被日本来访的老相识引诱了，最后自己坠入了深渊。"

"我不是说了不是这回事嘛！"知佳意识到自己快和神父争辩起来了。

这名神父根本想不到这一层——"同胞"或"朋友"居然给自己的伙伴饮料里下药，最后把伙伴杀死了，就跟下迷魂药盗取他人财物一样。对他们而言，这世上的确有引诱朋友做坏事的人，但无法想象会有人专程来到这里，就为了实行她的杀人计划。他们大脑的思维结构导致他们无法想到尚子是被朋友谋害的。当然，这也是出于他们对没有信仰的人的强烈偏见。

也许是小野尚子为人太善良了。家教良好的人通常会有这种倾向，一旦自己信赖什么人，根本不会考虑到对方会背叛自己。更何况是出于仰慕，千里迢迢来这异国他乡追寻自己的友人，叫人如何去怀疑她的诚意呢？来到外国，款待自己的都是说英语的人，即便是对方全心全意的招待，都会让人感到疲惫的。在结束了一路舟车劳顿的黄昏，肯定是希望和日本同胞用母语悠闲地聊聊天。这对于日本人而言是再平常不过的想法了。

比起自己的立场，小野尚子当时一定是优先照顾到了"山下"的心情。所以才会不顾埃切洛修女的反对，前往不良外国人聚集的街镇的。

"小野尚子在日本倾尽自己的财产，为身处各种困境的女性建立了共生机构。我是来到这里才知道小野女士已经去世了的。她的死讯没能被带到日本，一个人孤独地被葬在这里，这让我非常痛心。"

知佳注视着神父的眼睛继续道："她是被人杀死的。我就是这么认为的。不过，您能为小野尚子种上这些花，守护她的坟墓……不，是替她奉上祷告，我从心底里感激您。"

"您不必如此。"神父彬彬有礼地回答，接着他继续道："她不是孤零零一个人。这里还安息着我们的同伴，有为抗议外国渔船入侵、在集会中死于警察枪口下的渔民，有为提高薪资参加罢工被逮捕致死的农业劳动者，还有丧命于严刑拷问被安葬于此的神父。希望您不要怨恨埃切洛修女把她葬在这里，却没告诉任何人。因为在那个时候，对于修女苦心维持的塔哈乌教会，地方政府和教会上层都比以往管制得更严了。不仅没派来神父，还把塔哈乌教会排除在圣礼之外，给埃切洛修女发来各种警告。甚至还有警察闯入了为孩子们开设的主日学。在这种情况下，小野尚子死于吸毒，这无疑会给政府和教会提供一个绝佳的机会来镇压塔哈乌教会，还有我们这些站在民众的立场开展真正基督徒运动的人。她当时不得不隐瞒。人都会犯错的。可即便尚子犯了错，尚子为这里的民众奉献的事实是无法被抹去的。这里的所有人都会铭记她的善良、她的高贵，还有她治愈人们身心的大能。"

男子在尚子坟墓前跪了下来，奉上了祷告。

小野尚子没有犯错。在她设立的机构里，有摆脱了药物依赖和试图摆脱药物依赖的女性。她为这些人鞠躬尽瘁，还下定决心来到这里，为村里的穷人提供医疗服务。这样的人是不会被同伴引诱去沾染酒精的，更不必说主动去吸毒了。

知佳站在神父背后，低头合掌，不停地用日语告慰说："小野尚子女士，你一定很懊恼吧。希望你能瞑目了。虽然事到如今无法追究半田明美的罪责了，但我一定会让真相大白的。"当着拒绝承认自己误会的神父，知佳大声念诵起了刚记在心里的般若心经。

从毒贩那里买来摇头丸的日本女人不一定就是半田明美。因为当时，伊内丝也就是冈山桃子也在这里。但基本可以肯定，是半田明美专程来到这里杀死了小野尚子。

半田明美冷静地觉察到自己已经过了能把男人当作猎物的年龄，

接下来就锁定拥有财产的女性为目标，千里迢迢追随她到异国他乡，让她喝下了掺了毒或酒精的饮料，将其杀害并取而代之，同时借此将自己连环杀人嫌疑人的过去给埋葬了。

这令人难以接受的真相证实了长岛勾勒的猜想。

可是，半田明美又能从这些事里得到些什么呢？

如果长岛在稿件中推测得没错的话，半田明美并不是那种追求声望和名誉的人。对权威，对爱情，甚至对性都没有兴趣。她执着追求的仅仅是现实的利益，说得直白些，就是金钱。除此以外，她别无所求。

半田明美，就是名既冷酷又卑劣的毒妇。然而知佳却无法从自己见过的"小野老师"那里感受到这恶毒的一丝一毫。

她试着从二十多年前的黑色迷雾之中挖掘出真相，可谜团却因此越发地扑朔迷离。

这天上午，知佳向埃切洛修女这些天对自己的关照表达了谢意，从自己的钱包里拿出约合二万日元的菲律宾比索作为奉献，随后便离开了塔哈乌的小镇。

在那牙的机场，距飞机起飞还有大把的时间，知佳便给伊内丝打了电话，告诉了山坡上神父对她说的毒贩子的事。

"摇头丸？就算是那个年代我都没碰过呢。大麻之类的就我一个女人，还有同伴会凑上来分我一点。摇头丸之类的毒品太贵了，我是不会去沾的。"

这下，半田明美对尚子下药这件事又多了一个佐证。

8

知佳回到马尼拉后,在酒店给优纪发去了邮件,告知了这次菲律宾之行的始末。

她并没有在邮件里加入自己的猜测和推理,只是罗列了自己在当地了解到的事实,并附上了塔哈乌的教堂、渔村、餐吧,还有廉价小旅店等场所、人物的照片。

当天夜里,知佳在酒店房间里查了好几次邮箱,却没有等到优纪的回信。

第二天早晨出发前,知佳的手机邮箱里才收到了邮件。

"小野尚子老师并非没有信仰,我觉得也许她自己就是神吧。总之,知佳女士,你这次辛苦了。回来路上多加小心,祝你平安归来。"

这是优纪第一次称呼自己知佳女士。

也许优纪说得没错,小野尚子自己就是神。

知佳头脑有些混乱了。

说到小野尚子,不论是优纪还是知佳,脑海里浮现的其实都是半田明美这个女人。"希望成为所有人的仆人"的女人也好,自成神明的女人也罢,事实上都是两人目睹的半田明美这一活生生的人。

现在这个阶段,没有一件事是可信的了。

就是因为一切还不可信,所以优纪回信的语气才能这样沉着吧。

341

9

什么叫作自鸣得意,说的就是长岛这张脸。

"喏,我说得没错吧!"

在知佳从长岛那里拿到稿件的市民活动中心咖啡厅里,长岛交叉着胳膊看着知佳,得意到鼻孔朝天。

一旁的优纪一脸不信任地看着长岛。知佳来这里向长岛报告菲律宾之行的始末,正好这天优纪也有事去东京,顺便也跟着知佳第一次见到了长岛。

"不管结果如何,要写文章就必须飞到当地去调查个清楚。那就是说,半田明美在那里杀死了小野尚子,并顶替了她回了日本,装成病了的样子,遮住脸,假称光过敏症,只在晚上出去。"

这些情况,知佳在事先发送给长岛的邮件里已经说明了。

"她回来后,就声称自己是去接受汉方或是中医治疗了,是哪里的中医,你查过了没?"长岛翻着白眼看着知佳。

"还没有。"知佳转过头看看优纪。优纪皱起了眉。

"快点,佐证,快跟上!佐证。"

"可是这件事……"

谁都没想到小野尚子会是假冒的,所以当听她说自己是被中药治好的,大家也都相信了。

"我听曾经在宿舍里的人说,她是去信浓追分的医院接受禁食疗法。"

优纪不动声色地替知佳作了回答。

知佳拿出手机,在检索界面输入了"信浓追分""中医"几个关键字。

出现了两条结果,但都说的是普通的医院和诊所的医生采用了中医药的治疗方法,并不是中医医师开设的医院,也没有任何关于禁食疗法和中医学的信息。

"她原本就是装病,所以根本没必要去医院跑一趟。她的目的,纯粹就是为了外出。"长岛敲击着桌子断言。

"从她此前的作案手法来看,应该不太会有共犯,所以应该不是去和同伙碰面。虽然不知道她外出去干什么了,但包括金钱方面的事在内,等着她的事肯定一大堆。顺便说一句,在饮料里下药或是掺入烈酒让人神志不清是她的拿手把戏。这个手法和杀害练马的室内装潢老板如出一辙。那次,她是把喝得烂醉的男人推下了船,但为了让个大男人失去知觉,除了让他喝酒,肯定也给他下了药了。小野尚子因为曾经酒精中毒而一滴酒都碰不得,这次半田明美才用了同样的手段。

而且半田明美从毒贩子那里买药的事也被披露了,她作案的事实也是板上钉钉了。"

知佳点点头,她感到塔哈乌餐吧里饮料的合成香精的刺鼻气味还有那令人作呕的甜味又在舌尖上复苏了。在这种饮料的掩护下,无论是酒精的气味还是药物的苦味都无法被人察觉了。

"和练马的装潢店老板案件不同的是菲律宾的社会背景。塔哈乌的教会很激进,被政府和梵蒂冈方面都视为眼中钉。这种教会在当时不仅存在于菲律宾,世界各地都有,发源于拉丁美洲。你见到的那个守墓人还是神父什么的,就是这些激进运动的残兵。出入这种激进教会的人若是死于吸毒,那正好给政府提供了镇压的绝佳把柄。若是传出去,神职人员也好,其他人也罢,都会被一锅端。所以教会乃至整个街镇都把这件事埋进了坟墓。尽管半田明美没料到这一层,不过她去了塔哈乌后,应该从小野尚子那里听说了这个教会的情况。不然按半田明美的性格是绝对不会把小野尚子的尸体就这么放任不管,自己溜之大吉的。至少肯定会动些手脚,不让尸体被人发现才是,比如绑个水泥砖块让尸体沉入海里,或是浇上汽油把脸烧焦,或是去喂野狗。"

一旁的优纪面无表情地咬紧了牙关,从她微动的下巴能感知出她正磨砺着牙齿。

"那个女人做什么我都不会吃惊的。半田明美岂止是绝代毒妇,简直就是个怪物。这世上虽然有的人杀了也不可惜,可你看她,杀的却是位无论从哪方面来说都堪称圣女的人。不仅手段残忍,还让她死前丑态百出。那种女人就算没变成怪物，那也是个天生没良心的家伙，没有良心的谴责，自然是不会因为自己干的缺德事产生梦魇或受诅咒的。"

优纪翻着眼珠盯着长岛，几经犹豫后说道："可是，我这九年来一起生活、共事的小野老师是……"

她说不下去了。

就在知佳将塔哈乌之行的始末写成长长的邮件发送给优纪后，过了几日，优纪再次发来了回信——

"虽然我不愿相信这些，但不得不承认这些都是事实。毕竟是知佳女士你用自己的双脚亲自走访调查出来的结果。只是我已经不知该作何感想了。"

这天，优纪为了筹措资金去拜访了位于东京大久保的白百合会总部。之所以与知佳同去和长岛会面，或许也是为了给自己混乱的心绪做个了结。

"话说回来，她也真能把这伪善的外皮在身上披个二十多年。"

长岛将双臂交叉在胸前说道。

"我可不认为这是伪善的外皮。"

优纪嘟囔道。

"这么久，那家伙到底在等什么呢？"

"我觉得她并没在等什么。"知佳迟疑了一会儿，继续说道，"应该是发生了什么，使她立刻反省、后悔起来，于是决心洗心革面，在后半生里抛却私欲，为他人奉献了。除此之外想不出别的可能了吧？"

"有这个可能。"优纪犹豫地表示赞同，"比如她在杀人后发现了什么，证明真正的小野尚子是真心爱护自己的，于是从心底里感到后悔，决心用一辈子来弥补。"

"她是这样的人吗？"长岛对二人的说法嗤之以鼻，"如果她是个会反省、会洗心革面的人，那至少是不会把事做到这种地步的。半田明美可不是这样的人，她丧尽天良，就是个天生的罪犯，一个名副其实的怪物。我在采访关于她的事的时候可算看明白了。无论从哪个层面看，都找不到良心的半点儿踪影。只要不是基督附身，她是不会悔改的。"

"基督难道会附身？又不是狐妖。"知佳吃惊地回答道。

"那就是观音菩萨附身。"

优纪默不作声地朝长岛冷冷一瞥。

"别的不论，这个先给您。"知佳正了正坐姿，边道谢，边将装有伴手礼的袋子和装有美元的信封放到长岛面前。

信封里装的是这次菲律宾之行用剩的钱。往来日本的机票和亚庇的住宿费由编辑出版公司负担，因而只有马尼拉和那牙间的国内航班机票和当地的住宿费用了长岛给的"行军费"。

另外，知佳住的不是塔哈乌教堂的宿舍就是中端酒店，给塔哈乌教堂的奉献也是自掏腰包，所以这笔"行军费"只用去了约合十万日元。

"不用啦！我将来也用不到这笔钱的。你当今后的采访费用好了。"长岛将信封推回到知佳面前，接着将装有伴手礼的袋子揽到自己面前说，"这个我收下。"

"不行，一码归一码。真的很感谢您。"知佳低头致谢，再次将信封推还给了长岛。

长岛仍旧坚决推辞，然后像是忽然想起什么似的转向了优纪。

"那我就捐给你们机构了。美元也应该可以吧。我已经从这位姐姐那里听说你们经济上的困难了。"长岛用下巴努了努知佳，"今天你还专程为了筹措经费来的东京吧？这些钱拿去置办正月的镜饼[①]好了。"

优纪一愣，凝视了长岛片刻，又立刻端坐好恭恭敬敬行了个礼："那就恭敬不如从命了。"

眼看新艾格尼丝宿舍从小诸的民宅搬离的日子一步步逼近，优纪她们仍没找到替代的住处，也不知什么时候能付得起房租。白百合会的资金也不是那么宽裕，光为了维持庇护所的运营，为受暴力和药物依赖困扰的人提供必不可少的紧急庇护就已经捉襟见肘了。就在方才，优纪还一脸苍白地按着胃部，向知佳诉说这天去位于大久保的总部向理事们寻求支持，却没得到满意的答复。

"那就加油吧！"长岛顺手就将装有伴手礼的袋子塞进了环保袋，起身准备离开。

[①] 日本人的新年习俗，起源于平安时代的宫廷。每年正月，日本人会在家中摆放镜饼以供奉年神，并以此祈愿长寿健康。——译者注

知佳见状，指指长岛手中的环保袋说："这个希望您能喜欢。是工艺品，据说是那边福利机构的女孩子们为了自力更生制作的。"

"就是你说的收留失足女的重生机构？"长岛再次坐下，又从环保袋里取出了伴手礼，打开发现里面是用藤条编成的女用手提包。

打开包装的一瞬间，长岛露出的表情不知是在哭还是在笑。

"哎，真是谢谢！我老婆会很高兴的。虽然脑子糊涂了，但就喜欢这些玩意儿。带她去医院的时候我让她提着。"

长岛说着深深鞠了一躬，低着的脑袋上头发稀疏，头路分明。

走出社区居民活动中心，优纪抬头仰望蓝色的天空叹了口气。

"说实话，我真不知道今后该相信什么好了。"

"是啊。"知佳垂头丧气地附和道。

"我当然明白人是不能被清晰地划分善恶的，但小野老师对我而言太特殊了。"

"我明白……"

"不，知佳你不明白。"

"从山崎女士"到"知佳女士"，而今又改口直接称呼"知佳"，虽然语气很生硬，但知佳明白无意识中，她们二人的距离已经拉近了。

"关于菲律宾的事，宿舍里的人都说什么了？她们肯定无法相信吧！"

优纪摇摇头。

"那封邮件我可不给她们看。我就给绘美子看了，结果她哭着说她不明白这是怎么回事，不知该相信什么好了，就和她聊了一个晚上。最后，她也平静下来，认为知佳你写的应该是真的。绘美子也好，我也好，深谙世道的丽美也好，都表现得很泰然，但其实内心还是不太安定。所以要么虚张声势，要么就待人温和得有些反常，你作为旁观者也许察觉不到这些。其实连我都在奋力地克服用抗抑郁药物的冲动了。"

知佳默默地点点头。的确，她看到的只是新艾格尼丝宿舍成员的表面。

优纪振作了情绪，微笑着说："不过今天能拿到钱真是太及时了。我正犯愁这个正月该怎么过呢。尽管小野老师去世后，对我们而言就没有正月可言了，可毕竟是新的一年，还是希望能做些什么。虽说人生不只是金钱，但没有钱也是万万不能的。长岛把钱捐给我们的时候，他的脸瞬间就慈悲得跟佛祖似的。"

"你们已经这么窘迫了啊。"

优纪点点头。

"火灾把什么都烧毁了。以前虽然也有资金短缺的时候，但每到这时，小野老师就会用自己的钱悄悄补上这个窟窿。"

知佳明白了，不论小野老师是真是假，她一旦去世，就无法再从个人账户里支取现金了。

"为了维持新艾格尼丝宿舍的运营都做到这个份儿上了，小野老师究竟在想什么呢。"知佳实在想不明白。在优纪面前,她不敢贸然说出半田明美的名字,仍然用了"小野老师"这个称呼。

"毁于大火的信浓追分宿舍里的小羊牧场你还记得吗?"

"哦,就是那些小小的毛绒玩具……"

知佳来宿舍采访时,在住客们一起活动的食堂兼起居室的飘窗上,曾见过这个小牧场。据说,榊原久乃彻底失明后,仍然用毛毡继续做了许许多多的小羊毛绒玩具。其中只有一个人形玩偶,是牧羊人,听说榊原久乃曾解释说"羊群里有时会混入披着羊皮的狼。所以牧羊人要提高警惕,牢牢看护好羊群"。

"神的小羊之类的,我不是基督徒所以不太懂,也不感兴趣。当时只以为是榊原奶奶在教导我们生活中日常必备的警醒之心。平时我们自以为是个好人,但有些情况和场合下,也会产生恨不得杀了别人的想法,或者糊弄一下的小心思,就好比羊群中潜入了狼一样。所以平日里就要时时自律,睁大良心的眼睛。可现在想来,榊原奶奶所指的并不是这些普通的做人道理,而是赤裸裸的事实。只有她识破了潜入新艾格尼丝宿舍冒牌货的真面目,然而谁都不会相信她。既然无法赶走冒牌货,那就只有自己成为牧羊人,时时刻刻监视着她了。所以,榊原绝不是在打比方。"

"于是,那条狼就只能到死都披着羊的外皮了。"

"不过,二十二年,也太长了些吧!"优纪艰难地挤出了这句话,"而且她也并不是披着外皮。她所做的一切绝非演技所能实现的。这是我这个在小野老师身边度过九年岁月的人的真实感受。"

"这就是无危害化。"

知佳忽然想到了这个词。

"你说的是什么？"

"就是艾滋病这类病毒原本一旦感染，就会将宿主杀死，可在有些人的体内却不会产生任何症状，而是同宿主共存。"

"哦，根据人的体质和免疫力的不同，也许会存在这种情况吧。"

"不，和体质或免疫力无关。而是病毒信息传达到了免疫细胞，使免疫系统被激活了。这样一来，就算病毒想要作恶，也撬不开健康细胞的大门，最后只得与宿主和平共存了。半田明美也是这样，在冒用小野尚子身份的二十二年里，没有为非作歹，恶念就消失了。而承担起了免疫系统功能的人就是榊原奶奶。"

优纪叹了口气摇摇头。

"我无法想象小野老师有过什么企图。"

新年伊始，优纪就早早地将长岛给的约合五十万日元的美金兑换成了日元。不过，她没通过银行兑换。当时有名长野白百合会成员要利用假期回故乡加利福尼亚，就违规将日元直接兑换给了优纪，于是省却了手续费。

恰好在这时，找到上门提供风俗类服务工作的濑沼遥深夜回到了新艾格尼丝宿舍。距她离开宿舍已经有五个月了，爱结也已经过了一周岁的生日。

她说自己已经离开这个风俗行业了，目前也无处可去。

濑沼遥离开这个行业的原因和优纪想象中的俗套剧情还有些不同，既不是对自己干的这行产生了厌倦，也不是遇上了流氓一样的老板倒了大霉。

入行的第二个月，阿遥没跟店里打招呼，就从老板提供的单间搬了出来，和一名自己服务过的客人一起消失了。

据说这名在流通产业工作的年轻单身男人打算和带着孩子的阿遥结婚。于是阿遥就住进了男子的公寓，最初的那段同居的日子还算顺利。

阿遥说，这个男人一年到头都忙着工作，好容易能请出假来，计划和阿遥去自驾旅行。可就在出发前，爱结忽然就不对劲了。两人为了是否取消旅行计划而发生了一番争执，最终阿遥还是唯恐坏了男人的兴致，带着婴儿同行。车中，爱结的状况就恶化了，又是哭闹又是呕吐。男人见状越发扫兴，却仍然入住了预约好的欧式民宿。

房东夫妇见孩子状态不乐观，担心之下劝阿遥把孩子送去医院，可阿遥却把孩子的健康保险证忘在了家中。男人担心去医院会花费高额的医药费，所以并不情愿。最后，阿遥还是听从了男人的话，决定回了家再去医院。然而，看着萎靡不振的孩子，阿遥实在放心不下，就趁男人熟睡的时候拿走了男人的钱包和银行卡，叫了出租车去医院挂了夜间急诊。

虽说孩子的病情没有性命之忧，但男人钱包里的钱还不足以负担这次的医药费，阿遥于是去了便利店从银行卡中取出了现金支付了医药费。这时，阿遥接到了男人打来的电话，为了阿遥擅自拿走自己钱包的事，扬言要"杀了她"。阿遥恐惧之下才逃回了新艾格尼丝宿舍。在此之前，她将银行卡和空空如也的钱包装入了信封，用平信将这些寄回了男人的公寓。

"你怎么能愚蠢到这个地步呢。"优纪听后不禁脱口而出。

优纪针对的并不是她去从事风俗行当，也不是针对她随随便便跟着男跑了。且不说她缺乏常识，粗心大意忘了健康保险证这件事，阿遥既不去努力向男人解释孩子的状况，也不去向民宿夫妇求援，还毫无常识地拿走了男人的钱包和银行卡，随随便便取走现金，又不择手段地事先偷偷记下了人家的取款密码，甚至居然把银行卡用平信送了回去，这种有违正常逻辑的做法简直让优纪目瞪口呆。

"从小她父母就没有教育过她区分什么该做什么不该做。不是她的错，是她父母的错。"丽美叹着气连连摇头，"一旦被逼急了就会干出出格的事来。不管怎么说，这姑娘可不适合去从事什么陪酒、风俗行业。"

绘美子也对丽美的话表示赞同。一直以来，她总是设身处地地倾听阿遥的话。

"和客人逃走真的是犯傻。那个公司在业界也算得上非常有良心的了。传说老板也是名单身妈妈，很理解这些女孩们的遭遇，店长人也不错。"

　　绘美子言语之中对于阿遥辞去那份工作流露出的尽是遗憾。优纪尽管对此心生抵触，可一想到这里的人们身世可悲得靠普通的伦理观都无法生存下去，实在是没了方向，不知到底该对阿遥下何种评判，该对她说些什么。这时，优纪惊讶地发现，自己居然又开始拼命在记忆中追寻小野老师的音容笑貌了，她多希望这时她能在身边该多好。

　　阿遥坐在檐廊边安抚着婴儿，换尿布的手势细致利落得无可挑剔，那样子俨然就是位普通的母亲。无论是何种情况，她对孩子的爱都无可改变；无论发生什么，至少都不会放弃孩子，最终选择的还是自己的孩子，而不是男人。尽管她既愚蠢又出格，但毫无疑问她已成为一名母亲。她热泪盈眶地说："小野老师给的第二次生命太珍贵了，一想到这个孩子要是死了就没法交代了，脑子里就一片空白了。"

　　优纪听后，怀着复杂的心情点着头，注视着孩子的脸庞哄她开心。爱结一脸呆呆萌萌地望着优纪的脸。

　　"你来抱抱她吧？"

　　阿遥麻利地处理完脏尿布后，就一把抱起爱结递给了优纪。

　　怀里的孩子湿乎乎、暖烘烘、沉甸甸的。顿时，一股痛切的怜爱之情涌上了优纪心头。

　　"变重了吧？"

　　"嗯，嗯。"

　　优纪情不自禁地把脸贴了上去。这时，怀中软乎乎的婴儿忽然身体一硬，反抗似的向后挺直了身体，同时发出了响亮的哭声。

"哎哟哎哟，对不起，对不起。"

"啊哈，她这是智力发育，会认生了。"

优纪被孩子冷不防的抗拒伤到了心。

虽然优纪从小被人夸赞说对孩子和老人都很温柔，但她内心却并不是这般柔软的。自幼一直吃亏的经历使她满腔都是愤懑，或许这点被这纯洁无瑕的婴孩给看穿了吧。想到这儿，优纪感到很是沮丧。

"你在干什么呢，又不是在抱猫猫狗狗。"丽美轻轻抱走了孩子。

"别把她贴着身子抱，而是这样离得远一些。"丽美将怀里爱结的脸面向优纪抱着。爱结黑黑的眼眸捕捉到了优纪的脸，露出开心的笑容。

第二天上午，优纪将阿遥带去政府办事处，协助她办理各类补助和生活保障的申请手续。负责人同她面谈后得出评定结果——阿遥可以领取一定生活补助，虽然这还不足以维持普通人那样的生活，但足以支付母女二人在新艾格尼丝宿舍的住宿费，维持二人在宿舍的生活。另外，在母子咨询师的建议下，阿遥还决定参加职业介绍所主办的职业技能培训。

课程培训可以帮助阿遥获得计算机的相关资质，比起在宿舍的地里干农活，似乎更适合阿遥，因为原本她操作计算机比优纪还熟练，而且爱结也有望能优先入托，阿遥很有希望能在接受政策支援的前提下实现自立。

很久以前，阿遥就不仅能熟练操作自己的平板电脑，还曾用办公室的台式机连上过网。不久，递交给白百合会的账本也比优纪制作的要熟练了。对于忙得鸡飞狗跳的优纪而言，阿遥眼见就要从住客成长为一名负责计算机操作的职员了。

然而，优纪对阿遥过于放松警惕了。

一天，优纪外出回来后，发现住客们的状态有些反常。

大家都聚集在办公室里，目不转睛地盯着台式机的屏幕。

绘美子脸色铁青地迎上前来。而丽美则坐在圆凳上，双臂交叉在胸前。

台式机前坐着阿遥。

她看了知佳发来的邮件！

关于去年年末知佳菲律宾之行查明的真相，还有知佳和她之间的往来邮件，优纪都设置了密码。

但看样子，对于连男人的银行卡密码都能轻易弄到手的阿遥而言，要攻破优纪设置得如此宽松的防线可谓不在话下。

阿遥入侵了优纪加了密的邮件系统并阅读了邮件的内容，就跟熟门熟路地用备用钥匙进入男子的家中一样，却并没怎么意识到自己干了坏事。然后她头脑一发昏，又不分对象地把邮件内容四处乱说，还将邮件内容摆在屏幕上让大家阅读。

"肯定是哪里弄错了吧，又没有一个人亲眼见她干过，还是二十多年前发生在国外的事儿。"一名住客用颤抖的声音小声耳语道。

令人意外的是没有一个人附和她。大家一个个都沉默不语,看似很迷茫。

"这个人写的不一定是真相。"丽美开口说道。稍做犹豫后她继续道,"不过我认为,关键信息应该如她所言。"

自打从警察那里听说了一些情况后,丽美似乎早有心理准备了。

"也许有些迫不得已的苦衷吧。没准儿是一些无法化解的怨恨。"

"你觉得小野尚子女士会招人怨恨?"

优纪不由得想要反驳,却意识到她根本不认识真正的小野尚子。

丽美曾经说过,一旦什么地方出了岔子乱了套,人就会去杀人。可丽美犯下杀人罪是出于很深的积怨将对方打伤,最后才致人死亡的,同知佳所写的半田明美的犯罪不可相提并论。

优纪从知佳的描述中感到了一种同"人伦"相去甚远的东西,像是一个瘆人的魔鬼般的存在,和优纪所熟知的小野老师的形象简直判若云泥。

"我觉得人是会变的。"绘美子神情悲痛地喃喃自语道,"人是可以洗心革面,重新做人的,对吧?就算是过去由于某些原因犯了重罪。不,应该说正是因为小野老师背负着深重的罪孽,才会变得如此温柔良善的。"

这时,阿遥冷不防地抽泣起来,跟个孩子一样抽抽搭搭地呜咽着。一旁的爱结惊讶地转动起了眼珠。

"就算不能重生,重新做人还是能办得到的。"丽美说道。

半田明美肯定是在什么时候决心洗心革面了。

于是她花了二十多年的时间来赎罪,最终用自己的性命换来了年幼的生命,完成了最后的补偿。

优纪希望事实如此。可与此同时,长岛毫无根据的话语又在耳边回响起来——"她是这样的人吗?"。尽管他的言行举止和写的东西都无一例外地触怒着优纪,可他说的这些和知佳菲律宾之行所收集到的事实却惊人地吻合。

"你们为什么不相信呢?"

耳边传来一个异常清澈的声音。

是沙罗。

"小野老师就是小野尚子啊。"

丽美微笑着点头。

"没错,的确如此。"

"半田明美的确是个坏人,她在菲律宾杀死了小野老师。可就在同时,小野老师的灵魂就进入了半田明美的体内了。"

沙罗是认真的,她用极其灿烂的神情环视着大家。

长岛和知佳的对话中也出现过类似的话。当然长岛只是信口胡说,可沙罗却是认真的,既不是在开玩笑,也不是在宽慰人。

"这种事常有的。一般而言都只是暂时现象,比如据说有人在梦里见过死去的人。不过那些有强大灵魂力量的人若是死了,他们并不会去怨恨杀死他们的人，而是赶出杀人者的恶灵后自己的灵魂驻了进去。"

沙罗言之凿凿的语气里透着前所未见的乐观，她并没有表现得心绪混乱，言语中也听不出癫狂。住客们都一言不发地注视着她。

"不能打断别人说话。无论别人说什么，都不可以去否定或妄加评论，更不能用自己的意见去压制别人的想法。"——在白百合会主办的聚会上，包括优纪在内的宿舍全体成员都被反复这样教导，大家也都将之视为信条。尽管这里包含着一些谈话技巧方面的成分，不过在这信条的指导下，每个人都将自己的内心所想公之于众。在这过程中，大家意识到了问题的本质，共同探寻解决的方法。

"你肯定觉得我这是在胡说吧？"

沙罗忽然看向丽美。

"没人说这是在胡说。"丽美微笑着说，脸颊被疤痕牵扯出一条深深的皱纹。

"你这人不会说谎，大家都明白的。"

"但我说的话你们肯定不会相信的，你们肯定觉得我脑子不正常。"

沙罗一改方才积极明朗的表情。

"没有这回事！"

绘美子急忙来到沙罗边，抱住她的肩膀。

"肉体消失了，灵魂还在。所以小野老师肯定会对我们说出真相的，有种方法可以听到小野老师说话的。我知道这种方法。只要大家心神合一，老师的灵魂就会降临……"

"住嘴！"

优纪厉声喝止道。沙罗默不作声地凝视着优纪，脸上写满了不信任。

的确，半田明美重生成为小野老师，用了二十多年偿还了罪孽。但小野尚子在异国被杀，死亡的真相还未被世人知晓就被葬在了原野，她的冤屈还未得到昭雪呢。尽管优纪心里很清楚，人死了以后所谓的懊恼、怨恨、遗憾都会随着意识的消失而消亡……

在长岛和知佳挖掘出的残酷现实和优纪九年来同小野老师共处的亲身经历之间，沙罗的"灵魂附体"说的确能充当桥梁的作用，所以看似很有魅力，尽管它本该被当作迷信被排除在外。不过，若是承认了沙罗的说法，认可了"倾听死者声音"的灵异现象，那这里的所有人都会陷入自幼侵蚀沙罗心灵的邪教中去了。更糟糕的是，沙罗又会回到原来的精神状态——只能通过用刀自残、反复进食呕吐等方式，用肉体的痛苦换取精神上的解脱。

那天夜里，优纪和绘美子一刻都不敢放松对沙罗一举一动的关注，生怕她再次割腕自残。

不过，尽管沙罗心情无法平复，可令人没想到的是，此后她的状态竟出人意料地积极开朗。

优纪感到她的这种开朗很反常。她住在其他康复机构时，曾经有名女性摆脱了兴奋剂依赖，结束了康复机构六个月的康复项目，就跟换了个人似的过起了有规律的生活。可就在有一天，明明刚才还在用爽朗的笑容面对职员和伙伴们，到了下午，就突然从住宅区的紧急通道那里纵身一跃。时隔多日，这件事再次在她脑海中浮现，更增加了她的不安。

自己不能掉以轻心。优纪感到胃部一阵痉挛。

她问自己为什么到现在还掺和在这些事里。

她明明可以早早地离开这里，租间公寓，找个普通的工作积累自己的事业。明明可以不必整日面对着这些人，而是去开拓属于自己的人生。多年前，她就结束了康复项目，却一直作为职员留在这里，这难道不是自己心灵不健全的证据吗？她虽然看似摆脱了处方药，却也许又对照顾他人产生了依赖。

优纪自幼就没有普通人意义上的朋友。从学校回家就忙着帮助母亲，没日没夜地照顾祖父母和弟弟妹妹。对于一个受着保守神道教派宗教伦理观念支配的地方农户而言，这些都是理所当然的。虽然她在学校受到同学仰慕，但也仅此而已。班主任并没有将她视作学生，而是让她担起了小老师般的职责，成为老师和同学间的桥梁。即便到了妙龄，自己也没有什么真正意义上的恋人。她和别人建立起来的，只能是依赖与被依赖、照顾与被照顾的关系。

黑暗之中，优纪隔着隔扇仔细聆听着睡在隔壁的住客们的动静。忽然，她感到绘美子起了床，耳边传来了她赤着脚去厨房的脚步声。

优纪悄悄起床跟在她身后。

只见绘美子就开一盏桌上的小灯,一个人剥着买来一直放着没动的香蕉。

"半夜三更的你在干什么呢?"

尽管绘美子总是感叹自己无论怎么做都瘦不下来,可照她这样,一直胖着也是难怪,最主要的是对健康不利。

绘美子微笑起来。

"一起吃吧。"说着,她递给优纪一根快发黑了的香蕉。

她直直地凝望着优纪,看似悲伤,但眼里满怀深情。优纪被她的目光触动了。

"甜的东西吃了可以稳定情绪。"

"啊……偶尔吃一次,也没关系哈。"

优纪面对着绘美子坐下,也吃了起来。熟透了的香蕉在舌尖轻易地被含化,释放出的甘甜快把心都融化了。优纪的内心松弛了下来。时针指向深夜三点。

"然后你刷个牙快去睡吧。接下来我会醒着,留意大家伙的状态的。"

绘美子麻利地收拾着香蕉皮,背对着优纪说道。

原来绘美子是出于这个想法。她的善良让优纪热泪盈眶,下意识地合起掌来默默向她表示感谢,她还是感到自己不能离开这里。

那天夜里,沙罗并没有自残。第二天也平静地过去了。可就在第三天,沙罗带着那副彻悟了般的爽朗表情,趁优纪她们不注意的当口儿消失了。

"对不起,我还是回到我母亲那里去了。下次再给你们发邮件。"

沙罗消失了两小时后,给优纪手机里发来了这封邮件。

听白百合会的会员说,沙罗在结束了进食障碍的治疗出院后,在康复的过程中已经从"母亲"改口叫"我妈"了。可在这封邮件里,她又变回了原来"母亲"的称呼。

下了电车后,优纪心情很沉重。一片冬季的萧瑟中,随着专线大巴越来越接近目的地,优纪的情绪更加消沉了。

"好像是这里啊。"

在终点站下车后,绘美子一手拿着手绘地图,一手指着蜿蜒曲折的小路前方。

沙罗离开宿舍后第三天,她发来邮件,让优纪她们"一起来听听小野老师的声音"。本以为她只是回到了沉溺于怪异宗教的母亲身边,这次又说要举行一个显灵仪式。

"不可能。"住客们一个个摇着头说。可事实上,每个人内心都对能听到小野老师的声音怀有隐隐的期待。

虽然绘美子嘴上说着非得把她带回来不可,但优纪能感到绘美子心里也或许和自己怀有同样的盼望。

不管怎么说,如果放任不管的话,沙罗又会回到以前那种往返于医院和家里的日子。即便无法说服她回来,她们也要让沙罗感觉到新艾格尼丝宿舍和她仍保持着联系，绝对不会抛下她不管。

丽美之前通过聚会了解到沙罗家中的情况，这次她提出"要一同去，牵着她的手把她带回来"，却被优纪拒绝了，她让丽美再等等。

丽美是住客，不是职员，万一发生什么，就会牵扯到责任的问题。更主要的是，丽美虽然有非法持有兴奋剂和伤害罪的前科，但她的心理是健全的。她为人直率，非常勤劳，总是像亲人一样对同伴关怀备至。可这份关怀并非适用于所有场合。有时还需要冷静的眼光、像对待肿伤那样的慎重，还有随机应变的能力，在必要情况下通过白百合会向专家求助。

一开始，优纪委托绘美子留在宿舍照看大家，自己一个人去。可就在出门时，绘美子苦苦央求优纪带她同去。优纪只得对丽美解释说"沙罗只和绘美子亲近"。这句话戳中了丽美的痛处。最后，优纪和绘美子一大早坐上了高速大巴。

沙罗所在的街区路边排列着一幢幢出租屋，几乎十室九空。有些房子已经被枯萎的藤蔓植物攀及了屋顶。唯独有一家，外墙下方伸出了个洗手间的排气筒，上端的排气扇悠悠地打着转，厨房门口还放着两个液化气钢瓶。

听说沙罗家原本在京都的乡下。她父母离婚后她就随母亲带着弟弟辗转于练马、横滨、川崎几个城市，最后搬到了八王子郊外的一个小镇里。到那里要换乘电车和巴士，离最近的电车站还有一个小时的车程。

沙罗的弟弟很小的时候就得了精神疾病。为了帮他治疗，母亲不停搬家，为的就是寻找好医院和好医生。

由于弟弟有暴力倾向，因而被福利机构拒绝入院。后来又因为国家政策有变，连长期住院都无法实现了。四处漂泊了四年后，终于找到了一家理想的医院能接纳弟弟入院。母亲为了能够经常去看望他，才搬到了这处能徒步到达医院的住所。

母亲担心儿子回自己家的时候会给周围邻居带来麻烦，就没选择住户密集的楼房，而是租了一栋濒临废弃的独栋房屋。

房屋的大门用的是复合板材，优纪按下了门边的门铃。

"欢迎，请进。"

伴随着一个沉稳温柔的声音，门开了。

开门的人一头乌黑的及腰长发，上身穿着件白色长袖丘尼卡，下身穿着条白色帆布长裤，充满光泽的长脸上堆着笑容，显得很年轻。

相比之下，沙罗却干瘦得太阳穴和手臂上的血管清晰凸起，茶褐色的头发夹杂着白发，一把扎在脑后。怎么看都无法想象开门的这位就是她的母亲。

所以沙罗一定是厌倦了这样的生活了吧——优纪在内心自言自语。

沙罗的父母围绕弟弟的治疗方案针锋相对，离婚后母亲带着沙罗，为了弟弟频繁搬迁。沙罗还为了照顾弟弟放弃了学校的社团活动，也没找工作。连个朋友都没有。为了儿子而活的沙罗母亲不允许沙罗自立，俨然把她当成了一个婢女。而沙罗也没有对自己承担这个角色产

镜子的背面

生疑惑，不知不觉，被压抑的心灵就开始对身体发起了攻击。

她开始出现自残行为和进食障碍症等症状，可精神科医生却将这些归结为和弟弟一样的遗传性精神疾病。不过，负责帮助沙罗的白百合会职员当即判断这些是由母女关系引发的，建议沙罗从母亲身边独立出来，让她住进了位于大久保的圣艾格尼丝宿舍。也是因为白百合会的职员考虑到应该通过拉大沙罗和其母亲的物理距离，使她摆脱母亲的影响，才将她转入了远在信浓追分的新艾格尼丝宿舍。

可是，一旦沙罗回到了母亲身边，之前的一切努力都化为徒劳了。

"请进。抱歉家里这么乱。"

这饱含深情的温柔音色，还有带着光芒的微笑，真的酷似小野老师。然而，与这份平和稳重相伴的是一种异样。那套洁白鲜亮的服装和那张年轻美丽的素颜长脸所散发出的瘆人的乐观，就跟离开宿舍前沙罗的表情如出一辙。

沙罗就在她母亲身后，低着头，几乎都不往优纪那里瞧上一眼。

沙罗母亲将优纪她们领到了面对檐廊的房间。这间屋子有六张榻榻米那么大，正面有个铺着白布的祭坛，祭坛上放着水果供品，挂着一幅在半纸[①]上一笔绘就的形似太阳的画。画边坐着一名大汉，弓着背，低着头，虽然萎靡不振，可体格骇人。看着至少有九十公斤重。

"这是我儿子西蒙。"

---

① 规格在 24.3cm×33.4cm 的日本纸，主要用于书法习作。——译者注

"起了个炫酷的名字?"一边的绘美子轻声耳语道。

"嘘。"优纪把食指贴在嘴唇上示意她不要乱说。

"今天向医生请了假,他就住在家里了,为了迎接优纪小姐和小野老师。"

优纪感到背上像是被冰冷的手指抚过一般。无论是初次见面就称呼自己"优纪小姐"而不是"中富小姐",还是将自己这个大活人和接下来要显灵的死者相提并论,都让她感到不寒而栗。最可怕的是,也不知她是以什么理由得到了医生的许可,居然让患有精神疾病的儿子一同参与这种场合,优纪弄不清其意图何在。

漆盘上放着个玻璃杯,里面装的似乎是花草茶。沙罗母亲请优纪她们喝,见优纪有些犹豫,就边将玻璃杯递给优纪,边用温柔的语气说:"今天能见到各位,真是荣幸之至。"

优纪脑海中忽然闪过一个念头——塔哈乌小镇的餐吧里,小野尚子就是在人怂恿之下喝了不明不白的东西的。

更诡异的是,"今天能见到各位,真是荣幸之至"这句话有别于其他母亲常用的问候,在优纪听来似曾相识,她不由得打量起沙罗母亲的脸来。

这是小野老师的口气!一种厌恶感涌上了优纪的喉头。小野老师——半田明美说这句问候时,是坦诚而平和的。但从这位年轻貌美的母亲口中说出,却听着不知像祈祷还是像咒语。连问候和客套话里都要掺入这些东西,这其中的别扭让优纪产生了生理上的不快。

优纪挪动着胳膊接过花草茶，啜了一小口，发现好像就是很普通的洋甘菊茶里加了些蔷薇果而已。

"那我们就来听听小野老师有什么话要说吧。"

沙罗母亲优雅地捋了捋垂在脸颊边的长发，收拾好漆盘，在榻榻米上放了个小小的香炉，让优纪她们围坐在香炉周围。

优纪忐忑地看着绘美子。绘美子皱着眉，一脸为难，却也只是默不作声地照做了。

沙罗母亲给香炉里焚上紫色的香，一股合成香料的馨香之气袅袅升腾。沙罗、优纪、绘美子和沙罗母亲围着香炉跪坐好。

优纪对坐在一旁垂着头一动不动坐着的西蒙有些顾虑，总时不时朝他瞥一眼。

沙罗母亲见状点头说："他会守护我们的。有他在就没事。"

"哦，好的。那拜托您了。"

被人发现自己用异样的眼光打量身心有障碍的人，这让优纪有些难堪，只能努力做出一副顺从的样子低下头去。

"那我们就为死去的人奉上祈祷吧。嗯，不光是我做祈祷，也请各位同心合一地祈祷。不用宗教的方式也没问题。只要祝愿对方在死后的世界里能得到安息和喜乐就行了。你们的祈祷一定能传达到死者那里，死者也会回应你们的。"

"嗯……"绘美子困惑地环顾四周，问道，"我们就像这样祈祷吗？"

这间和室面对着木制房屋的狭小庭院，阳光穿透玻璃拉门投射而入，在庭院晾晒着的衣物的摇曳遮挡下，在屋内闪烁着光影。敞开的移门将杂乱的厨房暴露在大家眼前，移门上方横木上还吊着件灰色的运动衫，像是西蒙的。

"在漆黑的屋子里祈祷都是些想要牟利的人刻意营造的氛围。我们是不会去牟利的。而且为了牟利故弄玄虚的话，可能会把邪恶的东西召唤出来哦。"

绘美子点点头。沙罗的母亲牵起坐在两边的沙罗和绘美子的手。绘美子、沙罗和优纪都照着她的样子牵起了手。

"那就请祈祷吧。为了亡灵的平安和喜乐。"

沉默笼罩在屋内。耳边只零星传来路过的自行车的声音、隔壁家的敲门声、"您的快递"的喊声、附近民居里拍打晒被的声音，还有防灾无线电的广播。

优纪边倾听着这些杂音，边照着沙罗母亲的指示，脑海中回想着被自己当成小野老师的半田明美和死去的小野尚子，在内心祈祷了起来："希望你们能在那个世界平安、幸福地生活。"

"看见了。"

几分钟后，沙罗的母亲忽然抬起了头。优纪偷偷回过头，只见方才还耷拉着脑袋看着正下方的沙罗弟弟这时正抬着下巴朝正前方看去。他浮肿白皙的脸上有一对和沙罗酷似的大而空洞的眼眸，瞪得大大的，不知在看着什么。

"她正蜷缩在墓地边，哪儿也不去是吧。"

沙罗母亲开口道。优纪下意识地握紧了一边绘美子的手。绘美子也下意识地紧紧握住了她的手。

"请大家同心祈祷说'你已经自由了，可以去往那个世界了'。"

刹那间，优纪感受到了一股难以抗拒的力量。

也不知是为什么，她觉得自己被一种怪异的气氛吞没了。

优纪照着沙罗母亲所说的祈祷起来。也不知要得自由的是被杀害的小野尚子，还是度过了二十多年伪装生涯的半田明美。她微启的双唇将原本藏在心中的祈祷轻轻念出了声——

"你已经自由了，请去往另一个世界吧。"

优纪感到一股强烈的意识流过脖颈。那是微温的风。几秒钟后，平和的寂静又悠然而至。

"谢谢，她好像已经感知到我们的祈祷了。"

牵着的手分开了。是沙罗的母亲将女儿和绘美子的手同时松开了。围成的圆环散了。

"已经没事了。"

沙罗的母亲点点头，一脸柔美。

"这个人因为错误的信仰，灵魂一直逗留在这个世上。"

"什么叫错误的信仰？"优纪问道。

"嗯。就是说，她因为错误的信仰，一直蜷缩在墓前，哪儿也不去，等着大天使加百列①吹响审判的号角呢。其实根本就没有这回事，也没有什么最后的审判。死后所有人都会变成灵魂去往灵国，可她却还一直蹲守在自己的墓地边呢。"

"是榊原！"

绘美子喊道。榊原信仰着非同一般的基督教，将禁欲的生活强加在自己身上，还奉劝别人也过这样的生活。这位榊原久乃一定相信人死后要等待最后的审判。

显灵会和优纪想象的不太一样，这让她有些摸不着头脑。

"您说的榊原的坟墓在哪儿呢？"绘美子询问的语气里没有怀疑，并不像在试探，纯粹就是想知道榊原久乃去往的世界和她灵魂的现状。

"嗯——，有块白白的石头。右边有棵树。"

"树？开着花的……"

"嗯，类似这种颜色嘛……是……"

"不是山茶花吗？"

"对，是粉色的花。"

"是榊原奶奶，没错……"绘美子脸色苍白，肩部微微颤抖起来。

榊原久乃的遗体很快就被警方确认了，由长时间没有联系的妹妹带回了山形县，葬在了榊原家的菩提寺。无论本人是名多么虔诚的基督徒，既然死于非命，又没留下遗言，她那些没有信仰的家人当然就

---

① 基督教中的一名天使，受委托代表上帝传递一些重要信息，出现在《圣经》的《但以理书》和《路加福音》中。——译者注

按照他们的风俗习惯将之下葬了。

优纪作为宿舍代表忙于处理火灾后的各项事务，还要寻找新的住处，无法参加入葬仪式，就由绘美子去往榊原妹妹夫妇那里慰问，并祭扫了坟墓。

"白白的石头，那是新翻修的墓地。边上是有棵高大的山茶花树！"

无论职员也好，住客也罢，都对久乃的信仰嗤之以鼻。可当大家得知她被葬在了和基督教八竿子打不着的曹洞宗的寺庙里时，不仅仅是宿舍里的人，连白百合会的人都万分同情。

就是这位久乃，在自己的墓地前蹲守着，苦苦等待着最后的审判。这场景既鲜活又哀伤。

"已经没事了。"

沙罗的母亲露出了迎接优纪她们时的那副乐观的表情。

"我已经将各位的心意带到，明确告诉她可以走了。已经帮她做好了上路的准备了。"

优纪她们并没有相信这些话，只是觉得很幼稚。不过内心还是松了口气。

虽说这二人是一同被烧死的，但优纪满脑子都是小野老师。

久乃也同样是为了救出婴儿和年轻的母亲被烧死的。可说来优纪却还曾怀疑过她。明明她对新艾格尼丝宿舍做了那么多贡献，在她的推拿术之下，也有不少人被治愈，自己却将她视作偏执的狂热信徒而报以怀疑的目光。优纪为自己的不知感恩非常后悔。当她得知久乃蹲守在禅宗菩提寺的墓碑前时，优纪有种无可奈何的酸楚，是沙罗母亲的话安慰了她的心。

人的正常思维就是这样崩溃的吗——优纪似乎听到内心理性的声音在低语。

"那小野老师呢……"优纪问道。自己当初对这些岂止是将信将疑，分明是带着要将沙罗从沉溺于邪教的母亲身边救出的使命感来到这里的。可现在，自己却按捺不住内心的渴望，迫切想要知道小野老师——半田明美和小野尚子之间的灵魂交流，甚至可能的话还对听到小野老师的声音期待起来。

"抱歉，今天只能见到这位榊原久乃了。小野老师要等下一次了。"

"明白了，对不起。"

榊原久乃的灵魂逗留在这个世界，还蹲守在自己不信仰的宗教的墓石边。为了将她送到那个世界，那个不知是天国，还是灵界，还是冥界的世界，沙罗的母亲看似已经耗尽全力了。

不过，当优纪听到"下次"这个词时，她忽然回过了神。

"嗯，抱歉，请问礼金怎么算……"

"礼金？"

沙罗的母亲露出诧异的表情，她似乎没听明白。

"就是祈祷费，钱。我们只是靠一些捐款和住客们微薄的收入来维持运营，高额礼金是付不起的。"

"钱什么的根本不用。"

沙罗的母亲摇着头,长长的秀发随之晃动起来。

"只要一些鲜花、供品或者袋装的点心就可以了。毕竟我和西蒙都不是为了钱。"沙罗母亲笑着看向儿子。这会儿,这个西蒙又耷拉起了脑袋,跟一朵枯萎的花似的。

"沙罗。"

这时,绘美子像想起了什么似的呼唤起了沙罗。

而此时的沙罗正瑟缩着肩膀,坐在西蒙的身边、母亲的身后。听见绘美子喊她,她身体一动不动,连头也不转一下,仅仅将呆滞的眼珠转向绘美子。自始至终,她都保持着沉寂。别人问什么她回答什么,母亲指示她做什么她就照做。除此之外别无反应。在新艾格尼丝宿舍的时候,她有些什么就会喊叫,会诉说,有时也会割腕。可现在,沙罗却候在母亲身后,瑟缩着肩膀一味地保持沉默,坐着一动不动,就好像是被人下了命令,只要没人对自己说话,自己绝对不能有任何行动,宛然一个侍奉母亲和弟弟的奴婢。

沙罗一旦回到了这里,再要把她带回位于小诸的宿舍就相当困难了。就这样的家庭、这样的环境,对于沙罗而言难道也算是个家吗?她一边如此告诫着方才还沉醉于这位母亲的显灵术的自己,一边凝视着眼前的光景——

阳光灿然的和室,面具般的乐观笑容,长发乌黑油亮的母亲,在她一边低垂着脑袋的巨汉。

小野老师比起沙罗的亲生母亲，更懂得宽容地全然接纳她的心灵。然而，自己却无法做到。沙罗的心已经不在新艾格尼丝宿舍了。

一切都化为徒然。沙罗放弃了一切的反抗，再次回到了她母亲的掌控之下。

优纪和绘美子无可奈何地离开了八王子的民宅。

前往公交车站的路上，绘美子小声问优纪："你注意到了吗？就是祈愿榊原奶奶的灵魂平安去往那个世界的时候。"

绘美子迟疑了一会儿，用一种恳切的眼神看着优纪。

"不是骗人的，我真的看见了。那个祭坛上的白花……"

沙罗家的祭坛上供奉着小小的形似水仙的白花。

"那小花原本朝向一边的，突然朝这边转了过来。"

听绘美子的语气，似乎在殷切地恳求优纪不要认为自己所说的是妄言，是自己的心理作用。

"我觉得是榊原奶奶回应了我们，像是在和我们打招呼说，谢谢，我明白了，那我就去了。"

尽管绘美子说的是"我觉得"，可就像是在讲述一个明明白白的事实。

已经没事了，别在那种地方等下去了，去天国吧。没有人会来审判你的。因为你活得正直，给了年轻母亲和婴儿第二次生命。最后的审判也好，曹洞宗的葬仪也罢，都和你无关。你的灵魂是自由的——这是优纪她们的祈愿。难道绘美子是想将她看到的现象解释为久乃对

375

这些祈愿的感谢，她的灵魂已经从地上偏执的信仰中解脱了出来，乘风而去了吗？

抛却这些怀疑，留下的只会是令人欣慰的灵魂被净化的光景。

沉默的沙罗搅扰起了优纪内心的不安。优纪担心沙罗在那个家中，在母亲的身边会不会加重她的进食障碍和自残行为，又回到了曾经往复于医院和康复机构的状态了呢？还是说会心安理得地待在疯狂的灵异世界里，甘愿做母亲的仆婢呢？

那天，优纪回到宿舍后就给知佳发了邮件，讲述了这天发生的事。

马上，知佳就打来了手机。

"快停止吧。你们绝对会被骗走钱财的。第一次给你们免费，接下来就会收取三万、五万这样的数目，等回过神来总额都要超过一千万了。"

知佳在电话那头惊呼。

"塔哈乌渔村那些魔鬼附体的传言都比这强，人家好歹不是为了牟利。"

"我原本也是这么认为的，可沙罗母亲说不要钱，给些花或者供奉的点心就可以了。而且说那里开着的花就足够了。"

"肯定是在骗人。那是个陷阱啊！"

"不过啊，"优纪吞吞吐吐继续道，"真的被她说中了，这点也不知该怎么解释。连我们都快忘记的榊原奶奶她都提到了，而且说得还很准。"

"内幕，肯定有内幕！"知佳打断了优纪，"沙罗小姐的情况我不太了解，可她的问题基本可以归结到她母亲身上。那不就是个恶毒的母亲吗。是这个恶毒的母亲诱使沙罗说出了宿舍的情况。若是放任不管的话，沙罗会被她折磨得惨不忍睹的。"

"的确如你所说。确切地说，她已经被折磨得不像样了。可我却不能干预。毕竟是她的亲生母亲，沙罗也是个成年人了。而且我只不过是一个机构管事儿的，没有任何权力出面干涉啊。"

优纪一边悲伤地唉声叹气，一边在心底暗自神伤："最主要的还是因为我不像小野老师，能赢得所有人的全盘信赖。"

一个星期后，优纪再次前往沙罗的家中。这回身边同行的不是绘美子，而是知佳。

"你要是放弃了，沙罗小姐就会被折磨成废人的。的确，资金呀、住处啊都让你不少操心，但机构里的住客变成这样，这个机构不就没有存在的意义了嘛。无论找什么理由，我们都要把沙罗带回来。"后来，知佳再次打来电话如此告诫优纪。她和沙罗只交谈过两三句话，却如此关心她，这让优纪有些感动了。

"让我和你一起去吧。"知佳说道，"我倒要好好瞧瞧，她到底使了什么伎俩。"

知佳千里迢迢去菲律宾实地走访，挖掘出了半田明美的犯罪真相，

377

换作她的话应该能抓到些什么把柄吧，而且没准还能想出带回沙罗的方法。优纪内心渴望同宿舍和白百合会以外的世界的人接触。当然更为重要的是，她渴望同知佳这个人一起行动。

显灵会和上回一样的流程开始了。

知佳和大家围成一个圈，手牵手跪坐下。她紧紧盯着沙罗母亲，生怕错过她的任何可疑举动。

这天西蒙不在。沙罗母亲解释说，由于他状态不佳，未得到主治医师的出院许可。沙罗比上次来更没有存在感，只是耷拉着肩膀坐在母亲身后，连看也不朝她们看一眼了。这似乎印证了知佳的担忧。优纪再次下定决心，一定要把沙罗救出来。

沙罗母亲宣布说，这次召唤的是小野尚子，来听听她怎么说的。

"请问……"在仪式正式开始前，沙罗母亲把脸转向知佳，"我觉得你还是要想清楚为什么要和小野女士说话。"

"什么？"

知佳看着沙罗母亲的脸，显然很不愉快。

"可不能仅仅因为好奇才来这里的哟。没有迫切想与死者对话的诚意，也许就会招致可怕的事情哦。"

知佳默默地在鼻子里哼着气，似乎在说——你这是在威吓我吗？

优纪牵着知佳的手，感到知佳手里冒着冷汗。这冰凉的手明确地传递着知佳对沙罗母亲的抗拒和对这里氛围的反感。

大家围成圈，牵好手后，过了几分钟，沙罗的母亲开口了。

"啊，美丽而稳重的女神一般的人啊……长头发的……"

优纪所知的小野老师——半田明美是短发。她马不停蹄地工作，将花白的头发剪短，来节省打理头发的时间。

知佳的手更加湿润了，显然她很紧张。虽然沙罗母亲要求大家闭眼，但优纪还是放心不下，偷偷瞟了一眼一边的知佳。果然，为了不放过任何玄机，她瞪大着眼睛，目光在沙罗母亲、祭坛还有沙罗间来回移动着。

"她对我说——请你告诉她们，我没什么可担心的。因为你们继承了我的遗志。就算我不在了，你们一定会继续完成我的志向。"沙罗母亲将整个身体面对着优纪说道。

优纪疑惑地端详着她的脸。毫无疑问，那眼眸像极了小野老师。

"她还说，我很幸福，没什么遗憾。我救下的爱结也一定会茁壮成长的，你们大家要好好守护好她啊。"

一种不可思议的感动充满了优纪的内心，让她说不出话来。

"我想请您告诉我。"知佳冷不防地插了嘴，"我们的一切都被烧毁了，可小野老师您的财产该如何处理呢？如果您还有财产的话，能允许我们用在新艾格尼丝宿舍的运营中吗？如果您允许的话，这些财产又在哪里呢？"

周遭一片沉默。知佳是为了识破她糊弄人的伎俩才发出此问的，而且这个问题很实际，在这样的场合下显得很突兀。优纪从"小野老师——半田明美"的口中得知，小野尚子双亲过世后，她继承的财产中除了已经卖掉的旧轻井泽别墅以外，还剩些股票、债券和现金。可这些资产涉及隐私，优纪并不知晓。而且，在搬至信浓追分的时候，卖掉别墅的不是小野尚子，而是优纪所认识的"小野老师——半田明美"。

日常的机构运营费用靠捐款和住客们支付的住宿费及其他方面的费用来补足。如有不足，小野老师就会自掏腰包来填补缺口。

不久，沙罗母亲开口了。

"是名男子。我看见他手提着个口袋，口袋印着青色的、有些绿莹莹的标志。"

优纪惊讶得倒抽一口冷气。存有新艾格尼丝宿舍运营资金和捐款账户的地方银行的标志，还有存放运营赠礼的袋子上的图案都是藏青色和红色的。不过，宿舍的办公室有时会收到大型城市银行寄给小野尚子的通知。办公室和起居室里随意堆放着的银行纸袋或银行赠送的纸巾盒上，印着的标志都是青色或是绿莹莹的颜色。不过，优纪并不知道给小野老师这些东西的银行职员长成什么样。

这时，闭着眼低着头的沙罗抬起了头。

"我最亲爱的各位。"

她突然开始开口说话了。音色就是沙罗本人的，可口吻却和小野老师的一模一样。小野老师不称呼大家为"孩子"或是"姑娘"，而是"各位"。她用"我最亲爱的各位"这一称呼来表达对住客的尊重。

"我能守护大家真是万分荣幸。我至今有过三段人生。第一段人生在送走父母、来到寒冷阴暗的轻井泽就结束了。与此相反，第二段人生是在酷热潮湿的南方岛屿上结束了的。那里困苦艰辛,我被关在漆黑的地方,那时……"

沙罗停了下来。

"抱歉打扰一下。"

知佳刚要探出身子气势汹汹地提问,就被优纪迅速地拉一下手制止了。

沉默了许久。阳光明媚地照进屋子。耳边是防灾无线广播反复播放的扩音提示——近期流感肆虐,请大家回家后洗手漱口……

沙罗的母亲静静地闭着双眼。

沙罗再次开始说话了。

"那时,我知道自己已经死了。心想,啊,我死了,很不光彩。在异国人们鄙夷的眼神下,我以一种耻辱的姿态倒下了……"

一旁的知佳挑衅似的挪动着身子,甩开了优纪的手。她紧握着的双拳支在大腿上,撑开着手肘。

"过了一阵子,我因为痛苦而醒来。发现自己跟个婴孩一样什么都不知道。又疼痛又难受,对发生了什么一头雾水。不过我还是渐渐明白了自己到底是怎么了。原来,我得了重病。不过重病驱散了邪恶的灵魂。虽然又痛苦又难受,但此时已不再黑暗。因为身体虽然痛苦,但大家都非常珍视我。过了很久,我的病才治好。接下来就遇到了你们。大家同吃、同住、一同干农活,真的很幸福。真的谢谢你们。最后死于火灾是我的宿命。我从进我母腹之前就知道会这样。而我就选择了这样的命运。虽然我没有自己的孩子,但却可以救下本会被火烧死的孩子。这是我命中注定的。神明给了我三段人生。第一段作为小野家的长女过着衣食无忧的生活,却因为自己的任性,在酗酒中被葬送了。第二次生命是因为遇见了白百合会和新艾格尼丝宿舍的伙伴们而获得的,她们给了我成长的机会,我用感恩走过了这段生命。然而第二次生命也戛然而止了。真的是太不幸的遭遇了。我遇到了黑暗邪恶的东西。不,不是邪恶,而是一个万分可怜的灵魂。而我本该在这次就死去了,却在有一天,在医院的病床上睁开了眼睛。我还是第一次有过如此痛苦难受的经历。我才意识到自己得了重病。不,不是我,是她。她因为重病而去世了。她的灵魂从黑恶之中解脱出来飞走了,于是,我才得以开始第三段人生。正因为我获得了三倍于别人的人生,才希望好好珍爱各位。然而,这次我去了。不会再回来了,所以各位,你们要珍重啊。你们幸福才能让其他有相同境遇的人幸福起来。"

　　这些台词虽然做作,却让优纪禁不住泪眼婆娑。不知道小野老师的人或许会嘲笑她。然而沙罗的语气和表情都毫无疑问就是在火灾中丧生的小野老师本人的。连一旁的知佳都惊愕得张口结舌。

　　去往汽车站的路上,优纪和知佳都一言不发。
　　沙罗脸色苍白,步履蹒跚,被知佳和优纪架着带回了宿舍。
　　她若是继续在这个家待下去,肯定是死路一条。对她日益加剧的自残行为和拒食症,她母亲一定只会冷眼旁观。

显灵会一结束，知佳就一把将优纪拉到自己身边，对她耳语起来。

优纪这会儿正被"小野老师"的话弄得心乱神迷，甚至还有些感动，直到被知佳拽得胳膊生疼，才回过了神。

"这话得你去说。"

知佳说着指了指正忙着收拾的沙罗母亲的后背。

"明白。"

优纪抱着被拒绝的心理准备，叫住沙罗母亲，慎重地开口，要求将沙罗带回。

令她意想不到的是，沙罗母亲居然欣然放手了。

"你可要告诉大家真相啊。"母亲微笑着对沙罗说道。

沙罗对母亲言听计从。所谓"告诉大家真相"，说的应该是将母亲的信仰广为传布的意思吧。看来，她是想把沙罗培养成传道人了。

优纪不能像知佳一样一心只想着救沙罗。作为宿舍的代表，她还必须考虑这件事对于有着心理问题的住客们的影响。

沙罗母亲美丽的笑颜里，优纪看不出一丝一毫对女儿的爱。

沙罗疲惫得连站也站不稳，被两个女人架着，摇摇晃晃地迈着步子。而这位长发及腰、年轻得有些异常的母亲见此情景却泰然自若，只是说了些感谢和祝福的话语送走了女儿。

正巧路过一辆出租车，将一行人送到了最近的电车站。这时，沙罗的状态才好转了些，只是有些迷离，脚步也稳了，侍候在母亲身后似的那种谨小慎微到极致的状态也消失了。同知佳告别后，优纪和沙罗坐上了高速巴士。沙罗在巴士里吃完了优纪在新宿巴士总站买的三明治后，就将头搭在优纪肩上睡死了过去直至汽车到达小诸。

第二天早晨，优纪给大型城市银行——五洋银行的佐久支行打去了电话。

接电话的银行女职员听到优纪想打听关于小野尚子名下账户的事时，就把电话交给了一名男子。

优纪告知了他自己的身份，说明了小野尚子死于火灾、印章和存折都被烧毁的情况，还询问对方银行是否有小野尚子的账户，有的话她的存款该如何处置。

"抱歉，请问您和去世的这位小野尚子之间是什么关系呢？"

优纪听后又重复解释了一遍。

对方对优纪的问题概不作答，他说这关系到个人信息，即便是她的亲生儿子，自己也无法在电话里告知，希望优纪拿着身份证明或委托书等材料前往窗口咨询。

"我只是想知道她是否在五洋银行有账户而已。"优纪解释道。可对方仍旧守口如瓶。

几天后，优纪有事前往轻井泽，就顺路又去了五洋银行的佐久支行。

虽然她带了身份证明还有新艾格尼丝宿舍的法人证明等材料，可银行方面仍拒绝提供任何关于小野尚子的账户信息。

在窗口接待优纪的是名身穿制服的女性，并不是像沙罗母亲所说的上了年纪戴着眼镜的大个子男人。不过，当这名女职员不知该如何处理优纪的诉求时，她喊来的上司却是个身板宽厚的男子，上了年纪，前额的头发也秃了。正当优纪心想他没戴眼镜时，这名男子为了看优纪递上来的材料，就迅速从胸口的袋子里取出老花眼镜戴了起来。这场景就跟沙罗母亲描述的一模一样，令优纪有些起鸡皮疙瘩。

虽然对方以事关个人信息为由拒绝提供任何信息，但当优纪准备离开时，负责接待的年轻女职员喊住了优纪。

这名职员边问优纪新艾格尼丝宿舍的运营经费是如何管理的，边递给优纪自家银行的宣传册。

优纪回答自己的机构在地方银行已经有账户了。可这名女职员却递给了她一个装有迷你包装袋和纸巾的袋子，殷勤地请求优纪在自家银行开设账户。只见那袋子上的银行标志正是浅青色和薄荷绿这两种色调组成的，被沙罗母亲说中了。

回到小诸后，优纪就给知佳发送了邮件，描述了她去五洋银行的始末。

两天后，知佳打来了电话。

她说她读了优纪的邮件，还联系到了小野尚子的亲哥哥，他现在已经继承了位于文京区的出版社了。

"你居然联系到了他？"

连警方来询问的时候，这位兄长都以断绝了兄妹关系为由要求对方不要再联系了。

"是啊，我可是把电话打到他家的哟。"

"他的家！他不生气吗？"

"不管他生不生气，他只能回答我啊。暂且不论他本人是怎么想的，从权利关系这一层面来说，他和小野尚子客观上还是血缘关系啊。"

知佳说，小野孝义接到电话后，问的第一句话就是"你是从哪里知道这个号码的"。她就如实告知了自己的职业，交代了自己是从了解出版社情况的熟人那里得到了他家的电话。

对方警觉地问知佳"找我有什么事"。知佳刚回答说想了解小野尚子的情况，这位兄长就说"小野尚子的确是我妹妹，但我不会告诉您任何情况的"，正要挂断电话，知佳急忙大呼"请等一下"。

"是关于小野尚子银行账户的事。"知佳说。

"原来如此。"这名兄长冷冷地回答。

知佳解释说，火灾中丧生的小野尚子好像在五洋银行有账户，但她所运营的机构的代表给银行打电话去确认，银行方面却不予回答。

"这是自然的。"

"所以，我就是想知道小野尚子女士是否真的在那家银行开设过账户，您方便告诉我吗？"

"您为什么想知道这件事？"

"因为小野女士设立的机构的公益法人那里总是收到信用卡公司的账单。这让她不堪其扰。"知佳撒了个谎。

"难怪。"对方似乎接受了她这个理由，继续道，"那个慈善团体是和女子宿舍有关吧？"

"是的。是新艾格尼丝宿舍……"

"的确，五洋银行是有小野尚子名下的普通账户。"

小野孝义说，小野尚子可能死于火灾的新闻报道一播出，五洋银行负责人就给自己打来了电话。

"毕竟我是继承人。"小野孝义用事务性的口吻补充道。

"那么，小野尚子女士既然去世了，她的账户应该就被冻结了吧？"知佳确认道。

对方沉默了几秒钟后开口道："小野尚子，还没死呢。"

"什么意思？"

"她可能是失踪了。"

知佳心头一颤。

"您应该也从女子宿舍那里听说这件事了吧？"

"嗯……是啊。"

想来，作为同胞哥哥，他知道这件事也是理所应当的。

"火灾发生后，警察打来电话说遗体不是我妹妹的，不仅如此，至少九年前，我妹妹就不在那里了。我已经向家事法庭[①]申请宣告她失踪，在她的行踪得到确认前，小野尚子的账户就不会被冻结。"

---

① 在日本审理所有与家庭和家庭关系有关的案件的法庭。——译者注

知佳说小野孝义就对她说了这些。

"虽说是小野女士唯一的血亲,但感情也不过如此。我真是为这位真正的小野尚子感到可怜。"

接着,知佳一反常态,以一种吞吞吐吐的语气有意无意地问道:"或许……沙罗小姐的母亲真的能看见我们看不见的东西?这次五洋银行的事,跟她描述的如出一辙啊……"

"的确被她说中了。我曾听说过,有的人能看见灵魂,或者说能作法让灵魂降临。据说沙罗也是从小就被她妈妈充当灵媒的。"

白百合会为身心障碍者的康复举办的聚会中,优纪曾从沙罗本人口中听说过这事。

"虽然沙罗的弟弟西蒙上次不在场,不过也许他也具备这样的力量。"

"听说有些十多岁的孩子出生在复杂的家庭,或者遭遇过欺凌,或者生活艰辛,他们有时就会具备超自然的力量。"优纪也提到了自己曾在杂志上的见闻。若不是前阵子目睹了沙罗的样子,她绝对会对这样的内容一笑而过的。

"我本也以为连银行的事都说中似乎不太可能,可这次五洋银行的事发生后,让我不得不怀疑这种灵异事件的可能性了……"

10

新艾格尼丝宿舍租借的房子的里间有一间和室，曾经被用作佛堂。

正对着门的架子上原本放置着巨大的佛坛，如今却铺上了印有小花纹样的白布，上面摆放着小野老师和榊原久乃的遗像、装有水的玻璃杯、散发着宜人芳香的线香和香插、鲜花，此外，还有爱结获救时手中握着的小羊玩具。

小野老师和榊原久乃死后都没有牌位，搬到这里后，职员和住客们经过讨论，才制作了这个祭坛。

这间屋子里还放进了一个梳妆台，是有人通过白百合会捐赠的。梳妆台非常简约，抽屉上方仅仅安着面七十厘米高的镜子。沙罗用正坐的姿势跪坐在镜子前，其他成员则守候在她身后。

沙罗被带回宿舍后的第二天，她就说想要召唤小野老师。

她声称自己可以让小野老师的灵魂进入自己的身体，由此传达老师的话。

丽美叹着气说这件事很愚蠢。而优纪和绘美子则担心，原本沙罗和其他住客稍有风吹草动就会敏感地产生过度反应，沙罗这样一来大家只会更加混乱，没准还会一起深陷邪教之中。

作为职员，优纪和绘美子自然是不允许机构内举行稀奇古怪的仪式的。不过，就算是她们，心底里也隐隐盼望着能通过沙罗之口听到小野老师的话语。

年轻的住客们自然也抱着同样的期待。有的是出于好奇，有的则是出于真切的思念。

尽管优纪她们禁止了沙罗进行迷信活动，可最终，沙罗还是在众人都熟睡的深夜和同屋的三个人组成了圆阵，在LED灯筒的昏暗照明中举行了显灵会。

绘美子被叫醒进入她们房间时，显灵会已经开始了。

沙罗在梳妆台前笔直地跪坐着，她并没有和母亲要求优纪的那样让大家手牵手。只是轻声地要求三名年轻的住客回想小野老师。

"沙罗。"

优纪轻声地喊着沙罗，以免造成混乱。可没有一个人回应她。

其他住客们听到优纪和绘美子的脚步声后也跟着进了房间。

沙罗背朝着优纪她们，丝毫不为所动，只是静静地对着镜子，将食指贴在嘴唇上，示意安静。

"请不要问小野老师任何问题或索要什么，而是轻轻呼吸，就好像灵魂和灵魂互相接触那样。"

"拜托。"

丽美闯进了屋子,那气势几乎要把拉门都拆下了。她从沙罗背后把手搭在她肩上。"好烫!"就这一刹那,她缩回了手。丽美看着自己的手掌,又回头看看其他人。

"这孩子是怎么了……"

隔壁再隔壁的房间里传来了爱结的哭闹声,像是被大人们的动静吵醒了。不过阿遥这位做母亲的却一脸茫然,站在原地一动不动。

丽美见状咂了咂舌,向那爱结所在的屋子跑去。

这时,优纪注意到镜子里沙罗的脸似乎晃动了一下。她的眼睑满是进食障碍症恶化时留下的皱纹,脸颊处刻着两道深深的法令纹。薄薄的嘴唇正微微地嚅动着。

她这是在吟诵祭文,祈愿小野老师在死后的世界里得享安宁和喜乐。

优纪感到浑身无力,无法阻止她,只能凝视着沙罗的脸。

这时,正坐着的沙罗原本挺直着的脊背忽然软了下来向前弯曲,整个身体都软绵绵地压在了正坐着的腿上。

真的显灵了——优纪感到。

沙罗的背影正是平日里一直习惯正坐的小野老师。

这时,隔扇另一头婴儿激烈的啼哭声戛然而止了。丽美哄孩子的声音也停了下来。

"爱结……"

小野老师借着沙罗的身体对爱结说话了。

优纪轻轻打开隔扇。不用她喊,丽美已经一脸愤怒地抱着爱结站在那头了。

爱结安静了下来,正张开泪汪汪的眼睛看着天花板附近。

"爱结,几天不见就长得像个小女孩儿了……大家看上去都很幸福,真是太好了。"

一脸茫然的爱结脸上浮现出了笑容,咯咯咯地笑出了声。

那情景,真就好像小野老师在她身旁,蹲下身子,握住爱结胖乎乎的手腕,轻轻拍打着她的背逗她开心。

所有人都目不转睛地凝视着这一幕,看得出神。

丽美惊呆了,喃喃自语道:"这是怎么回事……"

这时,沙罗的脊背突然紧张起来,向后仰着。这一幕被优纪用余光捕捉到了,她立刻朝镜中看去。

只见镜中的沙罗紧皱着眉头和鼻子,表情变得痛苦,用双手捂住耳朵。

"烦死了,烦死了,快把那小屁孩儿的嘴堵上。都会死的,都会死的,都会死的。你们这群人马上都会死的。那时候大家都被烧死就好了。那个小屁孩儿和性成瘾的母狗死了对人对己都是功德。好容易把这个人渣聚集的龌龊之地用火烧干净了……"

镜面晃动着,镜中出现了一个模糊的轮廓,但明显和沙罗不像是同一个人。虽然看不清她的五官,但能分辨得出那丑陋的样貌。她面部扭曲,狂乱地挠着头。

爱结也沉默了下来。她没有哭。在场的人没有一个逃走，也没有一个往后退，而是都僵直着在原地愣住了。

沙罗把魔鬼召唤来了——这是优纪第一个想到的，因为榊原久乃时不时会把这话挂在嘴边。榊原久乃对他人的信仰和传统仪式都不太包容，盂兰盆节的时候会阻挠宿舍的成员点火迎接亡灵或制作牡丹饼①。她曾一本正经地告诫大家说，不可以将死者的灵魂召回这个世界，因为这会把邪恶之人一同召唤回来的。住客和职员们听后都哑然失笑。

然而，优纪却感到榊原久乃的话应验了。

镜子前，沙罗狂乱地挠着头呻吟着，时不时还夹杂着只言片语——去死，去死，去死，这群蠢猪般的男人，蠢猪般的女人。含着金钥匙出生，在大家百般恭维下长大，和这群人渣为伍，自以为高尚地给她们说教，施舍……还以为自己了不起，杀了你，我下毒，让你死也死得丢人现眼……可把人埋在这阴冷潮湿的地穴里……你们，都要死啦，马上，马上就要死啦，这烦人的小屁孩儿，母猪母狗，人渣，都死去吧，落个清爽……

就在这一瞬间，沙罗正要直起腰，忽然就挺直身板向后轰然倒下，一阵巨大沉重的撞击声响彻屋子，让人难以想象倒下的是个人。下一秒，屋子里想起了爱结哀号似的尖锐哭声。

---

① 用糯米、粳米或赤豆做成的日式点心。由于民间有赤豆可以驱邪的信仰，常被作为驱邪之物供奉祖先，出现在盂兰盆节或七七忌日的场合。——译者注

沙罗仰面倒下后，头部淌出的殷红鲜血弥散到榻榻米上。

其中一名住客双手捂着嘴，闷声尖叫起来。绘美子则战战兢兢地扶起了沙罗。

没有什么血。原来是摇曳的光线造成的错觉。

丽美麻利地将镜子抬回原来的房间后，对年轻的住客们大喝道："别再干这种蠢事了！下次可真的要被附体了。"

看来，就连丽美也并没有全盘否认这种灵异现象。

优纪和绘美子将神情恍惚的沙罗扶起后，把她带回了她们自己的卧室。丽美则将其他三人赶到了面向檐廊的朝南起居室，并把她们的被子拖到那里让她们睡下。

屋子里的荧光灯亮了一晚上，那夜无人入眠，大家睁着眼迎来了黎明。

早上，众人在丽美起床的命令声中叠被子，烤面包，将煮鸡蛋和沙拉装入盘中，在桌上摆放好。

每个人都刻意地装得和平时一样。可在晨光中，回想起昨夜发生的事，每个人都不免有些尴尬。

优纪进入办公室后，年轻的住客悄悄跟了进去，指着她手中的手机说："对不起，你能把那个视频删掉吗？太恐怖了。"

宿舍的手机一般都由优纪保管，但为了必要的情况下每个人都能轮着用，就一直放在显眼的位置上。这名住客说，昨晚就是拿着这部手机临时把那时的场景拍了下来的。

"因为我想留下证据，觉得沙罗会不会在装神弄鬼。可是最后真的就成那样了。要是还留着那个视频，连这部手机都快被诅咒了。"

优纪只是点点头，并没有删去视频。尽管她不会再次播放这个视频了，但和这名住客想的一样，也感到应该保留下来作为证据。毕竟这件事和知佳、长岛，还有那些不在场的人说了，他们也未必会相信。

沙罗看上去已经平复了。

然而，这件事并没有就此结束。

后来，同样的事又反复发生了，尽管这不是出于沙罗的本意。正像丽美说的那样，她真的被附体了。

沙罗会在黎明时分突然起身大叫，吓坏了室友们，所以优纪就把她带到了自己和绘美子的卧室来睡。这一来看似情况有所收敛，可别的年轻住客又说自己半夜上洗手间时，在镜子里看到的不是自己的脸，而是别人的脸，半夜三更弄得鸡飞狗跳。还有的住客说傍晚在打工回来的路上，从电车站到宿舍的路原本熟悉得不能再熟悉了，却突然迷路了。按照她本人的说法，就是东南西北的方向突然转了九十度，感觉自己误入了异空间，尽管自己熟悉的风景一个接一个闪现，可就是回不到宿舍这里。

一波未平，一波又起。大家开始听到墙上有人钻孔的声音。优纪把这个声音用手机录了下来，马上重播了一下，麦克风里的确发出了钻孔的声音。可既不会有人往人家家的墙壁上打孔，附近也没有道路在施工。

钻孔的声音出现后过了几个小时，原本在开心玩耍的爱结又突然间发生了惊厥。

听见年轻住客们的骚动，在办公室整理账本和票据的阿遥慌慌张张闯了进来，发现绘美子正抱着爱结不知所措，而她怀里的爱结则浑身僵硬挺着身子，翻着白眼，咬紧的牙关间发出了不知是哭声还是呻吟之声。

阿遥惊叫起来，从绘美子手中一把抱过自己的孩子。

"爱结，爱结！"她哭着喊着，摇晃着孩子想要止住她的痉挛，被丽美一声"住手"给喝止住了。她将爱结放倒在榻榻米上，将她的头侧向一边，以防呕吐的时候不被呕吐物堵住气道。

绘美子则撬开了爱结的嘴，想让爱结咬住毛巾，也立刻被丽美制止住了。丽美将爱结穿着的紧身裤脱了下来。阿遥见状好像终于回过神来，熟练地将爱结露在外面的尿布胶贴松开，还调松了爱结的上衣。

站在原地看着二人的手忙前忙后的优纪这时低头看了下手表。尽管她感觉这个过程很漫长，但其实痉挛只持续了两分钟就止住了。她曾经在家乡的时候，住在附近的堂姐家的孩子就常常发生热惊厥，于是判断这种程度的惊厥没必要担心。不过，见年幼的孩子翻着白眼、握紧双拳向后挺直的样子，她仍然无法保持冷静。

阿遥将体温计塞到无精打采的孩子腋下。

孩子没有发烧。

"必须得去趟医院。"阿遥说着站起了身。

如果孩子不是因为发热引发的惊厥，那就有可能是脑膜炎等其他更加危重的疾病。尽管阿遥乍一看有些缺乏常识，但在保健中心的时候可是把育婴手册里的一字一句都读了个透的。

优纪立刻用机构的汽车将爱结带去附近的医院，幸而不是脑膜炎。医生的语气略显轻松，说癫痫的可能性也不大，但如果痉挛持续五分钟，或频繁发作的话，就再带来看诊。但是医生也不确定爱结出现这个情况的原因。

"是不是该请人为我们驱个邪？"

回到宿舍后绘美子一脸认真地提议。

据说，爱结在发生痉挛之前还在檐廊那里玩耍。玩着玩着突然就看向了和室那里。最近爱结的表情一下子变得丰富起来，有时会咯咯地大笑起来，可没一会儿她脸上的表情却突然消失了，呆呆地张着嘴，皱着眉。正逗着爱结玩的绘美子也顺着爱结的目光朝和室看去，可那里什么也没有，唯有冬日的阳光深深地投射进了屋子，把和室照得十分明亮，还有长押①横木上悬挂着的衣架，住客们的抓绒衣物就垂挂在衣架上。

绘美子说，那时爱结的目光移动着，就像是在追踪一只在房间内迷失了方向的蝴蝶。她两手一撑，站了起来。这倒没什么稀奇，因为原本爱结已经会扶着墙走了。奇怪的是她站起来的方式，顺畅得有些

---

① 和室的部件之一，形如长长的横木围绕和室墙面上方固定。原用来固定柱子，后演化为装饰的一部分。由于上方开口，可用于悬挂物件。——译者注

诡异，就像是有人托着她的两腋扶她起来似的。

下一秒，爱结的身体就跟棒子一样变得硬邦邦的，眼见就要昏倒，幸而绘美子急忙把她抱进了怀里。

"也许驱个邪会好些吧……"正当优纪犹豫不决的时候，丽美已经给市区的神社挨个儿打了电话，找到了一家能为大家驱邪的地方。

第二天，职员和全体住客就出发去了神社。由于宿舍预算里没有神社仪式这个项目，所以五千日元的祈祷费都是优纪、丽美和绘美子自掏腰包凑的。

到了神社，包括阿遥手中年幼的爱结在内，全体成员都在拜殿入座，听神主吟诵祝词。

直到仪式平稳结束，爱结和沙罗都没出现什么异常。神主关照大家要把分发的护身符放到各自的钱包中不要离身。

虽然还不知效果如何，但至少在下参道台阶的时候，大家的心情确为之一畅，互相间谈笑风生，来时脸上的阴郁一扫而光。

第二天黎明，优纪忽然透不过气来，被憋醒了。

只见自己的被子上坐着一个陌生的女人。黑暗之中，那个女人不知何时又变成了女演员半田明美的脸，跟自己曾在周刊上见过的一样，身穿睡袍一样的和服。

"别多管闲事……"她声音沙哑，嘴里不知是在念咒语还是在泄愤。这时，优纪怀疑这也许是个梦，并立刻相信了。

可接下来，她就感到脖子被长长的手指给缠住了。被手指用力掐着的感觉实在太真实了，明明知道这是个梦，可真的要窒息了，于是使尽浑身的力气用双手抓住了那女人的手腕，掰开了她的手。那双手，冰冷得和金属一样。

优纪清醒了过来。

她发现身边蹲着的是沙罗，肩膀上下起伏地喘着粗气。

原来刚才自己是被沙罗掐住了喉咙。

优纪十分惊恐，这才醒悟过来，她告诉自己说，半田明美的幽灵，不，应该是沙罗的精神状态不是什么驱邪仪式就能平息得了的。沙罗似乎对刚才的事没有任何印象，只是茫然地环顾着四周。优纪看着她，明白了自己应当信靠的不是神社，而是精神科。

然而，正是因为药物和心理咨询对沙罗不起作用，当时她才通过白百合会来到这里。

优纪不知该如何是好了。

她决定还是先暂时将这件事藏在心里，再观察观察情况。可如果还是这样的话又该怎么办呢……也许再观察下去也无济于事吧。

几个小时后，沙罗的母亲给优纪来了电话，询问沙罗的状况。

优纪冷冷地回答说沙罗没什么异常。

"嗯……你们能把女儿带来八王子吗？"

沙罗母亲的口齿听着不太利索，让优纪想到了一些年轻艺人。

"若是放任不管，我怕出大事，所以很担心。你们机构的人肯定也会感到为难的。"

听这语气,她似乎对这里发生的一切了如指掌。

"拜托了,请把女儿带过来吧。毕竟我是她母亲。"

她说的并不是"还我女儿""让我女儿回家",而是"带过来",这让优纪难以置信,沙罗毕竟不是小学生。

"沙罗小姐现在很稳定。您不必担心。请再等些时日吧。"

优纪说了个谎,却又扪心自问,自己是否能对沙罗的人生负得了责。

"拜托了,算我求你了,把她带过来吧。这不仅是为了沙罗,也是为了你们宿舍里的其他人。"

沙罗母亲的语气让人听不出半点不良的企图。优纪听着她悲痛的声音,心想,知佳所说的"恶毒父母",大多觉察不出自己的"恶毒"吧。

沙罗母亲没跟优纪商量时间和地点,就让优纪明天中午前把沙罗带到电车站,随后挂断了电话。她并没有让优纪把沙罗送回家,估计是考虑到自己家地处偏僻,需要换乘电车和巴士的缘故吧。

"若是不带她去的话,她那位母亲大人估计就要冲到我们这儿来了吧?"

绘美子在一旁听到了二人的对话,皱着眉说道。

"要是她进来,我就把她赶回去。"

正在吸尘的丽美停下了手中的吸尘器,不知是否出于下意识,她紧紧握住了吸尘器的延长杆。

即便对方不闯进来，若是她报了警，事情也会变得复杂的。而且如果沙罗自己有意愿回到母亲身边的话，那优纪也无权阻挠。

优纪还是先叫来了沙罗，向她转达了她母亲的意思。

"不想回去的话可以不回去。因为你已经是成年人了，不必对父母言听计从了。"

优纪和绘美子一同劝说着沙罗。

"是母亲让我回去的对吧？"沙罗用含含糊糊的声音问道，呆滞的眼神不知注视着何方。

"嗯，她说让我们把你带去。不过你已经不是孩子了，去或不去，都由你自己决定。"

"哦……我去。"

沙罗似乎根本没把优纪她们的劝说听到心里。

优纪还咨询了白百合会的总部，对方也表示她们不能无视沙罗本人的意愿不让她离开宿舍，不然就是犯罪。新艾格尼丝宿舍对此无能为力。

第二天早晨，优纪带着沙罗坐上了高速巴士。

她和知佳在新宿会合，三人一同前往沙罗母亲指定的高尾站检票口。前一天晚上，优纪打电话给知佳，告诉了她这件事的始末，并请求知佳同去。

对优纪而言，她太需要接触机构以外社会的常识和空气了。她对自己和白百合会的判断都不太有信心，反复出现的异常现象又让她的精力丧失殆尽。她深感无力，所以这种时候，她总觉得和没有复杂的性格缺陷的知佳同去会感到心定。

犹豫之下，优纪还将机构里发生的奇怪现象告诉了知佳。令她意外的是，知佳并没有当即否定她的话，也没有嗤之以鼻，这让她安心了不少。

"我啊，其实也遇到了一些糟心事呢。"

"果然。"

"去过沙罗家后，我因为其他的工作出差回来，在换乘电车的站台上，突然疲惫得瘫软在了长椅上，我平时从不这样的。然后，我脑子里就开始想着半田明美的事，还有沙罗的这些事，想着想着，就听到进站广播了，还听到了电车驶入的声音，就站起了身，径直向前走了去，还是那种毫不犹豫向前走的感觉。就在这时，身后一个陌生男人抓住我胳膊，把我拽了回去。随后，特快列车就在我面前五厘米远的地方呼啸而过。我那时只是和平时一样起身，和平时一样向着站台车门标记走去的。我知道我开小差了。但是想想就后怕。因为我那天完全就是为别的工作出差回来的啊，脑子里却冷不丁地冒出了半田明美呀沙罗什么的，想着想着就朝电车走去了。话说半田明美就是把男子推落轨道把人杀死的不是？"

优纪听后，后背袭来的寒意似乎把脊柱都冻僵了。

"也许是被什么东西附身了吧。"

优纪无法把这个"什么东西"说得太具体。并不是因为那是无稽之谈，而是担心如果说破了，恐怕真的会在现实中应验。

沙罗的母亲就等候在检票口。她上身穿着件白色花边衬衫，下身穿条大摆的伞裙，留着长长的直发，在检票口步履匆匆往来的乘客中显得极为醒目。

见到优纪她们，她抬起一只手，将垂在胸前的亮泽长发向后一甩，跟她们打了个招呼，脸上依旧浮现着乐观、光明的笑容。

"感谢你们把沙罗带了过来。"

她用柔声娇气的口吻问候着，没有了第一次见面时做作的温婉。

"自从我把沙罗交给优纪小姐后，就感到自己做了坏事了。于是就向一位我尊敬的朋友说了这事，结果被她狠狠批评，说我干了件浅陋的事。"

"朋友，是什么人？"

知佳抽动了下眉毛，注视着沙罗母亲。

"上次你们来，我就干了件糟糕的事。向一个亡灵询问事情是非常危险的，我本以为自己清楚，可一不小心……于是就召唤出了邪灵。我灵命等级不高，还做那种事是我的错。真是对不起。所以这次想带你们去趟我那位朋友的家。"说完，她就迈开了步子。

"等一等。"

优纪想叫住她。

"就在这附近。"

"我没打算去。"

知佳板着脸回答,并转向沙罗说:"你可不能跟着去。"

知佳和沙罗并不熟,对沙罗说话并不怎么小心翼翼地,让优纪很是吃惊。她握住了身边沙罗干瘦的手腕。

"求你了。"沙罗母亲的脸欲哭无泪地扭曲着,恳切地央求说,"是我不好。我高估了自己,以为自己能控制得住,才造成了这种无可挽回的局面。"

沙罗母亲说着指指车站的出口。

就在这一刻,沙罗挣脱了优纪的手,走到了母亲身旁。

母亲揽着沙罗的肩,走下了通往环岛的台阶。

"糟了!"

知佳喊道。

"必须阻止她。"

在知佳的催促之下,优纪追了上去。

沙罗回过头,向优纪和知佳微笑了下:"没关系。这是我的问题。"

"优纪小姐和知佳小姐也一起来吧,不这么做会有大麻烦的。"沙罗母亲揽着沙罗的肩对二人说道。

如果沙罗能自立到可以拒绝自己母亲的话,从一开始也就不会发生进食障碍和自残的行为了。她的母亲看着自己的女儿脸色苍白、气息奄奄的样子回来,也没有表现出对她身体的任何担心,只有在去自己"尊敬的朋友"那里时，才会揽住女儿的肩。这种扭曲的情感让人不寒而栗。

知佳轻轻戳了戳优纪的后背。

"一起去吧，优纪。我们若是在这里抛弃她的话，真就把事情弄糟了。"

电车站前的环岛处停着辆巴士。沙罗母亲催着赶着让二人坐上了车。刚上车，车门一关就出发了。

座位上，沙罗母亲开口道："我开了个小口子，然后水就从那小口子涌了进来，将口子越撑越大，导致邪恶的东西一个接一个可以从那个口子随意出入了。"

车上上了年纪的乘客对这位一身浅白色装束、长发及腰的美貌中年女性投去了讶异的目光。接着又看看她身边坐着的头发花白、满脸皱纹的干瘦女儿，都吓了一跳，慌忙避开了视线。

"如果再这么坐视不管的话，不仅仅是我和沙罗，就连优纪小姐和知佳小姐身上都会发生可怕的事。邪恶之人的灵魂一旦认准了什么人，就会在他身上做出各种恐怖的事来，比如附在他身上让他行恶，或是让他遇到什么事故。"

巴士开始上坡。行驶到丘陵的顶部，眼前出现了中高层住宅林立的大型住宅区。

"丑话说在前面，我可没有钱。所有的钱都用在建立自己的事务所上了。"

下车时,知佳向沙罗母亲如此宣称。

"没关系,她这个人不谋财。"

"还有,就是我曾经向许多小贷公司借了钱,已经上了黑名单了。"

知佳像是在给沙罗母亲打预防针。小额借贷的事和黑名单什么的估计都是信口胡诌出来的吧。

汽车站附近的住宅区的五楼就是那位朋友的家。

优纪原本以为自己会被带到一座公馆,都是吸干了下级信徒的钱财建造起来的不祥之宅,却万万没想到只是一个普通住宅区的一个单元,功能性的房屋结构朴素得不加装饰。

铁门打开后,迎出来的是名五十出头的女性。

她脑后的短发修剪得稍显饱满,充满弹性的肌肤上化着淡妆,上身穿件棉质蕾丝衬衫,下身穿条浅青色帆布裤子,穿着讲究,不经意的细节处都打理得一丝不苟,看得出是名有品位的专职主妇。

狭窄的玄关处,鞋柜上插放着低矮的白色花朵。

"请进。远道而来,一定很累了吧。"

她恰到好处的礼节,优雅的待客之道,都是优纪出生、成长的世界里见所未见的。优纪感到困惑,不明白为什么自己居然会对她抱有一丝憧憬。

优纪一行被带至并不宽敞的铺设地板的客厅,在圆桌前就座。屋子里弥漫着花香和草药的香气。圆桌上铺着白色镂空花边的桌布,桌上放着玻璃茶壶,用酒精灯在壶下加热,壶里装的似乎是水果红茶,苹果和橘子等水果已被腌透。

茶被倒在干净的乳白色茶杯里，茶水悠悠散发出的甘甜气息扑鼻而来。

女子自称叫"耀月"。

"是什么占卜或是什么流派的名字吗？"知佳询问道。

"不是，我不信占卜。"女子笑着否认，说是花道家的艺名。

"她可是花艺师哦。"沙罗母亲用一手手掌指着耀月，柔声娇气地介绍说。

的确，屋子里四处摆放着的鲜花被设计成各种造型，有的在风中摇曳，有的向着太阳伸展，朴素却也美丽精致。

"您是什么流派？"

知佳再次询问。

"没有流派……'耀月'是以前从事花道时得到的艺名，但在那里遇到了许多不讲理的事，所以现在摆弄的都是西洋花朵了。只不过还是沿用了以前的名字。"

她看上去是个有良知的好人，不知是怎么和沙罗的母亲认识的。

"那，听说你们最近遇上难事了？"

耀月切入了主题。看来她已经通过沙罗母亲听说了情况。

"我来看看啊。"

她从房间里拿来了银色的香炉放在圆桌上，香炉做工精细的镂空处袅袅地升腾着缕缕青烟，像是乳香。

青烟那一头，耀月闭着眼合起了掌。

到头来她和沙罗母亲仍是一丘之貉吗？优纪用目光追踪着她的一举一动。

"啊……"

耀月抬起头来。

"事情麻烦了。"

她露出了关切的表情。

"你是从哪里学来和灵魂对话的呢？"耀月瞪着沙罗的脸问。

"以前妈妈做过这事，我想我的灵感很强，所以……"

优纪并没有将宿舍发生的事和沙罗的行动告诉沙罗的母亲，但看来沙罗已经自己打电话向母亲诉说了这些情况。于是，她母亲才觉得事态已经变得不可收拾了，就带着女儿和宿舍的职员来到了耀月这里。

"灵感强但是灵性等级低的人做这些事，是会被魔鬼附体的。现在就一个人附在你身上还算幸运，要是继续下去的话，会有越来越多稀奇古怪的东西附上来的。附在你身上的是女性吧。打扮朴素，留着灰色短发，穿着裤子和衬衫外套。这个人很冷酷，身边死了很多人……"

"半田明美。"

优纪和知佳同时说道。

灰色短发和朴素的打扮，这对于优纪和沙罗来说再熟悉不过了。就是伪装成小野尚子的半田明美。

"很长一段时间，非常长的一段时间，有一个为人善良品德高尚的人的灵魂来到她身上，封住了她的邪恶灵魂。然而，这邪恶的灵魂被你召唤出来来到了这个世上。沙罗，你是怎么把它召唤出来的？该不会是用了狐狗狸占卜术[1]了吧……"

"不，是镜子。"沙罗回答。

"镜子？"

沙罗缩起了脖子，像是个受到斥责的孩子。

"不可以，这是最最危险的方式啊。这些应该交给我们做才对呀。没有学过的人照葫芦画瓢地摆弄这些是相当可怕的事。你这回可是召唤出了一个要命的灵魂了。"

优纪身上起了密密麻麻的鸡皮疙瘩，她无意间开始搓动起自己的胳膊来。

"我试试看哦。虽然不一定能完全制止，但放任下去导致周围人受到伤害的话，就一发不可收了，甚至可能会出人命的。"

耀月麻利地收拾完桌上的茶后，换了块雪白的没有任何花纹的桌布，在桌子中央摆上盖浇饭大小的金属香炉。香炉中间放着一团枯草，形如鸟巢。她将点火器靠近枯草。枯草没有着火，而是像线香一样微微发着红光，升腾起淡淡的烟雾。虽然屋子门窗紧闭，但这烟雾并不呛人，而是散发着高级雪茄般的香气。

---

[1] 是一种源自西洋"桌灵转（table-turning）"的占卜。在桌上放置写有"是、否、鸟居、男、女、五十音图"的纸，在纸上放置硬币，参加者将食指放在硬币上，念出"狐狗狸，请显灵"，让硬币移动。在日本，人们相信这是叫出狐灵的行为。——译者注

耀月对着围在圆桌边的优纪她们指示说，要在心中想象有一道光照在自己身上。可以睁眼也可以闭眼，将双手手掌向上放在桌上，用自己的手掌和头顶来承接脑海中的光束。

耀月边像在吟诵咒语般念念有词，边站起身将香炉放在手里，围绕优纪她们身后走了起来。

优纪感到掌心里淋上了凉丝丝的液体。是耀月用指尖蘸取了圣水之类的液体，正对着每个人的头顶和手掌洒去。屋内四溢着茉莉花的香气。

也不知过了多久，优纪感觉时间变得很漫长，但或许过了还不到十分钟吧。

"结束了。"

优纪睁开眼，发现面前放着银色的盘子，盘子里的水面上漂浮着非洲茉莉的花朵，四处都散落着白色的花蕾。

香草已经燃尽，不过屋内却仍残留着沁人心脾的余香。优纪感到身心都被净化了一般，出人意料地神清气爽。

"邪恶的东西是离开了，但那条通道仍然打开着。所以不要大意。毕竟那扇门如果打开了，一旦我们的情绪朝着负面方向发展，或是考虑起烦心事，或是憎恨起什么人，或者悲观的时候，恶灵又会悄然而至的。"

耀月利索地将桌上器具收拾干净，换上桌布，在每个人面前放上水晶切花工艺的玻璃杯，从广口瓶中倒入了花草茶。茶水里散发出清爽的香气，像是柠檬花草茶。

"请问……"优纪犹犹豫豫地问，"我们拍下了召唤出恶灵的画面了。"

"欸？"知佳探出身子喊道。

"只是很害怕，没敢再播放，不知是否记录了下来。"

"是拍了录像吗？"

耀月瞪大了眼睛。

"说是录像，其实是手机视频。"

"不行。千万不能这么做。不然不知道会发生什么危险的事来。"

"是不是应该立刻删除呢。"

"不可以。不然会附到你身上的。把手机扔了也是一回事。就放在我这里吧。我封印后来处理吧。"

很奇怪，优纪居然还认为耀月说得在理。不过凭当时仅剩的那一点理性，优纪还是认为手机里毕竟全是些个人信息，交给别人保管不妥。

"今天我忘带了。"优纪找了个借口搪塞了过去。

"那日后一定得送来。还有就是你们接下来一定要将守护自己和净化灵魂的物件随身佩戴。也切记要焚上等的香，在我指定的方位摆上鲜花。"

说着，她对记录方位的纸拜了拜，将它递给了优纪。

"平时要喝净化过的水。也把这些告诉您的同住人。"

"请问……"知佳打断了耀月,"所谓守护自己和净化灵魂的是什么呢?"

"每个人都不一样。若有必要,你们可以再来,到时我就来帮各位看看各位灵魂所传达的颜色,在这个基础上进行判断。"

"这应该就是气场之类的玩意儿吧。那守护我们的会是手镯、印章或是水晶之类的吗?"知佳紧追不舍地问道。

"不是。"

耀月语气坚决地打断道,显然被她惹怒了。

"我和那些稀奇古怪的宗教可没有关系。现在有些祈祷师或者通灵师也会模仿些我今天做的事,但那些都是牟利的把戏。他们的驱灵术的确能起到一时的净化作用,但只不过就跟用手赶苍蝇一样,污秽之物仍旧在那里。如果不净化我们的灵魂,让它提升到一个新的阶段,那邪恶之物仍旧会源源不断地附着到我们身上。你们那里之所以会有邪恶的灵魂到访,不仅仅是因为那个通道被打开了,而是你们内心有些吸引它的东西。比如憎恨、爱财、怨恨、对人的猜忌之心都会造成这个结果。还有就是悲观的世界观。邪恶之物对这些都趋之若鹜。所以接下来,你们要留心将这些想法从内心驱逐出去。"

"明白了。"

知佳直勾勾地注视着耀月的眼睛回答。

"那下次再见了。"耀月神色骤然一变,用爽朗的笑容向优纪她们道别,将一行人送出了玄关。

临行之际，沙罗母亲将一个白色信封塞给了耀月，耀月也不道一声谢就收了下来。

坐电梯下楼的时候，知佳向沙罗的母亲打听道："抱歉，请问刚才信封里的是礼金或是祈祷费之类的吗？"

"是的。不过今天都是因为我女儿。"沙罗母亲微笑道。

"付了多少钱，这点您总该能透露给我们吧。"

"三万日元。"

"比我想象的少。"

知佳露出意外的表情。

"她只收取成本费的。其他人那里还要收什么咨询费、礼金之类的，名目繁多。"

沙罗平静地听着两人的对话。

优纪虽然也感到事情蹊跷，但心情却莫名地畅快起来。

花草茶里不可能含有化学成分。如果有的话，那么被处方药彻底侵蚀过的优纪身体和大脑应当会立刻产生不良反应，可事实上却没有。她感觉也许还是一些宗教上的力量，比如类似禅的力量使心灵得到了安宁。

来到车站前，沙罗母亲很爽快地放开了沙罗，将她交给优纪。看似她这次的最终目的仅仅是让自己"尊敬的朋友"看看沙罗而已。

11

"你们这伙人都是傻子吗?"

市民活动中心的咖啡厅里,长岛背靠着座椅,胳膊交叉在胸前,不可一世地瞟着优纪她们。

长岛和自己又不熟,却一上来就数落自己是"傻子",还称呼自己和知佳"这伙人",这让优纪感到的岂止是愤怒,简直是目瞪口呆。长岛似乎注意到了优纪张口结舌的表情,立刻清了清嗓子说:"抱歉,冒犯了。"

"我认为她收取的的确是成本费啊,应该没赚我们一分钱。"知佳断言道。

"不过,相比那些墓石商和寺庙都在鲜花和供品上牟取暴利,这三万日元的确算不上多。"

去过耀月家后的两周,优纪她们并没感到什么异常。加之又是年关,她忙于制作递交给白百合会和政府办事机构的文件,便说服自己之前的那些怪异事件都是心理作用,一边掐算着搬离小诸民宅的期限,一边在网上收集各类住宅信息。

就在这时,又有住客们反映在半夜听到了奇怪的声响,或是在镜子里看到了本不存在的人影,引发了一片骚动。这个莫名的声音再次于黎明和白天响起时,优纪也注意到了,但听着不像是幽灵般那么鬼鬼祟祟,而是室内装修时在混凝土墙上钻孔的刺耳噪声,而且并不是从附近人家传来的,明显是从自家的住宅里发出的。

丽美每天早晨都为佛堂祭坛里小野老师和榊原久乃的照片前添茶焚香,在出入口放上一小碟盐柱来辟邪,可这声音并未就此消失。第二天一早,那盐柱也跟溶化了似的坍圮了下来。

诡异之事接二连三——沙罗的言行举止也越发不稳定;爱结则频繁在半夜出现痉挛,被送去夜间急诊;更有些住客大白天在平坦的水泥路上走着走着,就不知被什么隐形物体绊倒摔伤。

优纪给知佳打电话询问近来状况,也被告知近来她身边也不断发生着令人毛骨悚然的事。比如手机上会收到无字邮件,发件地址却是一个已故友人的。比如大半夜的,本无人涉足的储物间门把手竟自己转动了起来。再比如外出回来,发现空调居然自动开启了,把屋子吹成了冰窖。还有就是当表妹带着宠物贵宾犬来自己家玩时,本和自己很亲近的贵宾犬那天却异常惊恐,还冲上来要咬自己。

"这一桩桩的,虽然算不上什么事,可能也就是些心理作用,可加在一块儿啊……"

"还是觉得诡异啊。"优纪唉声叹气道。

"那手机里的视频后来你怎么处理了呢？"

"还在那里，没删掉。"

去耀月那里求助已然不再是明智之举了，不过心理上，她还是对耀月有依赖的冲动。

"我去世的祖母就有很敏锐的心灵感应。"

优纪回忆起来。

"她常常会说中一些身边发生的事。有时有人丢了东西来找她求助，忽然她就能说中那件物品的位置。"

"也就是说？"

"就是说……我觉得这些超自然的现象应该也不能一概否定吧。虽然在这之前我也觉得很愚蠢。"

这时，知佳说有其他人打电话进来，单方面挂断了电话。

几分钟后，知佳再次打来电话，说来电的人是长岛。不过他似乎没什么要事，而是趁照顾妻子的间歇，打个电话来调节一下心绪。

"那之后怎么样了？发现什么没？"长岛问。知佳便将沙罗母亲和耀月的事、新艾格尼丝宿舍近来发生的一些离奇现象，还有"被杀害的小野尚子的灵魂附到了半田明美身上"这一看似无稽之谈，却又不乏合乎情理之处的可能性告诉了长岛。

只听见对方只是咂了咂舌，接着用命令的口吻让知佳出来一趟。语气中不无鄙视，言下之意就是反正电话里说什么都是白费口舌。

"把上次那位非营利机构法人的小姐姐也带上吧。要是可以的话，把问题的起因,那个脑袋有些不正常的姑娘也带来。"

"等事情平复些了再说吧。"知佳说,可长岛却分毫不让:"在平复之前,跟我说说这事情的原委总没问题吧。还有,跟那位非营利机构法人姐姐说,把那部问题手机也带来。要说证据,那就是唯一的物证了。"

考虑到长岛曾将一大笔用剩的路费捐给了自己机构,优纪才在这天带上了手机,乘上了早班高速巴士去了东京,和知佳一起来到了市民活动中心。结果迎面就被长岛这句"你们这伙人都是傻子吗"喷了一鼻子灰。

"我也不信什么迷信啊。"

优纪有些恼怒了。

"只是山崎女士远赴菲律宾走访调查后,确认那是一起凶杀调包案,我才开始反思自己遇见的小野老师又是什么人。要是将其解释为小野老师的灵魂附到了半田明美身上,感觉也说得过去。而且长岛先生要是亲身经历了我目睹的事实的话,肯定也会觉得有些事是无法用花招或是脑科学解释得明白的。"

知佳也点头表示赞同。

"那个银行账户的事我也不知该作何解释。我给小野尚子女士的哥哥打电话确认过,果然就如沙罗母亲所说。我出差回来路上差点跌落站台,也不是因为不小心或是疲劳啊。而是有些更为不可思议的力量在作怪……"

"好了，好了，知道啦。"长岛在眼前摆了摆一只手打断道。

"您好歹先听我们说完到底发生了哪些事。"说完，知佳便依次描述了在沙罗母亲家的所见所闻，宿舍里发生的离奇事件以及耀月家的经历。

本以为长岛一上来就会对知佳的讲述加以否定，却没想到他还用铅笔在 B6 开面的笔记本上做起了记录。

"你们所谓的离奇现象，或是什么超自然现象，就是指这些喽？"长岛略带讽刺地问道。

"还有就是这部手机不知录下了些什么。当然也可能什么都没录下。"优纪给长岛看了手机。

"不过想想还是挺恐怖的。"知佳点头说。

"这个先不谈。"长岛这才对早就送到面前的咖啡和姜汁烤肉套餐开动起来。

正值午餐时间，优纪和知佳也啃起了三明治。三明治的面包边缘已经干透，中间就夹着张纸片般薄薄的火腿和黄瓜。长岛先吃完了卷心菜和番茄这些配菜。

"糖尿病人吃东西讲究先后顺序。"他解释道。吃完蔬菜后长岛才对肉类动起了筷子。

"对了，说到那姑娘的母亲还有会通灵术的人说中了小野尚子和她周围人的那些事……"

长岛边吃边嘟囔着嘴，把刚才用的那本笔记本翻到了空白页。

11

"我们来整理一下人物关系吧。"

他在本子上写下知佳、优纪、绘美子、小野老师、榊原久乃,还有沙罗、沙罗母亲和弟弟、耀月等人的名字,并用线连接起来。

"这样一来,可以看出入所者和职员是共同知晓小野老师等人的情况的。"

"不是入所者,是住客。人物关系没错。"优纪回答。

"沙罗这个姑娘和她家人是什么关系呢?"

"两年前,白百合会的咨询师让她和她母亲分开。其后,我们也在避免将其孤立的同时让她远离她的母亲。"

"然而,沙罗最后还是回到了她母亲身边,是你们去那里试图把她带回来的。于是,她母亲就让女儿背负上间谍兼宣教士的使命回到了你们中间。这一来,你们这些人就偷鸡不成反蚀把米了。"

"偷鸡不成……这话说得……"

优纪被长岛打的比方冒犯到了,但她还是继续道:"当沙罗说小野尚子被杀后灵魂附到了半田明美身上时,我也觉得简直是无稽之谈,可发生这么多事后……"

长岛叹了口气摇着头。

"长岛先生,您若是在现场目睹这些的话,也会产生同样想法的。"

"不,我说的不是这个。"长岛给优纪看了笔记本。

"总而言之,就是沙罗这姑娘已经事先告知了自己母亲有关的情况,还有中富和第一次来她家拜访的另一个那位叫什么的姐姐是如此这般的人。"

"嗯，也许是说了，但我觉得她并没有做间谍的主观意图。"

"那就是她母亲和那个通灵的阿姨原本就共谋好的。"

"要说共谋嘛……"

"可不就是全盘泄露了嘛。小野尚子的说话方式、榊原久乃的基督教信仰，还有半田明美的身世，这些信息全被她们事先掌握了。"

"也不是全部……"

"事实就是如此吧。"长岛在各个人名间用箭头标出了信息的流转。

"没什么可想不通的不是？你看，通灵者和占卜师都事先把信息收集完备后，就开始装神弄鬼，什么附体啊，什么能看见异象之类的。"

"可是，她们不清楚任何关于榊原墓地的事啊。"

"而且银行这件事你是怎么想的？什么银行，什么样的负责人，说得如出一辙啊。"知佳也附和道。

长岛把笔记本翻得啪啪作响。

"白白的墓石边上，有花？是木莲花，还是妙心寺，或是信松院，对方提到这类具体的名称了吗？"

"没有，没这么具体。只是说粉色的花。据我们的职员说墓地右边有棵高大的山茶花，在她开天眼通灵的那个季节应该正是花期……"

"不管怎么样，没有块墓石是粉红色的，一般都是白白的灰色石头吧。高级点的就是黑色花岗岩，但勉强将这灰灰的色调称为泛白的颜色也不错。同样，也不存在灰色的花，粉色的花却到处都是。我说的，你们能听明白吧？"

"你意思是这些都是常识对吧？"知佳说。

"没错。现在城市银行有几个？又有哪几家的标志没用到青色或绿色色系的呢？又有哪家用的是粉色或正黄色的标志呢？上了年纪戴眼镜的男人也到处都是啊。即便柜台直接接待的是年轻男子，一旦有什么事其上司必会露面的，也就是那所谓的上了年纪的男人。这些人不是近视就是在看材料时必须戴上老花镜。"

"是。不过也多亏她，我们才知道了银行里还有小野老师的个人账户。"

"有个账户也是理所当然的吧？"

"我出差回来差点跌落站台可能也仅仅是因为劳累，可是……"知佳问道。

长岛戳了两三筷子饭碗里的米饭送到嘴里，又恋恋不舍地放下了筷子。看来因为糖尿病，他不得不控制碳水化合物的摄入。

长岛清了清嗓子继续道："最近，有些连续发生醉汉坠轨事故的车站将座椅的朝向由面向轨道掉转了九十度，就是因为列车驶入时那些醉汉起身准备上车，却因为没把握好座椅到车门的距离径直就跌入了轨道。就算你没喝酒，疲惫的状态下也会发生同样情况的。"

知佳对这个解释有些难以接受。

长岛一把抓起她面前的小票站起了身："总之，先给我看看那段视频吧。"

耀月曾关照过,播放那段视频可能会引发不祥,这句话至今让优纪心有余悸,无法完全加以否定。

"也有可能什么都没拍到呢。"优纪说着拿起手机。长岛见那手机,摆摆手说:"我老眼昏花,这么小的屏幕还是免了。"说罢便迅速地结完账,带着二人坐上直达电梯上了楼。

绕过走廊拐弯处有间办公室。长岛快步走了进去,和职员交谈了些什么后,手里拿着钥匙回来了,带着优纪她们来到了同一楼层的一间小屋子。小屋用作居民活动或小型聚会,已经配备了电脑。

长岛麻利地开启电脑进行了一番操作,可对着电脑的说明手册,他一个劲地挠起头来。

"啊,我来吧。"知佳替他操作了电脑。

就在这时,只听见急促的时钟声嘀嗒作响的声音。

优纪看向墙壁。只见墙上时钟的秒针正飞速地在表盘上转动着。

"啊!"优纪喊出了声,一言不发地指着时钟。就在同时,秒针停止了转动。

这让优纪想到了绘美子说的——花朵突然转了个方向。

"这是电波时钟。"长岛笑道,"它能自动搜索到电波来校准时间。"

知佳打开了播放软件,通过数据线将手机连接到了电脑上。

尝试了几次后,画面开始切换,视频播放了。

"啊,不要。"

优纪想起了那个恐怖的场景,条件反射地闭上了眼睛。

屏幕上呈现出宿舍和室的画面、沙罗正坐在镜子前的背影，还有一旁的住客。

昏暗的屏幕上光影忽闪忽闪地飞舞而过。

"这个，好像叫反向散射[①]……"

知佳吞吞吐吐地问。

"不就是 LED 光线嘛，反射到了镜子上。"长岛不耐烦地回答。

"哇！这个，是什么？"

视频里突然传出了婴儿的啼哭声，让知佳大叫起来。

"是爱结，住客的孩子开始哭闹了。"优纪回答。长岛哑然失笑。

"你看。"优纪手指着屏幕。

只见屏幕上沙罗挺直着的身板忽然向前柔软地弯曲下来，成了个年长女性的姿态。

一旁的知佳倒抽一口冷气。

"爱结。"

屏幕中，中年女性呼唤婴儿的声音的确就是小野尚子的。

"大家看上去都很幸福，真是太好了。"

接着是年幼孩子欢快的笑声。

再接着，电脑扬声器就传出了钻孔的声音。由于扬声器老旧，声音并不大，但的确听上去非常怪异。

[①] 在摄影中，反向散射是一种光学现象，由于空气或水中未聚焦的灰尘、水滴或其他微颗粒，反射了相机的闪光灯，因此通常会在图像上产生圆形伪影。——译者注

"这个声音,当时可没听到。不过自那以后就开始常常听到了。比如在半夜。"

知佳将视频倒回了几秒。

扬声器再次传出了异样的声音。

优纪的双臂冰冷,似乎感到室内的温度骤降了下来。

"房屋异响。"

知佳喃喃自语道。优纪也浑身一激灵。长岛在胸前交叉着双臂一言不发。

几秒钟后,沙罗就向后挺直了背,用手捂住了耳朵。

"烦死了,烦死了,快把那小屁孩儿的嘴堵上!"

当时,镜子里映照出的是和沙罗完全不同的脸,但现在看来,当时照明不足,加上角度的影响,从屏幕上并不能辨认出镜子里的人长什么样。

知佳倒了回去重新播放,在这个画面按下了暂停键再次确认,还是同样的结果。

知佳又重播了一遍。

屏幕中沙罗在尖叫,叫声和她本人的声音不一样。

"去死,去死,去死,这群蠢猪般的男人,蠢猪般的女人。含着金钥匙出生,在大家百般恭维下长大,和这群人渣为伍,自以为高尚地给她们说教,施舍……还以为自己了不起,杀了你,我下毒,让你死也死得丢人现眼……"

"嘿嘿嘿……"长岛笑出了声,"这就是真的附体了吗?"

接着,屏幕上出现了倒向镜头的沙罗的后脑勺,传来了慌乱之下女人们的说话声。随着金属的声响,画面暗淡了下来,模模糊糊地定格在了像是榻榻米的画面上,只有优纪和绘美子的指挥声和其他住客的说话声还在继续。

"果不其然。"长岛耸了耸肩,脸上依旧摆着冷笑。

优纪又向他描述了此后宿舍听到房屋异响,还有自己做噩梦醒来,发现沙罗换了张脸,差点被她掐住脸子的事。

"这个太危险了。"

"您听听这个。"优纪犹豫了一番后,还是给长岛播放了手机里录下的房屋异响。

和视频里传出的钻孔声很相像。

"我说啊,你们机构用的是全自动洗衣机吧?洗手间也是抽水马桶吧?"长岛问。

"这些是洗衣机或马桶的声音吗?"

"所以我不是说了嘛,不是信不信超自然现象的问题,而是这就是管道的声音啊。你们那个宿舍要么就是个旧公寓,要么就是栋又大又老的宅子对吧?如果是这样,那应该是事后只将卫浴设施进行了改造吧?"

"嗯,宅子很大,相当老旧了。我们入住的时候厨卫都已经是改造好了的。不过这可不是冲水的声音啊。"

"不是冲水声。所谓水管,是施加压力后才能供水的。供水时也不是缓缓转动水龙头就行的。比如全自动洗衣机,是'啪,啪'地出水和停止出水的。且不说出水的时候,如果突然停止出水会怎么样呢?水被堵住了去路就会突然变成股强大的压力,形成冲击波,传递到很远的地方,发出类似'咚'或者'啪啦'的声音。"

"可是,那不是什么'咚'或者'啪啦'的声音,而是'吧嗒嗒吧嗒嗒'的钻孔声。"

"所以我说,要是对这种'咚''啪啦'的声音放任下去的话,管道就会长期由于震动而产生多处的松动。于是,就造成现在这种振幅越来越大,声音也越来越响的情况了。就是这个声音。再任由这种情况发展下去,水管接口部件或是传感器都会损坏,到那时就会发生漏水。比起听阿姨通灵,你们应该尽快找维修师傅上门啦。"

"是水管的问题吗?"

知佳将信将疑地问长岛。

"也是,到时候卫浴或洗衣机坏了,又要被说成是邪灵作祟;碰上漏水,也会以为是幽灵捣鬼。"

"哎,用我们上了岁数的人的话说,就是群体性癔症。癔症,这个词现在叫什么了?"

长岛全然不顾在一旁听得一脸茫然的优纪,继续道:"一个巴掌拍不响,几个女人聚在一块儿,相互间的躁动情绪就会放大。'我看见了''我也看见了',类似这种。就好比是宴会上,就一个人不会喝酒，扫了大家的兴，觉得对不起大家的这种心理。"

"嗯，女人的话比较容易共情哈。"知佳点头说。

"对于本人而言，她是真的亲眼看见亲耳听到了。'鬼怪露真形，原是枯芒草'，这回可不是枯芒草，而就是管道！这个被附体的小姐姐并不是故意在演戏，只不过是把从你们那里听来的消息都全盘塞进了自己的脑袋，所以只要她愿意，想做女巫都不在话下。自古就有这种病。"

"你所说的我不否认。"优纪不情愿地回答。

"然后，给你这个。"

长岛掏出自己的笔记本。

"你帮我输入这个试试？"笔记本上写着的不知是什么网站的网址。

知佳在检索界面输入网址，网页上跳出了"邪教、宗教受害者110全国律师联络会"的主页，主页上按时间序列罗列着各类被害案例。

虽然也有"迷信营销受害防止联络会"这样的组织，但有些邪教迷信组织虽然没有明显的欺诈意图，到处打着宗教团体的旗号，却会死皮赖脸地给人传教，还强迫信徒参与周日宗教学校，给信徒带来不少困扰，甚至侵害到了信徒的人权。这个网站将此类邪教、迷信团体也囊括在内。

知佳翻看着网页，这时，有个似曾相识的画面引起了优纪的注意，她立刻拉住了知佳操作着鼠标的手。

是一张极不起眼的照片。

洁白的非洲茉莉，枯草状的东西，还有那似曾相识的香炉，都是那天耀月房间里用的道具！

这是一个名叫"甘露"的灵异组织。在东京的目黑区出现过受害者。就和家庭用品和保健品传销一样，在家境优越的专职主妇间有广泛的根基。如果住在东京郊外街镇的沙罗母亲也同其有关联的话，那可以推测这一团体分布的范围要更广。只不过有些受害者生活不宽裕，受害金额也不会太多，不为社会所知而已。

网站上记录的受害案例中，一起案件的受害数额已高达两千万日元。

负责这起案件的辩护律师写道：一女士的长女患有精神疾病，该团伙的会员称是由于低级灵附身所致，为其长女实施净化仪式，号称能净化灵魂。支付了一万日元的费用后，长女症状奇迹般好转，但实际原因却仅仅是由于曾经就诊的医院治疗方案起了效，加之季节转换，病情稳定了而已。

后来，其长女症状再度恶化，二女儿又拒绝上学，丈夫经营的公司收益下降。这一系列状况被该团伙成员归因为灵异现象，为该女士提供了所谓"咨询"的仪式，每次收取数千日元，还诱使其购买净化灵魂的宝石。该团伙还进一步诱骗该女士，鼓吹加入自己的团体可以净化自己的灵魂，和更高等级的灵交流，从她手中骗得一年超过四百万日元的会费。该女士遭丈夫反对后，同他争吵不断，不久便离了婚。妻子带着孩子，在"甘露"这一团体的活动中越陷越深，还劝引他人加入。于是，不到一年时间，该女士耗尽了自己离婚分得的高额财产，经人介绍找到了律师协会。

"这不愚蠢嘛。"知佳喃喃自语。

"她怎么不早些意识到问题呢。"优纪也赞同道。然而，这两个人其实也已经跨入圈套的边缘了。

知佳将网页翻回，指着上面的非洲茉莉和枯草状的香草说："耀月自己也并非教祖，而只是隶属于这个团体，所以这些应该是她花钱买的吧。如果说三万日元是成本费的话，买这些东西差不多是需要这些钱，她的确没赚什么利润。"

"要说受害者的话，耀月也算哈……"

不过，若是她来帮忙处理手机的话，又打算向自己索要多少驱邪、洁净的费用呢？而且，耀月还劝自己"将守护自己和净化灵魂的物件随身佩戴"，称这些物件根据每个人"灵魂所传达的颜色"而有所不同，她会帮忙进行鉴别。到那时，一定还会产生咨询费这些额外费用。

知佳问及护身之物是不是镯子、印章或水晶之类的东西时，耀月明显是生气了。不过，这起案件里罗列的尽管不是镯子、印章之类的昂贵物品，但成本可要低廉得多了。

网页上案件概要的一边显示着"甘露"团体售卖的驱邪、洁净物件的照片和价格。

几粒彩石就装在透雕的金属胶囊中，悬挂于脖子上，大小跟珠子一样。

有红宝石、祖母绿、蓝宝石，这就是所谓的灵魂所传达的不同颜色了。价格清一色都是百万日元以上，付不起的还允许借贷。

这些宝石居然还都是真的。却根本谈不上品质高低，简直就是毫无品质可言，就是些宝石采掘场被人丢弃的碎屑，透明度为零，连着色加工都没有。拿着这些卖出超过百万的价格，还装入金属胶囊让人挂脖子上，并以此作为购买者入会的信物，之后，就会向会员收取会费，还有各种例会、活动的参与费，教材费，需定期补充的鲜花、水、香草的费用，咨询费，一项项都高得离谱。最终，这些会员就落个社会信用尽失、家庭破裂、个人破产的结局了。

优纪回想起耀月来，她身居密集住宅区，看似经营着自己典雅优美的生活，举手投足乍一看还给人留下不错的印象。

她究竟是"甘露"组织有手段的销售，还是这个组织狂热的信徒，真心想要拯救沙罗和新艾格尼丝宿舍的成员呢？其真实意图不得而知了。但无论如何都不能再同她有瓜葛了，因为她背后隐藏着的就是一个诈骗集团。

"清醒了吧？"

交叉着胳膊一言不发的长岛这时终于开口了。

"要说是清醒了……"长岛居高临下的态度几乎惹恼了知佳，但她还是承认了自己的完败。

"我收回小野尚子的灵魂附到明美身上的假设。"优纪在心底里还留有挣扎。

"那回到问题的起点,就是二十二年前将小野尚子杀死在菲律宾的半田明美这二十二年间究竟有些什么企图?"

"要说企图……"优纪欲言又止。

"她是否会在这家机构扮演一个好心的管家母,而其实却在别处干着其他'好事儿'呢?"

"小野老师一直都陪在我们身边。一同起居、一同用餐,外出的时候大家也几乎都在一起。要说只身外出,也就是去白百合会总部或支援我们的教会,不可能过着双重生活。"

"也没有养什么男人?"

"嗯,根本没有。"优纪肯定地回答。

"有没有迹象显示她有私生子,或是有其他疼爱的亲人?"知佳问。

"从没听说过……刚才说到小野老师的个人账户在五洋银行,像我们这类非营利机构法人是没有钱的。大家都过着拮据的生活,住客们从微薄的收入里扣出钱来支付住宿费,所以才会运营资金不足。这时小野老师就会用自己的钱来填补窟窿。还常常替别人付钱。地震那年,我们几乎没收到任何捐款,不仅是我们机构,就连圣艾格尼丝宿舍这样的全国性组织也都快濒临解散了。那时,小野老师给我们机构和圣艾格尼丝宿舍双方都捐了钱,勉强维持住了运营。她就是在那次把自己名下的轻井泽别墅给卖了的。如果她是为了钱才把小野尚子杀害的话，还会做到这个份儿上吗？那时她又没有遭到警方追查，有这么多钱的话，不应该拿着小野尚子的印章和存折一走了之才对吗？"

"我们这些平头百姓可做不到。"长岛仰起脸，用拳头敲击着自己的额头。

"不管怎样，只要没查到她的资金流向，就无法下结论吧……"

"或许还是因为什么契机洗心革面了，这样去解释还说得通些不是吗？"知佳犹犹豫豫地问道。

优纪点头表示同意。

"不会的。"

长岛斩钉截铁地否定道。

"实际追踪下她的足迹，就能发现半田明美这个人天生就没有良心。她杀人不是因为一时愤怒或怨恨，也不是出于强烈的无法遏制的占有欲。打个比方，女人嘛，大多觉得某样东西、某种做法很划算，就立刻下手，而她就是凭这种心理上的判断，杀人于一念之间的。对夺取他人性命这件事，她毫无抵触感，给人感觉就跟洗盘子一样平淡无奇。所以旁人根本看不出她是罪犯。因为她没有罪恶感，也不会对杀人抱有后悔或恐惧。就这样的女人二十二年来过着和奢侈、趣味毫不沾边的生活。到底是为了什么？"

说着说着，又回到了问题的原点。

11

和长岛告别后,优纪和知佳坐上了地铁。

"虽然我心里很懊恼,但比起高尾住宅区做完驱邪仪式那会儿,心里畅快多了。"知佳一手揉着自己的肩膀,一边转动着脖子说道。

小野老师的谜团虽然越来越大,但关于那些灵异现象,的确暂时有了合理的解释。

"你一定很害怕吧,知佳你又是一个人住,更不必说了。"

"怕极了。"

知佳坦率地承认了,没有嘴硬。

"在浴室洗头的时候,我会觉得有什么人在对面的房间里。钻到床下,卧室的笔记本电脑在半夜又自动启动了。尽管我明白那只不过是机器老化,关机出现问题了而已,可那时恨不得哇的一声跳起来去拔电源。"

"那种时候有没有想过身边最好有个可靠的男人之类的?"

"想过。"

优纪本是想开个玩笑,令她意外的是知佳居然当即给出了肯定的回答。

"不过,办不到啊。我会觉得厌烦的。"

"那你谈过恋爱吗?"

优纪从没想过,自己居然会以如此不经意的方式就触及别人的隐私。

"谈过,但是被甩了。是我前一个公司的同期。谈着谈着就感到有些厌倦了。比如就会想，工作累得都散架了，为什么我还得慌慌张张地换衣服、重新化好妆再同他出门？明明吃饭是 AA 制，自己干吗还要在用餐的时候顾及这个顾及那个？于是就没那么上心了。这样谈着谈着，也就自然而然分手了。我们俩的关系周围人都知道。有一次同期同事聚会，那家伙喝得烂醉喊了起来，'别总以为我女朋友就是山崎知佳！'"

两人笑得前仰后合。优纪还从没遇到过一个人能和自己说真心话开怀大笑。

"后来，没多久他就和一名派遣员工奉子成婚了。"

聊得正在兴头上时，电车到达了新宿站。优纪只得和知佳挥手告别，意犹未尽地下了车。

回到小诸后，优纪和绘美子经过讨论，决定今后无论听到异响或是见到什么奇怪的影子，都尽量泰然处之。如此过了一阵子，沙罗和其他住客们都平静了下来。周围的大人心态稳定后，爱结也再没发生过惊厥。

长岛虽说不讨人喜欢，但这次无疑是他将优纪从骗子手中和灵异思维的牛角尖中拔了出来。

丽美每天早晨还是会在小野老师和榊原久乃的遗像前供上佛膳，焚上线香合掌祈祷。尽管不知这算不算是信仰，但宿舍上下的骚动中，唯有她自始至终保持着冷静。

水管依旧持续发出刺耳的噪声，即便没有使用洗衣机，仍然能听到打钻的声响。不过自从弄清这噪声的源头后，就没人感到恐惧了。考虑到很快就要搬离这里了，所以也没有专门请人来维修。

搬离的期限倒是过了，可优纪她们仍旧住在这里。

这是由于对方资金周转不到位，工程延期了。

房东又为优纪她们宽限了半年。只不过这期间频繁地有测绘人员过来，而且为了便于重型机械进入，原本属于宅子的田地也被划入公有道路，遭到了破坏。

进入了深秋，优纪她们仍然没有找到合适的住处。优纪和绘美子奔走于各个房产中介之间，频繁地给白百合会打去电话。就在有一天，五洋信托银行打来了电话。

"哦，是五洋银行啊。"

优纪以为对方是为了她曾经咨询过的银行账户的事。

"不，这里是五洋信托银行。"

优纪分不太清五洋银行和五洋信托银行的区别在哪里。

"是这样的。"负责人用慎重而事务性的口吻说明打电话的意图。

"我们银行存有小野尚子女士的遗嘱。"

"遗嘱？"

到底是小野尚子还是小野老师写的呢？

银行职员解释说，"小野尚子"不仅在五洋银行开设有普通账户，还将包括不动产在内的财产交由五洋信托银行保管,并在那里做了遗嘱公证。

对方说,"小野尚子"在遗嘱中表示,要把一部分财产捐给新艾格尼丝宿舍。

"捐赠,有多少……"

优纪不假思索地脱口而出,随即便为自己浅薄的反应感到羞耻,尽管自己现在的处境可谓走投无路。

"具体情况需要见到您本人后加以说明,您能拨冗到访我行一次吗?"

"哦……好的。"

长野县并没有五洋信托银行的支行。头顶着巨大的疑问,优纪决定下一周和绘美子去趟东京。

两人在新宿汽车总站下车后换乘了电车,从东京站步行片刻后便是五洋银行的八重洲支行了。五洋信托银行就在这家支行的三层。

优纪在前台报出了来电的那名职员的姓名后,不多久那名负责人就迎了出来。

他很年轻,身穿灰色西装,不戴眼镜,身材如运动员一般轻小而精悍,并不是沙罗母亲通灵时所预言的"上了年纪戴着眼镜,青色的西装上打着领带的身材魁梧的"男子。

这名职员带领优纪她们乘坐电梯上了楼,经过了一间用挡板隔出的单独房间。

走到头，有一扇沉重的门，年轻职员让二人进了房间。

"欸……"

这间贵宾室放有桌子和套着白色布套的沙发，里面站着两个人，压低着声音正谈论着什么。其中一名女性上身套着件蓝灰色针织外套，下身穿着条木炭灰的带褶裙子，打扮朴素，却因眼镜下那犀利的目光而极具引人注目的气场。她是基督教妇女会的前任理事长，也是白百合会的现任会长坂本嘉子。在她身边面露宽厚温和笑容的是名牧师，负责统筹为白百合会提供支援的各个基督教派。

"久未谋面了。"几个人打完招呼后，年轻职员行了个礼："请稍作等候。"便出去了。

一名身穿制服的女性端来了茶水，几分钟后，刚才那名职员随同他的上司进入了房间。这名上司倒是一名戴着眼镜，体形略显肥胖的中年男子。

交换过名片后，见大家已就座，那名中年男子便轻声清了下嗓子，宣布说："现在，请允许我公开遗嘱。"说罢，便从信封里取出了文件。

中年男子并没有将遗嘱内容展示给大家，而是用低沉的嗓音轻声宣读起来。

小野尚子在遗嘱中说，愿将财产分为两份，分别赠予新艾格尼丝宿舍和白百合会。

在场的四个人听后纷纷将手放在膝盖上低下了头，看来大家都怀着同样的惊讶与感激。

将遗嘱归入信封后，年轻的职员向大家说明了小野尚子遗产的明细和金额。

由于轻井泽的别墅已经售出，因而她没有不动产。

包括债券、投资信托和现金在内，总额相当于一亿六千万日元。当听到这个数字时，绘美子张大了嘴巴，坂本会长和牧师也同时倒抽了口冷气，而优纪则以为银行职员说错了，等着他做出纠正。

然而，对方只是继续说，这全部财产平分后，分别交由白百合会和优纪担任代表的新艾格尼丝宿舍。

"也就是说，各拿到八千万日元……"

绘美子在一边喃喃自语，牧师和坂本会长面面相觑。

"这其中包括了轻井泽别墅卖出后所得的资金。"年轻职员解释说，"是我们做的中介。"他的上司挺着胸脯补充道，面露得意的笑容。

"这里面要扣除遗赠税吗？"优纪询问道。

由于数额实在巨大，优纪脑中一片空白，内心涌上的尽是对幸运的否定——世上哪会有这样的好事。

"和福利相关的非营利机构法人或公益法人可以被免除税款，如果有必要的话，我们会在这方面进行调查的。"

"小野老师应该有位亲哥哥对吧？"

"是的，我们接到了其兄长关于小野女士的失踪宣告，昨天我们对他公开了遗嘱内容。"

"那特留份呢？即便遗嘱中表示要全额赠予什么人，只要亲属还健在，那依照法律，有部分是应当为他们予以保留的吧？"

"特留份这项法律制度只适用于夫妻或父母子女这样的关系，兄弟姐妹间是不适用的。"

"欸……真的假的？"

"虽然兄弟姐妹有时也享有继承权，但特留份是另一码事了。我行保管的这部分财产并不属于其兄长可以继承的财产。"

接着，年轻职员向已经惊呆了的优纪她们说明起了接受遗赠时的具体手续和必要材料。

优纪听完后，忐忐忑忑地问："这份遗嘱是什么时候订立的呢？"

哪有这样的好事——在超乎想象的庞大数字前，优纪控制不住这种忐忑的情绪一味地膨胀。

"就如刚才念到的……"

原来，在遗嘱内容和金额的重磅冲击下，优纪漏听了订立时间。

年轻职员确认了遗嘱内容后，回答："是1991年8月，在公证处公证的，然后交由我行保管。"

订立遗嘱的不是小野老师，也就是半田明美。而是真正的小野尚子。

"而且，小野尚子女士2007年已经失踪了。"

"2007年……怎么了？"

"失踪的年份已经知道了？我们只是听说那具本该是小野女士的遗体其实另有其主……"坂本会长也一脸诧异地插嘴道。

小野尚子在1994年被杀害了。这是知佳远赴菲律宾挖掘出的真相。

"2007年小野尚子女士发生什么了？"绘美子也故意看着优纪的脸问。

"并不是说那年具体发生了什么事。"上司清了下嗓子解释起来，"在向家庭法院提出失踪宣告申请的时候，并不是仅仅凭一面之词，说这个时间点失踪人员离家出走了，或是去旅行了就可以了，而是需要提供这时当事人已经失踪了的证据。那就是2007年这年有证据了。具体情况我们也没有询问，总之家庭法院就是如此判定的，在前几天发布了失踪宣告。"

也许这名上司真的不知道，就算是从兄长小野孝义那里听闻了什么，他或许也不会向第三者透露的。

坂本会长和牧师虽然看上去并不太能接受银行职员的解释，但不管怎么说，这个遗嘱是在真正的小野尚子还在世的1991年8月订立的，当时她运营着新艾格尼丝宿舍，白百合会资金短缺，泡沫经济也进入了崩溃的最后倒计时。

优纪一行和坂本会长及牧师在银行正门分别。他们两人在一亿六千万日元这个数字面前倒始终还算平静。

这两人一走，优纪就和绘美子看着对方的脸，长长地舒了口气，膝盖几乎都要瘫软在了地上。

"这都是真的吗？"

两个人异口同声地问道。

"嗯……"

绘美子默默地指指对面那幢楼一楼的连锁餐吧。

"哦,我明白了。"

两人进入了餐吧,占到了昏暗的靠角落的位置后,绘美子去柜台点了份小仓白玉芭菲。可拿到芭菲后,她却因为胳膊不住地颤抖,连托盘都端不稳了。

"算了吧,你去那儿看着东西。"优纪急急忙忙上前去指指座位,将芭菲连同自己点的咖啡啫喱一起端去了座位。

"我实在吓坏了……"

回到座位上,绘美子低着头,手在膝盖上发着抖。

"行啦,你吃吧,毕竟是好事。"

尽管优纪也并不是这么乐观,可还是为绘美子鼓着劲,将铝勺子塞进了她颤抖着的手中。

"我们真的能为这件事庆祝了吗?"

在讨厌的事、可怕的事面前发抖、恐惧、忐忑是再正常不过的了,可绘美子却常常在好运摆在眼前时感到恐怖,在意识到当下幸福的瞬间又立刻被不安攫住。

因为从小到大,她总是认为自己不可能幸福,等在幸福后的一定是地狱作为代价。

"再怎么手忙脚乱的,我们也只能顺其自然了。开心的时候那就想开心的事。至少享受着甜食的当下是幸福的呀。"

八千万日元。正月前收到长岛约合五十万日元的现金时，优纪也曾被这从天而降的幸运砸得浑身瘫软，而今天的这笔钱比上次的要多出好几位数字了。

就算是缴了税，有这么多钱的话就可以在西轻井泽火灾后留下的那块土地上重建一栋宿舍了。或者可以在其他地方买栋二手宅子，还能挤出点修缮费。甚至可以去租一栋合适的住宅，剩下的钱存作基金灵活使用。

面对充满希望的前景，优纪也感到战战兢兢起来。

她冷不丁地朝绘美子的玻璃容器里瞟了一眼，发现甜点几乎丁点不剩了。尽管绘美子表情僵硬，却还能以横扫千军之势将奶油和白色团子扒进嘴里。

"喂，绘美子。"优纪用手指敲击着桌子。

"你喝咖啡吗？"

绘美子手里紧握着勺子，瑟瑟发抖地摇着头。

"八千万日元是多少呢？一百万日元的钞票是一厘米厚，那加起来就有八十厘米啦。旧版钞票的话还要厚，要有一米了。不过要是码放得紧凑些的话应该能收入旅行箱吧？"

绘美子似乎什么都没听见，只顾将玻璃容器中仅剩的那点白色奶油用勺子刮下后送进嘴里。

"绘美子。"优纪紧紧握住绘美子放在玻璃器皿边的左手。那只手冷冰冰，汗津津的。

"拿到钱后，咱俩平分了逃跑吧？"

优纪这番话终于让绘美子回过了神，她抬起头微微笑了一下。

和绘美子当然是说笑的。可如果真是在面前堆了那么多现金，也许就会恶从胆边生了。

不必等"恶从胆边生"，半田明美肯定早在此前就已经将目标锁定在这堆高高的现金之上了。

"究竟发生了什么呢？"

优纪不经意间自言自语起来。

"所以啊……"

绘美子把勺子放在餐巾上凝视着优纪，与她犹豫不决的语气相反，此时她的眼神里却透着从未有过的坚强。

"我认为这两人之间一定是发生了什么，让半田明美决心重生成为小野尚子。的确半田明美是对小野尚子下了手，但会不会是小野尚子为半田明美留下了什么大爱，以至于后来她下决心用一生来偿还呢？当半田明美明白了这份大爱后，就变成了小野老师来表示报答。我们只能这么猜测不是吗？"

优纪点点头。无论长岛怎么说，下何种判断，半田明美的确就是大家所见到的那名小野老师。小野尚子留给半田明美的那份大爱究竟是什么，能把杀人犯的心都转变了呢？

回到小诸的宿舍后，一名住客告诉优纪说在她外出的时候，小野孝义打来了电话。当小野孝义被告知负责人不在时，他也没留下什么话就挂了。

"看，来了。"

"果然。"

优纪和绘美子对视了一下，点了点头。

尽管法律上小野孝义没有索要特留份的权利，但作为兄长和继承人，他应该是不会这么善罢甘休的。

晚上过了七点，小野孝义又打来了电话。

"我是小野。我妹妹多年来受你们关照了。"小野孝义的这句寒暄极为礼貌而有涵养，但语气中却听不出任何对已故亲人的情感。不过也因为如此，对于这个常年窝藏着冒用自己妹妹名字的女人的机构，这个说不清道不明的团体，小野孝义也没表现出任何戒备或敌意。唯给人留下的是超然物外的冷淡和稳重的印象，是这类社交技能纯熟优雅、坐拥祖上积累而下的稳固社会地位的精英人士所特有的气质。

"您客气了，是我们这么多年都受小野尚子女士的关照……"优纪客套一番后，还不等对方开口，就先行向小野孝义告知了这天她们去五洋信托银行参与遗嘱公开事宜的情况。

"是的，我已经从负责人那里听说了。我打电话来是有事想要确认。"小野孝义做了下铺垫，接着问，"请问贵机构是在公寓楼里吗？"

"不，信浓追分的房屋被烧毁后，承蒙一位房东的厚爱，现在住在小诸市的一栋民宅中。不是公寓楼。"

"是这样的，关于小野尚子的资产，我已经从五洋信托银行那里听闻了详细的报告，不过还有一项公寓管理费常年从五洋银行的普通储蓄账户里扣除。固定资产税的话则是支付给了轻井泽町。而贵机构宿舍所在地也在轻井泽町对吧？"

"是的，在房屋被烧毁前的确在轻井泽町。只是包含公共缴费在内的运营费是从新艾格尼丝宿舍预算中支出的，不是从小野老师的个人账户里支出的。"

一口气说完这一通后，优纪忽然注意到了刚才小野孝义提到的"公寓"。

小野老师，也就是半田明美，的确在宿舍和住客们共同生活。然而她自己的个人生活又是在哪里呢？

平成元年（1989），她从情人那里得到了公寓作为分手费。在那栋公寓里，有着半田明美原原本本的生活状态……或许就有巴卡拉的水晶杯、香槟、华美的衣饰还有美食，穷奢极欲。

不可能，优纪立刻否定了这些猜测。小野老师一直都和住客们在一起，几乎都不曾离开过轻井泽的旧别墅和信浓追分的民宅。而且，她还从未在外留过宿。这样说来，难道说那栋公寓里住着在幕后操纵明美的什么人，比如明美的亲人或是同谋？

"抱歉，方便给我看一下这个扣款明细吗？我想到了一些事，想要确认一下。"

"不行，这个账户昨天提交申请的当下就被冻结了。抱歉问了些无关紧要的问题。"

尽管小野孝义语气非常礼貌，但很明显是在拒绝透露任何信息。他单方面挂断了电话。优纪想要拨打回去，可她没有询问对方的电话号码。而且对方还设定了来电号码隐藏模式。优纪后悔自己至少应该问问这套公寓房的名字。

优纪立刻给知佳打去了电话。

优纪首先告诉了知佳她当天去了五洋信托银行，根据小野尚子的遗嘱，新艾格尼丝宿舍受赠了她财产的二分之一。

电话那头，知佳似乎想要问些什么，却欲言又止。

也许她是想问可以拿到多少钱，但又意识到这个问题太不礼貌。

"八千万。"

优纪似乎察觉到了知佳的内心活动，主动报出了数字。毕竟这不是什么不义之财，也不是优纪个人的财产，没有必要隐瞒。

"这么多。"知佳倒抽一口冷气，"毕竟人家原来是富家千金啊。不过这真是太好了。用这些钱可以正式重建一栋宿舍，还可以用来开展事业了。"知佳补充道。

"是啊。"

"不过，这一来她哥哥应该不会坐视不管吧？"

"这点法律上他是无权干涉的。不过今天接到了她哥哥打来的电话。"优纪告诉知佳，小野尚子名下的普通储蓄账户承担了公寓管理费和固定资产税的扣缴。

"渐渐有眉目了呀。"

知佳说。

"那她哥哥有没有告诉你这栋公寓的名字或是谁名下的吗?"

"没有,他马上就挂断了电话。他的电话是多少我也不知道。"

"交给我,我知道小野孝义的联系方式。我曾和他有过交谈,尽管他给人感觉不舒服,但我会好好探探他所隐瞒的情况的。"

其实根本不用等知佳去和小野孝义联系。

几天后,小野孝义再次打来了电话。

"我有些事情想要了解一下,最近您是否会来东京呢?"

优纪恨不得说有什么想问的就自己过来,但还是咽下了这些话,问道:"您想了解什么呢?"

"电话里不方便说。"尽管小野孝义如此表态,但他还是解释说,公寓管理公司来联系他,称银行账户被冻结,无法扣除管理费了。

"是给您去了电话对吗?"

"我毕竟是继承人。无论有没有份额。"小野孝义的口吻不带任何个人感情,就像是名公事公办的银行职员。

"请问你们宿舍是否有一位名叫半田明美的女士?"

优纪差点叫出了声,急忙忍住了。

"没有。"

"住客里或是我妹妹的朋友里有这样的人吗?"

"不知道……"

优纪感到全身的血脉都在跳动，跳得太阳穴都疼了。

如果他知道了半田明美冒充小野尚子活了二十多年的话会怎么样呢？虽然她自己和其他任何一名职员都没有参与犯罪，但世人是不会这么看的。毕竟新艾格尼丝宿舍获得了小野尚子二分之一的财产。

优纪认为自己不能回答得过于轻率。

她于是反复表示自己也会去调查一下，并同意近期去一趟东京和他碰面。

小野孝义的办公室位于品川，在簇新的高层建筑的七层。

出版社"朱雀堂"后来将公司名称变更为了"SUZAK"，据说，业务也从出版拓展到了互联网领域。出版业务的总部仍位于文京区，而这幢大楼里开展的是其现在主要经营的互联网业务。

社长小野孝义虽早已年过七十，但身材纤瘦，藏青色商务西装修饰着他飒爽的英姿。

"关于妹妹的财产，我从一开始就没抱有任何期待，所以请您不必担心。"他事先作了表态。

"我倒是还做好了她欠下巨额债务的心理准备了。"

"我们也没想到她还有这么多财产……"

"我不知道这个数字能否称得上'这么多'……"孝义苦笑道，"我妹妹出嫁的时候，曾以她放弃财产继承为条件，给了她一定数额的现金。"

"不是您双亲身故时继承的吗？"

小野老师当时是对她这么说的。

"不是，是她离开小野家时，父母为她准备的现金，当嫁妆让她带走的。"

这让优纪再次领教到"小野老师"不是小野尚子这个事实。

"后来，我妹妹就离了婚回了家，但嫁妆似乎分毫未动。回家后，她就帮忙料理些家务，但身体却垮了。"

小野孝义并没有用酒精依赖症这个词，而是采用了较委婉的说法。

"于是，我就让她去了轻井泽的别墅，让她慢慢静养。尽管在结婚时，她约定放弃财产继承，但我自作主张，在父亲去世时将别墅归入了尚子的名下。她出嫁时所带走的嫁妆虽然只是和身份相符的现金，算不上多大数额，不过那个年代利息高得离谱，五洋信托银行似乎也帮忙运作得不错。而且当时还没有施行金融大改革①，信托银行和证券公司仍然井水不犯河水，这点帮了大忙，彻底避免了这笔钱蒙受泡沫经济崩溃带来的损失。别墅也卖了个不错的价钱。"

"后来，您就接到了小野尚子去世的消息，公开了遗嘱对吧？"

"事实上，还不确定她是活着还是去世了呢。"

---

① 或称"金融大爆炸"（Big Bang）。在日本指1996年11月第二次桥本内阁提倡的日本金融·证券市场制度大改革，目的在于放宽金融市场管制，活化市场，实现金融市场国际化。——译者注

小野孝义立刻纠正，让优纪心里咯噔一下。了解小野尚子的死的只有山崎知佳、新艾格尼丝宿舍的成员，还有长岛。

"这个月一到，家庭法院就发布了尚子的失踪宣告，我才去五洋信托银行开启了遗嘱。"

"我听说尚子女士是在 2007 年失踪的……"

"但并不是说失踪的那年就是 2007 年啊。"小野孝义苦笑道，"一开始，我以为妹妹是死于火灾，但根据 DNA 还有其他鉴定结果，才知道那具遗体是冒用妹妹名义的其他人。可要说她本人是从什么时候开始生死不明的，毕竟近三十年没有来往了，我也不清楚。当然这期间，我见过她一次。"

"和小野尚子？是什么时候的事了？"优纪下意识地探出身子问道。

"是 1991 年的秋天。"

孝义不假思索地回答。就是她去世的三年前，立下遗嘱的一两个月以后。

"当时轻井泽的别墅要改建成宿舍，但一部分内部道路还在父亲的名下，她于是来东京找到我让我想想办法。那是我们最后一次见面了。但并不是说她在这之后就立刻失踪。只是小野尚子的家庭齿科医师保管的病例显示，从火灾向前追溯 9 年的 2007 年，小野尚子已经被别人顶替了。这一病例就成了家庭法院认可其失踪的依据了。"

"接下来，给您这个。"孝义在切入正题前，给优纪看了一沓 A4

打印纸。

他说这是五洋信托银行送来的小野尚子名下的普通账户明细。

首先，五洋信托银行每隔数月会向五洋银行小野尚子名下的普通账户汇去一笔钱，这笔钱是五洋信托银行事先设定好的生活费。"小野尚子"就是从中提取现金的。

"偶尔她会取出几十万日元，但一般取出的数额相当少。"

优纪知道，那偶尔取出的几十万日元就是在新艾格尼丝宿舍运营资金不足时小野老师取出用来填补赤字的。

"我在电话里向您提到的是这个。"小野孝义给优纪看了A4纸上印有的"管理费等"几个字。这一栏的开头部分是三个字母，好像是代缴费的服务公司的名称。

"我纳闷儿到底是什么管理费，通过公寓管理公司才查明白。"

"是在轻井泽的吗？"优纪焦急地问。

"是的。只不过是在中轻井泽。确切地说是信浓追分附近的七层公寓楼。"

"七层？在中轻井泽？那附近有限高，最多只能造三层或是四层不是吗？"

"这栋公寓楼建在二十世纪七十年代，当时度假地管理法案还没实施呢。"

这就是尾崎向知佳提到的那栋视野极佳的七层度假公寓了，并不是在北轻井泽。

"名字叫'至圣所轻井泽'。"

"那是……"

优纪想说,那不是公寓,是酒店。

"有家酒店名叫'轻井泽至圣所'。"小野孝义打断道,"在网上搜索的话出现的都是这家酒店,公寓至圣所轻井泽和它不是同一处地方。那栋公寓只要没有房间售出,用'至圣所'这个关键词是查找不到的。"

孝义停顿了一会儿,继续道:"就是说半田明美这个人和你们没有关系对吧?"

优纪边犹豫边点头。她的心跳加速,明白无论这时说什么,听上去都会显得不自然,像是刻意在粉饰。

"这栋公寓就是半田明美名下的。"

优纪无意识中呼吸都快停止了,她想回答些什么,但什么也说不出,吐出的只是自己的气息。

她深呼吸了两三次后,终于开口说出了话。

"其实我是十年前来的宿舍,我所认识的已经不是小野尚子女士了,而是冒用小野尚子名义的另一名女性。就是去年在火灾中丧生的那位。"

彷徨了一会儿,优纪继续道:"警方来联络,称有可能就是一名叫半田明美的女性。"

小野孝义点点头,似乎接受了她这个说法。

"不过这么说不知您是否相信，我和其他职员、住客，还有白百合会的成员一直以来都以为她就是小野尚子女士。当警方说她不是小野尚子时，大家都很震惊。我是在火灾发生数月后听说半田明美这个名字的。"

"警察也来问我听没听说过这名女性的名字。她似乎名声不太好。不管怎么说，我妹妹的银行账户给半田明美名下的公寓支付着管理费，这说明冒用我妹妹名义的人应该就是半田明美了。也许就是这名女性用小野尚子的身份住在你们机构，而我妹妹则住在那栋公寓里。"

"嗯……"优纪说完便不作声了，情急之下，她既无法表示肯定，也无法表示否定。

"我妹妹有酒精依赖症，不管她后来怎么改过自新，也不太可能在你们的机构担任机构长的。由于涉及对外形象的问题，所以即便明面上是小野尚子担任机构长，而事实上则有可能是那名女性在负责管理。"

"不清楚，在警方告知我前，我一直以为她就是小野尚子女士。"

优纪重复着这样的回答。

"那小野先生，您是想去那栋公寓的房间看一眼吗？"

"不是。"小野孝义面不改色地摇着头。

"毕竟是别人名下的房产，因为长期从妹妹账户里扣除管理费和其他费用，我就想问问您是否知道其中的原委。不过，既然您说您和半田明美没有关系，也不知道这些事，那接下来就由管理公司来联系半田明美女士的亲属来处理此事了吧？"

"是啊。"

优纪赞同道，但根本不敢去看小野孝义的眼睛。

小野孝义似乎丝毫没有怀疑妹妹是被杀的，没有怀疑自己和新艾格尼丝宿舍的成员，也没有要求警方来查明事实真相。从他的表现来看，他只是希望不再和小野尚子有任何瓜葛。

离开品川的办公室后，优纪忽然产生了一个疑问。

既然警方根据那名叫永山的牙科医生提供的二十六年前的电子病例，怀疑火灾中丧生的小野老师可能就是半田明美，那他们肯定当时就已经询问过半田明美的亲属了吧。

根据长岛的笔记，半田明美应该有弟弟和妹妹。

不过至少他们从没有来联系过新艾格尼丝宿舍。若是亲属的话，关于遗骸来提出些什么要求也是理所当然。难道半田明美和小野尚子一样，也和兄弟姐妹断绝了关系？如果他们知道有这样一套公寓，那至少也应该来确认一下这套房产啊。

优纪拿出手机，拨打了知佳的号码。对方设置了录音电话。优纪放弃了留言，发邮件说她有话想和知佳说，现在正好在东京，希望和她在什么地方见上一面。

优纪想节省些钱，就没去咖啡馆，而是在大楼地下的广场处找了个围绕花坛的大理石边缘坐了下来，等候知佳回复。她在笔记本里写下了当天发生的事和小野孝义讲的话，边整理信息，边写下各种可能性。这时知佳来了回信，说她今天从夜里起没有安排。

距离约定的时间还有三个多小时，优纪便在附近公园的公立图书馆打发时间。

图书馆闭馆后，优纪又开始找寻起廉价的连锁咖啡店来。这时知佳又发来了消息，问她能否前往文京区内离长岛家最近的车站前茶室。

优纪一想到长岛或许已经知道了小野尚子遗赠的事，就有些反感。尽管长岛不太可能对获赠大额遗产的新艾格尼丝宿舍说三道四，但知佳未经自己允许，擅自喊来长岛的行为令她感到有些轻率。

优纪比约定的时间提早了许多，她在昏暗的小包厢坐下，打开笔记本翻看起刚才整理的内容。就在这时长岛出现了，同样比预定时间提早了许多。他上身穿着件翻领运动 T 恤，脚上拖着凉鞋进了店。

"哎，太好了。听说那个十恶不赦的女人没动小野尚子的钱就死了？"

优纪对长岛的话目瞪口呆，都找不出用什么话来回答。

"哎，钱又带不进棺材，不过还没花就死了，想必她很懊丧吧。"

"这个嘛。"

优纪冷冷地回答。忽然，她想到了方才让自己感到不安的事来。

"我有些事想听听长岛先生您的想法。"优纪郑重地切入主题，接着就将在品川从小野孝义那里听说的告诉了长岛。

"哦？"长岛只是惊讶地喊了一声，催她继续说下去。

"所以，火灾发生后，当警察根据二十六年前的牙科信息推测出遗体就是半田明美的时候,应该会和她的亲属联系吧?"

"啊,那是会去联系的。不过原本判断那具遗体是半田明美的唯一依据就是二十六年前的牙科病例和牙医的记忆,就算警方也只能是推测。而且那样的大姐,即便有弟弟妹妹,肯定早就断绝了关系,问啥肯定回答不知道。"

"不过若是留下了公寓这类财产的话就另当别论了吧?"

"她都死了一年多了,公寓仍在半田明美名下,固定资产税、管理费、维修基金还有其他名目的费用都还一直从小野尚子的账户扣除。这说明半田明美的亲属并没有继承这套公寓。"

"是放弃了吗?"

"不,与其说是放弃继承,倒不如说她的亲属根本不知道有公寓这回事。"

"可是如果半田明美名下有房产的话,警察也会调查后联系亲属的吧?"

"不会的不会的。"长岛笑着摆摆一只手。

"你要知道,户籍和住户登记还有房产登记册完全不是一回事。以前政府办事处管理得还算宽松的时候,我为了写报道查了半田明美的户籍。当时,中林医师死后她的户籍在千叶县,而住户登记却在公寓所在的东京中野。我不知她是以一种怎样的方式住在尾崎给她的度假公寓里的,不过她若是以犯罪为目的住在那里的话,会在那里进行住民登记吗?"

"不过，如果度假公寓的房产证是以她的名义登记的呢……"

"所以我说房产登记和住户登记是两码事呀。"

长岛有些不耐烦了，他继续道："她的住户登记仍在中野的公寓，而度假公寓的产证登记的是她的名字。度假公寓一般都是这种情况不是吗？"

"嗯，是这样。可如果她从中野的公寓退了租的话……"

"不管你是否住在那里，住户登记就是住户登记，保留不变的。"

"可是她一直都在缴轻井泽的固定资产税，这说明……"

"这也没有关系。缴税账单一开始肯定去了住户登记所在的中野区，当然，她人不在那里了，就原路退回了。这样一来，轻井泽的税务科职员就直接去了度假公寓。当时半田明美是住在里面的，于是她就让职员将税单的寄送地址改为轻井泽公寓便完事了。只要半田明美在那里缴纳税金，就不会引发任何问题。而在她取代了小野尚子以后，半田明美就办理了手续，将小野尚子名下的账户设定为税金、公共支出等各项支出的扣款账户。在这以后，她只要经常去公寓的信箱回收些通知信件就可以了。这次虽说烧死的女性可能就是过去的连环杀人嫌疑人，但政府办事机构可没那闲工夫去调查这女人此前住在什么地方。"

这时，随着店门口的一串铃声，知佳急急忙忙跑了进来。

还不等她对迟到表达歉意，优纪就将刚才和长岛的对话，以及从小野孝义那里的听闻告诉了知佳。

"我们能做的只有立刻行动不是吗？"

镜子的背面

知佳说着，来回看着二人的脸。

"行动？指什么？"优纪问。

知佳有些焦躁了，用飞快的语速回答："入室取证，入室取证！进入那间公寓。"

"入室取证？就你们？"长岛笑了起来。

"我们得趁管理公司撬门进入前去一次那个叫至圣所的公寓一探究竟。那里不是半田明美的据点吗？我觉得里面肯定藏了什么秘密。"

"嗯，的确应该藏了些什么。"长岛恢复了严肃的表情赞同道。

"因为半田明美在那里经营着另一种生活。那才是原原本本的半田明美。尽管不是什么杰基尔博士与海德先生①。但可以知道她有没有什么嗜好，值钱的东西是不是堆积如山……是否包养了情人，当然这点不太可能。"

"她不可能还过着另一种生活。"

优纪直摇头。小野老师——半田明美毫无疑问一直都住在新艾格尼丝宿舍。虽然有时会外出，但从没有长时间离开的情况。

---

① 英国著名小说家罗伯特·路易斯·史蒂文森（Robert Louis Stevenson）出版于1886年的《化身博士》（英文原名为 The Strange Case of Dr.Jekyll and Mr.Hyde）中的人物。杰基尔博士与海德先生实为同一人，拥有着双重人格。——译者注

12

知佳驾驶着自己的AQUA下着坡。这条远离主干道的柏油马路上，枯黄的草都顶破了路面。行驶了几十米，眼前冒出的黑黢黢的影子就是那栋公寓。

因为听说是七层高的公寓，这二人想象中应该是栋不算矮的楼房，可这公寓却如同一栋废弃的房屋，埋没在了红叶的树丛间，怎么看就四层五层那么高。一开始两人都没注意到它，径直驶了过去，撞进了树林里。

知佳和副驾上的优纪讨论着是不是搞错了，纳闷中掉转了好几次方向盘。返回后再次确认了一下这栋建筑，才发现它就是"至圣所轻井泽"。

在道路一边的入口其实并不是大楼的一层，而是三层，一层和二层隐藏在建筑物背后的低地。

一楼是停车场，从普通道路进入建筑物内部下到停车场的这段路非常昏暗，水泥都发黑了，与其说是地下停车场，不如说就是个地窖，弥漫着阴森的气氛。

"停在那边不好吗？毕竟好像都没什么人来。"优纪说。

"也是啊。"

知佳将车停在了开裂的柏油马路上，下了车。

"都不知道在电车站附近还有这样的度假公寓。"

优纪边反手关上了副驾的门，边抬头仰望着眼前黑黢黢的建筑。

知佳觉得，步行十五分钟可不能称为"附近"，但就这一带的感觉而言，这里离电车站还在徒步范围内，也能算得上是"附近"了。

"这里到底有人住吗？"

知佳很是纳闷。优纪默不作声地指指四楼的窗户。透过窗户，能看见窗台上排列着类似洗涤剂、漂白剂的瓶子，这种奇怪的生活气息反倒让人瘆得慌。

转到低地那头，那层看上去像是地下二层的一楼停车场背面就是物业室。

优纪她们担心擅自闯入的话会被人当作可疑人员，就决定去物业管理室打声招呼，可小小的玻璃窗拉着窗帘，上面写着"巡逻中 有事请按按钮"。

优纪她们按下按钮，过了一阵子，一名身穿工作服、早已年过七十的老人出现了。

知佳对管理员谎称，她们二人是堂姐妹，由于一些原因，都是她们高龄的伯母在帮忙代缴管理费和维修基金等款项，现在她们的这位伯母去世，账户被冻结了，管理公司来联系说无法扣除管理费了。

"我们原本和半田明美没什么往来。她自从搬到这儿以后连伯母的法事也没来露过面。据我们伯母说她身体似乎不太好，确切地说有抑郁症，才在轻井泽这里闭门不出的，我们担心她是不是有什么不测，就来看看。"

听知佳说到这儿，管理人表情紧张起来，戴上眼镜查看起名单来。

"半田女士，是708室对吧。自我来这儿上班，已经过了十二年了，从没见过那间屋子有人出入啊。不过信箱却没有因为传单之类的满出来，她应该是时常来这儿清理的。"

老人说，这里是度假公寓，所以住户们多数是在梅雨季过后到八月份这段时间集中来这里度假，那时还算热闹。可近期就连夏季多数房间都空着。

"不过，好像没人反映七楼走廊有什么怪味啊。"

"怪味"这个词让人毛骨悚然。

"您是说七楼，对吧。"

优纪确认道。管理员皱着眉点点头。

"我们也会定期巡视的，但毕竟进不了房间啊。你们这些亲属还是去确认一下吧。"

这个回答正中优纪下怀。

优纪本以为管理员会带着万能钥匙一起跟来，但管理员却摇着头。

"我可没有万能钥匙。毕竟这间不是租赁房。"优纪觉得他说得在理。

在度假公寓，有人会委托管理员进房打扫定期通风，这种情况下住户会交给管理员备用钥匙，但据说半田明美没有和物业签订这样的协议。

"需要我喊锁匠吗？"

管理员拿来电话本。

"拜托了。"知佳回答。

管理员熟门熟路地开始准备拨打电话，却突然住了手挂断了电话。

"嗯，你们是半田明美的亲属对吧？"

"是的。确切地说是帮忙支付管理费的小野女士的侄女。"情急之下，知佳顺口编了个谎。

作为管理人，他是无权随随便便为访客制作备用钥匙的。知佳翻着包，拿出驾驶证来证明自己的身份信息。

然而，管理员并没有看知佳的证件，而是给管理公司打去了电话。

"是的，现在房主的亲戚来了，对，就是支付管理费的人的侄女……据说这名住户有些反常，她们很担心，就来看看。"

管理员估计是得到了管理公司的许可，再次给锁匠打去了电话，让知佳她们在原地等候。

"您经常会打电话叫锁匠来吗？"优纪问。

"嗯，毕竟是这种地方。"管理员苦笑道。

"买是买下了，但许多人几乎不来，不知不觉钥匙就找不见了，还

12

有些是为投资买下的,但根本卖不出去也租不出去,于是买下后再也没来过。都不知这是谁的房子了。多少年没开过一次门的房间不下十户二十户。许多房间都滞纳了管理费,卖也卖不出去。据说刚建成的时候,管理公司还会派管理员常驻在这里,可现在,就只能派我这种镇里银发公社[①]的人过来。而且以前是工作到下午五点。两三年前开始到下午三点就下班了。到处都在削减经费,还有许多地方连管理员都不设……"

"这样说来,"知佳轻声对优纪说,"晚上进出这里就完全没人查了。"

据说,1994 年,半田明美顶替了小野尚子后的那段时间,就戴着口罩和目镜,借口光过敏,在夜里去看附近的中医。然而,她去的信浓追分虽然有采用汉方疗法的医院,却没有汉方医生或中医医师。也没听说过去这里有这样的医院。

有的只是她的公寓。

过了二十分钟,知佳她们听见了汽车的声音。上去一看,见车上下来一名和管理员年纪相仿的老年男子,手提工具箱和管理员亲切地交谈着,想必就是锁匠吧。

"但愿一切能平安无事啊。"

"是啊,再要去喊警察、消防员之类的可就太麻烦了。"

---

① 日本为退休后有就业意愿的老年人提供就业扶持的组织。——译者注

只听见两人如是交谈着。

看来,这里上了锁的房间常常发生孤独死亡、燃气泄漏、空巢老人过世等事故吧。

知佳、优纪她们同锁匠和管理员一道坐电梯上到了七层。

走廊装潢老旧,天花板很低矮,一路整齐划一地排列不锈钢门。门上没有户主铭牌,有的只是像酒店客房一样的房间号。他们循着门牌号向前找去。

"哦……"

锁匠看看房间的钥匙孔摇摇头。

"光这样还做不了备用钥匙。得把锁整个换掉。"说着打开了工具箱。

"是换了钥匙了吗……"管理员盯着锁匠手中的工具问。

锁匠解释说,由于有些人长期不在,为了防止小偷进来,就把原配的圆筒销子锁换成了难以撬开的特殊锁。

"钥匙是什么时候换掉的?"

知佳冷不丁地问了一句。

"很久以前了。"

锁匠边收拾工具边回答。

"至少得有十年了。大概是二十年前了吧。自打有外国盗窃团伙出现后,锁就越来越复杂了。不过这个还算相对简单的。最近的钥匙镇上的锁匠根本做不出备用的。二十年前就这样的锁也很难弄到,所以很多住户都把钥匙换成了这种。"锁匠指指这个锁说道。

锁匠问是否要换成保险系数高的防盗锁,优纪立刻回答:"不用,请换成便宜的。"

二十年前,从菲律宾回来的半田明美将自己住的公寓的锁换成了防盗锁。

然后到了晚上,就从新艾格尼丝宿舍回到了这间屋子,谎称是去接受汉方治疗。

锁匠将把手拆除。随着清脆的金属声,锁的部分现在留下了一个圆形的孔。

锁匠将手扣到圆孔里一拉,金属门嘎吱一声打开了。

一股沉闷潮湿的空气从门缝里流了出来。背后的管理人发出一声轻轻的呻吟。

门的另一侧非常昏暗,屋内没有任何东西遮挡住视线,一眼就能望尽这不足八张榻榻米①大小的餐厅兼厨房。不,还是有东西挡在了眼前,是天花板的墙纸,剥落后垂了下来。优纪下意识地按开了墙上的电灯开关。

灯亮了。公寓的电费和管理费到前阵子都在缴付。在荧光灯的照射下,壁纸剥落的天花板附近形成了"山"字形的花纹,并在墙上投映下了大大的斑纹。

---

① 约 12.96 平方米。——译者注

镜子的背面

客厅里并没有按惯例放置餐桌和沙发,而是有一张单人床,靠在墙角里,盖着罩布。房间内一片死寂。这床让知佳感到恐怖,她感觉似乎下面横着个什么干瘦的失去厚度的东西。

管理员在身后怯生生地用手示意知佳和优纪快进去。

"穿着鞋子进去应该没关系吧?"知佳问。

"没事,快进去吧。"管理员下意识地就用一只手在知佳背后推了一把。

玄关处没有设脱鞋子的地方,也没有落差,穿着鞋就能直接进去。或许这是出于当初想模仿酒店客房的设计理念吧。

地板上的地毯既没有被人常年踩踏的痕迹,也没有被沾上过溢出的食物,就这么在凝滞的空气中朽烂了。

床上当然没有任何东西,被打理得纹丝不乱,可以想见户主一丝不苟的性格。

只听见管理员长舒一口气,这下他放心了。

床边的敞开部位垂挂着窗帘,上面沾染着污迹和虫蛀的痕迹。知佳粗暴地拉开窗帘。墙上开着宽约一间[①]的窗户。落地拉门另一头是阳台,但房间并没有因此显得敞亮,或许是因为层高太低的缘故。

床的对面是一个单灶厨房,灶台一侧有台小冰箱,但知佳没有勇气去开冰箱门。

---

① 约 1.82 米。——译者注

12

小野老师也就是半田明美不来这儿已经多少年了呢?究竟她是从哪一年开始就没再打开过这里的门呢?

房间里并没有预想的霉味。似乎是因为封闭时间过久,连霉菌都枯死了吧。有的尽是潮湿的混凝土散发的碱臭和尘埃、黏合剂的刺激性气味。

"重新装修的话不知要花多少钱呢?"

锁匠跟着管理员进了房间,他淡然地环视着屋内,看来这样的房子他是见怪不怪了。

房间东侧有两扇门,打开里面那扇门,那头是浴室和卫生间。这浴缸、马桶、台盆一体生产安装的一体式卫浴在以前相当流行。

镜子已经生锈,但塑料部件都出人意料地没有任何磕损。浴室、卫生间空空如也,管理员见状又长舒一口气。

优纪又将手搭到卫生间一边的另一扇门上。

"许多人把那间屋子用作卧室。"管理员说。

一开门,房间里便射出了光芒。里面的灯亮着。

不,是正对着门有面镜子,客厅的灯光照到了镜子上,光线产生了奇妙的反射效果,扩散到了整个房间。知佳进入房间后倒抽一口冷气。

"这是什么玩意儿?"

优纪在身后困惑地问道。

房间里,立着无数的剪影般的人影。

镜子的背面

　　知佳浑身都僵硬了。不知是谁按开了墙上的开关，屋顶的荧光灯像闪电一般闪烁起来。

　　是镜子。正对着门的是镜子，左右两边的墙上是镜子，回过头一看，门上也挂着镜子，宽四十厘米到七十厘米不等，都是纵长形的，一面面都能把整个人给照进去。有的悬挂着，有的搁放着。

　　荧光灯不常使用，随着时间的推移就到了年限，忽然变暗，闪烁了几下后又亮了，一会儿又暗了，如此循环往复。四周的镜子反射着明灭的灯光，在室内制造出一种泡沫般光影斑驳的效果。

　　她疯了——优纪喃喃自语道。管理员也忍无可忍地关了灯。

　　正面的镜子映照出自己的形象又映射到了身后的镜子上，这样经过无数次反射，屋内出现了数不清的自己。混乱之中看见的，究竟是增殖的自我意识，还是自己和他者边界的消弭？这个疯狂的世界简直让人头晕恶心。

　　知佳逃也似的将目光从镜子上避开，环顾着室内。这间六张榻榻米[①]大的屋子竟没有抽屉柜也没有衣橱，除了厚厚的模拟信号电视机和录像机，在墙上悬挂的镜子背后，还有一个高高的书架。镜子对面叠放着一张不锈钢小桌和一张圆凳。

　　书架和折叠桌中间靠墙放着一个厚约十厘米的盒子状的东西。

　　拉出来一看，一边的优纪"啊"地轻轻喊出了声。

[①] 约9.72平方米。——译者注

"是文字处理器①,打印一体的那种。"

处理器上覆盖着灰色的塑料套,已经蒙了灰泛了黄。

"机器部件应该已经损坏了。"知佳说。

身后的管理员也点头说:"在这种地方,机器会被潮气腐蚀的。"

房间里所有的家具、日用品就只有这些。没有发现尸体或可疑物品。

"这人是干什么的呢?"

"好像是做表演的。不过没什么名气。"

管理员信服地点点头,看了下手表。

"应该没问题了吧?"

言下之意就是他下班时间到了,没什么问题的话是否可以回去了。显然他不想在这种地方继续待下去了。

然而,锁匠要根据钥匙孔制作备用钥匙必须得回店一趟,需要花费大约一个小时。

"我们在这里等备用钥匙的制作和安装锁头,您不必操心,请回吧。"

听知佳这么一说,管理员便逃也似的离开了屋子。

随后,知佳和优纪瞅准锁匠回店里的当口,将客厅和装有镜子的小房间之间的门大开着。

---

① 在二十世纪九十年代电脑流行前,日本曾出现过一种叫文字处理器(word processor)的电子产品,通过电子方式输入文字,满足基本办公需求。——译者注

门对面大镜子的后面是一个飘窗，用遮光窗帘遮挡着。也许是因为向外突出的飘窗部分内外温差太大，长年结露的缘故，拉开窗帘，发现窗台架子上的复合板都已空鼓，以玻璃和木板的接缝为中心，整个木板都被霉斑和污物覆盖了，霉菌蔓延至窗帘，严重得都无法辨认出窗帘原来的颜色了。

知佳她们重新数过后，发现房间内一共有七面全身镜。其中书架前和门背后的镜子不是玻璃的，而是像一块软垫，也许原本可以清晰成像，但随时间推移劣化了，整体都模模糊糊的，照出的人也变了形。

知佳站在房间中央，感到浑身不自在。

四面八方都是自己的身影。可这绝不是在镜子前奋力睁着眼涂睫毛膏的"自己"；也不是化完妆后在镜子前微微一笑检验化妆效果的"自己"；更不是在鞋柜门上的穿衣镜前，拼命吸着肚子，查看鞋子和裤子是否搭配的"自己"。

四面环绕的镜子中，容不得你有丝毫的这些自恋，处处都是别人眼中客观的"自己"，是别人一眼便能认出的人物，是在你没有准备的情况下就映照出的那张侧脸和驼着背的背影。

"啊，简直无法忍受。"优纪将一只手捂住了额头。

"唉，讨厌，讨厌。镜子里真是个名副其实的阿姨了，我看我越来越像我妈了。"知佳也对镜子里仪态全无的自己感到万念俱灰。

优纪她们意识到，这些镜子的重点就在这儿！半田明美在这里直面的正是自己看都不愿看一眼的自我形象，那个被镜子赤裸裸展示在面前的客观的自己。

她是出于什么目的呢？又不是为了像模特那样练就优美的身段，也不是为了像舞台女演员那样打磨自己的举手投足。

优纪打开折叠桌子放到屋子中央。这张桌子长五十厘米，宽四十厘米，就像个小小的台盘。她拉来圆凳在桌边坐下。

"这就是为什么餐厅里没有桌子的原因吧。"

优纪语气肯定地推测道。

吃饭、穿衣打扮、读书、看电视和录像——所有的这一切，半田明美都是在这间屋子完成的。四方环绕着镜子，自己的形象和一举一动都被无限地映照出来。她就是在这数不清的"客观"的自我的包围下度过了日常的生活。

半田明美是为了改变自己在他人眼中的形象，是为了完完全全地变成另外一个人。

人们并不是单凭容貌来认识一个人的。而是无意间记下这个人的举动的特征，才认识到他是他，她是她。

正因为如此，才会诞生模仿秀这门技艺，不单纯是容貌上的模仿，而是对年龄甚至性别迥异的人的模仿，并在模仿时通过创造性发挥，或是故意夸张来博得别人的笑声。许多人都有这样的经验，看海外纪录片的再现影像或是电影时，那些扮演现代著名政治家或艺术家的演员虽然和表演对象容貌上没有任何相似之处，却通过在形象、语气、动作上的模仿，不知不觉就表演得惟妙惟肖了。

知佳掀起软垫状的镜子，查看起了书架上的东西。

书架下半部分是书和文件，上半部分排列着录像带。

优纪打开手机照明，对着书脊照了起来。

"这些是小野老师房间里的书。"

优纪低声耳语道。她说宿舍里小野老师起居的房间里有个书架，这里放的书和小野老师房间书架上的几乎是同一类别的书籍。

半田明美就读过这些书，并读得烂熟于心，为的就是待人接物能和小野尚子一模一样，将小野尚子的想法融入自己的血液之中。

"可是……"

知佳注意到书脊下方贴着的标签，就把这些书从书架上抽取了下来。

"太过分了。"

本本都是图书馆的书。一些主要的公立图书馆实现电子化管理最多也才二十年。在出入口安装防盗感应器更是此后的事了。在此之前，公立图书馆的运营全建立在市民的自觉上，因而那时的书想偷是可以随意窃取的。

"她居然是这样的人？"优纪迷茫地啜嚅着。

"更坏的事没准她都干得出来。"知佳回答。优纪听后微微蹙了蹙眉。

书放在封闭的屋子里，书页已经呈现褐色，只要轻轻一翻，纸的边缘就破损了。知佳看了眼版权页，发现这些书的出版日期比起半田明美从图书馆偷来的时间还要早很多。在没有网络购物的年代，如果想看一些早年出版的书，只有抱着巨大的毅力去淘旧书店。更简单的办法就是去图书馆书库寻找。而半田明美就是从各地公立图书馆收集到了这些书随手翻阅的。

知佳犹豫了一会儿，从书架上抽取下来两三盘录像带，迅速装入了包里。

"这样做要不要紧啊……"优纪的语气里带着不经意的责备。

"没事，没事，不会有人知道的。"

知佳说着就准备再往自己的包里装一些，被优纪制止了。优纪下定了决心似的递上了自己手里的布袋。

"全带回去研究吧。包括书在内。反正原本就是偷出来的。"

听知佳这么一说，优纪皱了下眉，就点头同意了。

"我们快些吧，趁锁匠回来之前。"

说完便麻利地将书架上的东西塞入包里。

"那台电脑拿走应该不要紧吧？"知佳指指放在地上的机器问道。

"那是文字处理器。"优纪纠正道，"拿走也没用啊，它没有存储功能。"

见知佳不太理解，优纪便解释说："这种机器不携带硬盘，而是把文件保存在软盘里。"

知佳仍旧摸不着头脑。她第一次接触的机器就是电脑，对她而言，文字处理器就是文字处理软件。不过优纪要比她大三岁，她说自己在商业学校里学过用文字处理器打字。

"找到了，就是这个。"

优纪一只手在书架的顶板上摸索了一会儿后欢呼起来。她摸到了两个扁平的正方形透明塑料盒，被蒙了灰的茶色信封仔仔细细地包裹着。

打开盖子，果然里面装着蓝色塑料外壳的正方形软盘。

"能看到里面的内容吗？"

"应该读不出了吧。"

优纪摇着头说。

"我们机构里可没有装着软盘驱动器的老古董。"

"明白了，我想想办法。"知佳接过这些东西，小心地塞进了自己的包里。

优纪拎着塞满了录像带和书的袋子，下楼将这些放到停车场的车里。在这期间，知佳则默默地将书架上剩下的东西塞进别的袋子里。

接下来，如果有谁进来，发现书架空了，也许会对自己产生怀疑，但车到山前必有路。优纪和知佳都没有告诉管理员她们的真实身份。

干着干着，知佳忽然抬起了头，她吓得不寒而栗。

镜子里的人就跟猴子一样……

她一边提防着锁匠什么时候进屋，一边猫着腰一个劲地将别人书架上的东西塞进袋子。自己这猴儿样反射到了镜子里，而镜子里的自己又反射到了另一面镜子里，形成了无数的自己。

书架被掏空后过了一会儿，锁匠回来安装门锁。安装完毕后，两人就在渐浓的夜色中开着车返程了。

今后，也许不会再有谁造访这间至圣所轻井泽的公寓了。管理费的扣款账户被冻结，公寓管理公司就会试着去联系房主半田明美，随后就碰了壁，也不知他们是否会知晓半田明美的死讯。

他们也很难联系到明美的弟弟妹妹。

办理固定资产税收缴的政府办事机构也将是同样的窘境。水费单和催缴通知书只会徒然地在至圣所轻井泽公寓的信箱中堆积，不久房间就会断水断电，那间屋子就会和全国许许多多的度假公寓一样，成为一间被废弃的房间，成为地方自治体和房屋管理公司的又一个包袱。

从房间里带出的书和录像带都交由知佳保管。

因为新艾格尼丝宿舍没有录像带的录放机，而贴着图书馆藏书标签的书若是放在宿舍里，还得跟住客们一一做解释，优纪认为这样太麻烦。

第二天，知佳就去了和自己有业务往来的广告公司的仓库，向他们借了台录像带的录放机。

知佳将机器打包好放入一个大大的纸袋里，花了九牛二虎之力将这庞然大物带上地铁，辗转几趟车后带回了家。幸而那家公司老板和知佳很熟，说这机器不必归还了，交由知佳全权处理。

知佳费了一番周折布完线后，开始播放录像带。

屏幕上出现了令人怀念的电视剧。知佳没看完就换了一盘录像带。

这盘也是一样，尽是些从电视上直接录下来的电视剧和综艺节目。

还有一半录像带受了损，或是无法播放，或是画质受损。

在那间被镜子包围的房间里，半田明美看的就是这些普普通通的电视剧吗？知佳想不明白，不停地更换着录像带，播放开头的部分。

结果她发现每盘都是这些内容，正想半途而废，忽然心里产生一个想法——该不会……

她将一盘录有NHK早间系列电视小说节目的录像带快进，到中途，突然画面切换了。

知佳再次按下播放键。

屏幕上出现了摇晃的画面、杂音和日常对话的生动片段。

知佳凝神地注视着屏幕，但随即抖动的屏幕便让她头晕恶心起来。那个年代的录像机不像现在有防手震功能。不，当时若是稍加注意的话应该是能拍得更好些的。

原来这些都是偷拍。

知佳感觉这画面似曾相识。那时她二十五岁不到，在大型出版公司工作，当时有名强硬派的女性撰稿人在政治陷入紧张局势的亚洲某城市街头拍摄的游行录像就是这样的画面。她将摄像机装入包里，只露出镜头的部分，用一块围巾遮盖在摄像机上。画面晃动得非常剧烈，但这说明即便不用专用隐形摄像机，也能成功将场景偷偷拍摄下来。

现在，在屏幕上移动着的是几名女子，正聊着些什么。

12

"……小姐，还差三把椅子。"

"好的。唉，不是吧，这么重。"

"哦，有些坏了的不要拿。"

"啊，危险危险……"

知佳倒抽一口冷气。

那是三年前在信浓追分宿舍里接受知佳采访的"小野老师"。

不，也不是她。而是被录像机记录下身影的二十多年前的小野尚子。

这是真正的小野尚子，然而，她毫无疑问就是知佳见到的"小野老师"。

就连五官不都一模一样吗——知佳惊呆了，头脑一片混乱。摇晃的画面让知佳感到如晕船般的恶心，抖动的画面中，"她"的五官也许和"小野老师"的是不一样的，也许也是一样的。

她只能说"也许"。只是那表情、笑容、说话方式就是自己所见到的"小野老师"呀。

录像带记录的是她日常生活的场景，本人根本没有意识到有人在拍她。录像拖拖沓沓地持续着。其他录像带也是在开头二三十分钟过后出现了这样的画面。这是障眼法。在录像带开头先录下一些无关紧要的画面，以防别人发现她的偷拍行径。画面中，真正的小野尚子正和职员、住客们说笑、移动。

别的录像带里有凑近小野尚子拍摄的单人特写。不对，这次不是小野尚子了。

是另外一个人。更年轻些。那个女人停止说话后的下一个瞬间，就变成了别人的脸。

知佳浑身颤抖起来。

这是半田明美。就是那个在镜子前研究自己的一举一动，将自己的声音、表情一一记录，正努力成为小野尚子的那个女人！这是极为简短的独角戏，既有模仿得类似的地方，也有一看便知是另一个人的地方。

知佳头脑错乱了，她感到恶心，还想呕吐，不仅仅是抖动着的屏幕造成的。

难道说，人是可以通过完全客观地记录自己，凭着想要改变自己的意志，就能将自己的外观改变得如此彻底的吗？

拿来的二十盘录像带中，十一盘是可以播放的，其中只有三盘从一开始就记录着新艾格尼丝宿舍的场景。这三盘的画面没有晃动。都是朗读讲解、练习的录像。小野老师和职员、住客朗读时的情景都被固定好的录像机一一记录，半田明美做朗读示范的声音也被记录了下来。

不，不是半田明美的声音，而是接受过表演训练、朗读技巧纯熟的女演员的朗读声。这名女演员尽管名不见经传，只能在小剧场跑跑龙套，但有着专业的朗读技巧，发声清晰、顿挫有序，外行根本难以望其项背。新艾格尼丝宿舍的成员为了能制作出超越普通朗读磁带的作品，就将她的朗读作为范本，纷纷努力地投入练习。

知佳紧紧握着双拳，心想，如果半田明美仅仅止步于此，本可以足够幸福了不是吗？她这时既有自己的公寓，又有健康的体魄，本可以像这样认真地工作、志愿指导朗读、打理好周遭的一切、过着充实的生活不是吗？

她和小野尚子无冤无仇，却将受众人景仰的"老师"杀害，并取而代之，这又有什么意义呢？

待知佳回过神，已过了深夜十一点。她看得太过投入，以至于把晚餐都抛到了九霄云外。

交稿迫在眉睫的时候她总是这样的节奏。

打开狭小厨房的冰箱，里面除了瓶罐装啤酒外，只剩蔫蔫的卷心菜和干瘪的胡萝卜了。

为了能快些将这些蔬菜煮熟，知佳用小刀将蔬菜切细，和三个月前吃剩的冷冻香肠一起加入水中，掺入汤底炖煮。这样煮出的一锅汤还可以充当明天的早餐和午餐。这点汤就着轻井泽买来的老字号面包，就是一顿深夜的晚餐了。知佳还蠢蠢欲动地想要开一罐啤酒，但考虑到还有事要做，便打消了这个念头。

不用说泡澡了，连淋浴的工夫都没有，她将所有的录像一一查看，一直干到第二天黎明。

最后，她又重看了一遍半田明美一个人的录像。

这是半田明美的正面特写。她没有化妆，长着细细的眉毛和长长的眼睛，下巴略尖，长脸，既没有引人注目的美貌，也没有特别的缺点。就是这张脸，时而变成小野老师，由内而外焕发着透明的光芒。

通过镜子和录像带，还有与生俱来的惊人的敏锐洞察力，半田明美将自己改造成了年龄、五官都毫无共同点的另外一个女人。

知佳感到了一种深不可测的恐惧。

她将录像的内容总结后给优纪的手机发去了邮件。优纪回了电。电话里，知佳又将录像带的细节和给自己留下的印象口述了一遍。优纪在电话那头一言不发地聆听着，无法想象这时的她是何种表情。

"要是能弄到录像带录放机的话，我把录像带给你送去。"

"不，不用了……"优纪的声音出人意料的沮丧。可以想见，她本人并不想看这些录像，也不希望住客看到。知佳后悔自己为什么瞎起劲，问出如此欠考虑的问题来。

打完电话，太阳已经高高升起了。

知佳身边还剩两个纸箱子，里面装的都是半田明美书架上的书和文件。不过这天知佳还有采访任务。

她设定了闹钟，在出发前小睡了一会儿。

深夜回到家，知佳在网上检索起文字处理器软盘的读取方法，发现有专业人员可以将这些老旧的软盘转换成电脑数据。

然而若是依赖专业人员，就有可能泄露这些软盘的内容。若不想委托别人，那就只能在网上购买二手的文字处理器，但这样无法保证买来的二手货可以正常使用。

知佳无法做出决定，只能取出纸箱子里的书。里面有圣经、面向孩子的基督教入门书、特蕾莎修女的传记，还有许多神职人员撰写的书籍。如果正如优纪所言，这些书和新艾格尼丝宿舍里的是一模一样的话，那自称不是基督徒的小野尚子书架上有这么多关于基督教的书籍实属不可思议。

　　当然，也许从小野尚子的出生和成长环境考虑，这点也没什么可大惊小怪的。因为明治时期以后，日本的富裕阶层和知识阶层都将圣经知识视作基本教养，将基督教作为精神支柱。

　　小野尚子是老牌出版社的富家千金，受基督教思想的熏陶也是情理之中，很有可能就将这类书籍放在身边，迷茫的时候反复翻阅。她本人虽未受洗礼，可在成长的过程中早已将基督教伦理观、价值观、哲学思想内化为自己的思维方式了。

　　此外，这里还有《纳尼亚传奇》[1]《小狐狸阿权》[2]《永远讲不完的

---

[1] 英文原名为 The Chronicles of Narnia，为英国作家 C.S 路易斯（Clive Staples Lewis）(1898—1963) 在二十世纪五十年代所著，故事的开始讲述一个小男孩和小女孩偶然进入了一个异世界，称为纳尼亚，并在那里经历了一连串冒险。是一套七册的奇幻小说。——译者注

[2] 日本作家新美南吉（1913—1943）的代表作，作者在十八岁时创作了该童话，描写的是小狐狸阿权淘气，把兵十家的鳗鱼偷走了。数日后，兵十的母亲死了。阿权以为是自己偷走了鳗鱼，兵十母亲才死的，就决定赎罪，每天给兵十送东西。可结果没得到理解，反而被兵十用猎枪射杀了。作品表现的是动物渴望与人交流，却得不到理解。——译者注

镜子的背面

故事》①。这些书是否成为过悄然点亮的灯火，安慰过半田明美深陷虚无的心灵，照亮过她那在和残酷现实正面交锋后对一切持否定、消极态度的灵魂呢……还有几本伊丽莎白·库伯勒·罗斯②的书，写的是她围绕死亡进行的考察。书的内容总体而言都非常内省，不过没有难懂的读物。从数量和内容来看，只要下功夫，一个月左右都能理解消化。

知佳快速翻阅了这些书后，就开始在电脑里键入书名和作者名，制作起清单来。

这时手机呼叫铃响了。和知佳同龄的年轻人互相之间联络几乎都用电子邮件。打电话的只有亲戚，而且一般都不会没常识到大半夜打电话。知佳看了看来电显示，果不其然，是长岛。

"喂，你们那儿怎么样啦？"

知佳还没有将调查度假公寓的始末告诉长岛。

于是电话里她从管理员和锁匠说起，描述了在房间里看到许多镜子，发现书和录像带的情况，还说到了文字处理器的事。

"有文字处理器，说明半田明美肯定留下什么记录了。"

"是的，如果内容是日记的话，那一切谜团就真相大白了。"

---

① 德文原名为 *Die unendliche Geschichte*。是德国著名童书作家米歇尔·恩德（Michael Ende）(1929—1995)的巅峰之作。故事讲述留级生巴斯蒂安在书店偷了一本《永远讲不完的故事》，不知不觉，他进入了书中，并与书中的小男孩阿特莱尤成了朋友的故事。——译者注

② Elisabeth Kübler-Ross (1926—2004)，美国精神科医生，长期研究病人临死前的状况和心理活动，著有《心的出路》(*Life Lessons*)，《论死亡和濒死》(*On Death and Dying*)等。——译者注

"半田明美的犯罪日记。还是说她留下了完整的犯罪计划书、日程表或备忘录呢？如果她是毫无计划贸然行动的话，肯定就会在某个时间点穿帮的。不过，那家伙应该不会留下别人一读就能明白的内容的。那关键的数据呢？"

长岛催促道。

"是软盘。有两张，我都拿来了。"

"什么，你不早说。"

"但读不出来。我没有软盘的驱动器。"

"金属保护罩上的型号念给我听听。"

知佳犹豫着，读出了铝制金属部分上的罗马字母。

"啊。"听完的瞬间，长岛如舒了口气般长叹一声。

"拿来，我来试着读取数据。"

"您有格式转换的机器吗？"

知佳不由得高声问道。

"没有。是我书房里的'文豪'。你不知道吧，'文豪'说的可不是夏目漱石。是机器的名字。我们这辈人就是用这个机器写报道的。当时也要十七万日元呢。搁现在都能买台像样的电脑喽。"

"哈啊……"

知佳正想说她明天将软盘用快递送去，却被长岛讥讽了一句："这么性急啊。"

"最近的年轻人啊，托人做事儿、寒暄问候的都发邮件，给人送东西就用快递。这玩意儿，保不准在哪儿碰上意外。"长岛对知佳进行了一番风险管理方面的说教，随后说这事不急，让知佳亲自送过来。

知佳叹了口气挂断了电话，就把这两天整理明美书架上东西的经过，包括和长岛通话的事给优纪发去了邮件。

接下来，她就拿起贴有图书馆标签的书读了起来。

她首先翻开了《纳尼亚传奇》。

这本书知佳小的时候曾在学校图书馆借来读过。当时她被书中描述的衣柜那头的神奇世界所吸引，那些文字在脑海中激发出了生动的想象。现在重拾这套书，又对文字深处涌动着的路易斯的世界观、人文观的广度和深度肃然起敬。

读完几册后，知佳又拿起了恩德的《桃子》和《永远讲不完的故事》，还有林格伦的《长袜子皮皮》[①]，这些奇幻类儿童读物不仅孩子喜欢，连大人也为之着迷。

罗斯作为精神科医生，通过对死亡和接受死亡的过程的观察，写下了《论死亡和濒死》，出版的当年引起了轰动，知佳周围也有许多人受到了这本书的影响。在知佳印象里，她是一个论述神秘观念的人，可这次重读后，却对这名医生直面死亡的精神打动，对她产生了深深

[①] 作者阿斯特丽德·林格伦（Astrid Anna Emilia Lindgren）(1907—2002)。该书主要讲述了虽然生活完全自理但永远违背成年人意志的小姑娘皮皮的故事。颠覆了传统教育观念对儿童的定位，展示了一个永远快乐的儿童形象和作者儿童本位的快乐教育理念。——译者注

的敬意。

特蕾莎修女的话在知佳内心引发了强烈的共鸣；还有深入大阪爱邻地区[①]的临时工之中开展活动的神父[②]，他对深奥的圣经解经进行阐发，其背后流淌着的先锋性观念令她叹为观止。

还有宫泽贤治的童话，知佳年幼时不甚理解，现在读来却感动得泪眼婆娑；幸田文[③]的随笔则涤荡了知佳浮躁的心灵。

这些并非什么特别难懂、思想特别高深的书籍。知佳没有从小野尚子书架上的书里感受到任何特殊性或个性。除了基督教相关的书籍外，都是些知佳周围人中特别热门的"普通书籍"。这几天，知佳就在工作之余埋头于这些"普通书籍"之中。

半田明美一定也曾像这样沉浸在这书海之中。

她为了彻底成为小野尚子，不仅在房间四周安上了镜子，对着录像从表情、动作、语气、说话方式上对小野尚子进行了全方位的模仿，还试图掌握小野尚子的思想方法，将她特有的待人接物方式完全融入自己的血液之中，为的就是能骗过熟悉小野尚子的人们。然后，她就

[①] 位于大阪边缘地带的西成区，是日本最大的贫民窟，治安混乱，游荡着许多临时工。——译者注
[②] 这里指的是本田哲郎（1942— ），出生于台湾，天主教会神父，1989年担任大阪市西成区爱邻地区的社会福利法人"故乡之家"的机构长，1998年卸任。他深入临时雇工中学习，重读圣经，担任"新共同译圣经"编委会委员。著有《读以赛亚书》（筑摩书房，1990）等著作。——译者注
[③] 1904—1990。幸田露伴的次女，日本短篇小说家和散文家。父亲露伴死后，发表了一系列回忆父亲的随笔集。——译者注

镜子的背面

计划在合适的时机抛弃新艾格尼丝宿舍，将小野尚子的财产弄到手，隐匿在某个角落，恢复半田明美的身份，自由自在地生活。然而，她却没这么做。究竟是她没这么做，还是她做不到？

知佳沉浸在庞大数量的铅字中，过了一周左右，她感到自己已然忘却了追踪半田明美真实面貌的目的和意图。对这些曾是小野尚子书架上的书这一认识也模糊了起来。

知佳虽是一名撰稿人，却并不迷信这些铅字。不，应当说正是她工作的性质导致她对铅字读物并没有盲从。然而这次，她读的铅字读物并非出于她本人的选择，而是利用自己写稿的间隙，在前往采访目的地的电车中，或是利用睡前的那些碎片化时间信手拿来阅读的，这难得的读书经历多少动摇了知佳的立场。

知佳感到这只是暂时的影响。只是她发现在当下，这样的经验不知不觉中改变了她看待周遭事物、现象和他人的视角。

然而半田明美和自己不同，她是长岛口中的"怪物"，为了金钱会毫不犹豫地去杀人，也正因为对自己的行径没有罪恶感，使旁人对她这名罪犯无知无觉。这样的人仅仅靠读书就能改变吗？

就在近期的采访中，知佳听说对那些少年犯，就算许多专家参与了行为纠正和再教育，也几乎很难期待他们能改过自新。

混乱之中，知佳继续狼吞虎咽地读起小野尚子书架上的那些书来。并不是说哪一册书对她产生了决定性影响，而是在阅读的过程中，那一行行铅字、一句句话语在内心越积越厚，这时有风阵阵袭来，不是狂风，而是源源不断地抚过内心的清风，裹挟着尘埃、花瓣的气息和夏秋之际的潮气，送来了落叶的芬芳和其他纷繁的气息。

当自己的内心弥漫着这些气息时，知佳就将自己的点滴感想写成邮件发送给了优纪。她说，自己虽然无法理解小野尚子的精神和内心世界，但似乎能理解她的心情了。

出乎知佳意料的是，优纪发来的每一封邮件都非常冷淡。

"说来，我们来到宿舍的那会儿，也常常把小野老师书架上的书拿来读。因为是大家一起生活，也不能随心所欲地切换到自己喜欢的频道，而且那时也只有无线电视，频道很少。"

"恩德的书大人读来也很有趣啊。比起哈利·波特来我更喜欢他的书。"

"库伯勒·罗斯让你感动了？我读不太懂。确切地说，那些应该是西方人的生死观吧。作为日本人，感觉和他们的生死观不太一样。什么另一个世界、灵魂之类的，你不觉得这些对于我们而言是更自然更接近于我们生活的东西吗？"

"幸田文的书太老了，我没看。知佳你若是觉得好，那我下回也看看。"

每当看到这些，知佳就会感到和优纪有种奇特的距离感，她觉得自己并不是想和优纪就作品进行讨论，而只是希望她能理解自己被书籍净化后的昂扬情绪。

看来，且不论放暑假的小学生，一个老大不小的成年人若是终日沉浸在书海里的话，心灵似乎也会从日常或现实中脱离出来的。

小野尚子的书架上虽然有幸田文这样日常性、世俗性的书籍，却不曾有肮脏的现实。当然也有些曾经患酒精依赖症的医生或重振家庭的女性的笔记，但内容都是温暖而积极的。除了生活笔记外，几乎没有评论类或非虚构的访谈纪实类书籍。

这些书中，只有基督教相关的书籍正面切入了贫困或歧视等现实问题。知佳不信基督教，只是作为教养掌握了些与基督教有关的知识。那些神职人员撰写的书籍涉及了非洲、南亚的贫民窟，日本的无家可归者还有菲律宾的流浪儿童等问题，和以往基督教给知佳留下的印象大有不同，包含了强烈的社会改革意味，在有些人看来部分内容甚至充满了斗争性。

这让知佳想起了自己为追踪半田明美的犯罪行径远赴菲律宾时遇到的种种——在小野尚子墓地偶遇的菲律宾神父的话、埃切洛修女的所作所为，还有同他们共同斗争的塔哈乌镇上的农民和渔民的话。

"孩子也好大人也好，都吃了上顿没下顿，婴儿被饿死，少女们被卖作妓女。每天都目睹着这悲惨的境况，还口口声声对他们说信仰是心灵上的问题，这难道不是欺哄人吗？只要我们仔细阅读圣经上的启示，不就能理解我们为什么会这么贫穷了不是吗？而且，圣经不是已经向我们昭示了该如何救这些人于苦难了吗？所谓神的祝福，并不仅仅是去救赎深陷困境中的人的灵魂，却将这些实实在在的困境弃之不顾，而是那些勉励的话语——你当刚强壮胆，因为我与你同在。"

12

那位神父的话和小野尚子书架上的基督教书籍中反复提及的是多么契合。知佳到现在才明白,这些正是长岛口中的发祥于中南美洲的"激进教会"的思想,也许从某个时间开始,也成了激励小野尚子的行动方针。而这位小野尚子壮志未酬,就在菲律宾被中途杀害了,并深陷在异国伙伴的误解之中。知佳真是为她感到惋惜。

13

那天,优纪和知佳等在市民活动中心,只见长岛挎着肩带宽大的肩包从后门走了进来。

包里的东西看似很沉,还不等知佳和优纪打招呼,他便单手一挥,上气不接下气地朝办公室窗口走去。

拿到钥匙后,他们便前往三楼的小型会议室。

这间六张榻榻米大小的和室里只孤零零地摆着一张长桌。

"说是今天会议室被占了。"他絮絮叨叨地发着牢骚,将肩包放到了榻榻米上后,便揉起了肩膀。

"这就是便携式文字处理器。你们都不知道吧,年轻人?"

"我们也不年轻了。"优纪小声嘟囔了一句。

"曾经流行一句玩笑话,说这不是什么便携式文字处理器,而是'压垮式'文字处理器。怎么样?这可有六公斤重啊,六公斤。"

"您是一路把这件东西扛过来的?"

知佳不由得低下头表示佩服。

"哎，我是想让你们来家里的，可毕竟老婆那样子，连杯茶都端不上来。"

"不不，能借给我们机器就万分感激了。"

"若是光借给你们，我还真有些不放心呢。"说着，长岛就接过知佳递上来的软盘。

他对着其中的一张软盘呼呼吹着气，像念咒一般喃喃自语道："千万别是坏的，千万别是坏的。"

"软盘这东西可不是什么能长久保存的介质。"

"大概能保存多久？"

"理想状态下四五年不错了。"

优纪和知佳面面相觑。这软盘在那封闭的房间里，那个天花板的壁纸都能剥落的湿度中，可放了二十多年了……

无法想象里面的数据能得以幸存。

长岛将文字处理器的电源线插头插入插座，掀开了盖板，盖板下是液晶屏。他先将操作系统的软盘插入一边的驱动器中，启动屏幕，接下来，又将从知佳那里拿来的写有数据的软盘插了进去。

机器发出了叽哩叽哩的声响。

"这是机器里面软盘启动的声音。"长岛解释道。可这声音一直都在持续。

"我有种不祥的预感啊。"长岛歪着脖子心里没数。这时，声音停止了，灰白色的屏幕上跳出了几个字。

"读不出。"

"果然不行啦——"长岛叹了口气。

"坏了吗?"

知佳下意识地伸长了脖子,盯着屏幕像是在祈求它能好好的。

"喂,头,挡住我啦。"

长岛拉开知佳,按了下按钮,将软盘从驱动器里取了出来。

"这要是再不行的话,就只能死心了。"说着,他又将另一张软盘插了进去。

"因为刚才塞入了一张不干净的软盘,所以驱动器可能出了故障。"

长岛说刚才他插入的是一张用来清洁驱动器的软盘。

对于连将 PC-98① 都视作老古董的知佳这辈人而言,长岛的这台机器也好操作系统也罢,看上去都相当原始。

长岛将清洁用的软盘运转了两次后取出了软盘,将刚才的一张软盘又插了进去,并开玩笑似的说:"要是我的文字处理器因为这个损坏的话,可都是你们俩的责任哦。"

屏幕闪烁了几次后显示出了文字。可是文字太淡了,难以辨认。

"这个太过分了。"长岛咂了咂舌。他说这次不是因为软盘的缘故,而是文字处理器本身因为年久老化,液晶屏受损变暗了。

软盘的数据分成几个文档。按长岛的说法,以前的文字处理器一

---

① 二十世纪八十年代至九十年代初垄断日本市场的一款计算机。——译者注

个文档最多只相当于三十张稿纸的文字量。

文档没有题目，只是按 1 至 12 的顺序标上了数字名称。

标为数字 1 的文档日期最早。大家决定从最早的日期依次打开文档，于是首先点开了题名为 1 的文档。

模模糊糊的屏幕显示出了按条目记录下的文字：

"*1994 年生 原籍……*"

是小野尚子的信息。

"唉，不行啊。"

长岛眨了眨眼摇起了头。

他拿出钱包，递给优纪几张千元纸币。

"这附近有家叫一文堂的文具店，你赶紧跑去买些热敏纸来。"

"是……热敏纸吗？"

"嗯。这机器用来打印的墨已经停产了，用热敏纸还能打印出来。"

知佳这才意识到眼前这台文字处理器内自带打印装置。长岛说，打印纸便利店就能买到，可热敏纸只能去供应市民活动中心所用耗材的那家文具店才能买到。

知佳和优纪一起出了活动中心，过了约三十分钟回来了。长岛便开始打印起来。

他将纸一张接一张地塞进去，打印针头一左一右地移动着，在热敏纸上打印出了文字。

"厉害吧，这可是绝代毒妇写下的犯罪计划书。"

长岛有些兴奋地低声说道。

随着打印针头缓慢地移动，文字处理器一点一点吐出了纸，速度慢得让这三个人焦急地伸长脖子盯着刚印出的文字读了起来。

这些是关于小野尚子的详细年表——毕业于什么学校，和谁相的亲，和谁结的婚，兴趣爱好是什么，擅长什么……还记有传说中作为结婚对象的皇族成员的姓名以及当时的年龄。

此外，里面还详细记录着小野尚子的身世、酒精依赖症的相关情况、从酒精依赖症中振作起来的过程、新艾格尼丝宿舍建立的原委和建立之时的心情等，看样子应该是小野尚子在私人谈话中向半田明美透露的。

这些个人经历和年表部分不同，不是逐条罗列的，而是一些口头语。

这可不是什么聊聊天就能解决的问题啊。许多人没有钱，但又根本没法自立。还有人将年幼的孩子赤条条地抛弃在暴风雪中。可她们也不是一直这样的，也不是希望一直这么下去的。有那么一段时间，她们需要帮助。的确，我对用自己的钱帮助她们是有过抵触。因为用的是自己的钱，内心就会产生傲慢的情绪，即便我自己没意识到。因为有时我想自己都已经做到这个份儿上了。如果不去直面自己的内心的话，不知不觉就会以那种眼光看待那些姑娘了。

优纪他们无法判断这些文字究竟是小野尚子直接对半田明美说的，还是对机构里的人说的，抑或是在公开接受采访时说的。

不过毋庸置疑的是，半田明美用第一人称的语气将这些情况和心情写到自己的文字中去，为的就是将自己和小野尚子融为一体，目的就在于彻底成为小野尚子，蒙骗周围的人。

这一行一行逐条写下的文字行距很宽，很快，一沓热敏纸就用完了。纸是手动插入的，针头移动得极为缓慢。

打印出一张，三人就轮着读一张。

文章里附有最终编辑的日期。

文档1的最终编辑日期是1993年10月26日。第二年，半田明美就在菲律宾杀害了小野尚子并取而代之了。也许就在从日本出发的前一晚，不，在到了菲律宾以后，她都反复阅读这些文字，将小野尚子的信息深深刻入自己的大脑了吧。

文档2的最终编辑日期是1994年12月28日。

这时，半田明美已经从菲律宾回到了日本，假称有光过敏症，窝在房间里，借着去接受汉方治疗的名义，定期前往自己的公寓，夜晚在那里度过几个小时。那里并没有什么同谋等着她。在四面环绕着镜子的房间里，她一个人敲击着文字处理器的键盘。

这篇文字的开头是菲律宾之行的日记。

10月23日 到达马尼拉机场 旅途顺利。

晴天，非常炎热。圣托马斯教堂的志愿者来机场迎接，先去了总部。米格尔神父生病了，从上周起就住进了市内的医院。他年事已高，我很担心。会后是简单的聚餐。

傍晚，从车站乘上前往那牙的长途巴士。

10月24日 本该在早晨七点就到达那牙汽车站的，不知什么原因晚了六个小时，下午一点才到。尽管巴士延误是常有的事，但加西亚先生受塔哈乌教会的埃切洛修女之托，在水泥台阶上坐等这么久，让我真的满怀感激又过意不去。当我边和他握手边对自己的迟到表示歉意时。加西亚先生说，"为什么道歉呢？我十分期待见到你。等待见面的时间越长，就意味着期待的心情持续得越久。我真的满心盼望。然后我们就这么见面了。荣幸之至。"

我乘上加西亚先生的摩托，下午很晚才到达塔哈乌教堂。

渔村的贫困和贫民窟的状况依旧没有改观。但在这样的境况之中，孩子们仍然活力满满，在污水横流的小巷里来回奔跑。

教堂后的农民将新鲜摘下的黄瓜给我送来。以前，我一路舟车劳顿来到这里时，唯一能咽得下的就是撒了盐的黄瓜。他见我清脆地嚼着黄瓜，就默默地记下了这件事。

第二天早晨，我开始去诊所帮忙了。一大早诊所就排起了长队，修女们忙得不可开交。

我和梅布尔一起照顾因病无法动弹的患者。

玛利亚从迪拜打工回来后，同上次相比状况更不容乐观了。咳个不停，一直腹泻不止。因为没有钱，当然住不进医院，只能住在类似贫民窟的小棚户里。然而，这里却没有人将感染艾滋病毒的玛利亚赶出去。附近的人们都来看望形单影只的玛利亚，还送来她能吃的食物。

这天，玛利亚睁开眼微笑起来。这种时候，作为健康人，我找不出什么话来安慰她，只能微笑着紧紧握住她的手。

当我用湿毛巾擦拭玛利亚瘦弱的身躯时，她剧咳的间隙还凝视着我，问我，"尚子，你不要紧吧？马尼拉来的巴士车肯定很冷。你没冻感冒？"

都病成这样了，她还在为我担心。

每当这时（正如马尼拉教会的神父和白百合会的女士们常常说的那样），我就认识到，上帝派我们去到经受苦难的人身边，绝不是为了让我们去践行福音。如果上帝存在的话，祂并不是在天上俯视着我们，而一定是和这些人同在，和这些人的灵魂同在，以此向我们传递福音的。

我来到这里，也绝不是为了来帮助这些人，而是为了从他们身上学到些什么，遇见与他们同在的上帝，从而使我自己的灵魂得到救赎，灵命得以成长。

而我从富裕的日本来到这里，能做的就是从心底里理解他们的困境和苦难，对这些感同身受，并在此基础上为他们提供必要的援助。仅仅为他们提供些食物、发放维生素和牛奶是远远不够的。

这些人为什么会得这样的疾病？为什么如此贫穷？又为什么会背

井离乡，遭受冷酷的暴力后感染疾病回到这里呢？

正如埃切洛和 J.P. 所言，我必须和他们携手并肩作战。

那些让玛利亚、加西亚、农民、渔民永远挣扎在贫困深渊无法翻身的人们和体制，我们不该同其和解。

站在暧昧的立场上，居高临下地俯视着这些人，给他们施舍和教诲，还自以为在践行福音，这是极傲慢的态度。

"这些是什么呢……"

知佳等不及了，目光紧跟着文字处理器移动着的针头，看到这里不由得喊出了声，将打印完的热敏纸递给了优纪和长岛。

"是小野老师……"

优纪的脸因抽搐而扭曲起来。

"这是小野老师，不……小野老师不这么说话，但这些正是小野老师心中所想的。"

"那个女人，制造了这份无懈可击的台词。她连小野尚子内心所想的都准确地预设好了。"

长岛沉吟一般地喃喃自语道。

"这是调包日记……"

知佳震惊得浑身气血全无，脸色苍白。

半田明美抱着杀害小野尚子的阴谋，去塔哈乌和小野尚子会面，从她那里打听出了尚子从马尼拉到塔哈乌的详细轨迹、在当地的所见所闻还有尚子自己内心所想。然后，她就将这些当作自己的经历写了下来，边写边斟酌，为的就是在自己的这副面孔上构筑另一副有血有肉的假面。

10 月 30 日

严重的疲劳感。关节处处疼痛，有轻微腹泻，但我还是去诊所帮了忙。

10 月 31 日

来了一个孩子，在垃圾山因为踩到了金属片，脚上受了重伤。修女担心会引发破伤风，希望能尽快送医院。但孩子父亲摇着头说没有钱，去不了医院。别的诊所那里派来一名志愿者医师，下午就为他实施了扩创手术。但愿不要感染。一天下来忙得都忘了自己身体的不适，但不知不觉我感觉好多了。我感到是那名孩子内心驻着的神来帮助了我。

11 月 2 日

早上开始发烧，脸上、脖子处、手腕这些地方发出了许多湿疹样的疹子，十分疼痛。有些还长出了水疱。浑身关节都痛，疲劳无力，寸步难行。我自认为很注意清洁了，却还是感染了疾病。当地人没有这样的症状，所以我认为还是因为外国人体质脆弱才会得病的。

我没去诊所，躺在教堂的客房里。太丢脸了。我到底是来干什么的呢？

11月3日

没退烧。我感觉好些了，就到外头走了走，可接触到阳光的部位立刻变得通红，浑身就跟灌了水泥一样沉重无力。我感到恶心，就蹲了下来。埃切洛修女赶来，劝我去马尼拉专为外国人服务的医院。

我因为担心是传染病，传染给大家给人添麻烦，当天就搭上教会志愿者的车去了马尼拉。

因为一天都在车上，难受到了极点。埃切洛修女介绍我去的医院建筑很宏伟，十分干净，深更半夜的也有急诊为我看病。我就这样住进了医院。

11月4日

全天检查。病因不明。据说没检查出特别的细菌或病毒。

11月5日

身体感觉不错，看样子是用了止痛药，疼痛缓和了的缘故。仍旧是检查。

11月8日

感觉很好，好像恢复了。可仍旧是检查。我逃也似的出了院，回到了埃切洛那里，但刚一到，就两眼一黑晕倒了。当天又被带回马尼拉住了院。

11月10日

根据血液检查结果，医生诊断为自身免疫性疾病。接受了类固醇类药物的治疗。医生说继续住院也不会有什么起色，我就准备在回日本前姑且去一次马尼拉的圣托马斯医院看看，但太累了，躺着睡觉起不来。

这里绿树成荫，干净整洁，环境优美，教会志愿者劝我在这里静养些时日。我就恭敬不如从命了。这次我痛切地认识到自己是多么脆弱，不论是精神上还是肉体上。

我是怀着和当地人携手共同做些什么的愿望来到这里的，反而成了他们的负担，本该用在新艾格尼丝宿舍的钱也用作了我的医药费。心里满满的都是歉意和惭愧。

11月20日

在马尼拉医院住了一段时间，眼看恢复无望，我便决定回日本。乘坐的是商务舱。我真希望能用这些钱为塔哈乌教堂添置些烧水用具，哪怕为诊所买些简易的马桶呢，但是这身体让我无能为力。

也许这是我最后一次的菲律宾之行了吧。我写信给了埃切洛修女和在塔哈乌教堂里照顾过我的人，感谢了在马尼拉照顾我的神父和修女们，还有志愿者们。随后我就离开了菲律宾。

我为什么去这个国度呢？

不是为了用这双洁白细腻的手给贫困、弱小、生活在底层的人们提供施舍。

而是为了理解他们的苦难，怀着敬意倾听他们的话语，向他们学习的。

然而我却病了，被驻在他们中间、他们内心之中的上帝拯救后回了日本。

"编的。"

优纪艰难地从牙缝中挤出这两个字。

的确,这些都是编造的。

这是虚构的小野尚子的日记,捏造了她在菲律宾得病后回到日本的故事。

为了不让身边的人起疑心,半田明美必须自圆其说。她为了这虚构的故事不产生前后矛盾,组织了情节,并落实到书面,反复阅读,将这些铭刻在自己的脑海里。

不,并不只是铭刻在自己的大脑里,而是用经过练习掌握的小野尚子的语气和举止,反复讲述了无数次了吧——在四面环绕的镜子的包围下,在录像机前,还有,就是在新艾格尼丝宿舍的住客和职员面前,在其他志愿者或教会相关的人士面前。

在菲律宾日记后,文档里写下了几个疾病名称。

她罗列了"系统性红斑狼疮""风湿性关节炎""多发性筋膜炎""混合性结缔组织病"等疾病名称,并详细记录下了各个病种的症状,比如发热、浑身无力、易疲劳、关节症状、光敏症、内脏损伤等。

只是在菲律宾的虚构日记中并没有这些具体的疾病名称。对于机构里的人也好,医生也罢,她得的必须是在菲律宾罹患的谜一般的疑难杂症。如果把疾病名称确定下来,那就会在某个时间露出装病的破绽。而暗地里，她又查找出了各种符合这些症状的疾病，并以这些病症为蓝本，在演技中生动地呈现出来，看上去让人难辨真假。

疲劳、关节疼痛还有光敏症这些正为自己躲藏起来闭门不出提供了最恰当的借口。而且根据半田明美所写，这些疾病的症状又因人而异，既不会引发性命攸关的炎症，也没有任何脏器方面的症状，而且多数是轻症。

半田明美另起了一页，这一页都是些简短的语句，还排列着日期。

这些话语优纪似曾相识。是书名。是半田明美的读书日记。

日期间隔三天到四天。每个日期后都罗列着几册书的名称。

"啊，是小野老师书架上的书。"优纪在一边低声说道。尽管不全是半田明美公寓里的书，但却曾都是新艾格尼丝宿舍里的藏书。

半田明美从菲律宾回来后，一直装病，戴着口罩和目镜，躲在宿舍的一间房里埋头啃的好像就是这些书。

回到那间公寓后，她就坐在文字处理器前，将自己理解消化的书籍名称记录了下来。文档里没有她的感想或书的摘要。因为书里写了些什么并不重要。将书里的内容融入自己的精神和思维方式，让这些思想看上去就像自己由内而外流露出的那样，这才是她的目的。

"这就跟训练间谍一样啊。因为不掌握相应的教养，一些只言片语就会引起他人的怀疑。"

长岛停顿了一会儿，叹了一口气。

"话说回来，为什么她不能把这么些精力放在正经的事情上呢……"

　　能勉强读出的就这些文字了。剩下的文档只能显示出目录部分，内容却无法识读。长岛也没继续进行读盘操作，因为他担心软盘会因此损坏。

　　长岛将软盘清洁后，又插入了另一张软盘。

　　这张盘根本读不出。

　　"果不其然啊。"

　　长岛将两张软盘收进了塑料盒中。

　　"不行吗？"

　　优纪问道，她恍惚的神情里夹杂着失望，同时流露出一丝安心。

　　"不，我想想办法。"长岛说完，便拿出老旧的折叠手机一个人去了走廊。

　　几分钟后他回来了，看看时钟，说："我去下秋叶原。"

　　三人整理好行装出了市民活动中心，在门口乘上了出租车。优纪今天必须回到宿舍，就在最近的电车站下了车，知佳则和长岛一同来到了位于秋叶原的一幢大楼的六层，大楼里进驻着通信设备的专营店。

　　店门口挂着的招牌上写有"电脑·网络安装·支持·数据复原服务 栗原"。

　　打开门，只见店里四周环绕着机器，中央的操作台前，一名身穿T恤的中年男子等候在那里。听说他原本是大型新闻社的记者，后来调动至IT发展总部，干了几年后就出来单干了。

"真是的,最近的电脑这些东西完全弄不明白,全靠他了。"长岛说着拍拍他的后背。

这名叫栗原的男子看了一眼长岛递给他的软盘,就用确认的语气问长岛:"成功的概率五五开,你接受吗?"长岛用下巴努了努知佳,示意她来回答。

"可以,拜托您了。"

知佳紧张地点点头。

栗原老板收拾完桌面后,在桌上铺上一块布,操起一把螺丝刀样的工具,将蓝色软盘的塑料板撬了开来。

"我小的时候,我爸爸经常把钟表拿去让人拆卸保养。"

"别把我和你混为一谈。"男子不苟言笑地回答,一脸严肃地将塑料壳仔细拆解。

塑料壳中装着黑色的圆盘。这就是软盘的主体了。用肉眼就能看出里面生了白乎乎的霉斑。

"要清洗这个吗?"

"算是吧,有可能存在损伤,也有可能软盘磁体会运转不畅、来回晃动,要那样的话就自认倒霉吧。"

"好的。"

知佳佩服地点点头。

栗原说工期需要四天到五天。先支付五千日元定金,复原成功的话要支付三万八千日元的报酬,如若复原失败,定金不予退还。

"那，这软盘中的数据值这么多钱吗？"栗原确认道。

"当然，成功的话我再加你点小费。"长岛回答。

知佳准备支付定金，却被栗原一手一挥拒绝了。他第一次露出了笑容，说："不用了不用了，完事后让长岛请客。"

离开工作室后，知佳满心祈祷着复原能成功。

一周以后，长岛给知佳寄去了一个邮政包裹，里面包着一摞纸盒、一张 DVD 光盘。光盘里刻有软盘的数据，还附着一沓打印件。

包裹的寄送单上，长岛写道，软盘成功复原了一张，另一张失败了。栗原说再试试其他方法，但让知佳不要抱太大希望。"关于报酬，因为以前栗原欠过他人情，这次就抵消了。"

知佳是在出门工作前收到的包裹，看到具体内容是在回家以后了。

"这是犯人亲手写下的超级绝密资料，只是从中可以看出，半田明美的精神似乎受到了很大的折磨，许多叙述意义不明。"打印件的纸上，长岛写下了这些评论。

纸质资料按文档的最终编辑日期的先后顺序装订在一起。

也就是说依照的是半田明美记录的时间顺序。

右上方用红色圆珠笔标着"文档1·2"的一张纸就是知佳和优纪已经读过的小野尚子年表和"菲律宾调包日记"。

随后的"文档3"开始就是当初没能读出的内容。

上面写有"1995.1.12 录入"。所谓"录入"就是指将编辑完的文档保存至软盘的操作。"文档3"则应该是文件名了。

文章一开头,就罗列着一串意义不明的笔记。

止汗剂 除臭肥皂 无味款 习惯用脚 右。先迈左脚 鞋子先穿左脚。

接着,冷不丁地出现了榊原久乃的名字。

下面记录着榊原久乃一天的作息时间还有机构内的人际关系等内容。并反复写到了她严格的宗教清规戒律导致的孤立处境。

乍一看,似乎是半田明美在顶替了小野尚子之后,又意图顶替榊原久乃了。

可随后的记述让人不寒而栗。

药物 × 嗅觉、味觉敏锐

交通事故 × 慎重 疑心病 没有 非必要不外出

屋内事故 △ 浴缸 慎重

慢性病 无脏器疾病 无健康信息

空了一行后,接着记录道:

侍奉活动(外出)1月8日、1月22日,2月16日,19:00

这是杀人计划书！

她这是在研究杀人方法，记录下了榊原久乃的日程安排。

原来，她下一个目标就是榊原久乃……

然而，直至去年和半田明美一同葬身火海，榊原久乃都活得好好的。杀人计划因为某些原因没有付诸实施，还是说就是单纯地失败了？

知佳看了看时钟，现在是晚上十点。打电话给优纪的话时间上有些晚了。

呼叫音响了近十声后，电话那头出现了一名女性的声音："喂。"知佳以为自己打错了，不过还是自报了家门："我是山崎。"话音刚落，那名女性就用甜美的声音答道："啊，承蒙你关照。你是找优纪吧。请稍等啊。"这是知佳听过好几次的绘美子的声音，让她脑海中浮现出绘美子胖嘟嘟的脸上那对酒窝。

几秒钟后，优纪接了电话。说来，知佳曾听说优纪的手机在必要的时候是给大家轮着使用的。

"上次真是辛苦你了，发现什么情况没？"

知佳告诉优纪，上回没有读出的软盘文档成功复原，长岛将DVD光盘和打印件寄了过来，又向她转述了关于榊原久乃的记录，并直截了当地问优纪："这是不是就意味着半田明美曾计划杀害榊原？"

优纪在电话那头沉默不语。

从电话那头的气氛和传来的声响来判断，知佳估计优纪正拿着手机转移到没有其他成员在场的地方。

"也不是没有疑点。确切地说,是我来到宿舍以后,没发生过那种可疑的事,不过,曾经有一名住客打电话来跟我说过一件事,听起来可能和这个有关……"

"可能有关……是指榊原曾险些被杀吗?"

"不,不是这个意思。"

优纪慌忙否认道。

"你能再把那个部分念给我听一遍吗?"优纪问。

知佳于是将文档内容原原本本地念给了优纪听。

"要是需要的话,我可以发送邮件。"

"不用了。"优纪回绝道,紧接着,她压低了嗓音诉说了起来。

据优纪回忆,去年,她给曾经的新艾格尼丝宿舍的住客写过明信片,询问过当年的事。其中有一人回了电。这名住客从1991年至1995年住在宿舍,她提到榊原久乃的那些话和半田明美笔记中的内容是相吻合的。

"我不清楚榊原久乃属于哪个教派,但据说她信仰的基督教真的有些不同寻常,尽说些刻板的话,比如她对宿舍举办的浮夸的圣诞活动就很是反感。"

"啊,我们一起去采访的长笛演奏家青柳也说过类似的话呀。"知佳插嘴道。

"是的。那名住客提到大家对榊原久乃敬而远之,也正如半田明美所记录的那样。她写的是一、二月份对吧。那个季节很冷。那名曾经的住客说，当时榊原久乃差点儿就死了，是在去教堂侍奉后回来的路上。她双目失明，天又冷，还下着雪，那名住客很担心，就说要去接她，但榊原拒绝了，好像意思是说没那个必要。树林里有近道，但树木盘根错节，还有石阶，路很险，住客们就在榊原去教堂前用木桩子或是绳子为她做了标记，可那绳子却被人绑在了别的方向……听到这些时，我只是觉得这个办法不太牢靠，觉得即便是山路或是普通的道路，都会有人恶作剧改变道路指示牌的方向，而且绳子若是由于什么原因松了的话，正巧从那里路过的人就有可能会随便找个什么地方给系上。"

"也就是说，这事其实就是半田明美干的。那么，榊原当时平安回来了吗？"

"那名住客说，另一头的别墅区正好有人过来，榊原才得救。那一带在圣诞节和正月里有时还会有人来，除此以外，冬天的其他时间段都一个人影也找不到。如果不是这个巧合，榊原根本不可能得救。"

"总而言之，就是半田明美利用了榊原顽固的个性和她的日程安排制定了杀人计划，可最后失败了。不过，半田明美若是真像长岛报告里所写的那种人的话，一两次的失败应该不会让她罢休，而是应该更执着些才对啊。"

优纪没有回答。因为优纪所了解的小野老师同知佳所说的半田明美的行径间的反差让她有些难以接受。

知佳于是表示，如果优纪要读一读 DVD 光盘里的内容的话，她可以在邮件中附上附件发送给她。说完便挂断了电话。

至于半田明美为何想要杀害榊原，半田明美的记述和优纪的话语都已经说明了理由。

半田明美能骗过别人，却无法骗过榊原久乃。

明美对久乃怀着极大的戒心，她在从久乃的一举一动中做判断，考虑自己究竟什么地方让她产生了怀疑。

"止汗剂 除臭肥皂 无味款 习惯用脚 右。先迈左脚 鞋子先穿左脚"——从气味和声音。明美记录在此的只是其中的一小部分吧。

大多数人靠视觉来获取人的信息。模拟他人的音色，通过口罩和目镜遮蔽假称是因病走形的面部和体型，而从举止和思想进行模仿——视力正常的人会将这些视觉以外的感觉同视觉结合起来，来化解内心形成的矛盾。

然而，榊原久乃却用听觉和嗅觉来弥补视觉的缺失。此外，她又谨慎到给别人造成不快的地步，在信仰的支持下，还拥有不被他人和世俗左右的信念，又顽固到对自己的直觉和思考绝对信赖的程度，这些都使得她能够看穿明美的本来面目。

到这时，半田明美就开始计划杀害榊原久乃了，或许不带丝毫犹豫。让她在森林积雪的小路上迷路就是其中的一环吧。以半田明美的个性，她一定尝试过好几种其他方法。优纪所知道的只是其中的一种。然而，这些计划都一一失败了。榊原久乃和半田明美曾经下手杀害的愚蠢男人们有着质的区别。或许榊原久乃真的就享有神的庇护。

于是，半田明美就在那个很有可能已经识破自己的女人的监视下选择与她共存了。或许对于半田明美而言有利的一点，就是久乃在职员和住客中没有一位能敞开心扉的知心人。

榊原久乃没有人望。对她而言，或许小野尚子才是唯一给予她信赖和尊敬的人吧。

榊原久乃很清楚，她若告诉宿舍里的人说从菲律宾回来的，是个冒牌货，肯定没人把她的话当回事，只会遭人排斥；告诉机构以外的人，比如她常去的教会里的人，也没有人会相信她。况且更重要的是，外人是不可能对新艾格尼丝宿舍机构内的事采取任何行动的。

于是身处孤立境地的榊原自命为牧羊人，监视着小野老师——半田明美直到生命最后一刻。

然而知佳也无法认定，正是榊原久乃的存在，才使得半田明美二十二年来不得不一直扮演小野老师而没进一步为非作歹。只要她愿意，完全可以在不被银行职员怀疑的情况下随时将大半部分小野尚子名下的财产换成现金逃到什么地方。不，她根本没必要换成现金，只要宣布"我已经放弃这项事业了"，就能以富家千金小野尚子的身份继续生活下去，并不需要和亲戚朋友有任何往来。

可是半田明美并没有这么做，而是几度将这些钱用在了维持机构的运营上，还捐款给白百合会。

榊原久乃谋杀计划的下一页，长岛用红色的圆珠笔标着"文档4

1995.4.12 录入"。

距文档3的录入时间正好三个月,是半田明美将小野尚子杀害在菲律宾五个月后写下并保存的文档。

这页纸上贴了张大大的便签,把字都遮住了,上面有长岛潦草的留言:"意义不明。在练习打字？不然就是发什么神经了？醉得神志不清了？"

半田明美　昭和30年 出生于千叶县成田市

知佳大吃一惊。

成为小野尚子后,在这页纸的第一行,半田明美第一次报出了自己的真姓大名。写这些是出于什么目的呢,是写给什么人看的吗？

另起一行后,她继续写道:

父亲　半田义治　昭和53年　去世
母亲　半田佳枝　昭和41年5月21日　去世

半田明美没有记录父母的出生年月,而记下了死亡时间,母亲这边甚至还详细到了具体日期。

长岛曾在稿件里写道,明美的母亲在明美小学五年级时卧轨自杀了,看来这件事对她本人是个很大的打击。

文档 4 就这么结束了。

这些是杀人犯对世人的宣告吗？是因为这些沉重得无法在内心埋葬，从而向人坦白吗，还是忏悔录？

下一页文档 5 正如长岛便签上所写的，意义不明。

文档的录入日期是 1995 年 4 月 16 日，撰写时间应该就在这之前。

纸上反复写着汉字"半田明美 半田明美"，随后又用表示汉字读音的平假名"はんだあけみ　はんだあけみ"将整页纸填满。都不是手写的，因而看上去真就和打字练习一样。

下一页是文档 6，录入日期和文档 5 一样。

半田明美　昭和 30 年 8 月 7 日　出生于千叶县成田市元河内町三丁目二十三号地　昭和 37 年　小学入学　一年级三班　班主任　高野裕子　二年级　班主任　男　三年级　班主任　女　四年级　转至四年级二班　至六年级　班主任　矶谷健二。

这里记录的是初中前的班级和班主任。有的写下了姓名，有的只写了"男""女"。

下一页是文档 7，这里第一次出现了像样的文章。和文档 5、文档 6 是同一日期录入的。

我，半田明美出生于昭和 30 年千叶县成田市元河内町。

文章开头的形式类似书面供述,让人错以为这是一篇忏悔录,但接下来的行文似乎和忏悔没有关系。

半田明美还活着。我是半田明美,小野尚子已经死了。

1994年 秋 菲律宾 死在塔哈乌。不记得死在哪一天了,但确实死了。

半田明美还活着。

联系五洋信托银行 负责人 酒井

五洋银行 普通账户 办理自动扣款手续

1996年3月 身体痊愈 摘下口罩和目镜

新艾格尼丝宿舍 从住宿机构转型为日间护理机构。和白百合会商谈理由。

1997年4月

我,半田明美搬去东京公寓。租房

新艾格尼丝宿舍 法人化 将运营权归入全国白百合会名下。

1998年7月

我,半田明美从新艾格尼丝宿舍彻底卸任。

1998年9月

我,半田明美搬去关西地区。以小野尚子的身份轻松度日到死 有

镜子的背面

两亿日元可以过一辈子，靠利息就能活下去。

录入时间为 1995 年 4 月 16 日。也就是说这是一份对未来的计划书，不过和杀人计划书相比太笼统了些。

"轻松度日……"

知佳有些想不明白。这难道就是连环杀人犯半田明美的终极梦想吗？

"靠利息活下去"也让知佳感到疑惑，觉得这也太不现实了。这时，她想到了 1995 年这个年份。那时知佳还小，对金融、利息之类还不太感兴趣，但日本的确曾有那么一段时期存款利率很高[①]。虽然这时泡沫经济已然崩溃，但对于当时的半田明美而言，高利率时期的记忆也许仍然是鲜活的。

然而，她为什么如此执着地连续强调"我，半田明美"呢？日记或忏悔录的话根本没必要这么写。当然备忘录也是如此。而且，按照日语的习惯，往往会省略主语，写关于自己的事情更是如此。除了竞选时为了让别人记住自己的名字，这种书写方式根本没有意义。

下一页文档 8 的录入日期是 1995 年 4 月 30 日。

[①] 日本在 1985 年 9 月"广场协议"签订后，美元贬值，日元大幅升值，使日本出口导向型经济受到极大冲击，为防止经济下滑，日本实行低利率政策。宽松货币政策下设备投资、地产、股票都持续增长。1989 年 5 月，由于日本资产价格出现持续、大幅上涨，日本在美、欧各国纷纷加息的背景下也不得不开始多次上调利率，这成了泡沫经济崩溃的导火索。二十世纪九十年代初期，政策利率曾一度高达 6%。——译者注

这次又出现了"半田明美　昭和30年8月7日生"这些文字。而后，在"1989年11月"这一日记形式的日期记录下是一段文字。

1989年11月

我被抛弃了。虽然能想到这一天，但本以为四十岁以前应该还能凑合。女人的保鲜期就是这样。尾崎有钱，还有一套今年春新建的位于旧轻井泽的度假公寓。可他给我的居然是这套二十三年房龄的又破又小的公寓。本该杀了他？可杀了他又得不到什么钱，只会被警察盯上，所以我也只能默默地退去了。尾崎从去年和一名二十一岁的女子大学的学生开始了交往。不过我不知道是哪所女子大学。

比起懊恼，更重要的是自知。我，半田明美，作为女人的保鲜期已经过了。教训：有钱的男人只愿意在二十多岁的女人身上花钱。三十出头的女人身边都是些没钱的男人。即便是有钱男人，也尽是为了省钱才找三十多岁的女人。没钱的男人和想省钱的男人，我可不要。

东京房租太贵了。所以冬天我也只能住在这里。与其像现在这样，还不如死了。活着也没有什么乐趣。

我到旧轻井泽后寻觅过对象，但并不顺利。这里和东京不同，人太少了。

有些人只是看上去有钱，但和东京人不一样，太吝啬，住在破破烂烂的别墅里，不到外头吃饭，只在法式面包店买了面包后回家啃。都是些自认为高人一等的小气鬼。凑上来搭话的只有来旅游的人。

好冷。太冷了。从指尖一直冻到内脏。

找了好久，找啊，找啊，我还是放弃了男人。

不过，有个女人挺合适。

是个好事的富家千金。

第一次对女人下手。

我讨厌女人。

至今没有一个女人为我做过什么。除了我奶奶。没有一个女人对我好。

女人都讨厌我——半田明美。深恶痛绝。

但我还得直面现实。

我，半田明美，已经过了女人的保鲜期。有钱男人不把我放在眼里。

小野尚子。

接下来是小野尚子的个人经历，和之前的一个文档是同样的内容。但助词有微妙的区别，应该不是复制粘贴的，而是亲手录入的。

半田明美锁定了目标——"好事的富家千金"。

她在旧轻井泽的大别墅里经营着一家针对女混混儿的保护机构。

我无法装成混混儿混进去。

这机构背后有强大的类似基督教妇女会的组织撑腰。

骗取保险金、强抢都行不通。会露马脚。

骗男人轻松。骗女人难。

只要有个男人事情就好办。

可是,我,半田明美已经过了保鲜期。女人的价值是由男人花的钱决定的。

我,半田明美的价值,就是那间又冷又破的二十三年房龄的度假公寓。真想杀了尾崎。

但杀了他我也得不到什么。

我姑且装作志愿者混了进去。

这是我半田明美的特长——表演和发声 是我花了很大心血学来的。

我了解到这个镇的图书馆有朗读志愿者。做志愿者的阿姨个个一脸自命不凡,却都是些外行。

小野尚子的机构里有一个眼睛不好的女人。就从她那里找突破口。

我去图书馆那里做了登记。志愿者全是女人。我讨厌女人。更讨厌女性团体。不过这和讨不讨厌无关。我表现得相当积极得体。

成功了。我结识了小野尚子。不愧是个富家千金。越是有钱越是小气,越是受过良好教育的越是假装不拘小节。我看见她在软塌塌的裙子里还穿着真丝内衣。

我凭朗读志愿者的身份混入了"新艾格尼丝宿舍"。

镜子的背面

　　这里共同生活的都是些有故事的女人，我得小心。一般人还进不来，我成功了。得到了她们的信任。
　　我头一回和女人走得那么近。
　　有教养的千金人不错。一旦信任了我就黏了上来。对我无所不谈。
　　原来不是男人也很好骗啊。
　　不过光杀了她还不能轻易拿到钱。
　　小野尚子把所有财产都存在了信托银行。就算杀了她也拿不走什么钱。
　　该怎么得到她的钱呢？小野尚子很好骗，但银行的保险柜可没那么容易撬开。
　　若是个男人就简单了，可女人不行。
　　不过对男人做不了的事对女人却可以。我，半田明美，只要成为小野尚子就行了。
　　我还是第一次冒充别人。
　　驹屋阿仙、妓女竜子、白痴双胞胎中的一个——演过很多角色，当然都是微不足道的小角色，但我喜欢舞台。尽管只跑过龙套。
　　我喜欢舞台。这次我是主角。
　　这次为的可不是些小钱，而是可以一生玩乐度日的巨款，为此，我，半田明美，要在一群令人恶心的女混混儿扎堆的舞台上担任主角儿。
　　我买了镜子。认识你自己。认识你自己。这是剧团团长邦彦这个男人边在我——半田明美身上粗暴地不停挺耸着腰边对我说的话。

一股厌恶感涌上心头，知佳无意识中不停地翻折着打印件页脚，卷着页边。

这既不是犯罪计划书，也不是日记。而是将自己的回忆用笔记的形式在记录。和之前一样，这篇文章里仍然不断重复着"我，半田明美"这样的称呼。

看上去像是供述书，可并没有在什么地方公开过。这是半田明美写给自己听的供述书。她到底是为了什么？

成功录了像。尽管新艾格尼丝宿舍严令禁止外人在宿舍内或对住客采访摄影，但我仅仅凭三个月的志愿服务就博得了大家的信任。老好人小野尚子也好，女混混儿也罢，都为了练习朗读心甘情愿地让我拍摄。

朗读志愿者的必备条件只有声音而已，但女人嘛，总之都是自恋的。我连她们的影像都拍摄了下来，在宿舍的幕布上一放映，看到自己形象的女人都兴奋了起来。每次去宿舍，都能拍到很多小野尚子的影像。这些我都拷贝了一份自己留着。

宿舍里制作的朗读磁带被图书馆收藏了。大家为此都很高兴。但干那些事儿是混不了饭吃的。这些女混混儿挣不了自己的口粮，都是靠陌生人和小野尚子的好意，被人背扶着活下去的。看看就反胃。我

镜子的背面

必须在小野尚子的财产被这帮人侵蚀殆尽之前赶快下手。真矢故意抛弃了自己的财物成为穷光蛋，吃了一丁点儿东西就生病，在贫困的深渊中被迫卖淫。美奈难受得不得不去依赖药物。认为自己站在她们的立场上才是傲慢的。我必须做的，就是尽自己所能去倾听真矢的话语，理解她真正的愿望，发自内心地帮她。

文档 8 就这么结束了。

最后部分未完。后面接着的会是"发自内心地帮助她"吗？而且，最后一段文字的"我"后面没有强调"半田明美"，而是出现了两个人名，似乎是宿舍的住客。知佳重读了一遍，仍然找不到这段文字和前文的逻辑关系。试着将这断尾的文末补全，却发现这和前面的叙述更加矛盾了。发生了什么呢？

文档 9 的录入日期是在这四天以后。文本中的日期又往前推了几年。

1984 年 12 月

也许这是我第一次目睹别人死在我面前。

他一路追我到地铁站台，抓住我的胳膊，大叫着"你跑不了的"之类的话。我于是大喊"住手，我不认识你"，并顺势蹲了下来。重心放低推搡的话，身高高的人就会滚落下去。可弄得不巧我也会连带一起遭殃，下次必须得小心，不能再碰上这么危险的情况了。

还没等那家伙爬上来,电车便驶入了站台,血从电车和站台间的缝隙喷了出来。

我父母都死在铁轨上,但我还是第一次目睹碾轧的现场。

或许从那时起,就是竹内淳也为中林冻死事件来质问我的那个时候开始,我,半田明美就该认识到自己作为女人的保鲜期已经过了。

我抽抽搭搭也好,抓着他的衣服哭着说"我为什么非得干那种事呢"也好,这些招数对竹内淳也根本行不通。世界上那些愚蠢的女人会自欺欺人地找理由安慰自己,说竹内是个同性恋,一直喜欢着死去的中林。可我,半田明美却不会。我,半田明美,马上就要三十岁了,已经过了保鲜期。

拜竹内坠轨所赐,我平生第一次被抓去了警察局。

不过,老天为你关上一扇门,又会为你打开一扇窗。还有那些在站台围观的男人们呢。他们见着弱女子被男人纠缠、抓住胳膊推搡时,一个个都一声不吭地旁观,但见到我要被警察带走时,却又一个个都围上来为我说话——"她是被人纠缠了""有人要对她施以暴力,她想要逃走,反抗之中那人才掉下去的"。

都因为竹内,我差点儿就被判定为杀人犯了。这件事再和以前的那几桩事一合计,我就快被判定为连环杀人犯了,可到头来,帮助我半田明美的,终究还是男人。

尾崎就是其中之一。他一直为我寻找辩护律师,百般照顾我,直到我被免于起诉。我一眼就能从他身上嗅到金钱的气息,觉得可以和

镜子的背面

这个男人一直交往下去。尾崎的偏好很容易弄明白——清纯。几乎所有的男人喜欢的都不是性感的女人,而是"清纯"的女人。能让他们百般呵护,最后能让他们心甘情愿掏出钱来的,都不是什么美女,而是清纯的女人。

尾崎是单身。不过他和中林完全不一样。尽管我清楚这一点,但当时我却有些飘飘然了。自以为我,半田明美还能吸引男人。那时,我几乎就要相信自己在四十岁之前都能保持女人的魅力,可才发现,如果单身的尾崎和我结婚的话,他是绝对不会对我这上钩的鱼儿加以珍惜的。到那时,我定会沦落成在终日不见阳光的厨房剥着芋头皮的使唤丫头,活得跟个行尸走肉毫无区别了。

下一页,文本的日期变为了"1979年",又向前追溯了五年。

1979年
目标到手。和医生结了婚

这里只写了"医生",却没有中林泰之的名字。可见对于半田明美而言,重要的不是某个特定的男人,而是"医生"这一笼统的名词而已。

对方的家在杉并的住宅街区,是医生世家。结婚自然是遭到了强烈的反对。谈恋爱容易，要结婚却像是障碍赛。在以结婚为前提开始和他同居的那会儿，我还和另外四个男人在交往。和有钱有地位的男人分手很容易。但明明没了钱却还想跟我交往下去的男人就是垃圾，脸皮厚得就想试探女人的真心。老大不小的岁数了还相信什么童话。没办法，只能陪他最后去旅行一次了。在河边的酒店，一晚上都被他干，干得我都快吐了。好在第二天晚上终于和他永别了。这几天，那家伙把一辈子能做的爱都做了，吃了美食，喝了好酒，死而无憾了。如果还活着的话，肯定和我父亲一样会破产，然后到死都被妻子嫌弃。

父亲也成了我的绊脚石。父亲听说我打算和医生结婚，就赶来让我找他要钱。本来对方父母动不动就反对我们结婚，要是知道我还有这样一个父亲，那后果不堪设想。他口不择言地说了些自以为是的话，埋怨了一通后，就扬言要冲到对方家去，因而我只能让他住嘴了。反正是这个男人杀了我妈妈，他当然得领教一下我妈的死法。但这么死了还不足以解恨。在我成长最关键的时候，他夺走了我妈妈，还导致我弟弟妹妹叛逆都走上了弯路，我们家从此完蛋。后来妹妹下落不明。弟弟因为从小得哮喘病死了。

医生在他父母和我之间选择了我。要抓住男人的心，就要付出努力。要是将我——半田明美暴露出来，那事情就完了。没有哪个男人会喜欢我。绝对没有。所以，我，半田明美就得变成别的女人。男人都喜欢清纯温柔的女人。不是美女，也不是性感的女人。

不过，我也不打算永远将医生从他父母身边夺走。我们像私奔一样隐居到了新潟县比乡下还乡下的地方。不过，我，半田明美，是打算将来找个机会回到杉并。

杉并有大房子大医院，我要让我的丈夫在那里和我的公公一起主持医院工作。那时，我，就是院长太太了。这才是我真正的目标。要搞定公公婆婆这些老年人真是举手之劳。尤其是那些自命不凡的老年人，都是外强中干的草包。反正也活不了多久了。

可我的如意算盘打错了。原本我计划和医生结婚，成为院长太太幸福地生活，可中林泰之却是个奇葩的男人。原来他是打算在这冰天雪地、又冷又暗的穷乡僻壤一辈子和那群老年人为伍的。若是一时的白日梦，我还能原谅他，可中林却是彻底被这想法洗脑了。

他对我说，我以为你一定会跟随我。甚至还让我学习成为护士，跟他一起去更偏远的山区。与其这样我还不如死了。失算，失算，失算。我气得气血上头，但若是跟他吵架或向他发火，那一切就完了。我，半田明美若是泄露了自我，谁也不会站在我这边。人人都会讨厌我。人人都会来打我。

所以我决定了。抛弃医生回到原点。半田明美26岁。这23岁开始的宝贵三年，女人二十来年的保鲜期中有价值的三年都浪费在了中林身上。住在杉并，作为院长太太经营幸福家庭的梦想从一开始就是个空中楼阁。拿到手的保险赔偿是四千万日元，足以补偿这虚度的三年吗？不知道。

我，半田明美决定去东京。去追寻女演员的梦想。第一次到东京进入剧团的时候，毕竟还是心浮气躁了些。不过，现在不同了。这次的梦想是真的。我，半田明美不是美女，继承了我妈妈平平的相貌和父亲不出众的体形。不过美女演员没什么了不起的。现在活跃在舞台上的，将是个有存在感的女演员。我，半田明美绝对不会有粉丝。不过半田明美可以成为具有存在感的某个人。人们看到的都只是表面。光鲜亮丽的表面。人们都关注着自己映在这层表面的脸。都喜欢将自己的脸装扮得帅气、靓丽、乖巧的人。没有人会喜欢我——半田明美的。不过只要我披上一副打磨得如镜子般靓丽的外表，谁都会喜欢我。

严苛的训练，努力，努力，努力。发声、拉伸、练习。努力，努力，努力。我有着能成为任何人的才能。

梦想成功——知佳喃喃自语着。

常常听人说能成为什么，想成为什么。这样的人知佳周围也有那么几个，让那些职业撰稿人头疼，有时甚至让他们感到受了侮辱。有些时候，知佳也险些成为这类人。

然而，半田明美并没有那么天真，她写的是能成为什么人，而并非想成为什么人。

她对自己的评价低到极致。只能靠戴着面具和伪装成另一个人的演技找到自己的生存空间。难道说，唯一允许半田明美做她自己的空间就是至圣所轻井泽公寓里那间四面环绕着镜子的朝北小屋吗？

于是，半田明美成了小野尚子。

小野尚子拥有的是无用武之地的财产，还有与难以相处的人终日相伴的压抑而朴素的生活。她能收获的只是毫无现实利益相伴的尊敬和信赖的目光。而这些东西不可能是半田明美这样的女人想要的。

长岛用红色圆珠笔标记为"文档10"的文本，其录入时间为1995年5月8日。这个文本中没有写年月日，而记录的是"半田明美19岁"。

在这里，这些从1994年开始撰写的不知是笔记还是日记抑或是回忆录的东西继续向前追溯。

半田明美　19岁　我，半田明美学习成绩不好。所以我一直以为自己笨。不过是笨还是聪明和学习成绩无关。半田明美　昭和30年生　半田明美出生于千叶县成田市　半田明美　我，半田明美从县里倒数第二糟糕的高中退学了。尽管如此，那些从重点大学毕业的男人们在我眼里就跟婴儿一样蠢。虽然我不知道他们的脑袋和心里是什么样子，但操纵他们大脑控制他们内心没必要知道这些。就好比不知道电视机内部构造如何，是什么样的机器，但只要会按遥控器按钮，就能收看喜欢的节目。

我，半田明美学习成绩很差。那是因为我讨厌学校，讨厌学校的老师，更讨厌班级同学。虽然我学习成绩单很难看，但长大后脚本上的台词却记得很快。指导员和团长的指示我也能迅速地做出反应。

团长让我们自己想象一下，自己考虑一下。却又叫我们忘却自己。这截然相反的话让大家不知所措。见大家挨骂，我真是想不明白，为什么一个个都那么迟钝呢？看看团长的神态就能明白他的意图了呀。这和他说什么没有关系。只要看看团长什么表情，他内心想要的就跟电波一样传导了过来。怎么做才能让他满意，不很快就能明白吗？没办法，毕竟都是些只知道学习的蠢货。

那些口口声声说比起学校的学习，人生经验更为重要的大叔更愚蠢。他们认为女人嘛，越年轻越好，坚信长得不漂亮的姑娘性格一定很好。我，半田明美既认真，性格又好。所以才能从大叔们的口袋里捞到钱。而他们若是犹豫了的话……

"我就把这些事抖搂给你太太的兄弟和客户"，我把旅行途中两人一起泡鸳鸯浴的照片给他看，他就再也没有说过小气的话。即便太太算不了什么，太太的兄弟也很可怕。因为他们借给他钱，给他搞发票。每天端茶送水记账的女人，只要愿意，随时都能捏碎男人的命根子。

因为同时和四个大叔交往，钱哗哗地流进我的口袋，而我却还老老实实地在办公室打工，这也是为了钱。这儿可比去学校学到的多多了。为了找男人做金主，那些去小食店和餐饮风俗店打工的女人就是些蠢货。不过，真的和一些流氓打交道的大叔的确可怕。要不是我运气好，没准早死了。就算死了，警察也不会为我讨回公道的。警察这种人只会抓些没坏到底的人，真正的坏人警察可动不了。这次的教训实在太惨痛了，我算学到了。

19岁时，我在千叶待不下去了，就来了东京。姑且逮到了一个男人租到了公寓。20岁生日那天，我去参加了音乐剧的试镜，但落榜了。有家名剧团因为培养了著名演员而出名，我想成为那个剧团的训练生，却根本没人看得上我。那男人说会给我出学费，我本以为录取没问题，可在面试的时候被问了些问题，之后连名字都没被喊到，和其他大多数面试者一起被人从工作室赶了出来。刚一出来，就有个看着像同性恋的年轻男人和我搭话，递给我一张模特星探的名片。和他一起去了办公室后，他告诉我说导演很中意我，马上就拍写真。结果他们就把我绑在椅子上扒开了我的腿。我大叫着"不要"，导演和其他男人却说"对对，就是这种感觉"，接着一个个上来侵犯我，还拍了许多照片。一切完事后，他们对我说了句"你辛苦了"，给了我两万日元出镜费。我算长见识了，原来这个行当是这副德行。

不久，我进入了一个小剧场做训练生。几乎不用学费。那里尽让我们做些和女演员沾不着边的事情，比如学习发声、练习柔韧性、边喊边跑之类的。我没参加过运动社团，这些太辛苦了。幸而我小时候学过芭蕾，还记得身体的活动要领，才勉强坚持了下来。然而不到一个月，训练生就减少到了四个人。

半年后，我第一次登台。虽然只是边跑嘴里边喊着什么的角色，但渐渐地，我也有了像样的台词。不过始终只是无名小角儿。剧团也没什么名气。但我终于可以自称是女演员了，引来了一些猎奇的男人。凑上来的可不是什么一般的大叔，有大学老师，还有的是社会精英，父母那代起就很有钱。这世上的确有那么些男人，觉得比起电视荧屏上的明星，小剧场里默默无闻的女演员才更有魅力。

我，半田明美22岁了。女人能卖出好价钱的时间还剩两三年，必须得尽快找到合适的男人结婚。最低条件得是能赚钱的男人，可看我父亲那样儿，做建材买卖之类的男人就免谈了。

我就去了位于广尾的意大利餐厅当服务员。因为那里是高端男性的"御用餐厅"。医学生也常常在这里组织集体相亲活动。那些富家千金云集的直通式女子大学的女学生们打扮得花枝招展，目光犀利地来到这里物色着男人。其中居然还有从御茶水女子①大学来的怪人。卖弄着清纯，却在没有男人的地方突然阴阳怪气地来挖苦我，有意无意地刁难我。学习成绩好的女人品性最恶劣了。追求女子大学女生的医学生们的唯一目的就是和她们上床。和医生的相亲会也同样不过如此。大家都在那种地方随便玩玩，而结婚的对象却都是富家千金或教授之女，还有学生时代就一直谈恋爱的女医生。我，半田明美收拾着杯盘狼藉的餐桌，又涨了点见识。

有一天来了一个男人，年龄比其他男人大许多，矮个儿，头大，刮完胡子的脸上留下一片青色的痕迹，头顶毛发稀稀拉拉。一群身穿翻领运动T恤或纽扣领衬衫的男人中间，只有他穿着西装打着领带。腿很短，导致裤子肥短得出奇，外形实在不敢恭维。他年龄很大，说起话来却很幼稚，在场的女人都不把他放在眼里。

这个我应该能拿下。我于是对他热情起来，比如不经意地将食物

---

① 位于东京的日本著名国立女子大学，前身为1875年设立的东京女子师范学校。早期日本的杰出女性大多毕业于此校。——译者注

分给他。没必要我找话说,他自然就和我闲聊起来。尽管他外表不出众,但家却是在杉并的高级住宅区。父亲、祖父都是医生。而他却天真地表示自己要去山区农村或地方上的医院做医生。长成这样,又说出这种话来,自然被人视而不见了。不过,我,半田明美心里清楚,他嘴上说得天真,可终究是有钱人家的儿子。没多久就会回到家里子承父业了。因为这种男人是不了解真正偏远村镇的,也没领教过穷人的可鄙之处。就这样,临走时这男人留给我一张名片。第二天,我打电话给他,这个男人——中林泰之欣然应约跑出来见我了。我们在涩谷看了场无聊的电影,还一起吃了比萨。

不久,我就和中林泰之发展成了男女关系。不费吹灰之力。他向我求婚了,不是在其他男人为我租借的高级公寓里,而是在中野出租屋的潮湿的被子里

文章就到这里结束了。结尾并没有打句号,而是用一连串自己的姓名、出生年月、出生地这些文字的任意重复,填满了接下来的空白——"半田明美　昭和30年生　半田明美出生于千叶县成田市　半田明美"。比起恶俗的文章,这一连串不断重复的文字更让知佳感到瘆得慌。

接下来是文档11。

开头写着"1973年　半田明美18岁",时间再次向前推。就好像

是顺着自己的记忆往前追溯，试图找回自我似的。然而找回这些令人作呕的过去对半田明美而言又有什么意义呢？

文本直到第二行中间都是空白，然后从"封中装着五十万日元"这几个字才开始。"封"也许指的是"信封"。知佳推测，这段空白也许是她写下了什么，又删去了，一口气连带着这第一个"信"字也一并删去了。能想象得出她删去的内容，可能就是前面几个文档中一直重复的"半田明美 昭和 30 年生 半田明美出生于千叶县成田市"几个字。

封中装着五十万日元。这还是我第一次从男人那里捞到钱。长谷川道隆，是我，半田明美的第一个男人。钱是道隆主动拿来的。是三年交往的分手费。我从成田搬去了很远的地方，从高中退学后，还常和道隆见面，我们还常去酒酒井的汽车旅馆约会，可他却说要复习司法考试，不能再见我了。于是我追问他结婚的事怎么办。他就提出了分手。"那你会给分手费的对吧"，我虽这么说，却只是图一时口快。我是想和道隆结婚的。我可以等到道隆通过司法考试，花上多少年都愿意。我这么说只是想让他来见我。想见到他后确认他对我的爱。结果话一出口，他还真的把钱拿来了。给了钱，他给我低头道歉。说的并不是"对不起"几个字，而是"我对过去的事深表歉意"这句生分的话。我恨不得把钱连同信封一起砸到他脸上，可他连这个机会都没给我，便拂袖而去了。这就是所谓的绝望吧。我真想把道隆的事写在遗书里，然后和妈妈一样去卧轨了结自己，但还是打消了这个念头。妈妈死后，父亲也好，妈妈的兄弟也好，亲戚也好，都没有人再想起她了。除了我们姐弟三人。就算是道隆，他或许也就是一时消沉和后悔。但立刻又会回去复习，通过考试后马上找个女朋友结婚。却把我，半田明美永远忘却了。我不允许这种事发生。

我怒气冲冲地打电话给他，扬言"初中时候的事我全给你抖出去"，结果他又给我拿来了钱。

我还给他看了那张珍贵的纪念照，说"我还有证据"。接着他又拿来了钱。最后他哭着说已经没钱了，可我还是几次三番地从他这里拿到了钱。毕竟我那时候在乡下小镇里过着穷日子，还从高中退了学，有的是时间，对钱还是有需求的。但更重要的则是因为只有在他拿钱来的时候，我才能见到他。所以就三番五次地打电话让他把钱拿来。有一次，打去的电话突然就被挂断了。也不知是谁接的电话。之前有时是他妈妈接的电话，都会喊他过来接。然而那天我打了好几次电话，都被挂断了。事后我才知道道隆在后山上上吊了。

下一篇"文档12"是复原成功的软盘里的最后一个文档了。

和之前的文档不同，直接开始了文章的正文，开头并没注明是哪一年或是年龄。

我，半田明美的一家还在元河内町的时候，住的是一栋小小的木结构房屋，屋顶上盖着脏兮兮的金属板材。家里有父母、妹妹还有奶奶。不久，弟弟就出生了。我奶奶总是自豪地说这栋房子是父亲从战场上复员后，经过努力建造的。父亲专心打拼事业，所以我妈妈为了照顾弟弟妹妹整天忙个不停。弟弟有哮喘，总是半夜会醒来，平躺下就喘不过气，我妈妈就整晚地抱着他睡。妈妈自杀后，我就代替妈妈抱着他。听说我弟弟在二十七岁的时候因哮喘病发作去世了。我一直都不知道。连葬礼都没去参加。妹妹则下落不明。她只来我剧团的化妆室看过我一次，和一个男的一起。那个男的穿着黑衬衫，领口处露出了刺青的纹样。而妹妹前牙没剩几颗，牙根茶黄茶黄的，瘦得跟具骸骨似的。现在也不知怎么样了。也许已经死了。

我奶奶很疼爱我，却在昭和35年去世了。2月8日早晨，还是奶奶帮我穿上在被炉里捂得暖暖的贴身衣服，而妈妈来幼儿园接我时，带我去医院一看，奶奶却已经被蒙在了一层白布下了。

上了小学以后，我们搬到了镇中心，住进了美国电视剧里看到的那种客厅里有楼梯的二层洋房，还有儿童房，班级同学都很羡慕。爸爸给我们买来了钢琴，可我学了不久就放弃了。因为老师太刁钻。但妹妹很喜欢那个老师，直到父亲生意失败，一直都跟着他学。我更喜欢芭蕾。梦想将来做个芭蕾舞演员。事后回想起来，那位老师跳的是现代舞，我学得再怎么好，也许都永远穿不上芭蕾舞鞋。比起跳舞本身，我们反复练习的更多的是如何用身体和表情去表现。

在那个大房子里，还住着我的外祖母，住在玄关边的和室里，和

镜子的背面

室的佛坛上放着外祖父的照片。此外，还有我妈妈的姐姐妙子姨妈和她的孩子，以及我妈妈的妹妹由美子。妙子姨妈离婚后带着孩子，在我们看来就是位普普通通的姨妈，由美子却比妈妈漂亮得多，还年轻。我们若是称呼她"阿姨"，她就会生气。父亲叫她"由子"，我们也就跟着叫她"由子姐姐"。

由子姐姐是个美女。和妈妈不同，她更适合那种不良少女气质的打扮，常常穿着牛仔裤和西部衬衫，在店后面和男人们抽着烟。那时还没多少女人穿牛仔裤，她这身打扮让我有些害怕，但我觉得很酷。

过了不久，一天夜里我去父亲的店里送东西，只见堆放的建材商品的阴影处，父亲和由子姐姐搂抱着在一起接吻。那画面就像是日活株式会社[①]电影里的镜头，但更令人恶心。

那一年，妈妈就卧轨自杀了。大人都说她得了神经症，但连孩子都知道是什么原因。

是父亲夺走了我妈妈。是父亲杀死了我妈妈。

我妈妈若是不自杀，妹妹和弟弟就不会叛逆走上邪道了，弟弟也不会年纪轻轻就死了，妹妹也不会离家出走。妈妈死后，爸爸如果能反省，或许也不会造成这个结果。

妈妈卧轨自杀后，父亲就和妈妈的姑姑结了婚。因为她能照顾我

[①] 日本的电影制作发行公司，是与东宝、东映等并列的老牌电影公司。二十世纪六十年代后因为电视的发展，营业失利，业绩下滑，制作了大量成人电影来吸引观众。——译者注

们三个孩子。由子不会照顾孩子，和由子结婚传出去也不好听，所以父亲才娶了这位上了年纪的战争遗孀，我们的姨奶，和奶奶一个辈分的人。由子在妈妈去世后继续在成田的房子住了一段时间，但不久就和一名年轻的店员谈起了恋爱，最后离开了。

一起住的妙子姨妈在妈妈的葬礼上将父亲痛骂一顿后，带着孩子离开了成田的家，住进了某处的母子宿舍，传言说她在高尔夫球场做球童。

父亲的后妻，我们的姨奶有两个孩子。男孩初中毕业后就去东京上班了，所以来到成田宅子里的只有她和她女儿昌美。没了妈的我和我弟弟妹妹比起姨奶，都和温柔的昌美姐姐更亲。可是，昌美也没多久就离家出走了。好像是追随诱惑者乐队去了东京。姨奶去东京把她找回家后，就让她辞去了中华料理店的工作。父亲就让她在自家的店里上班。结果，她就和由子姐姐一个样了。

不过昌美为人老实，不像由子那么八面玲珑，直到父亲生意失败没了钱，她一直都做着父亲的情人。

大家都说父亲事业有成，造了个大房子，不仅给自家人住，还心胸宽广，连带陷入贫困的母亲的亲戚都一一接过来照顾。最阔绰的时候，常常带着孩子的姨奶和孩子们还有其他亲戚一大家子一起去餐馆，或组织两天一晚的旅行。他常把这句话挂在嘴上——我父亲死得早，和母亲相依为命，母亲去世了，那妻子的亲戚就是他自己的家人。事实也的确如此。没有人说父亲的坏话，无论是不清楚父亲干过的真正勾当的人，是心知肚明，却觉得这是理所当然的代价的人，还是假装不知道的那些人。

我在这个大家族中一直做着千金小姐。有自己的房间，学着芭蕾舞，成绩不好，还配有家庭教师。

家庭教师长谷川道隆是我半田明美的第一个男人。

那天父亲又带着家人亲戚去附近的餐馆吃饭，我说身体不舒服，不想去。父亲骂我说我任性。但昌美却在父亲耳边悄声说"姑娘长大啦"。父亲只能不情不愿地把我留在了家里。

大家出门后，我就给长谷川老师打了电话。说自己感冒发热了，身体很不舒服。那时，我特别喜欢长谷川道隆。他温柔，个儿高，长得也帅，听我诉说了许多烦恼。我父亲、继母、亲戚们考虑的尽是自己的事，我自己虽然有普通的朋友，可没有一个人可以敞开心扉诉说家中的烦恼，否则大家都会对我避之不及的。最主要的是，朋友们都只是孩子，而只有长谷川老师是成年人。

老师赶来后真的很担心我，说马上打电话给餐馆，让家长快回来，但被我竭力阻止了。

房间里只有我们俩，我第一次对一个外人诉说了母亲是怎么死去的，父亲的花心，以及家中的情况。道隆非常认真地听我倾诉着，也很同情我。他设身处地地替我担心，可我想要的不是担心，也不是同情。我想和道隆结婚。只要嫁给他，什么事都解决了。女孩子到了十六岁就可以结婚了。

我边哭边说"抱抱我",道隆就隔着毛毯轻轻地抱住了我。后面就长驱直入了。这是我活了十五年来最最幸福的一天。

自从我们发展成男女关系后,我越来越喜欢道隆了。道隆常常把"责任"二字挂在嘴边。在我这个孩子的心中,懵懵懂懂地知道爱就是负责,所以一直等着道隆负起责任向我求婚的那一天。道隆一来,大半部分的学习时间两人都在边说话边互相抚摸着身体。虽然没进行到最后一步,但当时的初中生高中生都只做到这步。不过做的事和做爱无异。

去高中递交志愿书回来的路上,我们俩走进了隔壁街镇里的一家汽车旅馆。自从那晚道隆来我房间后,这已经是我们俩第二次了。比上一次更有感觉些。所以,原本我成绩就不太好,加上平时几乎都在做这种事,第一志愿就落榜了,直接滑到了保底的学校。道隆向父亲道歉,但父亲却笑着说,"女孩子嘛,学习不好不要紧,性格好才是最重要的"。

第二年,父亲的公司破产,我的千金小姐生活也画上了句号。成田那幢大房子卖给了别人,一家人搬到了外房的乡下小镇,我则转学到了学费便宜的县立高中。这所学校是县里排名倒数第二的学校,几乎都是男生,女生也有一些。大家都是笨蛋,男生只要见到我们女生,只会说"和我干吧"。

昌美、母亲的女性亲戚都离开了。只有继母一开始还和我住在一起,每天都絮絮叨叨地抓着我发牢骚,不久她也离开了。

镜子的背面

那个木结构的租赁房只有两个房间,用的还是旱厕。留下父亲孤零零一个人。好像父亲曾对姨奶破口大骂,说你看看,弟弟偷东西被抓,妹妹和暴走族好上了成天离家出走。全是因为你没好好照看他们。可我不知道这件事。

我,半田明美有个梦想。就是离开这个家,和道隆一起幸福地生活。就跟小小和萨利①那样一直相爱地生活下去。道隆简直和萨利一模一样。也许我会住进道隆的家。也许会碰上刁钻的婆婆。但我喜欢道隆,所以无论发生什么一定都能顺顺利利的。我,半田明美就会成为小小。

文本就此结束了。

知佳感到一阵反胃,浑身起着鸡皮疙瘩,并不是为半田明美这个人还有她写的文章,而是为结尾处"我,半田明美"如此卑微的梦想。知佳不喜欢光叶七佳的那部漫画。女性罪犯笔下让人倍感压抑的笔记和"小小"的故事更是组合成了一副扭曲的画面。然而,一想到透露出如此卑微梦想的半田明美有着这样悲惨、辛酸的境遇,知佳就感到胸口被压抑得透不过气来。感到反胃的同时,她也流下了苦涩的眼泪。

在她的少女时代,一切的希望都被封锁在了门外,头顶上遮蔽的

---

① 日本漫画家光叶七佳(本名青木千禾子)的代表作《小小的恋爱物语》中的主人公,讲述小个子女生小小成绩不好,对个子高、成绩优秀的男生萨利的单相思的故事。——译者注

阴霾让她看不到蓝天，年仅十六七岁的时候，唯一的梦想就是和喜欢的男人结婚，成为家庭主妇。而这小小的梦想都遭到了无情的背叛。

且不论她是不是一个值得人同情的罪犯，对知佳而言，同为女性，她首先带给自己的是无以复加的厌恶。可现在，她对这个女人产生了一种难以置信的亲近感。这种感觉既非哀怜也非同情，而是似乎沉入了黑暗的深渊，触碰到了半田明美那双污黑污黑的冰凉小手。

知佳弄不明白这到底是一种什么样的感受，困惑中，她将打印件锁进了抽屉里。

接着，她突然担忧起来。长岛该不会把这份文档也给优纪寄送了一份吧。刚才她给优纪打电话的时候，也许只是包裹尚未送达位于小诸的新艾格尼丝宿舍而已。如果她读了这些东西，会是什么感受呢？和知佳这个撰稿人不同，优纪对小野老师，也就是半田明美有着超越血亲的信任。

尽管已是深更半夜，知佳还是给长岛的手机打去了电话。长岛立马就接了电话。没等知佳说"对不起这么晚打扰"，就被长岛一句"抱歉我现在手忙脚乱"打断了，他说罢便单方面挂断了电话。

知佳气愤地看着手机屏幕，忽然想到了什么。也许是他太太出什么事了。该不会是因为其他的什么疾病或是事故徘徊在生死边缘了？或者可能已经……

天蒙蒙亮的时候知佳才好容易睡着，可不久就被门铃吵醒了。

是快递。包裹后贴着的一张纸上写着"电脑·网络安装·支持·数据复原服务 栗原"。

打开包裹，里面是一张 DVD 光盘和栗原附着的寄送单，上面说，另一张软盘也复原成功，原本打算寄送给长岛，但长岛说他现在没工夫关心这个，让他直接寄送给知佳。

他还说，这次成功复原的软盘因为受潮，上面的标签剥落了，让他错以为是数据软盘，而其实这是一张用来启动文字处理器的操作系统软盘。里面留存着写到一半未被保存入数据软盘的文档，被自己复原了出来。

尽管知佳弄不太明白文字处理器的原理，但至少她能理解这个文档写到一半没保存，最后留在了启动机器用的操作系统软盘内，所以写作日期应该是最新的。

知佳将 DVD 插入电脑驱动器，打开了文档。

我，半田明美　昭和 30 年　美弥子回来了。的确吸食这些药物是犯罪，把人弄得精神错乱，可没有它们，美弥子早就死了。她靠这些药物放松了精神，才活到今天，现在她很痛苦。可美弥子却笑着说，老师，没有这些药物的话，我早就卧轨了。我理解她的苦楚吗？能对她的痛苦有切肤的感受吗？能和她的心产生共鸣，去理解她真正的愿望吗？能和美弥子、真子、由美一起实现她真正的愿望吗？考虑些宏大的问题，说些大话都无济于事。必须要真心地陪伴在她们身边，采取行动，斗　半田明美　昭和30年生　半田明美出生于千叶县成田市 半田明美 半田明美不存在了。我不存在了。我很卑微。我杀人，能相信的只有钱。光芒不是从天上照射而来的，光芒是从很深很深的洞穴深处、拥塞着一切不幸的泥沼下照射而来，向我们昭示神的存在的。卑微之处才有救恩。美弥子、由美、真子，我们行动的时候神一定就在背后支持着我们。只知默默地祷告而没有行动是不行的。因为神在很深很深的洞穴深处、拥塞着一切不幸的泥沼之下看顾着我们的斗我，半田明美　昭

文本在这里中断了。

知佳茫然地凝视着屏幕。

小野老师在这里——她自言自语地说道。

"我理解她的苦楚吗？能对她的痛苦有切肤的感受吗？能和她的心产生共鸣，去理解她真正的愿望吗？能和美弥子、真子、由美一起实现她真正的愿望吗？考虑些宏大的问题，说些大话都无济于事。必须要真心地陪伴在她们身边，采取行动，斗"

或许下面应该接着"斗争下去"几个字。

接着，半田明美好容易才找回了自我的意识，然而这些都是徒劳。半田明美在反抗着自己以外的某样东西，然而却失败了。

留下了这些未被保存入软盘的文字后，半田明美就再也没有面对过文字处理器了。

她感到了错乱，感到了被撕裂，最后变成了小野尚子。

在这篇中断的文章里，半田明美和小野尚子之间似乎形成了一种惊人的和谐，犹如一幅静静的太极图。

此前丑陋至极的笔记的意义，知佳终于明白了。

半田明美觊觎着小野尚子那两亿日元的财产，于是杀了她取而代之。可在扮演小野尚子的过程中，她的内心却被小野尚子占据了。

半田明美苦苦挣扎着想要找回"我，半田明美"这个自我意识。于是假称自己去看中医，实则是前往用自己名下的公寓，一方面在镜子的包围下，从体态、动作到思维等方面训练自己彻底成为小野尚子。而另一方面又面对着文字处理器，回顾自己的出生和以往的人生轨迹，将这些写成文字来确认自己到底是谁，为的就是找回渐渐遗失的自我。

然而，当她回到新艾格尼丝宿舍后，她再次变成了小野尚子。

并不是有什么人的灵魂进驻到她的身体里，尽管有段时间知佳也差点相信了这个说法。

这和灵异现象无关。现实中的确有些人会失去自我，成为别人。

有人通过药物或心理学手法获取他人的人格，有人被暴力洗脑后也会成为他人。然而不用这些方法，自我和自我意识也会崩溃。

知佳想起自己从明美的公寓回来后的两周多里自己的心境变化，意识到或许自我比一般人认为的还要脆弱。

她在很短的时间内通读了一遍明美书架上的书。因为职业特点，知佳能在短时间内，在没有外界通信干扰的情况下集中注意力读完这些书。仅仅如此，知佳的情感就切切实实地被动摇了，尽管这些绝不是什么特别的书。她清楚地意识到自己情绪高亢，喜好和思维方式也已经受到了影响。而这，仅仅是自己不分昼夜地读完了某个人一直阅读的书籍的结果。

半田明美想要了解小野尚子。她从小野尚子的出生、思维方式等方方面面进行了考察和研究，并将这些铭记于心，直到能从容应对和他人的交流。

她在四面环绕着镜子的房间中央，对着镜子确认纠正自己的动作，并和录像进行比较，从方方面面模仿着小野尚子。目的就是能从旁观者的角度观察自己，由内而外彻底取代小野尚子。

若是普通人的话，这么做定会发疯。人的情感没有那么顽强，可以很好地将自己的人格划分成假面和真实的自我。

半田明美在新艾格尼丝宿舍必须以小野尚子的身份行动和做出判断。将他人的思维加在自己的思维之上，用他人的行为模式进行生活。

她必须模仿小野尚子的思维方式和思想来说话，来行动，并为这些言语和行动造成的结果承担责任。

"我，半田明美"的自我就是对金钱的渴望，对他人的不信任，还有就是极低的自我评价，认为自己从未被人所爱。但这样的自我只有在她面对文字处理器书写自己值得唾弃的过去时，才有着具体的形态。

现实中的"我"是小野尚子，是新艾格尼丝宿舍的指导员，是这些女性的母亲，必须设身处地地倾听职员和住客的求助，对她们的困境感同身受，并和她们携手生活下去。而这些女性也一样有着惨痛的过去，在残酷的生活中，过着和犯罪朝夕相伴的生活，说不准什么时候不稳定的情绪就会爆发。同时这些女性又极为敏感，能轻易看透他人的情感、情绪和真实的内心。

行动是实实在在的，无法被抹去。而思想、情感都是无形的，会因为他人的言语或新的信息而改变，甚至还会受每天天气变化的影响。而半田明美的内在又是如何受她行动中扮演的小野尚子的影响的呢？

行动和思考、立场和思想截然相反的情况知佳也常常经历。比如她内心很讨厌某位知事，却要在采访时对他投去尊敬的目光，写下追捧他的报道。再比如她曾采访过某位御用经济评论家，尽管内心觉得信托投资充满风险，却还得撰写与之相关的推荐报道。

尽管处在矛盾双方的拉锯之中，但立场和行动却是无法轻易改变的。自己的思考和情感却因顺应行动和立场而容易改变得多。比如知佳可以在内心列举那位讨厌的知事的优点和精彩的想法，可以将目光对准高风险信投高回报的那一面，只要改变视角，就可以发现自己所讨厌的东西也并不是那么糟，而此前的想法都是自己的偏见。

将这种情况推到极致，也许不仅仅是思考和情感，连记忆都能被改写吧。这就是人类，更确切地说，这就是人类的大脑。

知佳无法感知这个没有良知的女人——半田明美人格被撕裂的痛苦，不过她可以肯定，一天二十四小时扮演和自己迥异的人物必定给半田明美带来了超乎想象的疲惫。更何况身边还有一个已识破了她身份的榊原久乃，时时刻刻竖起耳朵注意着她的一举一动。

半田明美曾写道："1998年9月 我，半田明美搬去关西地区。以小野尚子的身份轻松度日到死 有两亿日元可以过一辈子，靠利息就能活下去。"至少有三年到四年，半田明美不得不承受着这内心和行动冲突的日子。其间，她的精神和记忆都悄然发生了变化。况且半田明美这个"轻松度日到死"的愿景并不具体。她抱有的只是对金钱强迫症般的渴望和执着，并在这个渴望的驱使下去杀人，自然得如同呼吸一样。但是小野尚子却拥有具体的愿景和行动方针。她坚韧的性格和半田明美有着天壤之别。半田明美就是在顶替这样一位人物的过程中，她的自我崩溃了。

她摘下目镜，取下口罩，来到外面的世界，做着小野尚子做的事，说着小野尚子说的话，其间，也许是否会扪心自问——我到底在干什么？然而，新艾格尼丝宿舍有大大小小的事情围着她，让她无暇考虑真正的自己，这让她又回归了现实。

最终，半田明美彻底成了小野尚子。

想到这，知佳意识到事情还并非如此。

知佳所知的小野尚子其实就是半田明美。

知佳回想了1994年以后半田明美付诸实施的种种事宜。

首先，新艾格尼丝宿舍里住着药物依赖者、进食障碍症患者，还有遭到性暴力和虐待留下后遗症的人们，这些饱受痛苦的人绝不好相处，恩将仇报都是家常便饭。半田明美就在这些人中间，时时刻陪伴她们，倾听她们灵魂的呼喊。

还有2011年东日本大地震后，机构接收不到捐款，运营难以为继，半田明美就倾注上小野尚子相当一部分的财产来维持新艾格尼丝宿舍的运营，卖了别墅，在人口稀疏化越发严重的信浓追分的农村建立了新的据点。为了在那里共同生活的女性、这些无处容身的人们有个安心生活的家园，掌握营生的方法，半田明美果敢地采取了一系列行动。最后在火灾中，她用自己的性命换来了一个新的生命。

在菲律宾丧生的小野尚子若是还活着，也许都无法做到这些。

小野尚子摆脱了酒精依赖症，建立起了新艾格尼丝宿舍，远赴菲律宾，对埃切洛修女的思想产生共鸣。而后，日本经济便陷入了低迷，小野尚子的这些理念也许最终会在这严酷的社会环境中轰然崩塌。可半田明美却果敢地将这些理念付诸了实践。

"光芒并不是从天上照射而来的，光芒是从很深很深的洞穴深处、拥塞着一切不幸的泥沼下照射而来，向我们昭示神的存在的。卑微之处才有救恩。……我们行动的时候神一定就在背后支持着我们。只知默默地祷告而没有行动是不行的。因为神在很深很深的洞穴深处、拥塞着一切不幸的泥沼之下看顾着我们的斗"。或许将这最后一句话补充完整应该是"看顾着我们的斗争"。

小野尚子本人能有这样的想法吗？半田明美是背负着各种屈辱生存下来的，因而才得以在和新艾格尼丝宿舍人们的深入交往中看见神。这位神不是高高在上的，不是只要你顺从地行事和祷告就能来拯救你的。

神的光芒是从深不见底的洞穴底部、拥塞着一切不幸的泥沼之下透射而出的。神的救恩并不来自高天，而在于卑微之处，并在背后支持着于卑微处斗争着的人们。

后来，经过了二十多年的岁月，半田明美超越了小野尚子，就在她实施自己犯罪计划的过程中，而并非在自我反省、重新做人或悔过自新的日子里。

下了车，凝重的寒气团团肆虐着知佳的脸颊和双肩。

知佳跺着脚，披着羽绒夹克，在北风的驱赶下向着电车站一路小跑。她的车停在奥特莱斯，那里播放着圣诞歌曲，四处装点着巨大的圣诞树。一年中最绚烂繁华的时节即将拉开帷幕。

知佳口中哈着白气，打开轻井泽车站前咖啡店的门，发现长岛已经到了。"喂"，见到知佳，长岛扬起一只手向她招呼。

长岛下眼皮浮肿发黑，嘴唇干裂。

"您不要紧吧？身体没事吧？"

"唉……别提了。"

长岛露出了哀伤的笑容。

一串响亮的铃声响起，优纪进了店，边向二人走来边道歉说："抱歉来晚了。"气温已跌破冰点，可优纪只在毛衣外裹着件旧旧的羊毛短大衣。

知佳读完栗原送来的留在操作系统软盘中的文本后,过了十年,优纪来联系她说想读一下所有半田明美留下的文字。

知佳给长岛打电话的那天夜里没来得及确认,但其实长岛并没有把栗原复原的文档寄送给优纪。

"我已经做好心理准备了。"电话那头,优纪笑着说道。知佳能感知出她直面这位"小野老师"的决心了。

知佳于是将复原的数据用邮件附件发送给了优纪。四天后,优纪给知佳手机发去了邮件。从邮件的字面来看,优纪似乎并没有受到很大的冲击,并平静地表示希望见见为这事操心的长岛,当面表达谢意。

知佳向长岛转达了优纪的愿望后,笑着说:"感谢?那多麻烦。"却还是提议大家在轻井泽一带碰个面。他说想看看轻井泽这一整个事件的舞台。

"您太太一天扔下不管,不要紧吗?"

面对知佳的疑问,长岛只是含糊其词。

凭直觉,知佳意识到他太太肯定是出了什么事,便不再追问下去。见长岛这天,她在心里已准备好了安慰的话语。

优纪在知佳身边坐下后,盯着对面的长岛的脸,发出了和知佳同样的疑问:"您身体状况好像不佳啊。"

这次她并没有从长岛嘴里听到"毕竟糖尿病已发展到了肾脏"这句口头禅。

"唉,说来话长啊。"长岛一手摸了下脸答道。

"我老婆在半夜跑出了家门。原本，我每晚都是用绳子把我们俩的手绑在一起睡觉的。可她其他事情糊涂，就歪门邪道的小聪明倒还没忘记。她居然把绳子解开了，一手拿着菜刀在外边四处游荡，尽管没有恶意。就在你打来电话的那天夜里。"长岛瞥了眼知佳。

"真对不起。"知佳不禁低头道歉。

"算了，不必为这个歉疚。有人报了警，她被警察逮住了。因为乍一眼看不出她脑子糊涂了，所以后果不堪设想啊……在家照看她已经超出我极限了。可因为她有暴力倾向，会对人破口大骂肆意叫唤，所以没有一家养老机构愿意接收她。四处奔走后，最后也只能进了精神病院。之前我还能勉强在家照看，可毕竟糖尿病……"

"哦，发展到了肾脏对吧？"

知佳条件反射地接了口，却立刻后悔自己说错了话。

"所以，现在我老婆在医院里。被人喂了药，可还是不老实，就被换上了连体衣①，我能做的只是每天去看看她，可边上瞅着都觉得作孽。"

"您不必为此自责啊。"优纪下意识地紧紧握住长岛青黑干瘦的手腕安慰道。

"毕竟作为家人能力是有限的。"

知佳对这句话心领神会，她想起了新艾格尼丝宿舍和"小野老师"。

---

① 为防止阿尔茨海默病患者玩弄粪便，日本一些医院会给这类患者穿上连体衣。——译者注

"也是啊。"长岛耷拉着脑袋说道。

这时,服务员端来了现磨的咖啡。

"那,你们读了那些文档后,有什么想法?"

长岛向二人问道,似乎振作起了情绪。

优纪垂下双眸,看似有些紧张,微微凸起的喉结上下移动着,像是有话要说,却又一言不发。

知佳再次向长岛帮忙复原软盘数据表示了感谢,接着叙述了自己对这些内容的理解。

"总之,就是她聪明反被聪明误,自己把自己洗脑了是吧?"

知佳对这句简单粗暴的总结心生抵触。

"长岛先生您来试试。我可是一连几天,每天都花上好几个小时一本接着一本把别人书架上的书读了下来的。仅仅如此,我就发现自己有些不对劲了。再加上半田明美还利用录像的镜头训练自己,之后还日复一日地扮演和自己截然相反的人物。这可是动真格的舞台啊,还得几乎二十四小时连续在那儿演。自我会崩溃的。"

"换作我可要举手投降了。我宁可一直做个卑贱的记者,写一辈子煽动性报道,也不愿成为一名正人君子。"长岛直摇头,接着说,"你所说的也不是什么奇闻逸事。"

"就像我之前提过的,半田明美的所作所为就是各国潜伏着的间谍干的事。他们从举止到思想都在彻底扮演着预设的人物。前阵子不就有一个吗?因为演得过于投入,连同自己的人格都迷失了。最后就成了双重间谍被杀了。不过在我看来，半田明美也许还留有百分之二的自我。她很有可能只是错失了机会。每次就在她感觉是机会了时，总有榊原这个老婆婆出来当绊脚石。就这样她上了年纪，气力和欲望都衰退了。她感觉厌倦了，就决定维持现状了。尽管锦衣玉食的生活难以实现了，但好歹现状还算过得去。毕竟现在她受人尊敬，被人依赖。做个好人也不算太糟。于是，一天发生了火灾，她突然就动了菩萨心肠，牺牲了自己。"

"我不知道旁人是怎么看的。但其实在新艾格尼丝宿舍和住客们打交道可绝不那么简单。尤其是在小野老师这个立场上，没有信念和真正的爱心，是无法在这个位子做下去的。"

优纪抬起头，用尖锐的口吻反驳道。

"我愿意相信人是可以重生的。无论她过去做过些什么，在我看来，那样的笔记就是她的忏悔录。半田明美的少女时代有着异常残酷的经历。残酷到她只能去犯罪。这和我们机构的成员有着共通之处，所以我认为她才会理解我们的心情。在深入参与新艾格尼丝宿舍事务的过程中，她深刻地重新审视了自己，完成了灵魂的重生。"说完，优纪又用含混的语气轻声嘟囔了一句，"我愿意这么相信。"

这朴素而又强有力的回应打动了知佳。可优纪又小声地补充道："知佳发送过来的东西，我看了不知所措，就给绘美子一个人看了。刚才所说的，都是绘美子的话。"

"其他人会怎么说呢？比如丽美？"知佳问。

553

优纪摇着头说:"那个人已经不在我们宿舍了。"

优纪说,丽美已经回到了和歌山的家乡。她亲生母亲病倒了,大哥大嫂在大阪成家立业,和母亲又有矛盾。于是,丽美回到了阔别十年的家乡,去照顾母亲了。

"那个人一看就很会照顾人啊。"

"坦白说,剩下我和绘美子,感觉心里很没底。我们比想象中还要依赖她。"

"照顾完母亲,她也许就会回来不是?"

"不行,要是如此就糟了。"优纪断然否定道。知佳这才想起小野尚子创立新艾格尼丝宿舍的宗旨。

还有一个人也离开了宿舍。不,应该是两个人。

濑沼遥在爱结两岁生日前,带着爱结同年龄相当于自己父亲的男人结了婚。

"又来了?"长岛耸了耸肩。

"也不知是不是一件值得庆贺的事……"知佳也不无讽刺地回答。

"对方是高中物理老师哦。"

"这可算是靠谱啦。"长岛挖苦道。

"是个二次元和科幻迷。但也算不上是件坏事。"

据优纪说,阿遥是在打工的手机公司店面里认识他的,才两个月二人就决定结婚了。

"婚礼加上酒席,结婚申请书加上蜜月旅行。简直就是昭和时期的全套结婚流程。我和绘美子也被邀请去参加婚礼了。在共济会馆。周围可全是学校老师啊。"

知佳笑得前仰后合。

"把周围这些人都搞定,应该就没问题了吧?"

"唉,也不知道今后能不能顺顺利利的,毕竟阿遥那家伙又是那个样子。我们就充当她的娘家人啦。"

优纪说得相当谨慎,并没有采用放手祝福的态度,就跟她真正的娘家人一样。

优纪说,沙罗的进食障碍症仍时好时坏。

"不会那么顺利的,已经准备好持久战了。"

不过希望还是有的。由于政府出台的鼓励出院政策,沙罗的弟弟出了院,母亲就带着弟弟进入了不明宗教团体的研修机构,并再三打电话来劝说沙罗也一同过去。不过这次沙罗并没有听从母亲的指示,她说"我已经厌烦了这种东西了",一句话断然拒绝了母亲。

"她母亲应该不会罢休,会再找上门的,你们可要看好了。发生什么就给我打电话。"长岛语气坚决地叮嘱道。

"拜托您了。"优纪低头致谢,又微笑着说,"不过至少前进了一小步。"

或许在优纪来联系知佳,要求将半田明美的文字发送给她时,她已经将这一系列事情处理妥当,并已坚定了信心准备好直面关于小野老师的真相了吧?

"如果可以的话，接下来你能和我一起去次信浓追分吗？"

优纪说着从信封里抽出了几张纸。

是设计图纸。优纪说她们已决定在遭遇雷击被焚毁的信浓追分的村庄里再建一栋宿舍。

这栋宿舍的设计方案是轻型木结构①房屋，隔热效能高，节能环保，构造注重功能性，几乎不加任何装饰，风格简约平淡。

"幸好那里有道路可以让起重机进驻，简约的设计还可以省去不必要的成本支出，多余的钱我们打算建立基金，今后可以有效利用了。这样一来必要的时候就有钱可以灵活使用了。"

"小野老师一定也会这么做的。"

知佳无法说出半田明美的名字。现在的职员和住客还有知佳所知的是小野老师，要对今后入住新艾格尼丝宿舍的人们传述的也是小野老师的功绩和人格，而不是半田明美。半田明美永远消失了。今后或许再也不会出现在任何人的话题中了。

出了咖啡店，知佳和优纪同接下来要回东京的长岛告别后坐进了优纪的小汽车里。虽说还只是下午四点，但光线已昏暗得如同黄昏时分。

汽车行驶在微茫之中，忽然，天空中出现了无数的黑点，宛若行

---

① 国外大多称 TWO BY FOUR,TWO BY SIX。主要是因为此种结构大量采用2×4、2×6等规格的建材，具有保温隔热、得房率高、模块化、易工厂化、施工周期短等众多优点。——译者注

云一般在流动。原来是无数的小鸟在成群地飞翔。

"啊,燕雀①。冬天真的要来了。"

优纪握着方向盘,一个人喃喃自语道。

---

① 冬候鸟。体形小,身体黄褐色,羽毛黑白相间。栖息在山林或农耕地。秋冬之际从西伯利亚经由日本等地去南方过冬。迁徙期间集成大群移动,有时集群多达上百、数千只。——译者注